家族の肖像

高橋光子

鳥影社

昭和６（1931）年の夏休み

昭和９（1934）年の正月

昭和 15（1940）年の正月

家族の肖像　目次

家族の肖像　第一部 …… 3
家族の肖像　第二部 …… 199
「家族の肖像」によせて　勝又　浩 389
作者あとがき 395

家族の肖像　第一部

1

八十歳を過ぎた朝子《あさこ》の手元に今、子供時代の家族写真が三枚ある。最近亡くなった三番目の兄の遺品を整理した姪が見つけて送ってくれたものである。

二十数年前母が亡くなったとき朝子は生家の整理をし、母の若い頃の写真などもらって帰ったが、そのときはそれらの写真がなくなっていることにも気づかなかった。そして最近になってそういえば子供の頃よく見ていた古い家族写真があったはずだと思い出した。生家に残っていたアルバムや写真を入れた箱の中にあればもらってきたはずなのに、あの写真たちはどうなったのだろう。行方がわからないとなるとどうしてももう一度見たいという思いが募り、生き残っている兄弟たちに電話で心当たりはないかと尋ねていたのだ。

多分、三番目の兄の宰三《さいぞう》が母の晩年にお見舞いがてら帰省した折に、持って帰っていたのだろう。

三枚の中で一番古い写真は昭和六（一九三一）年の夏休みに撮ったものである。写真の裏にも台紙にも撮影年月日は書かれていないが、それが昭和六年の夏だとわかるのは、昭和六年十一月生まれの一番下の妹の千加子が生まれる前で、母のお腹にいたときだからである。

もう一枚はそれから二年半後の昭和九年の正月で、これには二歳一か月の千加子もツイード地のオーバーを着せられ写っている。

三枚目の写真は昭和十五年の正月である。朝子は二枚目の写真を写したときのことも子供心にぼんやり覚えているような気がするが、三枚目の写真のときは小学五年生になっていたからかなりはっきり覚えている。

朝子はそれらの写真を子供の頃何度も見、鮮明に覚えているように思っていたが、久し振りに眺めると写真全体の印象も大幅に変わり、写真を写した場所も違っていた。

朝子は三枚とも、母屋のほうへ半ば傾きながら枝を伸ばしている梅の古木の前で写した写真のように思っていた。梅の木が枝を広げている下にはちょっとした広庭があり、夏などそこに縁台や食卓用の長テーブル、長椅子を持ち出し夕食をとっていた。

昼間は山のほうから吹いてくる風が家の中を吹き抜け風通しがよいが、瀬戸の夕凪《ゆうなぎ》で夕方になると風がぱったり止まる。電力会社の出張所から毎年夏になると使ってくれと貸出用の黒い扇風機を持ってくるが、そんなものを回したくらいでは生ぬるい風をかき混ぜるだけで暑さはしのげない。

当時は蚊も多かった。部屋の隅には蚊柱が立つほどだった。それで庭に避難し、夕食のあとも海のほうからの涼しい風が吹き始める九時頃まで夕涼みがてら庭で過ごしていた。ラジオも庭に近い所にあって庭で聞いていたし、電灯もコードを伸ばし梅の木の枝に吊るせるようになっていたから本を読むこともできた。

写真はいつもその広庭に並んで写していたはずだが、最初の一枚は同じ裏庭でもずっと奥のほうで写している。今はもうなくなってしまったが朝子の子供の頃には、裏庭の真ん中辺に大きなザボンの木がほぼ向かい合うようにあった。しかも二本とも子供の肩の高さくらいのところで枝分かれしていた。毎年夏になると家の雑用をしている近所の人が、裏の竹藪の中で一番長く真っ直ぐに伸びた孟宗竹を切って、節を削って滑らかにしたのを、二本の木の股に通してくれる。二本の木の股はほとんど同じ高さだし、枝分かれしたところに竹がすっぽり入って固定される。近所の子供たちも交えて孟宗竹を鉄棒代わりにして飛びついたり、ぶら下がったり、男の子たちは馬乗りになったり腰かけて遊んでいた。

そのザボンの木の下にも家族が並んで写真を写せるくらいの空地があったが、この写真はザボンの木の一本が辛うじて左隅に入るくらいで、ザボンの木の更に奥の南側に西向きに並んで写っている。その辺はもう庭という感じではなく、竹藪へ続く低い灌木《かんぼく》の茂みのすぐ傍だった。足元には石ころや木の葉が散らばり、背景もどこかの林の中で写したような殺風景さである。

どうしてこんなところで写したのだろう。朝子は不思議だったが、多分光線の関係だろうと気がついた。当時はフラッシュがあったとしてもそれほど強力ではなく、逆光線や木の影にならないところというとここしかなかったのだ。そして写真屋がきてから場所を変更し、写真屋の選んだ場所に並んだのだろう。そうでなければ着るものなど一応着替えているにしては、周囲の掃除が行き届いていなかった。

庭で食事をするとき使っていた長椅子に、両親がかなり間をおいて腰を掛け、まだ生まれていない千加子を除いて二十歳の長男から三歳の朝子まで八人の子供たちが、両親を囲むように並んでいる。

長椅子の向かって一番左側の端には小学三年の三女の良子《よしこ》が、おかっぱ頭で多分赤かピンクの縦縞模様のワンピースを着て、すました顔でちょこんと腰かけている。サンダル式の靴を履いた足は地面に届かず宙ぶらりんのままである。

その右隣が父で、父は白っぽい着物に黒い絽《ろ》の羽織を着て袴《はかま》姿である。鼻の下に口髭《くちひげ》をたくわえた顔はいかめしく見え、朝子は子供の頃からなじめなかったが、写真を見ると意外に優しそうな顔をしている。父はこのとき五十歳のはずだが、頭の髪の毛は薄くなっているというか、ほとんどなくなっている。

このときから十年あまり経った頃だろうか、地方新聞のゴシップ欄に「小富士村村長の三谷甚吉氏はどこへ行くにも帽子をかぶらないで、手にしたままである。帰る時にはかぶるので、不思議に思って夫人に聞くと、毎朝長い時間かけて頭に並べた髪の毛が乱れないように用心しているのでしょうとのこと。苦労のほどが偲ばれる」というような記事が載ったことがあった。もちろん母にそんなことを聞きに来たわけでも、母が話したわけでもないが、父が毎朝長い時間かけて髪をなでつけ、出かけるときは帽子をかぶらないで手にしているのは本当のことだから怒るわけにもいかなかった。

朝子が女学校に入ったばかりのときで、村では評判になったが、汽車で二十六分もかけて通う女学校では誰もそんな記事に気がついていないのに、友だちとの会話でハゲとかそれに類する言葉が出ると、朝子は一人でどぎまぎしていた。

もうひとつ父のことで被害を受けたのは、その無類の話下手である。小学校の入学式や卒業式、その他の行事のとき村長の父が来賓で来て話をする。面白い話など聞けるはずはないのはわかっていたから、ただすらすらと話してくれさえすればいいのに、「えー」とか「あー」とか言葉につまって、その間合いが長い。朝子はその間永遠に次の言葉が出てこないのではないかと、生きた心地もしなかった。

二つ年上の兄の幸四郎も父が話に来そうな日は、朝起きたときから「ああ、あ、いやだな。おなかでも痛くならんかなあ」と言っていた。今ならさしずめ不登校になるところだが、二階の子供部屋の床の間には、名前は忘れたが「××海軍大将謹書」の「教育勅語」の掛け軸（おそらく沢山印刷したものの一つだろう）が掛かっていたくらいで、学校には毎日行くものと教育されていたから休むこともできなかった。

父は若い頃は教師をしていたし、村長になっても何期目かで、いい加減上達してもよさそうなものなのに、話下手は年を追うごとにますます嵩《こう》じていくようだった。本人も努力はしていたらしく、父の数少ない蔵書の中に古今東西の名演説を集めた本があった。

朝子は女学生の頃その本を見つけ、父に少し同情しながら読んだことがあるが、尾崎行雄や斎藤隆夫の国会での軍部弾劾の演説も載っていて、陸軍や海軍にこんなに厳しいことが言えた時代もあったのかとびっくりした。しかもそれほど前のことではないのである。朝子がそれを読んだ頃は大政翼賛会ができ、国会議員もほとんどそういう体制派の議員が占め、軍の方針に文句をつける人などいなかった。いや、いることはいたのだろうが、朝子などには知らされなかったし、たまに表面化することがあっても、新聞などでは国賊とか非国民のように書き立てられていた。

みんながみんな軍に協力していると思わせ、協力しなければならないように教育されていたのだ。つい数年前までは軍部の横暴を弾劾する演説が堂々と行われていたことを知っている大人たちは、言論が統制され軍国主義一辺倒になっても、また別の時代がくることを想像できただろうが、そういうことを知らない朝子たちは、その時代の国の方針や新聞に書いてあることが絶対だと思い込んでいた。

それはともかく、父の話下手に悩まされてきた朝子などには、とうてい信じられないような話がある。

母の父親の伊三郎《いさぶろう》が隣村の浜へ釣りに出かけ、雨に降られ浜の近くの神社の拝殿で雨宿りをしていると、近くで遊んでいた子供たちも雨を避けて駆け込んできた。その中の一番年嵩《としかさ》の子が、小さい子にせがまれるまま拝殿に奉納されている絵馬の説明を始めたが、それがわかりやすい見事な説明で伊三郎は感心し、家にもこういう婿養子が欲しいと思った。釣り仲間に「あれはどこの子だろう」と尋ねると、秋山さんところの末息子だということだった。秋山というのはその辺では大地主で網元も兼ねた名の通った家だった。当主も村の役などし、人格者で通っている。伊三郎はなるほどと思ったが、婿養子に欲しいといってもその頃母はまだ小学校へも上がらない子供で、現実味をおびた話ではなかった。が、後年父との縁談が持ち込まれたとき伊三郎はそのことを思い出し、大喜びで一も二もなく賛成した。

ところが婿養子に入った秋山家の末息子は、無口で愛想一つ言うでなく、子供の頃見せたような才気《さいき》煥発《かんぱつ》なところはどこにもなかった。伊三郎は失望し、「釣り仲間の後藤君は秋山家とは親しい間柄じゃったから、よもや見間違うはずはないと思うがのう」と首をかしげていたという。

朝子は若い頃母からその話を聞かされたとき即座に「おじいさんが聞き間違えたか、思い間違いをしていたのよ」と言った。朝子の知っている父からそんな子供時代は想像できなかった。

しかし朝子のすぐ上の兄の幸四郎も子供の頃はおしゃべりだった。小学校の高学年から中学時代へかけて、読んだ本のことを全部話さないと気がすまないようなところがあった。その相手は年齢のあまり違わない朝子で、朝子は毎朝朝食のとき、宇宙の遠い果ての星のことや、数学者の伝記など聞かされ、母に何度となく「二人ともさっさと食べないと学校に遅れるよ」と急《せ》かされていた。朝子は数学の歴史や数学者の伝記など読んだことはなかったが、ポアンカレなどという名前を今でも覚えている。

その幸四郎も大人になると無口になり、一度東海道新幹線が開通したばかりの頃、何かの用事で一緒に郷里へ帰ることになった。当時幸四郎は会社で大型コンピューターの研究開発を担当し、アメリカへも一年あまり研修に行っていた。朝子は先端技術の常識的なことくらいは知っていたくて、郷里までの六、七時間の旅の間、コンピューターの話が聞けると楽しみにしていた。幸四郎なら素人の朝子にもわかるように解説してくれると思っていたのだ。

が、何を尋ねても「ああ」とか「そう」とかいう短い言葉しか返ってこない。素人にはわからないと思っているのだろうと、世間話に切り替えてもやはり同じような短い返事が返ってくるだけだった。幸四郎のほうから話しかけてきたのは、「食堂車へ行くか？　それとも弁当を買おうか」というくらいなものだった。

家庭でも無口になっているらしく、アメリカへ長期出張中のことも兄嫁は一緒に行った同僚の奥さんからこういうことがあったと聞かされ、「そうですか」と確かめると「そんなこともあったなあ」という返事が返ってくるとのことだった。

そのくせ人がよくて断れないから部下の結婚式の仲人役をしょっちゅう頼まれ、そのたび、父ほどではないだろうが下手な話ぶりで兄嫁をはらはらさせていた。

だから朝子も今では父にも大人を感心させるほど見事な説明をしていた子供時代があったと思うようになっていて、ときどきそんな姿を思いうかべるときもあった。

父は子供たちには何ひとつまとまった話をしてくれたことはなかったが、「うちのお父さんは家のことはなに一つしてくれない」と母が嘆いていたわりには、家のことや子供の世話はよくしていた。

戦争が激しくなってからは村長の仕事も大変だった。召集令状も戦死の公報も全部村役場へくる。出征兵士の見送り、戦死者の村葬もひっきりなしに執り行わないといけないし、近くの村の村葬にも参列しないといけない。人手不足の中での食料増産や、米の供出や戦時公債の割り当て、疎開児童の受け入れなど頭の痛いことばかりだったようだが、朝子が幼い頃はまだのんびりしたものだった。

役場から家まで大人の足で七、八分といったところだが、五時に仕事を終えて帰るとすぐ着替え、夏だとホースで庭に水を撒《ま》き、風呂を沸かすのも、小さな子供たちを風呂に入れるのも父の役目だった。朝子たち下の三人は順番に呼ばれて風呂に入り、体を洗ってもらっていた。

母は部屋の模様替えをするのが好きで、好きというより季節ごとに日当たりや風通しを考えて家具の置き場所を変えていたのだろうが、休みの日には父はしょっちゅう母に言われて重い家具を動かす手伝いをさせられていた。

魚を料《りょう》るのも父の役目だったし、小魚を多く買って三杯酢に漬けておくときなどは、七輪を庭に持ち出し、父は金網に魚を並べ長い時間かけて丁寧に焼いていた。

毎日神棚の掃除をし、水を取り替えるのも父がしていたし、大掃除、障子の張替えなどは父の仕事だった。昔は便利な電化製品などなく、炊事、掃除、洗濯、衣類の仕立て直しなど主婦の仕事は数限りなくあったから、父親もそれくらいの手伝いをしなければとても家庭生活が成り立っていかなかったのかもしれない。

夏など夕食のあと散歩に連れて行ってくれるのも、朝子たちにとっては楽しみの一つだった。父は一日中机に向かう仕事だったたし、年齢的にも体力の衰えを自覚し始めていたのだろう。夜など庭へ出てよく足踏みしたり体操をしていたが、もっと歩いて足を鍛えなければという思いもあっただろう。しかし朝早くから夜暗くなるまで田畑で働いている村人たちには、散歩などという習慣はなかった。用事もないのに道を歩いていると怪訝《けげん》に思われるので、犬の散歩がわりに子供たちを連れ出していたのだ。子供と一緒なら道で村人に会っても「どちらへ？」と聞かれないし、聞かれても「子供たちにせがまれて……」と言えばすむ。

散歩のコースは二通りあった。家は村を東西に横切っている往還《おうかん》に面していたが、一軒おいて東側に南北に貫く道路がある。四辻になっているところから南の山のほうに向かうと、かなり急な坂の上に神社の森があり、それを過ぎて山ふもとの池まで行く。神社の前まで上ると海までの景色が見渡せ、さらに池の堤に立つと、近隣の村はもちろん、弓なりに湾曲している海岸線に沿ってはるか彼方の町の工場の煙突の煙も見えた。

もう一つは四辻から北に向かって下りて行く道である。途中、鉄道の線路があり、それを越えて少し行くと小学校がある。こちらは池のほうへ向かう道に比べれば半分にも足りない距離だが、誰もいないうす暗くなった運動場で自由に駆け回り、鉄棒や肋木《ろくぼく》で遊べる。子供だけだと宿直の先生が出てきて「暗くならないうちに早く帰るように」と注意されるだろうが、父も一緒なので出てこなかった。出てきても一緒に遊んでくれて叱られることはなかった。

散歩には下の三人だけでなく、小学校の高学年になっていた姉の良子も加わったし、その上の姉たちも生け花の材料のすすきや蓍萩《めどはぎ》を取りに行くと加わるときもあった。

父との散歩といっても父は父で勝手に一人で歩き、よほど危険なことでもしない限り怒られなかったから、子供たちは子供たちで道草をして遊んだ。道端の稲の穂先で眠りについている赤トンボを両手にあまるほど捕った。最後はみんな逃がしてやるのだが、そんなに沢山捕るのは自然お互い競争になることもあったし、もっと色の濃い真っ赤なトンボを捕りたいためだった。これこそ真っ赤な赤トンボだとねらいをつけて捕るのだが、手にしてみるとそれほどでもなくて、また新たなトンボに目が行くのである。眠っているトンボを捕るのだから、何の苦労もなくそれこそ捕り放題だった。

子供だけだと夕方以降は遊びに出してもらえないが、何もかも青一色に染め上げて暮れていく田園風景や、山の端を染める夕映えの中で駆け回った思い出が残っているのは、父との散歩のおかげかもしれないと思うときもある。

2

話を写真のことに戻すと、父の大きく広げた袴の間には、渦巻き模様の白っぽい着物を着せられた坊主頭の五歳の幸四郎が、大人用の大きな下駄を履いて父に抱かれるように立っている。両脇にたらした手の指先までぴんと伸ばしているところをみると、多少緊張気味のようで、顔も真っ直ぐ前へ向けている。

「いつも機嫌がよくて、ほんまに手のかからない子だった。昼寝から覚めても泣かないで、一人でむっくり起き上がってそばにある玩具で遊んでいた」

母がよくそう言っていたが、その模範的な赤ん坊のままの顔である。しかし泣きもしないで機嫌がよくておとなしいということは、のんびり屋さんでもあるということである。

父は役場へはお弁当を持っていかないで、昼前に家から温かいお弁当を届けていた。役場の小使いさんがこちらへくる用事もかねて取りにくることもあったし、そうでない日は母が届けていた。小学校へ上がる前の年くらいになると、朝子も届けに行っていた記憶がある。「お汁をこぼさないように」と言われても、今のようにパッキング式のお弁当箱ではないからちょっと傾けると、弁当を包んである風呂敷に染みが拡がる。なかなか難しいのだ。

幸四郎はまだその年齢には達していないときだから、多分この写真に写っている頃だろう。自分がお弁当を届けると言ってきかない。一本道だが途中線路を渡らなければならない。汽車が通過する時間ではないが、万一ということもある。彼にお弁当を持たせ、母が少しはなれて後ろから様子を見ながら行くことにした。幸四郎は母がついてくるのを嫌がり、大丈夫だから帰るようにと手で合図する。母は仕方なく家へ帰ったがやはり心配になって、迎えかたがた様子を見に行った。と、道の両側に家が途切れれんげ畑や麦畑になっているところがあるが、そこの道端の叢《くさむら》にお弁当だけちょこんと置いてあって、本人は影も形もない。その辺は子供たちの遊び場になっていたが、そこで遊んでいた子供たちの仲間に入れてもらって、お弁当のことなど忘れてひばりの巣を探しに行っていたらしい。

朝子は年が近いからよく知っていることもあるだろうが、とにかくそういうエピソードにはことかかなかった。小学生になった頃には「ナイフをなくする名人」になっていた。その頃肥後守《ひごのかみ》というナイフが子供たちに人気があった。鉛筆を削るのも、自分たちの遊び道具の水鉄砲や独楽《こま》を作るのも全部ナイフを使っていたから、男の子にとっては一種の必需品だった。そのナイフをどこかに置き忘れてなくするのである。一緒に遊んでいる友だちの中にはナイフを欲しい子もいたから、知らない間に隠されてしまうこともあるらしかった。庭で友だちとナイフで何か作っていて、ナイフがなくなったと母のところへ言ってくる。母がナイフを買うお金を渡すと駅前の金物店まで大人用の自転車を横乗りして買いに行き、しばらくすると買ってきたばかりのナイフがなくなったと言ってくる。「一日に三回もナイフを買ってやったことがあるよ」と、さすがの母も苦笑していた。

小学三、四年になると「分解して中の機械がどうなっているのか調べるんだ」と言って家にある置き時計や目覚まし時計を片端から壊していった。父が何かの行事のときもらってくる記念品は置き時計が多かったから、いろいろな形の時計があったが、次々分解していった。分解はするが元どおり組み立てることはできないから、黒光りするゼンマイや歯車が玩具箱にいっぱいあって、子供たちの遊び道具になっていた。時計の部分だけ抜けて丸い穴があいている置時計の外側を、朝子たちはままごとをするとき家の門や建物代わりに使っていた。

大勢の子供を育て少々のことに驚かなくなっていたのか、幸四郎が時計を壊しても、両親もまたかと思うくらいで、べつに叱られたり騒動は起こらなかった。

おかげで幸四郎は小学五年生のとき、近所の家の壊れたラジオの修理を買って出て、その家の人たちはばらばらにされたラジオを見てはらはらしていたらしいが、無事組み立てて聞こえるようになり、まるで天才少年のように感嘆されていた。

父と母の間には満三歳になったばかりの朝子がおかっぱ頭で、白い袖なしのシミーズのようなワンピースを着て、子供用の小さな靴を履き半ば母の膝にもたれかかるように立っている。ワンピースの裾からは襞《ひだ》を取ったブルマーの下のほうが見えている。

朝子はこの写真を撮ったときのことは覚えていないが、母の話によると、写真屋は一番小さい朝子の気を引くことに懸命で「はい、ズロースのお嬢さん、こっちを見てくださいね」とか「ズロースのお嬢さん、動かないでね」とか言って、すっかりズロースのお嬢さんにされてしまっていたようだ。写真屋の努力が功を奏したのか、ワンピースから出ているか細い手足がいかにもひよわな生きもののように見えるが、本人はいたって真面目な顔をしてちゃんと前を向いている。

朝子はこの前年の五月、一歳と九か月のとき、湿性肋膜《ろくまく》炎で近くの町の医院に入院した。最初は隣村の親戚の医師が診ていたが、一人では心細くなったのか町の医者を連れてきた。その医者の紹介で隣県から看護婦がきて、住み込みで看病に当たったが一向によくならず、高熱が続いた。町の医師が再度往診に来て、入院して肋膜にたまった膿水《のうすい》を抜く手術をすることになった。

当時女学生だった長女の豊子の話では、母が朝子を抱えて人力車に乗って出かけたあと、朝子を寝かせてあった布団を片づけると汗で布団がぐっしょり濡れ、下の畳にまで染みができていた。それくらい熱が高かったということで、もう助からないだろうと思っていたということだった。

二週間あまりの入院のあいだ母が泊まり込みで看病し、村長をしていた父は郡役所のあるその町へはしょっちゅう出張していたから、そのたびに寄っていた。父の日記では入院して二日目にすぐ上の兄の幸四郎を連れて行き、病院に残したまま帰っている。幸四郎もまだ母を恋しがる年齢だし、他の子供たちは昼間学校へ行って、誰も彼の面倒を見る人がいなかった。幸四郎はこのときのことをうすうす覚えていて、「庭を隔てた向かいの部屋に精神病患者が入院していて、鉄格子にすがりつきながらソラマメの皮を投げ散らして大声で怒鳴っていて怖かった」と子供の頃よく話していた。

退院したときはまだ背中に膿水を採る管を入れたままだった。経過は順調で回復に向かっていた。ところが数日経ってまた四十度近い熱がでた。二人の医師が来て管がどこかに触っているのではないかといろいろ調べたが、原因はわからなかった。幸い熱は二日ほどで下がったが、しばらく経って右手右足に麻痺が現れた。おむつを変えようとすると右足がだらんと垂れ下がる。お菓子や玩具を渡そうとしても左手しか出さない。右手を出すように催促すると、畳の上を這わせるようにして出した。

その頃になって脊髄性小児麻痺だと診断された。当時は小児麻痺が伝染病だと知らなかったから、感染経路など誰も考えなかったが、多分入院中に感染していたのだろう。医者は麻痺は次第に治って一か所に固まるだろうと慰めてくれたが、母にはショックだった。「この子を抱えて死のうかと思ったが、そんなことをすると他の子供に申し訳ないと思って思い直した」と何かの拍子に話したことがあった。

だから一年前の夏は母にとっては大変な夏で、写真どころではなかっただろう。医者が言ったとおり、朝子の麻痺は足のほうは完全に治り、右手の上膊部《じょうはく》にだけ残っていた。手を上に上げることはできないはずだが、写真を見る限り手の麻痺もわからないし、一年前大病をしたようにも見えない。朝子自身はわりに気に入っている写真である。

それにこれが朝子の一番幼いときの写真である。最初から四番目の子供までは産着を着て母に抱かれた写真が色褪《あ》せながらも残っていたが、後の子供になると両親の関心も薄れたのか、お宮参りには連れて行ったのだろうが、写真を写すほどの熱心さはなくなったのか写していないのである。

朝子の体の横に右手を回し、長椅子の一番右に腰かけている母は髪をひきつめにして、朝子の記憶では確か草色だったと思う斜め格子縞模様の着物を着て、夏羽織を羽織り、伊達巻くらいの幅の狭い帯を締めている。お腹はもう目立つほど大きくなっている。九人目の子供である。
当時はどの家も子供の数は多かったが、それにしても九人というのは多すぎた。朝子は何人兄弟かと尋ねられるたびに、口ごもりながら答えいつも驚かれていた。しかし近所の家でも九人くらいは生まれている。が、乳幼児の死亡率の高い時代だったから流産や、幼児の頃死亡して、育った人数は減っているのだが、朝子の兄弟たちは一人も欠けるところなく育ったから多そうにみえるのである。

母が次々に子供を生んでいた大正から昭和の初めにかけて、婦人解放運動家の加藤シヅエなどの産児制限運動が始まっていた。運動は田舎にまではおよばなかったが、母は小学校の教員をしていたから、新聞や雑誌でそういう運動があることは知っていた。

「アメリカかぶれして産児制限を唱える人もあったが、自然に反することはしたくなかったし、自分が一人娘で寂しい思いをしたから、子供は多いほどいいと思っていた」

朝子が大きくなった頃母が自慢そうに話したことがあった。その頃は国策で「産めよ、増やせよ」の時代になっていて、母が県婦人会の大会で九人の子供を育てたと話すと、そのとき県では十人以上の子供の母親を表彰することになっていたが、緊急動議が出て、九人以上に変更になり、母も表彰され得意になっていた頃である。

母はこの写真のとき四十三歳で、髪型や着ている着物は地味だが、今の朝子の目からみると、いかにも若く、匂い立つような輝きがある。朝子は母が四十歳のときの子供で、晩年の母の印象しかないから、なおさら強くそう感じるのかもしれなかった。

母の右斜め後ろには、小学五年の三男宰三が白い絣《かすり》の着物を着て、黒い兵児帯《へこおび》を締めて立っている。小学五年生にしては背も高く大人びた顔をしている。

朝子はこの頃の宰三のことは何一つ知らないが、宰三より二つ年下の良子に言わせると「宰三兄さんが一番輝いていた時期よ。勉強も良くできたし、スポーツも得意で」と、子供心にもそんな兄を誇りに思っていたことが口振りにもありありと出ていた。

宰三は学校対抗リレーの選手として活躍し、近隣の村でも有名で人気があったらしい。兄弟の中でスポーツが得意だったのは宰三だけだった。しかし大人になってからは他の男兄弟たちはゴルフをしていたが、宰三はゴルフもしなければ他の運動もしなくて、スポーツが得意だった子供時代の面影の片鱗《へんりん》も見せなくなっていた。

宰三は九人兄弟の五番目でちょうど真ん中にあたり、いろいろなことの変わり目にあたっていた。上の四人が生まれたときは、まだ祖父の伊三郎が生きていて、子供の名前も伊三郎がつけた。男の子の名前の由来は聞かなかったが、長女の豊子は伊三郎の亡くなった妻のトヨからとり、孝子は伊三郎の母親のタカからとったということだった。

宰三が生まれたとき伊三郎は亡くなっていた。で、母は父に名前をつけてくれるように頼んだ。父はいろいろな書物を広げ、毎晩のように考えていたが、一向に決まらなかった。届け出の期限ぎりぎりになってやっと決まったらしい。

父は何をしても丁寧すぎて遅く、母はその反対で、性格が両極端に違う二人だった。父は内向的で消極的、母は積極的で、父とは対照的に壇上に立って話すのが好きだった。突然指名されても壇上に上がるまでに話すことが思い浮かび、話し始めると言葉が次々出てくると言っていた。二人とも教員をしていた若い頃、郡の教員大会で母は壇上に立ち「初等教育は女教員に任せてください。立派にやって見せます」と演説し、父は同僚から「おいおい、女房にあんなこと言わせていいのかい。わしらは要らんからやめろということじゃぞ」とからかわれていたらしい。

子供への手紙でも父は一度下書きして清書し、形式的には整っているが味も素っ気もない手紙を寄越した。母のほうは形式などにこだわらず用件から書き始め、思いのほうが字を書く速度よりまさり、語尾の字が勢いあまって他の字の倍くらいの大きさになっていることもあった。

だから子供の名前一つつけるのに一週間ももたもたしているのが、よほど見ていられなかったらしく、「それからはもうお父さんには頼まなくて、後の子の名前は私が全部つけたよ」ということだった。

宰三というのは父がつけた唯一の名前である。宰相になるくらいの人物になってほしいとでも願っていたのだろうか。

母が勤めていたから上のほうの子供たちが赤ん坊の頃は、それぞれ子守を雇っていた。隣集落の宰三の子守の家では家族中で可愛がり、宰三が小学校へ通うようになっても何かご馳走を作ると宰三に食べさせたいと呼びにきた。

宰三に言わせると「私が軍隊に入るとき、お母さんはお酒を工面して、その家の竹じいさんを呼び、二人だけでゆっくり別れをしなさいと言ってくれた。あれがお母さんとして一番上出来のことだった」と感謝していた。

母は生まれたとき母親をなくし、ひと月ほど里子に出されていた。お乳を飲ませてもらうためだが、その家であまり可愛がるので祖父は返してもらえなくなると大変だとあわてて引き取ったが、その家の主婦は夕方になると赤ん坊がお乳を欲しがって泣いてはいないかと心配して家の周りをうろついていたという。その後もその家の家族に可愛がってもらったらしい。そういうこともあって宰三のことを家族同様に大切に思ってくれている気持ちがわかったのだろう。

宰三より上の四人は小学校に入学したとき母が教師として学校にいたが、宰三が入学する前年母は退職した。そのせいだけでなくスポーツ選手として人気があったのを妬まれたのだろうが、宰三は小学校では生意気だと上級生にしょっちゅういじめられていた。宰三より二級上に青年になってからも村人から恐れられていた人が二人いた。その二人に呼び出されては殴られていたらしい。

宰三は大人になってからも子供の頃いかにいじめられたか、その話ばかり楽しそうにしていたが、本人にとってはやはり輝ける時代だったのだろう。成績優秀で将来を嘱目されながら、大人になってからは上の者に反抗したり、生意気になったことは一度もなかったのではないだろうか。平々凡々とした生活に甘んじてきたような感じがあった。

ガキ大将というのは統率力や新しい遊びを工夫する力があり、年下の子もいたわって遊びの仲間に入れてやる。そうした能力の持ち主だが、そうではなくて悪童連中からも恐れられている悪童の親分格の上級生が朝子の時代にもいた。朝子は女の子だからいじめられることはなかったし、兄の幸四郎も格別いじめられている様子はなかった。が、朝子は悪童の親分の威力をまざまざと見せつけられたことがある。

朝子が小学二、三年の頃、隣家との境に聳《そび》えている杉木立の梢に野鳩が巣を作った。雛《ひな》が孵《かえ》り少し大きくなるのを待って幸四郎と幸四郎の親友の秀《ひで》ちゃんが杉の天辺《てっぺん》まで登って、巣ごと二羽の雛を抱えて下りてきた。雛を育てることは巣を見つけたときから楽しみにしていて、父が金網を張った戸を付けた鳩の巣箱を作ってくれていた。幸四郎と秀ちゃんはその中へ一羽だけ入った巣を入れ、もう一羽は大事そうに掌《てのひら》に載せ、駆け出して行った。

秀ちゃんも一羽欲しいと言ったのだろうか。それでも二羽を別々にするのはかわいそうだ、毎日のように遊びにきているのだから、ここで共同で飼えばいいのに。朝子はそう思っていたが、幸四郎たちは雛を秀ちゃんの家に持って行ったのではなかった。帰ってきた二人に聞くと、この辺でみんなに恐れられていた悪童の親分のところへもって行ったということだった。相手が要求もしないのに、機嫌を取るために貢物《みつぎもの》として持って行ったのだ。

一羽だけ残された野鳩の雛は幸四郎や朝子の世話で無事成長し、朝、巣箱の戸を開けてやると、飛び立っていき、夕方になると帰ってくるまでになついていたが、一年ほど経ったある日昼過ぎから嵐になり、どこかへ吹き飛ばされたのか、怪我をしたのか帰ってこなかった。

その鳩のことを思い出すたび朝子は、要求もされないのに貢物を差し出しに行くことはないだろうと、兄や秀ちゃんのふがいなさを思うのだが、今も昔も子供の世界には子供なりの大変さがあるのかもしれない。そうやって世の中のことや人とのつき合い方を学んでいくのだろう。朝子の兄弟はみんな世渡りが下手だったが、少なくとも宰三より幸四郎のほうが少しはましだったのではないかと思ったりする。

3

宰三の横、母と朝子の後ろに立っているのが、その年の春、陸軍士官学校予科に入ったばかりの次男の正二《しょうじ》である。士官学校の制服姿に軍帽をかぶり、白い手袋をはめている。

正二は子供の頃から山原でうぐいすやめじろなどの小鳥を捕ってくるのが上手だったが、宰三がせがんでも絶対連れて行ってくれなかったらしい。鳥黐《とりもち》を小鳥の通る道に仕かけ、小鳥がかかるまでじっと辛抱強く待たなければならないのだから、小さな子供など連れて行けば邪魔になるだけである。だからこっそり隠れて行っていたのは当然のことだが、一人で何かしたり、山歩きをするのが好きな性格のようだった。

無口で皮肉屋のところもあったが、優しいところがあって、士官学校に在学中からお正月に帰るときは、田舎では売っていないような大きくて立派な羽子板をお土産に買ってきてくれ、雛祭りの時期にはお内裏さまを送ってくれた。雛人形の宛名は朝子になっていたが、あとから届いたハガキでは「千加子ももうお雛さまを欲しがる年になっているのを忘れていました。二人で仲良く飾ってください」とあった。

朝子は下のほうの子供だから、年の離れた弟妹を思いやったり可愛がった経験はない。下に弟妹が大勢いたら、さぞうっとうしいだろうと思わないでもない。それなのにまだ士官学校の生徒で官費ですべて賄い小遣いも潤沢とは言えないだろうに、故郷にいる幼い妹にお雛さまを送ってくれた心を思うとちょっと感激する。

正二は子供の頃から馬に乗ることに憧れていたというから、本人が希望したこともあるだろうが、士官学校に入った理由の一つは親に学費の面で負担をかけさせたくないという気持ちもあったはずである。その証拠に官費で行ける学校だった広島高等師範学校と陸軍士官学校を受験し、両方とも合格したが、士官学校のほうを選んだのだ。

父も母も若い頃は小学校の教師をしていた。その頃は十八年勤めると恩給をもらえるようになり、それも退職した翌年からもらえた。二人とも恩給年限に達した頃、父が村長を引き受けることになり、同時に母も退職した。大正十三年である。村長といっても当時は名誉職で、選挙などない代わりに報酬も僅かだった。朝子が記憶している限りでは大学出の初任給くらいの六十円ほどであったが、小さな村で交際費などはない。人がよくて真面目なだけが取り柄の父は村長の報酬はほとんどそれに当て、家計には入れていなかった。母に言わせると「うちのお父さんは村長ではなく、損する長だ」ということだったが、そういうわけで家計は二人の恩給と、母が不在地主の土地の差配というか、管理人のようなことをしてもらう謝礼で賄われていた。

差配をしていたから、年貢時には小作人たちがそれぞれ芝車といわれる車に五、六俵の米俵を積んで朝からひっきりなしにやってくる。その日は米の等級を検査する人や力仕事をする人たちが雇われ、持ってきた俵の検量をして蔵に積み上げる。数日すると今度は米の仲買人がやってきて、荷馬車に米俵を積み上げて運んでいく。だから知らない人にはかなりな土地をもつ地主に見えるのだが、家の土地は一つもなかった。母の祖父と父親は生業を持たず、土地を売っては生活に困っている人を助けたり、自分たちも贅沢に遊び暮らし、母の代になったときは自分の家の屋敷さえ他人の土地になっていた。

母は若い頃は教師をしながら、夜は仕立物の内職をして、子供の学資をためていた。夕方学校の勤めから帰って、単衣《ひとえ》物なら一晩に二枚は仕立てていたという。朝子が子供の頃も母は家にいるときはいつも縫い物の前にいた。もうその頃は内職ではなく、子供の着物の仕立て直しや、姉たちの着物の仕立てだった。朝子はそばにいて老眼が始まり手元が見えにくくなった母のために、針に糸を通す役目をしていた。

母が縫い物をしていた居間の長押《なげし》には陶器製の大黒さんと恵比寿さんのお面がかかっていた。高いところにかかっていたし、その頃はもう使われなくなっていたので、どんなになっているかは見たことがなかったが、貯金箱代わりで母は仕立賃をもらうとその中に入れ、それがだんだん増えていくのが楽しみだったたと、縫い物をしながら話してくれたことがある。

そうやって仕立賃をためたとしてもどれほどにもならなかっただろう。小学校教員の夫婦の給料や恩給だけでは大勢の子供を中学校や女学校へ通わせるだけで、せいいっぱいだった。中学や女学校さえ当時の田舎では進学できるのは一割にも満たない子供で、それだけでもありがたいと思わなければならなかった。

だからその上の学校へ進学するとなると、官費で賄ってくれるところ、すなわち軍人養成の学校か教員養成の高等師範学校を志望することになる。正二もそうだったのだろう。

写真で見るとそんなに痩せているようには見えないが、中学四年のとき陸軍士官学校を受験したときは、身体検査で体重不足で不合格だった。兄の修一に教えられたとおり、検査に臨む前に餅を沢山食べ、水をがぶ飲みして、トイレに行くのを我慢していた。おかげで体重計に乗ると「よし」と言われたのでほっとして、トイレに行ってすっきりしていると、もう一度計り直すからと呼ばれ、体重計に乗ると規定に達していなくて、不合格だった。当時は志望者が多いのに軍縮で定員は限られていたから、競争率も激しく難関だったのだ。

正二は落胆し、「中学五年生をするとは思わなかった」と嘆いた。当時中学は五年制だったが、四年修了で上級校への受験資格ができ、優秀な生徒は四年修了で進学していた。兄の修一も四年修了で松山高等学校へ進学したから、正二としてはなおさらだっただろう。

「いい機会じゃないか。五年になったら首席になれる。首席になって卒業式で堂々と答辞を読んだら、お母さんだって鼻が高い」

母はそう言って慰めた。長男の修一は中学の成績も飛びぬけてよかったが、四年修了だから卒業式の晴舞台で答辞を読むことはなかった。正二も成績は良かったが、後に医者になった友人にはかなわなくていつも二番手に甘んじてきた。しかしその友人は四年修了でいなくなるから、今度こそ一番になれるのである。

実際正二はこの写真の半年前の三月、中学を首席で卒業し、卒業生を代表して答辞を読んで両親を喜ばせた。

正二の隣、ちょうど父の後ろには長男の修一が黒い学生服に角帽をかぶって立っている。前年旧制松山高等学校を卒業して東京帝国大学工学部の電気工学科に入学して、二回生である。正二のところでも言ったように学費を潤沢にだせる家計ではなかったから、高等学校時代も奨学金のようなものに頼っていたのかもしれないが、大学に入ると試験を受けて海軍の委託学生になった。卒業すると海軍の兵器製造の技術者として海軍造兵中尉に任官して、軍人になるのである。確か七十円ほどの手当がでていたはずだが、それは官立大学出の初任給と同じ額で、学生の身分で給料をもらっているようなものだった。修一が海軍委託学生になったのはそういう経済的な事情もあったが、もう一つはドイツに留学させてもらえる一番の近道だったこともある。当時ドイツは科学技術では最先端の国で、憧れていたようだった。

二人並ぶと体格的には正二のほうが立派で、修一は小柄である。母に言わせると「初めてのお産だから取り上げ婆さんに頼んだところ、後産が降りないといって、産湯を使わせられないといって、一月の寒いときに裸でおきっぱなしで、もう少しで凍え死にさせるところだった」。母はそれが小柄な原因だと思っていたようだった。

修一は小柄なせいか、どの写真もいつも背筋をぴんと伸ばした姿勢で胸を張って写っている。顔にもなんとなく気概のようなものが現れている。当時はどこの家でも長男は大事にされていたが、修一も両親の期待を一身に集め、特に母にとっては吾が子ながら修一は神様みたいな存在だった。

修一が小学校へ入学したとき、母は自分の村の小学校へ勤めていた。一年生はベテラン教師の母が担任することになっていた。母が言い聞かせたわけでもないのに、修一は家と学校でのけじめをきちんとつけ、家では甘えていても、学校では「先生、先生」と呼び、決して馴れ馴れしい態度は見せなかった。

母は感心しながらも幼い子供にそこまで気を使わせるのはかわいそうで、次男の正二のときは男の先生に担任を代わってもらった。が、あるとき授業参観の機会があり、行ってみると「しょうもないじゃらくさい教え方をしているので、これはいかんと思うて、豊子、孝子のときはまた自分で担任することにした」と話していた。「じゃらくさい」というのは、(冗談ぽい、不真面目な、だらしない）などすべての否定的な意味を含んだ方言である。

修一は小学一年の頃から新聞を読んでいたが、ある日母が学校から帰ると「お母さん、マルクスって何？」と訊いた。母はどうしてそんな名前を知っているのか不思議だったが、人の名前で、修一なんかにはまだ難しすぎるし、読む必要もないが「資本論」という本を書いた人だと教えた。すると修一は次々その頃新聞でよく見かける人の名前や言葉をあげて訊いてきた。あとで母が新聞を見ると、どこかの大学の入試の時事問題で、答えられない生徒が多く珍答、迷答が続出したとの記事が載っていた。

「学校から帰って新聞を読み、私を試してみようと思ったんだろうね。答えられなかったらどうしようと心配していたのだろうが、私が全部答えたものだからほっとしたようで、あの時は本当に嬉しそうな顔をしていたね」

そう話す母も本当に嬉しそうな顔だった。

母は修一の言うことやすることは絶対に正しいという信念を持っていたし、修一のほうも三男宰三の高等学校の学費など全額自分が出し母の期待に応えていた。

母は晩年になってからも、他の子供八人が束になってかかっても、修一にはかなわないと思っていたようで、実際そう口にもしていた。

「修一は小学校の高学年になると、朝でも一番早く起き、お手伝いさんを起こして朝ご飯の支度をさせ、自分はその間、庭で体操をしたり、部屋で勉強をして学校へも余裕を持って出かけていたが、後の子供ときたら……」

朝子などは女学生の頃、何度その話を聞かされたことか。家は平屋の母屋と渡り廊下で繋いだ西の家を呼ばれる二階屋があった。二階の二部屋は中学生や女学生になった者が使っていた。中学校も女学校も汽車通学だから朝早く家を出ないといけない。母は朝食の支度をしながら時間を見計らって起こしに行く。二階への階段の途中から声をかけ、返事があったので安心して台所に戻って仕事をしていてもいくら待っても起きてこない。で、また居間を通り、座敷を通り抜け、廊下を渡って行ってみると、頭から布団をひっかぶって寝ている。

「あの廊下だって、私は毎朝何度往復したかしれない」

それからみんな汽車がトンネルを出たとき鳴らす汽笛が聞こえてから、大慌てで家を飛び出すときが多かった。駅まで懸命に駈けてやっと間に合うぎりぎりの時間だから、母は間に合ったかどうか心配しなければならなかった。が、修一だけは親にそういう心配をかけたことはなかったというのである。朝子などは身に覚えのあることだから、母に言われて一言もなかった。できすぎた長兄を持った下の子供たちは、それに対して競争するとか、発奮するとかはしないで、「あれは特別だから」という目でみていた。

母が晩年ベッドで寝ている時間が長くなった頃、満州から引き揚げ離婚して実家に帰っていた次姉の孝子が面倒をみていたが、近所の人から見ると孝子に母の世話を押しつけて、他の兄弟たちは都会で気楽に暮らしているように見えたのだろう。昔から家に親しく出入りしていた近所の主婦二人がみんなを代表するかたちで母のところへ来て、母が亡くなったあと孝子が生活に困らないように、今のうちにはっきりさせておくほうがいいのではないかと進言した。二人の主婦は失礼に当たらないようにあらかじめ話の切り出し方まで練習してきたようだが、母は「心配してくれるのはありがたいが、修一がいるから大丈夫。私が言わなくてもあの子がちゃんとしてくれるから」と言って取り合わなかった。

「いくら子供を信用しているといってもなあ。こういうことは死んでみんことにはどうなるかわからん」

「しっかりしているように見えても、九十を過ぎると、物事の判断がつかんようになるんかもしれんな」

二人にはそういう不満が残ったらしく、朝子が帰省した折にその話をし、朝子からも母に進言してほしいと言った。「修一がいるから大丈夫だ」というのは母の信仰のようなもので変えようもなかったが、この場合は別に変える必要もなかった。兄弟たちはみな母の残したものは当然孝子のものだと思っていたし、修一もそう判断するだろう。そして長男の修一が決めたことに反対するほどの勇気があるというか気概のあるものは誰もいなかった。朝子はそんな話をして二人に納得してもらった。

実際、母が亡くなったあと修一は孝子のために使い勝手の良い小さな家を建て、その後何年もたって連れ合いを亡くして自分も郷里の家で暮らすようになったから、母の死後十数年たって孝子が亡くなったときは、まだ元気だった修一が毎日病院へ見舞いに行き、孝子の最後も看とり、母が予想していた以上の世話を果たしたのだった。

写真を眺めながら朝子の思いは孝子が亡くなった当時のことまで飛んでいたが、その孝子はこの年女学校に入ったばかりで、女学校の制服の白いセーラー服を着て修一の隣に立っている。その横にはやはり女学校の制服姿の長女の豊子。朝子が女学生の頃は戦争中で夏の制服は半袖だったが、昔は長袖だったようである。

豊子と孝子は大人になってからは身長などそんなに変わらなかったはずなのに、この写真では大人と子供くらいの差がある。孝子はまだ身長が伸びていく段階にあったのだろう。そういえば朝子も女学校に入学した当時、四年生がひどく大人っぽく見えたものだ。

孝子は小学校の低学年の頃までは、唄や踊りが得意で人前でも物怖じしないで歌ったり踊ったりして、兄たちは冗談で「一人くらい毛色の変わったのがいても面白いから、宝塚へ入れたらどうだろう」と言っていたということだが、朝子の知っている孝子はむしろ消極的で、人前に出ることが嫌いでどこかおどおどしたところがあった。しかしきれい好きの働き者で朝子が小学生の頃は孝子がほとんど家事を引き受けていたが、いつも家の掃除や台所で忙しそうに立ち働いていた。唄や踊りが得意だった少女の面影はどこにもなかったが、この写真にはまだ目がくりくりとして大きくその頃の面影を少しは残している。

長女の豊子はいかにもしっかり者の顔をして写っていて、それは朝子の記憶のままである。

4

もう一枚の写真はそれから二年半ほど経った昭和九年の正月休みのときである。父のメモ帳のような日記には「一月二日、火曜日、晴。午前十一時役場へ出勤、午後二時頃、家内一同で記念撮影を為す」とある。

つい十日ほど前の前年の暮れは皇太子殿下の誕生で国中が慶祝気分に沸いたときである。面白いのは父の日記には皇太子生誕の二十三日、その翌日の二十四日にも新聞で大々的に報道されただろうに何も触れてなく、十二月二十九日になって「本日、御命名式あり遙拝す、児童は旗行列を行う」と書いてある。遙拝や旗行列は上からお達しがあり実行したから書いてあるのだろう。

そしてどういうわけか年末押し詰まって道路の改修工事を行い、「十二月三十一日、日曜日、雨。本日午後一時より人夫賃支払の為に大原君に出勤を依頼して夫々《それぞれ》計算して支払を完了す」とある。農村は不況の真っただ中にあったから、困窮者救済の工事だったのかもしれない。

元日は家で迎えているが、三日は午前中神社でその年に入営する青年を集めて入営兵士の報告祭を行い、それから役場へ帰って翌日の村会議員選挙の会場の準備をしている。正月も結構行事が立て込んでいて、二日の午前中も役場へ行っていたらしい。

最初の写真を写したときから二年半のうちに、日本は大きく様変わりしていた。最初の写真からひと月あとに満州事変が起こり、現地の関東軍は政府の不拡大方針を無視して東北三省を占領、翌昭和七年三月一日には満州国建国を宣言。それと呼応するように国内でも物騒な暗殺事件が続き、蔵相の井上準之助《じゅんのすけ》、財界の大立者の団琢磨《だんたくま》などが暗殺され、さらに五・一五事件と言われる陸海軍将校による首相官邸などの襲撃事件によって犬養《いぬかい》首相が暗殺された。日本はファッショ化への道を突き進み、強引な満州国建国を非難する国際連盟を脱退して、国際的な孤立の道へ進むのである。ヨーロッパではドイツのヒトラーが独裁政権を獲得していた。

満州事変では村からも戦死者が一名出ている。また五・一五事件の決起将校の中には修一と中学の同級生の篠原市太郎も参加していた。そして正二が在校していた士官学校でもこの年の十一月だが、青年将校や士官候補生によるクーデター事件が発覚している。だから危ない火種はすぐ傍まで迫ってきて時代の激しい流れに流されていたのだが、両親や上の子供たちはどう感じていたのだろう。もちろんまだ小学校へも上がらない朝子には何もわかるはずはなかった。

二枚目の写真も朝子の記憶とは大きく違っていた。梅の古木と母屋の間の広庭ということでは場所は一致していたが、やはり向きは違っていて梅の木を一番端に入れて西向きである。逆光線にならないよう配慮したのだろう。しかしそのために庭の風情は壊され、いかにも殺風景な背景になっている。その上写真の人物の頭の上を細い鉛管が横切り、それを支える四角い支柱まで写っている。何もこんなものまで写さなくてもと思うが、その管は台所の水道から遠く離れた風呂場まで庭を横切って水を送るために、父が取り付けたパイプだった。

水道の蛇口は一戸に一つということになっていたが、当時こんな田舎で簡易水道とはいえ水道があるのは珍しく、この集落の十数軒だけだった。山に近い高台で井戸を掘るには深く掘らなければならない。そんな関係で住民で水道組合を作り施設を作ったのだ。明治生まれの母の子供の頃は家の近くにある共同井戸から水を汲んでこなければならなかった。家にいて栓をひねれば水が出てくる、そんなものがあればどんなにいいだろうと憧れていたが、それが実現できたわけである。

井戸や小川から水を汲んでくることを思えば便利になったが、風呂までバケツで水を運ぶのは大変で、最初はゴムホースを長く繋ぎ合わせたが、ゴムホースではどうしても垂れる部分ができてうまくいかなくて、金属製のパイプをハンダ付けして作ったのである。

それから間もなく自分の家で工事をすれば水道をどこへ引いてもよいことになり、朝子が小学生の頃には庭に泉水を作ったり、西の家の洗面所や風呂はもちろんトイレの手洗いでも水はふんだんに使えるようになった。が、その前の四、五年はこのパイプが役に立っていたのだ。

昭和六年と九年の写真を比べてみてまず気がつくことは、夏と冬との違いはあるが、最初の写真では着物姿だった父や幸四郎、宰三も洋服になっていることである。おそらくこの頃から田舎でも洋服が普及しはじめたのではないだろうか。朝子が小学校の頃は着物を着てくる子もいたが、大半の子供は洋服になっていた。

このときの写真では長い腰掛ではなく籐椅子を二つ並べて両親が腰かけ、父は黒い三つ揃いの背広を着て蝶ネクタイを締めている。朝子の記憶にある父もたいていは洋服で、着物に袴というのはなにか特別の場合だけになっていた。

最初の写真のときは母のお腹にいた千加子は、黒白の写真では色はわからないが、朝子の記憶では臙脂《えんじ》色のツイードのオーバーを着せられ、母の膝にもたれかかるように立っている。「寝ているところを起こしたので、機嫌が悪くてね」と母が説明していたが、いかにも不機嫌そうな顔で前方斜め上をにらみつけている。

朝子は襟と袖口に白い兎の毛がついた赤いオーバーを着て、父の膝の間で立っていた。その赤いオーバーは朝子のお気に入りで、そのせいもあるのだろうが、朝子の記憶の中では不思議なことに二枚目の写真のほうはカラー写真のような印象で頭にあった。妹の千加子の臙脂色のオーバーも今もはっきりと目に浮かぶような気がするし、朝子は白い兎の毛のついた赤いオーバーを着た可愛らしい女の子として写っているように思いこんでいた。

しかし実際は黒白写真で色などわからないから、格子縞のだぶだぶの野暮なオーバーを着せられた女の子になっていた。そのオーバーは小学校へ通うようになっても着ていた覚えがあるから、大きめのを買って着せられていたのだろう。袖口から手の先がやっと出ているだけである。千加子のほうは手が袖口に隠れてしまっているが、全体的に小さいからオーバーだけが目立つことはなかった。

千加子が不機嫌そうに何かをにらみつけるような顔をしているのにくらべて、朝子は真面目そうなすました顔で写っているのは、写真を写すことの意味がわかる年齢になっていたからである。それに比べて千加子はそれがわからない年齢だし、寝ているところを起こされて不機嫌だった。そういう偶然も重なっていたが、二人の性格の違いを見事に暗示しているようにも見える。

朝子は子供の頃から「いい子になりたがり屋」のところがあった。自分の意志を通すよりも周囲と妥協するというか、すぐ協調してしまうのである。その点千加子は我を通すほうだった。

確か朝子もまだ小学校に上がる前だったから、この写真を写した年の秋くらいだったのではなかろうか。原因は何だったか忘れたが、近所の子供たち四、五人で裏庭で遊んでいるうち、千加子が何かにすねて泣き始めた。最初はみんなもなだめたり機嫌をとったりしていたが、泣き止まないので面白くなくなり帰ってしまった。朝子はいい子になりたがり屋のくせに、誰かの機嫌を取ることなどできなかった。そういうことができないから他人と摩擦を起こさないようにいい子でいたかったのだろうが、妹の機嫌をとることもできなくて、家に行って姉たちに助けを求めた。

その日は母が婦人会の用事で松山に出かけていたから、女学校を卒業しお稽古事のかたわら家事を引き受けている長女の豊子が千加子のところへ行って家の中へ連れて帰ろうとした。

が、千加子は菜園のそばにある柿の木にしがみついたまま、帰ろうとしない。小学校の高学年になっていた良子も出てきて「絵本を読んであげる」とか「飴玉を買ってきてあげる」と言っても機嫌を直さない。そのうち女学校から帰ってきた孝子も加わって脅したり、すかしたりしても効果がない。三人の姉たちも匙を投げ、「泣きたければいつまででも泣いていなさい。夜になって怖いものがきても知らないから」と家の中へ引きあげた。その間、一時間以上はゆうに経っていた。千加子もずっと泣き続けていたのではなく、誰もいないときは泣くのをやめ、誰かが近づいてくると泣き始める。本人ももうなんで泣いているのかわからなくなっているのだろうが、強情を張っているのだ。

母が帰ってくる汽車の時間がきて朝子が駅まで母を迎えに家を出たときも、千加子はまだ庭で頑張っていた。婦人会の郡や県の役員をしている母はよく県庁所在地の松山まで出かけていた。当時松山までは汽車で三時間あまりで朝早く出かけ、たいていは夕方の汽車で帰っていた。母は松山へ行くたび必ず食パン一本と甘納豆を買ってきた。たまには子供向けの本や洋服なども買ってくることもある。

お土産に引かれてだけではないが、朝子は母が帰る時刻にはたいてい駅まで迎えに行った。いい匂いのする食パンを抱えて帰るのがうれしかったのだ。田舎ではバターやジャムなどしゃれたものもない時代で、何もつけないで食べるか、お砂糖を少しつけるくらいだが、真っ白であんなに柔らかくふかふかした食パンは、その後食べたことはないと思えるくらいである。

朝子はいつものように母から受け取った食パンを抱え、薄暗くなった往還を母と歩いた。母は忙しくて家にいることは少なかったし、家にいても兄弟が多くて、母を独占できる機会は滅多にない。駅から一緒に歩いて帰る十分あまりの時間はその滅多にない機会だった。

朝子はいつもその日あったことを話しながら帰るのだが、庭で泣いて姉たちを困らせている妹の千加子のことを真っ先に話したのは当然のことだった。姉たちもみんな困っていたし、朝子から見てもわがままな子としか言いようがないのである。母も当然そう言うとばかり思っていたのに、朝子の話を聞くと母は顔色を変え急ぎ足になった。

「大きい子が何人もいるのに、あんな小さい子をこんなに暗くなるまで外で泣かしておくなんて。みんな何をしているんだろう。かわいそうに」

母は一刻も早く家へ帰りたいらしく、朝子がそばにいるのも忘れたようにはや足で歩いた。朝子はあてがはずれがっかりすると同時に、複雑な気持ちだった。母に一番大事に思われていたのは自分でなく妹だったとわかったことと、何か告げ口をしたような後味の悪さを感じながら母から大分離されてのろのろ歩いた。

朝子のいい子になりたがり屋は、自分では難しい人間関係を処理できないので、なるべく面倒なことは起こさないようにとの自己防衛本能からくるものだった。それに比べて千加子のほうはたくましさや適応性があった。そんなことを思いながら写真をみると、いかにもふてぶてしい顔に見えてくる。

子供の頃、朝子は近所の家に遊びに行っていても、お昼どきになると遊びが続いていても、一度家に帰って昼食をすませてからまた遊びに行く。特別に招かれたとき以外は他所の家での食事などおよそ考えられなかった。朝子の家では食事は長い食卓の両側に向かい合ってとっていたが、その頃田舎の家ではたいていは各自箱膳といわれるものを持っていて、自分のお箸やお茶碗はろくに洗わないでその中に入れておき、食事のとき使う。朝子にはそれが不潔に思えたし、その上麦を混ぜたご飯である。

ところが千加子のほうは「千加ちゃんも食べて行くで？」と誘われると喜んで頷いた。箱膳が珍しくて自分も作ってもらっていた。

「千加ちゃんはうちらのような麦飯を『美味しい、おいしい』と言って喜んで食べてくれるんじゃ」と母に話して近所のおばさんたちの間では評判がよかった。

朝子にはそういうたくましさはなかった。朝子が小学三年のとき支那事変がはじまり国民精神総動員などという運動がはじまり、お米を節約するために麦を混ぜることが奨励された。まだその頃は田舎ではお米が不足することはなかったが、真面目人間の父は村長の家から模範を示さないといけないと思ったようで、母に麦ご飯にするように言った。

実際村の駐在さんがそれまで白米のご飯を食べていたような家を回って、それは村でそれほど多くはなかったが、雑談の合間に「ところでお宅は麦を混ぜていますか」「どれくらいの割合ですか」「家族の評判はどんなもんですか」などと聞いて回るような時代だった。母のところへもきてそんな話をしているのを朝子は聞いたことがある。

最初の質問には母は余裕たっぷりだった。「ええ、それはもう。主人はああいう人ですから、みんなの模範にならないといけないと言って」

しかしどれくらいの割合となると、かなりトーンダウンした。「一割かそこらですかね。最初から多くするとみんな嫌がるから、徐々に慣らしていこうと思って」

母は駐在さんにはそう言ったが、父が真面目人間なら母はその反対に融通がききすぎる人間で、「お麦が一粒でも入っていればいいんでしょう」と考えるほうだった。大家族のご飯を炊くとき、大麦を掌でほんの少し掬《すく》って入れるだけだった。だからよく探さないと麦がどこに入っているかわからないくらいだった。が、朝子は麦ご飯特有の甘ったるいような匂いが鼻について食べられなかった。

麦は米より軽いから上に浮き、炊き上がったときは上部に固まっている。それをかき混ぜて平均に行き渡るようにするのだが、母はかき混ぜる前に朝子の分はお米だけの部分を茶碗によそってくれるが、それでも麦の匂いがすると言っていやいや食べていた。

匂いに敏感だったのではない。トマトの青臭さを嫌って他の子供たちは食べなかったのに、朝子はあの匂いが好きで好んで食べていた。朝子の子供の頃、トマトはまだ一般には普及していなくてどこも作っていなかったし、八百屋でも売っていなかった。ただ村に農業学校がありそこの農園で実験的に栽培していた。栽培に成功したものの青臭い匂いを嫌って生徒も先生も食べなかった。それで試しに母のところへ持ってきた。母は新しいものが好きだからトマトの栄養価とかビタミンCとか言われてありがたく頂いた。早速夕食に輪切りにしたトマトが出たが、みんな匂いに閉口して食べなかった。結局食べるのは母と朝子の二人だけだったが、農業学校の先生は食べてくれる人が見つかってほっとしたのか、家の近くから通っている生徒にことづけて毎日の収穫分を届けてくれた。それで朝、昼、晩と三食ともトマトが食卓にのることになり、「あんな臭いものを喜んで食べる者の気がしれない」と兄弟たちに嫌がられながら食べていた。

朝子はそんなことを思い出していたが、再び何かをにらみつけるようにしている妹、千加子の写真に目を戻した。見れば見るほどきかぬ気の強そうな顔に見えてくるのだ。

「あの子は大人になってからもわがままだったから」朝子はそっとつぶやいてみる。自分にあのわがままさの半分でもあれば、自分の人生も変わっていたかもしれないという気がするのだ。

千加子は女学校を卒業するとしばらく会社勤めをしていたが、母の反対を押し切って上京した。洋裁学校へ通うということだったがそこもすぐやめ、女優になるのだと小劇団に入った。演技も下手で劇団では一番新米のくせに主役でなければいやだと駄々をこね、主役を演じた。他の人はさぞ面白くなかっただろうが、千加子の強引さに気圧されしたのか内輪もめや仲間割れすることもなく、公演はまずまず成功したらしかった。

何かの拍子に母が「千加子は自分の部屋は塵ひとつないようにきれいに片づけてあるが、ごみやいらないものは廊下に掃きだしておくほうだし、朝子は廊下は掃除してあっても、部屋の中は散らかしっぱなし」というようなことを言ったことがあった。二人とも廊下に面した部屋を与えられていたわけではなかったから、部屋は一種のたとえだったが、かなり的を射た発言とも言えた。要するに千加子は自分本位で周りの人の迷惑はおかまいなし。朝子はうわべだけ取り繕っているが、本当はだらしなくて不精者だと言いたかったのだろう。

千加子は母の右膝にもたれるように立っているが、母の左側には小学一年生の幸四郎が確かラクダ色だったと思うが襟付きのセーターを着て、黒いズボン、ズック靴で立っている。

　幸四郎と反対側の前列、父の右手にはセーターにカーディガンを羽織りこれもズック靴の三女の良子が立っている。小学校五年生である。良子はほかの姉妹と比べて色が白くて得をしてきたが、黒白の写真では子供の頃からそうだったのかどうかはわからない。朝子はもちろん良子の子供の頃は知るよしもないが、上の姉たちの話によると泣き虫でよくめそめそ泣いていたそうである。

　多分この写真の数か月後、六年生になってからだが、女学校の国語の教師で全国的にも国語教育で名高かった先生が、村の小学校の六年生を対象に研究授業をした。近隣の学校から多くの先生たちが集まり、父兄の授業参観もあったのか母もその場にいた。

　その研究授業で、家の近くに住む盲目の老女のことを書いた良子の作文が教材として取り上げられ、褒められたらしい。偉い先生に褒められたこともあるが、母自身も感心したらしく、それが強い印象となって残っているのか、母は朝子たちの前で何かにつけてその話をして、良子には文才があるように思っていた。

　後年朝子が小説を書くようになっても、そういうことでは良子のほうが才能があるように思っていて、「手紙でも良子の手紙が一番面白いよ。社宅の奥さんたちのことや、子供の成長ぶりも具体的に書いてあるから目に浮かぶようだからね」と言い「あんたの手紙はお父さんに似て紋切り型の文章が多いね」とつけ加えたこともあった。

朝子は学校時代は理数科系が得意だったから、母の頭にはそのことがあって情緒的なことや文章を書くことは不得手だとの思いがあったのかもしれない。朝子は母の言葉など気にしていないように思っていたが、自分の文章に絶えずコンプレックスがあるのはそのせいかもしれないと思うこともある。

しかし言わせてもらえばその頃の朝子は、小説を書くことで何とか生活できるようにしたいと苦労していた時期で、朝起きると机の前に座り原稿用紙に向かう生活で、手紙に書くような面白いことなど何一つなかった。将来に対する不安や愚痴を書いても仕方ないので、紋切り型の手紙にならざるを得なかったのだ。

良子はおっとりした性格で、誰からも妬まれたり恨まれたりすることはなかった。娘の大学受験につき添って上京し、朝子の部屋に泊まったことがあった。その晩夫から電話がかかり、電話に出た良子が「そう、困ったわね、私もなるべく早く帰るようにするけれど」と話していた。

「何かあったの？」

朝子が心配して聞くと、

「お父ちゃんが常務になるんですって。今日社長に呼ばれて内示を受けたらしいの」

それがどうして困るのかというと「この前取締役になったときも先輩の人を追い抜いてでしょう。それなのにまた二年で先輩の取締役の人たちの頭越しに常務になって、面白くない人も多いと思うのよ。それなのにそういう気持ちを抑えてお祝いに来てくれるでしょう。申し訳なくて」

ということだった。夫が電力会社の社長にまでなったのも、奥さんのそういう敵を作らないおっとりした性格の内助の功によるものだと言われていた。

5

良子のうしろの列の一番右端には長女の豊子が花模様の和服姿で、髪に花飾りなどつけて写っている。多分写真屋の指示で着物がよく見えるようにとの配慮からだろうが、良子と父の間を少し開け、その間に立っている。着物の模様は菊の花だろうと思うがよくわからない。豊子はその前年の三月女学校を卒業し、花嫁修業の家事見習中で、お琴や三味線、生け花、お茶などのお稽古事に通っていた。と言えば優雅な生活のように聞こえるが、母は留守が多く家のことは全部豊子の肩にかかっていた。まだ手のかかる妹や弟がいたから大変だっただろう。

豊子は女の子の中ではしっかり者で、頭もよく、学校の成績も良かった。が、一人だけどうしてもかなわない生徒がいた。古紙回収業からその地方随一というより、全国的に名のとおった製紙会社を興した人の妹に当たる人だった。その話を聞いたとき「何だ、豊子姉さんは一番じゃなかったの?」そうとばかり思っていた朝子が言うと母は「あんたたなんか学校から帰れば、自分の勉強だけしていればいいんだから、成績がよくて当たり前だけど、豊子の頃は大変だったからね。汽車の音がしたからもう帰ってくるだろうと、帰るのを待ちかねて子守や台所の仕事を手伝ってもらっていたんだから」

母が教師として小学校に勤めている間は子守や家事の手伝いをしてくれる人を雇っていたが、職を辞めてからはそういう経済的な余裕もなかった。幸四郎、朝子、千加子と次々子供が生まれても母が一人で面倒を見、婦人会や父を助けての仕事のかたわら家事もしていた。だから長女の豊子は女学生の頃から家事の手伝いで当てにされていた。

豊子が学校を卒業して家にいるようになると、母は安心して外へ出かけられるようになって留守がちだった。もともと家にいて家事をするよりも、中学校の母の会や婦人会の会長や役員をしてえらそうにしゃべっているほうが好きだったのである。そして家へ帰っても自慢することが好きだったから、自分の発言がいかに人を感心させたか、また自分がいかにみんなから頼りにされているかなど得々としゃべっていたのではないだろうか。

「あの頃は陸軍と海軍が競争して国防婦人会や愛国婦人会に力を入れていた時代で、お母さんもみんなにちやほやされ舞い上がっていたときだから」

後年豊子がちらりとそんなことを洩らしたのを聞いたことがある。当時から母親がいつも留守にすることに批判は持っていたのだろう。

小学校の一、二年の頃だったか、朝子は居間の机の上にあった豊子の書きかけの文章を読んだことがある。日記の一部だったか、手紙の書きかけだったか、それとも豊子は若い頃歌詞のようなものを書いていたからそれだったのかもしれないが、何でも毎日が代わり映えのない生活で憂鬱で悲しい。お金にも美貌にも恵まれた彼女たちのように陽気になれない自分が情けないというようなことが書いてあった。

彼女たちというのは多分隣村の医院の家の人たちだろう。朝子の母の伯母の嫁ぎ先で、働き者の伯母が呉服店を経営して大きくし、その息子は後に地方銀行になる無尽会社を起こし、さらにその息子たちは二人とも医者になり長男のほうは家で開業していた。無尽会社ももちろん続けていた。そして医者になった長男の下に豊子と同じ年頃の姉妹がいた。

母は一人娘だったから母方の親戚と言えばその家だけで、親しい親戚つき合いが続いていた。三味線やお琴の先生は家にくるが、お茶や生け花はその家に先生を招き豊子もそこへ習いに行っていた。

苦労知らずで育ったその家の姉妹は派手好きな性格で、贅沢だった。着物にしてもハンドバッグなど持ち物にしても、京阪神のデパートの外商の人がたえず連絡してきて最新流行の品を薦め、そればかりではなく彼女たちは田舎ではまだ珍しかった洋装をして出かけることもあった。

貧乏人の子沢山の家で、着物にしても駅前の呉服屋の主人がもってくるのを母が値段と相談しながら、やっとの思いで買うのとは違っていた。

学校時代は成績のいいのを誇りにしていたが、卒業するとそんなものは何の値打ちもなくなり、豊子は彼女らに押されっぱなしで憂鬱な日をおくっていたのだろう。朝子が小学三年生になった春、豊子は新潟医大を出て医者になったばかりの平井正一《せいいち》と結婚したから、朝子が豊子の文章を読んだのは小学一、二年の頃だが、憂鬱などという言葉もおおよその意味はわかっていたような気がする。

しかしその頃の豊子の姿を思い出そうとしても、家で立ち働いていた姿はあまり思い浮かばない。家事も一人で引き受けていたはずだが、要領よくさっさと済ませていたのだろう。思い出すのはよそ行きの着物を着てお稽古事に通っている姿である。

それとは反対に次女の孝子が女学校を卒業して家にいるようになってからは、お稽古事も同じようにしていたはずだが、そちらの記憶は全くなく、朝から晩までと言っていいくらいにいつも台所で立ち働いていた姿である。台所にいなければ玄関のガラス戸を拭いたり、廊下で雑巾掛けをしていた。働き者できれい好きであることは確かだが、いつも体を動かしていないと気がすまないところがあった。

おかげで釜屋と呼ばれていた土間の炊事場も隅から隅まで塵一つないように清掃されていた。魚屋などはその日浜で獲れた魚を勝手に持ってきて、炊事場で料って置いていくが、「孝ちゃんが家事をするようになって、どこもピカピカに磨き上げられている。ほんまに働き者じゃ」と感心していた。しかし母はあまり評価していなかった。「台所の片づけなどいい加減にして、こちらへ来てゆっくり新聞を読んだり、ラジオを聞けばいいのに」と言っていた。「仕事の手順を考えて工夫すればいいのに、あの子は要領が悪いから」ということだった。

考えてみると孝子は仕事が丁寧だが時間がかかる父の性格を受け継いでいたのだろう。母のほうはどちらかというと拙速主義だった。丁寧ではないが何をやらせても早かった。若い頃は小学校の教師をしながら仕立物の内職もしていた。町の呉服店からの仕事も多かった。袴の仕立てができる人はそう多くなかったし、当時は着物や羽織の仕立てにも好みのうるさい人が多く、母が仕立てたものしか着ないという人もかなりいた。多分それは針目が揃っているとかいうのとは違って、肝心なところを押さえて母が工夫してきっちり仕上げていたからだろう。

朝子は女学校時代、裁縫などは苦手中の苦手で、宿題などは全部母にしてもらっていた。学校で習った方法とは違うから先生が見れば一目でわかる。姉たちの頃からいる裁縫の教師は母のことをよく知っていて、「なるほど、お母さんはこういうやり方をするんですね」と感心したように眺め、ときにはわざわざ「お母さんはここのところをどういう風にしているのかね」と宿題ではない袖つけや襟先の処理の仕方を見にくるときもあった。朝子の不器用さは処置なしと思っていたのか母に手伝ってもらったことで叱られたこともないし、そう悪い点はつけられなかった。

話は横道にそれたが、写真のことに戻ろう。後列豊子の隣、父と母との間には三男の中学一年の宰三が中学の制服、制帽で立っている。宰三は中学では成績が良かったから、張り切っていたのか珍しく気概のある顔で、青雲の志を感じさせるように胸を張っている。

汽車で二十分あまりかかる町の中学の入学式には父がつき添って行ったらしい。修一も正二もその中学を優秀な成績で卒業していたから、父の姿を見つけると教頭が急いで近寄ってきて、今日の式で父兄代表として挨拶をしてほしいと頼んだ。父は自分の話下手を自分でも知っていた。

まして何の準備もしていないところへいきなり頼まれて、恐慌をきたしたのだろう。「どうしても行かなければならない用事を思い出したから、帰る。教頭先生にそう言っといてくれ」と宰三に言い残して帰ってしまった。宰三は入学する前からバツの悪い思いをしなければならなかった。

その中学は校長の方針で、他の学校では父兄会とするところを、子供の教育には母親の力が大切だと、母の会にしていた。そして宰三が入学すると母が会長を頼まれた。母はそういうことが好きだから喜んで引き受け、役員会とか何とかでよく学校へ行った。

「宰三、お前のお母さん、今日もきているぞ」と友だちや先生に言われるのが一番嫌だった、と大人になってからもよくこぼしていた。

上の二人の兄が中学生の頃は朝子はまだ生まれていないか、生まれていても幼いから何も知らないが、宰三が中学の三、四年生になった頃は朝子も小学校へ通い始めていたから、宰三がよく勉強していたことだけは記憶に残っている。朝子が一眠りして夜中に目が覚め手洗いへ行くと、廊下で繋がっている西の家の二階にはいつもまだ明かりが灯っていた。二階は中学校や女学校に通うようになると、一部屋ずつ与えられるがその頃は宰三が使っていた。

宰三のところへ毎月送られてくる受験雑誌の「螢雪時代」も朝子の楽しみの一つだった。朝子は字が読めるようになると活字でさえあれば何でも、読みあさっていた。少女雑誌にしても毎月買ってもらえるわけではなかった。正月増刊号や夏休み特集号、そのほか特に欲しい付録の付いている月だけで、年に四冊くらいなものだった。だから姉たちの婦人雑誌の菊池寛の小説なども意味もわからないまま読んでいた。「螢雪時代」にも読者の文芸欄があり小説のようなものも載っているし、学校案内なども面白かった。

「螢雪時代」にはまた毎月模擬試験の結果発表があり、いつも宰三の名前がトップかトップクラスに入っていて、誇らしい気持ちで眺めていた。

宰三の隣には海軍の軍帽とコートを着た長男の修一。ちょうど前に立っている幸四郎の肩に白い手袋をはめた右手を載せている。

蝶ネクタイを締めた襟元をのぞかせただけでコートを着ているから、襟章などはわからないが、修一は前年四月大学を卒業すると同時に海軍造兵中尉に任官していた。江田島の海軍兵学校を卒業して少尉に任官し何年かして中尉に昇進するより、大学を卒業して中尉に任官するほうが短期間のコースである。修一は早生まれの上に、中学は四年修了で旧制高校、大学と一年もロスしないで卒業したから、中尉に任官したときは最年少者の記録を作ったらしかった。

その横に修一と正二に挟まれるように女学校の制服の孝子である。セーラー襟の上着に多分赤だろうと思うが飾りのネクタイをつけ、スカートには白線がある。その白線は朝子の頃も憧れの的だったが、朝子が女学校に入った頃は戦争中で制服も全国統一のものになり生地もスフの安っぽいものになっていた。それでもスカートに白線だけはつけていたのだが、スカートなどはいていたのはごく僅かな期間で、すぐもんぺになり通学もそれだった。

孝子は二年半前の写真ではまだどこか幼さを残していたが、今度の写真では大分大人っぽくなっている。計算してみると女学校の三年生である。四月には四年生だと思った瞬間、朝子の頭に「するとあの山火事はこの年、昭和九年の五月か六月のことだったのか」とひらめいた。

その山火事は朝子の子供の頃の最大の出来事で、家の南に連なる山脈が大火災を起こし、夜になって天まで届くような炎を上げ、黒煙となって空高く舞い上がった煤《すす》や灰が家の庭に降りそそいでくるくらいまで迫っていた。父は火災発生とともに作業服に着がえて消防団と出かけ、母は親戚の縁談の世話で近くの町に出かけていたが、汽車が不通になって帰れず、子供たちだけで心細い思いをしたその夜のことは、今も鮮明に記憶に残っている。しかしそれが小学校へあがる前だったか、小学生になってからだったかはっきりしない。村は町村合併で町になり、分厚い立派な町史誌もできていて、朝子はそれを取り寄せて調べたが、死者が一人も出なかったせいか、町史誌にも年表にも出ていなかった。

ただ孝子が五月か六月に行われる女学校の修学旅行に出かけていて、旅行から帰った孝子が南の山の焼け跡を見て「山火事のことは東京の新聞にも出ていて、ずいぶん心配したのよ。三日三晩燃え続けたんだって。怖かったでしょう」と驚いていたことだけは覚えていた。昭和九年だとすると朝子はまだ小学校へあがる前のことである。

写真を眺めながら朝子は次々その頃のことを思い出し、話は横道に逸れてしまうが、孝子の隣、列の一番左には士官学校本科に進んだ正二が立っている。今度の写真は一番横で誰も前にいないから足元までわかる。朝子の記憶からはすっかり抜け落ちていたが、靴は膝まである長靴である。それで思い出したが将校になってからも帰省するときもいつも長靴だったような気がする。あれを脱いだり履いたりするのは結構大変だっただろう。

陸軍士官学校の予科、本科の制服はほとんど同じだが、襟章や肩章が違う。予科生には襟章はないが本科生には襟章が付き、肩章にも金筋が一本入っている。敗戦によって消滅した日本陸軍、しかも暴走して日本だけでなくアジアの多くの国にまで迷惑をかけ、悪の権化のように嫌われている陸軍士官学校の予科と本科の服装の違いなど確かめてどうするのか。朝子自身もわかっているのだが、やはり懐かしくなってつい比べてしまうのだ。

この写真を写した翌年の昭和十年の四月には正二も陸軍士官学校を卒業して、少尉に任官し広島師団に配属された。ちょうど修一も海軍造兵中尉で広島のすぐ近くの呉《くれ》の海軍工廠にいて、その年の秋、二人は母を招待して宮島や広島を案内した。

朝子は小学校の一年になっていたはずだが、母が広島へ出かけたことは記憶にはない。しかしそのとき修一のカメラで写したスナップ写真は十数枚あり見たことがある。宮島の大鳥居やお城の石垣をバックに軍服姿の息子に寄り添うように立っている母はいかにも幸せそうで、あのときが母の生涯の中で一番得意で幸せだったのではないだろうか。

家から広島へ向かうには下り列車で今治まで行き、そこから船で瀬戸内海を渡るのだが、二年もしないうちに母はまた同じルートを通って広島へ向かうことになるのだ。昭和十二年七月七日盧溝橋《ろこうきょう》事件に端を発した支那事変が始まり、いちはやく動員令を受けて戦地に赴く正二に面会するためである。

6

平成二十三（二〇一一）年三月十一日、東日本を観測史上最大と言われるマグニチュード九の大地震が襲った。その日朝子は吉祥寺の知人宅にいたが、東京でも震度五弱で、かつて経験したことのないような揺れだった。朝子の部屋は八階だからちょっとした地震でもかなり揺れる。覚悟はして帰ってきたが、冷蔵庫や食器戸棚なども三十センチ以上動いていた。棚から落ちた物が散乱し部屋は足の踏み場もないような状態になっていた。まだ余震が続いているので片づける気にもなれなかった。幸い電気はきていたのでテレビをつけ、津波が何十台という車を押し流しながら建物や田畑《たはた》を次々呑み込んで行くさまを呆然と眺めていた。

十年ほど前アイルランド一周のツアーに参加したとき、朝子はめまぐるしく変わる気まぐれな天候に困惑した。朝ホテルの部屋でカーテンを開け頭上に広がる青空を見て今日は快晴だと喜んでいると、朝食に行く頃には黒い雲が現れ、出発のときは雨が降っている。バスに乗って走っているうちに雲の切れ間から日差しが差し始めるが、一方の空は曇っていてすぐまた雨が降り出す。アイルランドでは一日のうちに四季があり、すべての天候があると言われている。

朝子はどこの国へ行ってもテレビで天気予報だけは見ることにしているが、日本では地図の上に縦縞模様か同心円模様の等圧線が示されるが、アイルランドではイングランドも含めた地図の上を、渦巻き模様がぐるぐる旋回する図が示される。ときには渦巻きの線が枝分かれしてもう一つの渦巻きを作ることもあるが、基本的にはかなりな速度でぐるぐる回っているだけである。気流の流れを示しているのだろうが、この模様、どこかで見たことがあると考えてみたら、アイルランドの古代遺跡などでよく見かける石に彫られた渦巻き模様である。あれはここからきていたのかと合点したが、まさか太古にテレビの天気予報があるはずはない。が、太古の人たちは自分たちの頭上で渦巻いている気流のようなものを感知していたのではなかろうか。

とにかく晴れていた空がたちまち曇り雨が降り出すのだから、朝晴れていると洗濯物を外に干して出かける日本人の感覚からすると戸惑ってしまうのだ。

お天気さえ当てにならないところで暮らすのはさぞ大変だろう、何も信じられなくなるのではないか。朝子はそんなことを考えていたが、すぐに思い直した。日本人だって、足元の大地がいつ崩れるかわからないところで暮らしているのだ。地震がきて建物は崩壊し、多くの人が圧し潰される。そんなところでよく平気で暮らしているものだと、地震のない国の人たちからは思われているかもしれない。

それが今、目の前で起こっていた。阪神大震災のときも燃え続ける神戸の街をテレビで見ながら、科学技術が発達し先進国といわれる日本で、火災を止めるすべもなくただ燃えるままに任せるようなことが起こってよいのだろうかと思ったが、今度も全く手のほどこしようもない惨害が目の前で繰り広げられていた。

あれから二か月半経ったがあいかわらずテレビに映し出されるのは一面瓦礫《がれき》と化した街であり、ますます深刻さを加えて行く福島第一原子力発電所の事故である。瓦礫の街の映像は朝子のような年代の者には終戦直後の戦災を受けた都市の映像と重なって見える。あんな瓦礫の中から復興したのだから、今度もそうなってほしいと願うばかりである。

ある日、テレビの画面は津波で流され一面の瓦礫となった家の跡で、偶然見つけた泥だらけのアルバムを大事そうに抱えている女の人の姿を映しだした。そのアルバムに写っている可愛い盛りの孫も嫁も津波で行方不明だということだった。せめて思い出のよすがになるものが見つかってよかったと語っていた。

それからまた原子力発電所の事故で着の身着のまま避難生活をしている人たちが、二か月以上経ってやっと一時帰宅できることになった。自宅での滞在は二時間ほどで、持ち出せるのはビニール袋に入るだけという制限の中で、持って帰りたい物の第一にアルバムを挙げる人が多かった。災害にあってあらためて家族の結びつきを再認識したのだろう。

ボランティアで瓦礫の中からアルバムや写真を探し出し一枚一枚きれいに洗い、塩水に浸《つ》かった写真がこれ以上傷まないように薬品処理をしている人たちもいるということである。

朝子もこれまでは昔の写真を眺めて懐かしむというようなことはなかった。たくさんあるアルバムや写真を死ぬまでに処分しておかなければならないと、そちらのほうに頭を悩ませていた。

しかし『家族の肖像』を書き始めてから、古い一枚の写真がどれほど多くのことを語ってくれるか初めて知った。古い一枚の写真を眺めているだけで今はない生家の庭の有様が鮮やかに蘇《よみがえ》り、かつてそこで暮らしていた家族たちの姿が生き生きと動き始める。声さえ聞こえるような気がするのだ。せめてそういう家族がいたということだけでも留めておきたい、そんな気持ちで書いてきた。

しかし一方では時代もすっかり変わったのに、昔のことを書いてもという気もないではなかった。が、あの頃も今も何も変わらないことを感じさせてくれたのも、今回の震災である。

福島原子力発電所の事故は、事故発生以来二か月半以上も経った今頃になって、一号機も二号機も三号機も震災直後から核燃料がメルトダウンしていたと報道されている。素人考えでもそれくらいの危険性は十分予測できたのにひたすら隠し、今でも正確なデータがないということで当事者は認めたくないらしい。

「安全だ」「大丈夫だ」と言いながらいつの間にか危険な物を作り、いざ事故が起こると誰もどうしていいかわからなくて右往左往し、揚句の果ては責任のなすり合いをしているだけである。放射線を浴びながら実際に注水作業などして事故の拡大を防いでいるのは、下請け会社の作業員たちである。

朝子がこれから書こうとしている支那事変にしても、一般の人（国民という言葉はどういうわけか使いたくない）の知らないところで画策され、「不拡大方針」などと言いながらいつの間にか戦争が既成事実にされ、しかも一般人は何一つ本当のことは知らされなかった。

一度戦争が起こると誰もどう止めていいかわからなくて、今度の事故と同じようにその場その場で場当たり的な対策しかとれなくて、ついに世界を相手に戦争をしなければならなくなってしまったのだ。そして犠牲になるのは何も知らされなかった一般の人々である。

7

前置きが長くなってしまったが、写真のことに話をもどそう。三枚目の写真は、二枚目の昭和九年正月の写真から六年後の昭和十五年の正月二日に写したものである。その六年間のうちに日本の状況も家族の状況も大いに変わっていた。

昭和十一年、陸軍の若手将校らの反乱によって二・二六事件が起こり、日本はファッショ化への道を転がり落ちるのだが、小学一年生になっていた朝子は、父と母が心配そうに話していたことをうすうす覚えている。偉い人たちが暗殺され、軍隊が建物に立てこもり東京は大変なことになっていて、日本はこれからどうなるかわからない。それに加えて両親の心配は広島師団にいる正二のことだった。東京から遠く離れているから決起部隊に加わっているはずはないが、決起した将校たちはいずれも正二と陸士で同期に近い少尉や中尉である。無関係であってほしいと祈るような気持ちだっただろう。

朝子は学校からの帰り、同級生の女の子に東京は大変なことになっていると話したが、友だちは朝子の作り話と思ったようで笑って本気にしなかった。村ではラジオはおろか新聞を取っている家も少なかったし、それにまだ子供だったからそんなことを知っているのは朝子の他にはいなかったのだ。

その年の夏、蚊帳の中で「前畑ガンバレ、前畑ガンバレ」と絶叫するベルリンオリンピックの実況放送を聞いた記憶もある。

ラジオといえば昭和五年東京帝国大学の電気工学科に進んだ長兄の修一が自分で組み立て、田舎では珍しく早くからラジオがあった。朝子が物心ついた頃は二代目の市販の箱型ラジオになり、修一が組み立てたラジオについていた黒い大きなラッパは、子供たちの遊び道具の一つになっていた。

家族のほうではまず昭和十二年四月、長女の豊子が新潟医大を卒業したばかりの医師平井正一と結婚して、和歌山県田辺《たなべ》市に住むようになった。隣村の平井家とは以前から家同士のつき合いもあり親しい間柄だった。

小学三年生になっていた朝子が覚えていることといえば、担任の寺尾先生が豊子とは女学校の同級生で、放課後呼ばれて「お姉さん、お嫁に行くんですってね。『おめでとう』って言っておいてね」と言づけされたが、その時の先生の顔がうらやましそうに見えたこと、結婚披露宴で酔っぱらった人たちが『あゝそれなのに』とか『うちの女房にゃ髭がある』など歌って、みんな唱和していたことだった。

朝子の家では誰も流行歌など歌わなかった。父がときたまオルガンを弾くことはあったが『浜千鳥』とか小学唱歌ばかりだったから、意味はわからなかったが、声色を使ったりかけ合いをしながら、みんなふざけた歌を楽しそうに歌っていたことが印象に残っている。

朝子などは小さい頃から軍国主義体制の中で育てられ、昭和十二（一九三七）年というと支那事変が勃発した年で、みんな非常時体制のもとで緊張して過ごしていたような気がしていたが、ああいう歌が流行っていたことを思えば、昭和初期からの大不況を脱し、満州国という新天地もでき、みんな結構浮かれていた時代ではなかったかという気がする。

それに冷水を浴びせかけたのが、その年の七月七日の盧溝橋事件に端を発して起こった支那事変である。政府は不拡大方針を表明していたが、一週間後には動員令を発し、父の日記によれば七月十七日県下の市町村長らが集められ、知事から「時局重大挙国一致についての訓示並びに指示あり」とあり、二十七日には村からも二名召集されている。

そして七月三十日には「本日、正二より電報あり、八月三日出征に決定、母面会に行くことを返電す」とあり、広島師団にいた次兄の正二が早々と北支に派遣され、否応なしに一家は戦争に巻き込まれた。

ラジオのそばの壁には中国大陸の大きな地図が貼られ、日本軍が進軍する地には父が赤鉛筆で大きな丸をつけていった。正二は北支派遣軍板垣隊の野砲部隊に属していたから、「板垣隊」という名が出てこないかと、家族一同ラジオのニュースに耳を澄ませていた。保定《ほてい》、石家荘《せっかそう》、太原《たいげん》などはその頃よく聞いた地名である。

正二からの軍事郵便はたいていは簡単なハガキだったが、ときに封書のこともあり中に十数枚のスナップ写真が入っていた。当時のスナップ写真は今から見るとずいぶん小さく四センチ角のものだったが、それらの写真には髭面の軍人が馬に乗ったり、禿山の上で双眼鏡を構えていたり、数人の兵士と輪になって飯盒《はんごう》で食事をしていた。その髭面の軍人が正二らしく両親は代わる代わる手にして懐かしそうに眺めていたが、朝子にはどう見てもそれが兄だとは思えなかった。知らないおじさんとしか見えなかった。

母は何でも自慢したいほうだから正二が砲兵隊だということも「砲兵隊の指揮官というのは敵との距離や方角、角度を素早く計算して命令を出さないといけないから、頭の良い者でないとなれないんだよ。正二は数学が得意だったからね」と言っていた。

そして最前列で戦う歩兵と違って砲兵隊は後方から大砲を撃って支援するだけだから、危険の度合いが少ないと家族の誰もが信じていた。が、あるときの手紙で、丘の上で双眼鏡で敵状を視察していたとき、十メートルと離れていないところに立っていた同僚の少尉が直撃弾にあたり即死した。小生は幸い無事だった。これもひとえに皆様が武運長久を祈ってくれているおかげですと書いてあって、家族一同胆を冷やすような思いをした。

それともう一つ正二から来た手紙で朝子が覚えているのは、「こちらへ来て一番驚いたのは『抗日』『反日』の教育が徹底していることです」とあって壊れた民家の土壁に『打倒日本』と大書されている写真が同封されていた。軍事郵便だから検閲は受けているはずだが、将校だからそれほど厳しくなかったのか、それともそれくらいなことはニュース映画にも出てきて、機密でも何でもないことだったのか。もちろんその後には、だから気を引き締めて戦うつもりです、というようなことが書いてあった。

朝子が小学校で聞かされていたのは、中国人は愛国心などかけらもなくて初めから戦う気はない。そればかりか悪いのは蔣介石で民衆は日本軍を歓迎し、日本軍は破竹の進撃をしているということだった。しかし実際は学校で言われていることとは違って、大変な戦争をしているのだと少しばかり暗い気持ちになった記憶がある。

すぐ終わるように思っていた戦争はやがて北支だけでなく、上海にも飛び火し中国全土に広がり、村からも多くの若者が出征しやがて戦死者も出るようになった。首都の南京が陥落すれば戦争は終わるように思っていたが、その年の十二月南京が陥落し旗行列や提灯《ちょうちん》行列をして祝ったが、戦争は終わらず続いていた。

いつ頃だったか詳しいことは忘れたが、正二は陸軍大学校受験のために軍用機で内地に帰り、家へも立ち寄ったことがある。陸軍士官学校を卒業して何年間か陸大の受験資格があるらしい。受験に際しては戦地にいても受験を優先して帰してもらえるらしかった。そのあと昭和十四年一月、正二は陸軍士官学校本科付けに転任し、一年半ぶりに戦地から帰還し家族をほっとさせた。区隊長として陸軍士官学校にいたときも陸大を受験し合計三回ほど受験したようだったが、学科試験はいつも合格するのに口頭試問で不合格になった。父に似て寡黙で口下手のせいもあったのだろう。

兄の修一は「正二は真面目ではったりが言えないからでしょう。今の陸軍の上層部の連中は、はったりを利かせるだけで持っているようなものだから」と両親に説明していた。

修一は海軍に属していたこともあって大の海軍贔屓《びいき》だった。それは終戦後日本海軍がなくなってからも続いていて、自由闊達で、科学的な根拠のない精神力など一切排除していた海軍の合理的な風通しの良い気風を懐かしんでいた。将校の奥さんたちの集まりにしても陸軍は夫の階級によって奥さんの序列はきちんと決まっているが、海軍はそういうことはない。みんな平等な関係で、強いて言えば年長者がリーダー的な役割を担うらしかった。戦争中はどうだったのか知らないが、修一が海軍に入った頃は自由で開放的な気風はあったのだろう。当時の修一を知っている人によると、上司にも思ったことをずけずけ言っていたようである。

長女の豊子に続き、昭和十三年秋には次女の孝子も、当時の国策会社南満州鉄道の調査部にいる隣郡出身の本田正喜《まさき》と結婚し大連で暮らすようになった。子供の頃はお茶目だったが成人するにつれ消極的になり、臆病になっていた孝子が、よりによって遠い満州で暮らすようになったことを母は心配していたが、正喜は次男坊で気楽な身分だった。かなりな土地や山林をもつ地主なのに自分たちも畑仕事に携わっている働き者の舅《しゅうと》や姑と、なるべく遠く離れて暮らすほうがよいとの思惑もあった。

母の心配をよそに孝子は慣れない土地で満州人と朝鮮人のお手伝いさんを二人も使う生活に戸惑いながらも、結構楽しく暮らしているようだった。二重窓で暖房も完備し、冬でも内地で暮らすよりずっと温かいということだった。

まだ小学生だった朝子には孝子が時折送ってくれるロシア菓子が一番の楽しみだった。大連にはロシア革命で亡命してきた白系ロシア人が多くいて、ケーキやキャンディーを作っている。姉自身もたちまちその虜となり満人のお手伝いさんに買ってきてもらって食べているらしかった。ときどき送ってくれるそれは異国情緒豊かな絵が描かれた大きな缶に、きれいな紙で包装されたキャンディーやチョコレートが入っていた。せいぜいキャラメルかグリコしか知らなかった田舎の少女にとっては、お伽話《とぎばなし》の世界から贈られてきたお菓子のような気がしていた。

なかでも子供たちに人気があったのはリキュール入りのチョコレートだった。中に入っているリキュールの種類が違い包み紙の色によってそれぞれ味も違っていた。子供たちの奪い合いになるので母は缶を開けるとそのチョコレートだけを選り出し、平等に与え、あとはどれでも好きなキャンディーを割り当てられた数だけ取ってよいことになっていた。

昭和十五年の正月には長男修一の結婚相手も決まっていて、春には式をあげることになっていた。修一は嫁さん探しは両親に任せていた。長男のお嫁さんだから両親の気にいった人でないとうまくいかないと思ったのだろう。そして一つだけ条件をつけてあった。できるだけ郷里に近いところの人をということである。東京や他の地方の人だと正月休みなど郷里へ帰るのを喜ばないだろうが、郷里に近いところからもらえば二人で帰れるからである。

両親は張り切ってお嫁さん探しをしていたが、なかなか適当な候補者が見つからなかった。そんなとき旧制松山高等学校へ行っていた三男の宰三が、ドイツ語の安河内先生の奥さんがピアノを教えていて良家のお嬢さんたちが大勢出入りしている。安河内先生なら適当な人を紹介してくれるのではないかと言い、早速母が出かけてお願いすると、同じ高校の物理の教授で教頭の菊池先生のお嬢さんがどうだろうということになった。安河内先生も菊池先生も在学中の修一のことをよく知っていたから、話が早かった。

菊池家は多額納税者で県下では二番目という財産家で、それだけでなく学者の家柄でもあった。それにくらべて小さな村の村長で、財産はなく、おまけに弟妹たちが大勢いる家に嫁にやるには相当不安だっただろうが、秀才の誉れ高かった修一の人物にほれ込んだということもあるだろう。一応菊池先生が自分で調査に来たらしい。

当時は結婚の調査というと、遠い場合は興信所に頼むが、たいていは家族の誰かが自分で調査に行った。田舎の場合代々そこに住んでいるから、近所で訊けばその家の暮らしぶりや家庭内の状況、先祖や身内に悪い病気にかかった人はいないかなどすべてわかる。一軒くらいだといいことしか言わない場合もあるが、五、六軒も回れば必ず悪口をいう人も現れ、知りたい情報は得られる。

菊池先生があとで母に話した話によると、「ご近所がみな三谷姓なのでどこで聞こうか迷いました」ということだった。そう言われると朝子の家の周りはみな三谷姓である。親戚かもしれないと思ったようだが、親戚の家もあったしそうでない家もあった。結局少し離れたところの三谷姓でない家に入って聞き合わせをしたようだった。

「どこも悪くいう人はいませんでしたね。みんなほんとうに尊敬し、自分のことのように自慢し、ほめていました」

悪口を言った家はなかったので菊池先生も安心して、どの家に寄ったか母に話した。

「人に妬まれるような財産も力もないので、悪口の言いようがないんでしょう」と母は笑っていたが、父も母も村では一応尊敬され、世話好きの母に感謝している人も多く、父は人格者だと尊敬されていた。

内心はどんな鬱屈を抱えていたかしれないが、表面的には温厚篤実、清廉潔白、公明正大、勤厳実直など人格者を表現する言葉は、みな父のためにあるのではないかと思われるくらいだった。ということは言いかえれば何もしない、何の役にも立たないということでもあった。何か世のために役立つことをしようとすると、必ず反対する人が現れる。それを押さえてことを成就させるには反対者を権力で押さえつけるか、お金か利益で手なずけるしかない。そうするともう清廉潔白でも公明正大でも温厚篤実でもいられなくなる。修羅場を生きなければならなくなるが、父は自分に与えられたことは誠心誠意やるが、自分から積極的に何かをしたり、何かになりたいという野心は持たないタイプの人だった。

修一の結婚相手の清子《きよこ》は目白の女子大に通っていたので、東京に住んでいる菊池の伯母の立ち会いで、海軍将校クラブの水交社で見合いをし、女子大を卒業するのを待って四月に結婚することになっていた。

で、その前に正月休みにみんなが集まる機会を利用して、顔合わせを兼ねて松山から仲人の安河内夫妻と本人の清子と母親が三日にやってくることになっていた。

満州から本田正喜、孝子夫婦も帰り正月は隣郡の本田家で祝い、平井正一、豊子夫婦も和歌山県から帰り隣村の平井家で正月を過ごし、二日にはそれぞれ夫婦連れで帰ってきた。豊子は一昨年暮れ生まれた両親にとっては初孫である長男を抱いていた。

普段は家にいない修一、正二、宰三も正月休みで帰省していた。図らずも久しぶりに子供全員揃い、この機会に写真を写そうと急遽写真屋さんを呼んだのだった。

8

これまでの二枚の写真はＬＬ版の大きさだったが、この写真はその二倍以上のＡ四版よりまだ大きい写真で、結婚して遠く離れて暮らしている豊子や孝子にも焼き増しして配り、額に入れて飾れるようにと思ったのかもしれない。

前列両親とともに並んで長椅子に腰かけている豊子、孝子、それに昨年の春女学校を卒業して花嫁修業一年目の良子の三人は、それぞれ裾模様のある訪問着を着て帯を締め、無地の多分淡い色の羽織を羽織っている。黒白写真でも着物だけは華やかに見える。母としては苦しい家計をやりくりしながら娘たちにせいいっぱいに張り込んで作った一帳羅だろう。

この写真はこれまでのとは違って顔も大きく写っているせいか、兄弟みんなよく似ていると朝子は写真を眺めながらおかしくなっていた。これまではこれほど似ているとは思わなかったのだ。確かに痩せ型の修一と宰三、そしてふっくらした顔だちの正二と幸四郎は似ているところがあった。朝子は昔幸四郎の中学のときの写真が、正二の中学のときの写真にそっくりだと思った記憶がある。母はよく冗談で「うちには秀才（修、宰）と将校が（正、幸）がいるんだから」と言っていたが、顔かたちもその二つの系統にわかれているように思っていたが、この写真では修一も正二も同じ顔をしている。そして前列で着物を着て並んでいる姉たち三人も卵型の顔で目が引っ込んでいるところなどそっくりである。

背景は大きな木犀《もくせい》の木と二階屋の西の家に続けて新しく建てました洗面所、厠《かわや》、風呂場などの建物の一部である。

写真の向かって左端に豊子が一歳を過ぎたばかりの長男俊太郎を膝に抱えて腰かけ、その後ろにやや童顔の夫の平井正一が背広姿で眼鏡をかけて立っている。朝子の父や兄たちはお酒は飲めないほうだったが、この義兄はお酒が好きで飲むと機嫌がよくなり、小学生の朝子たちを相手に面白い話をしてくれたり、学校のことを聞いてくれたりして、ある面では実の兄たちより気楽に話せて親しみを感じていた。保険会社の嘱託医をしていて、この頃は田辺市から奈良の下市《しもいち》に転勤になっていた。

豊子は子供が生まれたせいもあって転勤の多い生活より、病院勤めのほうを望み、多分この正月に帰ってきたとき母に話したのだろう。

家から二駅ほど離れた新居浜市は別子銅山の開発によって発展した市で、同じ住友系の機械や化学の大工場もあり、企業の城下町になっていた。そこにある別子病院も、この地方では一番大きく設備もととのい一般の人にも開放されていた。母は住友機械に勤めている親戚の人に頼んでその年の夏になる前には、平井は別子病院に転職した。最初の一年は本院ではなく鉱山社宅のある山の中の診療所勤務だったが、朝子が女学校へ入る前には本院勤務になっていた。

その市の山手には住友系の会社の社宅が並んでいるかなり広い一画があった。社宅といっても幹部職員クラスのは広壮な大邸宅である。姉たちの家は大きいとは言えなかったが、碁盤の目のような道路、石垣や並木など計画的に造成された住宅街は戦前の田舎では珍しく、別天地のようにしゃれた雰囲気があった。かわいい盛りの甥もいたから朝子も母とよく遊びに行った思い出がある。

豊子の横には三つ揃いの背広にネクタイを締めた父。父と母との間には千加子が写真では黒色に見えるが多分臙脂色のビロードで襟とバンドのバックルの白い色が目立つワンピースを着て立っている。今度は写真を写す意味がわかっているのか、手の指もきちんと伸ばし、おかっぱ頭ですました顔をしているが、どこか膨れたような感じは残っている。千加子はこのとき小学校二年のはずだが、体の大きさはともかく朝子の眼にはひどく幼く見える。そのせいか朝子は幼い頃の事件を思い出し、思わず千加子の顔をしげしげと眺め眉の辺に傷跡がないか探したが、写真では見つからなかった。しかし大人になってからも千加子の眉の中には傷跡があった。

すぐ近所に朝子と同年の女の子がいて、その家には二歳年下の妹がいた。千加子は更にもう一歳年下であるが、子供の頃その家の姉妹と四人でいつも遊んでいた。れんげ畑でれんげを摘んだり、あぜ道で土筆《つくし》を探すのである。山に近い集落で畑は石垣を積んで段々畑になっていた。小学校にあがる前だと思うが、あるとき千加子があぜ道で足を踏み外し、一メートル半ほど下の小川に落ちた。泣きだすと同時に額のあたりから血が噴き出した。

朝子はその血を見ただけで気が遠くなりそうで何もできなかったが、朝子の友だちが素早く千加子を背負い家まで連れて帰った。母があわてて医者へ連れて行き三、四針縫う傷だったが、その友だちは子供の頃からしっかり者だったから、朝子は友だちが妹を背負って帰ってくれたことも、それほど特異なこととは思っていなかった。が、大人になってから千加子と話していたとき何かの拍子でその友だちの話が出た。すると千加子が言った。

「私がこの傷を負ったとき、あの人は私を背負って『大丈夫よ、大丈夫』と言いながらあぜ道を駆けて家まで連れて帰ってくれたのよ。まだ小学校の一、二年の頃よ。姉さんはいなかったけど」

姉がいれば当然姉に背負われて帰るはずで、妹の頭からはそばにいながら何もしなかった姉のことなど完全に抜け落ちているのだ。朝子は「私もそのときのことは覚えている」とは言えなかった。

何と情けない姉だったことかと思うと、更に思い出されてくることがあった。朝子が女学校四年のとき千加子は一年だった。同じ列車に乗って通学していたから、家を出るのはほぼ同じ時刻だが並んで歩いたことはなかった。ぎりぎりの時間に家を出るから話しながらゆっくり歩く習慣はなかったが、途中道で出会って話しかけ一緒に歩調を揃えて歩くのは、それぞれ同級生の友だちとであった。学校の廊下で出あっても用事でもなければお互い知らん顔をしていた。

朝子はそれが普通だと思っていたが、同じ駅から通う生徒の中に仲のよい姉妹がいた。朝子たちと同じように四年生と一年生だが、その姉妹は道を歩くときも汽車の中でもいつも一緒で仲よさそうに話していた。ときには学校でさえ二人一緒のときもあった。朝子はよく話すことがあるものだとくらいに見ていたが、あるとき千加子が「戸田さんところって姉妹仲がいいのねえ」と羨ましそうに言った。

朝子にとっては「え?」というような驚きだった。自分たちは別に仲の悪い姉妹ではなかったが、妹はああいう仲のよさを望んでいたのだろうか。それなら私ももっと優しくならなければと思ったものの、べたべたした関係が好きではない朝子は、その後、妹に対する態度を変えたわけではなかった。

私は心の冷たい人間だったのかもしれない。年を取ってから朝子はそう自省することが多かった。兄弟や周りの人に迷惑をかけないように努めてはきたが、積極的に誰かの役に立つようなことは一度もしたことがなかったのではないかと思うのである。

小学二年の千加子の姿が予想よりも幼く、なにかかばってやりたく見えるのに刺激されて、朝子はこれまでの自分の人生を思いかえしたりしていたが、あらためてその横に写っている両親の姿に目をとめた。

このとき父は五十九歳で母は五十二歳である。母は娘たちの華やかな着物とは違った地味な色の着物に黒い羽織を羽織っただけだが、父も母も朝子の頭にある姿よりずっと立派で上品そうに見えた。この写真の中では両親が一番よく写っているのではないかと、朝子はしばし見とれていた。

父は頭の髪は薄くなっているが、鼻の下に髭をたくわえた顔をまっすぐ上げ、膝の上の両手は固く握られやる気満々の村長さんのように見える。母のほうも穏やかそうな顔で、朝子などが散々聞かされた夫への不満など口にしたこともない貞淑そうな妻の顔である。

二人並んでといっても真ん中に千加子がいるが、こうして子供たちに囲まれて写っていると、村の大方の人が思っていたように幸せそうな理想的な夫婦と見えなくもない。

9

父は大正十三年に村長を引き受けて以来、他に適当な人がいないままにずっと村長を続けていた。口下手で人づき合いの嫌いな父は、早くから隠居生活に憧れているようなところがあった。わずらわしいことから逃れて小鳥を飼ったり盆栽を育ててのんびり自分の好きなことをして過ごしたいという願望である。当時は五十五歳で定年の時代だったから、六十歳近い父としては働き過ぎだと思っていたのかもしれない。

この前の改選は昭和十二年だったが、そのときの日記に父はこう記している。

「四月十一日　日曜日　晴　午前九時出勤、本日村長後任選挙会の村会開催。後進者に道を開くため退職を申し出たるも許されず、満場一致にて当選再任す」

当時村長は直接選挙ではなく選挙で選ばれた村会議員が決めることになっていたが、選挙会のときはもう根回しができていて、単なる形式的なものだった。

父は助役の松田さんを後継者に推薦して辞意を表明していた。母に言わせると村長としての父の一番の功績は松田さんを助役に抜擢《ばってき》したことだった。松田さんは父の教え子で、若い頃は小作争議のリーダーとして活躍していた。統率力もあり弁も立ち、事務的な能力もあった。父は不正など一切できない人だが、松田さんは気転がきいて父の知らないところで、配給とかその他のことで一家に便宜を図ってくれていた。だから母も気にいって褒めていたのだが、当時は村会議員の有力者の多くは地主階級で、「小作の倅《せがれ》なんかに村長をさせられるか」という人が多く、父の推薦は取り上げられなかった。で、結局村会議員の主だった人がやってきて「来期もぜひお願いします」と頼むのだ。その人たちが帰ったあと父は不機嫌になり苦虫を嚙み潰したような顔をしていた。

「あんなに頼んでいるんですから、もう一期務めたらどうですか。辞めるとなると後を誰にするか決めてでないと辞められないし、松田さんで駄目ならあと誰がいるんです。変な人に村長になられても困るし」

母が懸命に説得し、父も仕方なくもう一期引き受けることを決心したらしい。そうやって次の改選の昭和十六年のときも、昭和二十年のときも引き受けさせられ、昭和二十一年公職追放令で辞職するまで村長を続けていた。

適当な人がいないといっても、村長になりたい人や反対派の人がいないわけではなかった。そういう一人が何かの会合のあと「あんな村長、人がいいだけで毒にも薬にもならん」と気炎を上げているところへ母が行き合わせた。その人は母をみるときまり悪そうな顔をして「聞こえたですかいな。お酒の力を借りて村長さんの悪口を言わせてもろうておりました」と弁解した。

母はそういうことには慣れているからすまして答えた。

「悪口だったんですか。私はまた褒められているのかと思っていました。毒にも薬にもならんというのは一番の褒め言葉ですよ。考えてもみなさい。こんな小さな村で村長が一人張り切って突っ走ったら、それこそ村は一遍にめちゃめちゃになってしまいますよ。毒にも薬にもならん村長だからこそ、こうして平和におさまっているんですよ」

「相手はぐうの音も出なかったよ」と家に帰って自慢するところがいかにも母らしいのだが、「村長の代わりはいても、村長の奥さんの代わりができる人はおらん」というのが村の人の大方の意見で、父が長年無事村長が務まったのも母の内助の功によるところが多かった。

それに支那事変が始まってから婦人会の役割も飛躍的に大きくなり、村のほとんどの行事には村長と婦人会会長として二人は並んで出席していた。だから世間的には、口下手だが温厚で人格者の村長と、出過ぎないようにそれを助けるしっかり者の奥さんということで理想的な組み合わせの仲のよい夫婦のように思われていた。

が、内実はそうでもなくて、朝子などは母から父への不満を山ほど聞かされていた。父は何か気に入らないことがあるとものを言わなくなる。口論では母に敵わないのを知っているからだんまりを決め込むのだろうが、母は理路整然と相手を説得して納得させせないと気が済まない性分だった。が、何を言っても反応がなく、ときには何で怒っているかわからないときもあった。母としてはのれんに腕押しの状態で、やり場のない気持ちを子供にぶっつけるしかない。

もともと性格が両極端に違う二人だったが、育ち方も違っていた。昔は田舎の資産家と言われる家でも食事や生活一般はつましいものだった。父はそういう健全な家庭で大勢の兄弟の中で育った。

母は生まれたとき母親を亡くし、祖父と父親の男世帯の中で彼らの唯一の生き甲斐だった。言うこと為すこと「この子は賢い子じゃ」と褒められながら甘やかされて育った。そしてその祖父久平《きゅうへい》と父親伊三郎は生業を持たず、土地を売っては贅沢に暮らしていた。それも自分の土地だけでなく訴訟を起こしては得た土地である。

久平の一代前の小馬吉《こまきち》はその辺きっての土地持ちの中種家《なかだねや》の長子だったが、後妻に入った人が自分の息子に相続させたくて、郡《こおり》奉行と結託して小馬吉を西種屋《にしだねや》として分家させた。そのときの約束では将来小馬吉の長男を引き取って自分たちで育て跡目を継がせるということだった。しかしその約束は守られなかった。分家したとき家屋敷を用意してもらい、土地も分けてもらったはずだが、久平は田舎学者を気どり本を読んでは家に訪ねてくる人に議論を吹っかけて日を送り、お金がなくなると土地を売り、売る土地がなくなると、自分が正統な中種屋の相続人だと訴訟を起こした。

朝子も昔家に残っていた訴訟書類の写しを見たことがあるが、訴状自体も「神君家康公が長子相続を確立させ」とその歴史から説き起こし、水戸《みと》光圀《みつくに》が父の命で兄を差し置いて家督を相続したが、光圀は常に兄に申し訳ないという気持ちを持ち続け、高松藩主になった兄の子を養子にして家督を譲った話など交えているから結構長いが、傑作なのは付属書類甲号と乙号だった。甲は「長幼の序を乱すと家が滅び国が滅ぶ例」として、中国と日本の例を数例ずつ挙げている。乙は「為政者が正邪を誤ると世が乱れ国が亡ぶ例」でこれも同じように数例ずつ挙げている。

したがって膨大な書類になり、しかもほとんど漢字ばかりである。朝子もちらと見ただけで読んでみようと思わなかったが、こんなものを提出されても誰も読む人はいなかっただろう。双方を呼び出して和解を勧め、中種屋がいくばくかの土地を渡すことで結着する。久平はその土地を売って暮らし、お金がなくなるとまた訴訟を起こす。訴状の提出先は西条藩庁から西条治安裁判所、松山始審裁判所と時代と共に移り代わって行くが、少なくとも三回は訴訟を起こしているのがわかる。

久平の訴訟だけではなく、中種屋は手広く行っていた菜種油の製造販売が時代に合わなくなったこともあって、土地や家屋敷を売り払って都会へ出た。朝子の子供の頃には中種屋の屋敷跡は夏ミカン畑になっていた。

朝子がものを書き始めた頃、母は「私のおじいさんなんか明治の初めの頃に、筆一本で食べていたんだよ。それも贅沢に、人助けもしながら」と言った。久平は本など読み、義人とか篤志家というかそういうものに憧れを抱いていたらしい。家の床下に大きな穴を掘りさつまいもなど出来どきの秋に大量に買って貯蔵し、春食糧が不足したとき貧しい人たちに無料で配っていた。

久平の一人息子の伊三郎は若いときは勘当されること数知れずという遊び人だった。町で芝居がかかれば近隣の人力車を全部借り切り村の若い衆を乗せて芝居見物に行き、料亭でどんちゃん騒ぎをしていた。どこで習ったのか測量の仕事をしていた時期もあるらしい。「石炭箱の字が読めるのはあの人だけだと言われていたくらいだよ」と母が言っていたが、当時石炭は輸入品で箱には横書きの文字が記されていた。

「家には特別誂《あつら》えの図面など引く大きな木の机があって、『たーふる』と呼んでいたが、あれはテーブルのことだったんだよね。赤と白に塗り分けた測量に使う棒は『ぼんでんの棒』と言っていたけど、あれはどういう意味だろうね」などと言い、母は小学校で日本全国を測量し地図を作った伊能忠敬《いのうただたか》のことを習ったとき、自分の父親と重ね合わせてとてもうれしかったと話していた。明治二十年頃の地租改正のときは郡の土地の測量を任されたということだが、それ以外は仕事ではなくてほとんど趣味の範囲を出なかっただろう。

母は自分の祖父や父親のことをしょっちゅう自慢していたが、考えてみるとかなりやくざな家系である。幸い朝子の兄弟たちは千加子を除いてはみんな小心で真面目な父のタイプだった。家の中は母が支配し母の影響力のほうが強かったはずなのに、子供の多くは母の積極性や要領のよさを受け継がなかった。不思議な気がするが反面教師になったのかもしれない。

朝子にしてもあまり他人のことに関わりたくない、自分を守ろうとするところなど明らかに父譲りである。が、父の几帳面さや、器用さは受け継がなかった。父が新聞を読んだ後は配達されたときと同じように、きちんと畳まれている。どうすればあんなにきれいに畳めるのだろうと朝子は自分でもやってみようと何度も試みたが、どうしてもずれてしまってきれいには畳めない。そのうちにバカらしくなってやめてしまったことがあった。両親の悪いところばかり受け継いでいるような気がしないでもない。

それはともかく母が師範学校へ行く頃は伊三郎は郡役所の書記をしていたが、中種屋から土地を分けてもらう手段もなくなり、書記の仕事くらいではとても生活は賄えなかっただろう。母が師範学校を出た頃は財産を使い果たし、屋敷まで他人名義の土地になっていた。が、贅沢な気風だけは残っていた。

伊三郎は晩年になっても毎晩晩酌をかかさなかったが、お酒だけ飲んで料理にはほとんど箸をつけないのに、たくさんの料理を取り揃えて目の前に並べておかないと気がすまないところがあった。

「あんたらのおじいさんは料理は眼で楽しむものだと言ってね。箸をつけなくても眼で十分楽しませてもらったから、もったいないことはないと言ってたよ。ほんとに嬉しそうにお酒を飲んでいたね」

母はこのことも自慢そうに話した。

父はお酒は飲めないから晩酌などしたことがなかった。父はおそらく婿養子に入って初めて財産がないどころか、屋敷まで借地だと知ったのだろう。そして財産もないくせに何と贅沢なと苦々しい思いだっただろう。将来に不安を感じたのではないだろうか。そうでなくてももともとこつこつ努力するタイプで、金銭面でもこつこつ貯蓄して行くほうだった。自分の給料から毎月天引き貯金をしていたし、村長になると恩給は家計に入れたが、村長の報酬は自分で勝手に使った。酒は飲まないし煙草は嗜《たしな》む程度で他に無駄遣いしないから、村長としての交際費に使う以外は貯金していた。

　母から見れば今一番必要なとき使わないで、老後のために貯金をするなど愚の骨頂で、困ったら困ったでその時また考えればいいのである。が、「財産もないくせに」と言われるのが厭だから、家計を助けてくれとは言えない。また頼んでも父は出さなかっただろう。父が実際に母にそう言うところを聞いたことはないが、母に「お前は金さえ見たら後先のことも考えないで、ぱあぱあ使って」というようなことを言ったらしい。

　母はそれがよほど悔しかったらしく、その言葉を持ち出しては「お父さんは私のことを浪費家のように言うが、私は浪費家でもないしお金の無駄遣いをしたことなど一度もない。第一ぱあぱあ使うようなお金がどこにあると思っているんだろう。要るものは要るんだから仕方ないのに」「お父さんは家のことは何もしてくれない」と母が常々不満を口にしていたのは、子供のことや家事の手伝いのことでなく、経済的な面でのことだったのだ。

　父がそうやってこつこつ貯めたお金は戦後の激しいインフレで何の役にも立たないものになってしまったから、母の言うとおりだったのだが、そんなことを除外しても、母は僅かな恩給だけで子供たちにもそう貧しい思いをさせないでよくやってきたものだと思う。

　当時母が親しくつき合っていた婦人会の県や郡の役員は、みなその地域では飛び抜けた資産家や名家の奥さんたちであった。子供の頃はそんなことを考えてみたこともなかったが、大人になってから朝子は、そういう人たちと対等につき合っていかなければならなかったのだから、さぞ大変だっただろうと母に同情したものである。母は対等どころか自分が一番偉いように言っていた。

しかし性格の違いや育った環境の違いはあっても、まあまあそれなりに二人ともよくやってきたのではないか。写真には大勢の子供を育て長い年月を越えてきたという自信と落ち着きのようなものが感じられた。


そしてこの昭和十五年頃の両親のことで朝子が真っ先に思い出すのは、座敷の明かりとりの窓に寄せた座卓に奉書紙を広げ、戦死者のための村葬で読む弔辞を清書していた父の姿である。

村長をしていた間、父は備忘録的な短い日記だが一日も欠かさずつけていた。それを見ると支那事変が始まってからは「午前八時二十四分発の列車にて、近藤幸雄、阿部忠勝の両君応召に付き見送りを為し」とか「午後一時五十五分発にて岡田米助高射砲隊に入隊につき見送る」「午前十時十四分発にて越智鎌雄関東軍入隊のため出発土居駅にて見送りを為す」などの記事がしょっちゅう出てくるようになる。

人口三千人の小さな村でこんなに多くの若者が出征したのかと驚くほどである。もっとも次兄の正二が一年半ほどで内地勤務に転任したように、出征兵士も交代で帰還していたらしく、昭和十四年になると「本日午前六時半動員下令あり、十一名なりき、内七名は再度の召集なり」とあり再度の応召者のほうが多いのである。

応召者は三、四日以内にそれぞれ入る連隊によって上り列車、下り列車、日も時間も違って出発する。最初のうちは小学生も駅まで見送りに行っていたが、あまりにも頻繁なので小学生の見送りは中止され、在郷軍人会や婦人会の主だった者や近所の人が見送った。父は必ず見送りに行った。一日二回のことも珍しくなかった。そして駅前の広場で村民を代表して壮行の辞を述べなければならなかった。そのときの戦況や応召者の経歴や家族のことに触れて話していたようだが、話が下手な父にとっては精神的にも大きな負担だっただろう。

そして戦死者がでると、ときには遺族とともに松山の連隊で行われる合同慰霊祭に参加して、遺骨を受け取って帰り、村葬の準備をして小学校で村葬を行う。支那事変から大東亜戦争（当時は太平洋戦争をそう言っていた）にかけての村の戦死者は九十七名に上るが、戦争末期から終戦後にかけては二、三名から数名くらいの合同葬のときも珍しくなかったが、支那事変の頃は英霊が帰るたび盛大に行われていた。

その村葬のとき読む弔辞を作るのが大変だったのだ。父は何日もかかって便箋に下書きして文章を考え、文章ができあがるとたいていは日曜日だったが朝から座敷にこもって清書を始める。升目を入れた下敷きの上に奉書紙を載せ、墨を磨り、筆で活版印刷のように整った小さな字を書いていく。最初の頃は一字でも間違えると新しい紙に初めから書き直していた。母にやかましく言われて紙を貼って訂正するようになったが、とにかく骨の折れる仕事である。

父が弔辞を書いている間、家族のものは息をひそめるようにして誰も座敷には近づかなかった。朝子も渡り廊下で繋がれた二階屋のほうへ行くときは座敷の横の廊下は通らないで、下駄を履いて庭に下り、それも座敷のそばを通らないで遠回りして行っていた。

父が自分の弔辞の清書が終わった頃を見計らって、母はいつの間に仕上げていたのか自分の弔辞の下書きを出して、父に清書を頼む。母は長時間机の前に座って筆で細かい字を書くような辛気臭い仕事はできないのだ。父は黙って当然のことのように引き受けていたが、父の弔辞は「惟《コレ》時《トキ》昭和十三年十二月十五日、小富士村小学校ニ於テ陸軍歩兵上等兵勲八等功七級渡辺和義君ノ英霊ヲ迎ヘ、謹ンデ」というような漢字にカタカナ交じりの文語体である。朝子は「惟時」が読めなくて母に聞いたことがあるから覚えているのだ。

それに比べて母のはまったくの口語体で、漢字にひらがな交じりである。頭の中を切り替えるのも大変で、一字一句間違えないで清書するのにさぞ苦労しただろう。

父と母は戦争中一体何通くらい弔辞を作ったのだろう。朝子は写真を眺めながらぼんやりそんなことを考えていた。朝子の記憶では日曜日ごとに父は座敷に籠っていたような気がするが、まさかそんなことはないだろう。戦死者九十七名だが合同葬も多かったから四、五十通くらいなものではないだろうか。郡の西部の七か村は戦後すぐ合併して町になったくらいで、昔から緊密な関係を保っていた。村葬などの大きな行事のときは七か村の村長は相互に出席し合っていた。そして当番制で来賓として一人が弔辞を読んでいたから、他村の分も加わるのである。

紋切り型の難しい文章が多い中で母の語りかけるような弔辞は評判がよく、他村の村葬のときもぜひと頼まれることが多かった。

母の弔辞の下書きが一通だけ朝子の手元に残っている。それはいきなり『高石健一君、軍服姿のりりしい君の写真の前で、こんなことを言うのを許して下さい。健一君の写真を見ていると、小学校の入学式の日の君の幼な顔が思い浮かんでくるのです。あの日、健一君は学校は厭だと駄々をこねて泣いてお母さんや先生を困らせたことを覚えていますか」と始まっている。戦死者の中には母の教え子が多かったし、そうでないときはあらかじめ遺族を弔問して話を聞き、子供時代のエピソードを交えてわかりやすい文章だった。それを母はよく通る声で読み泣かせどころも心得ていたから、母の弔辞が始まると場内では一斉にすすり泣きの声が高まった。

あるとき何かの用事で母が村葬に出席できないことがあった。「イク先生の弔辞がなかったから、村葬らしい気がせんかったなとみんなで話しとったんです」などと言う人もいた。

実際朝子も戦後しばらく経った頃、隣村の歯医者の待合室で海岸近くの村から来たというおばあさんに「三谷先生はお元気ですかいな」と話しかけられ「戦争中はうちらの村の村葬にもよくおい出て弔辞を読まれて、みんな泣かせてもらいましたんじゃ」と言われて返事に困ったことがあった。その頃は母は新しく発足した県の連合婦人会の会長に推され、婦人の地位向上に熱心だった進駐軍の民生局のアメリカ兵が、村や町の婦人会の発足式に出席するためジープで母を迎えにきて一緒に出かけていた。

昭和十五年の家族写真を見ながら朝子の思いは戦争中の両親の思い出に飛んでいたが、戦争ももう遠い昔のことである。

父が亡くなってから四十年、母が亡くなってからでも二十年あまり経つ。あの頃のことを覚えているのはごく少数の人である。その人たちも亡くなればみんな忘れられてしまうのだろうか。「祝出征　××××君」と大書された幟《のぼり》を立てて駅頭で歓呼の声で送りだされた兵士も、黒いリボンで飾られた遺影となって祭壇に飾られていた若者たちのことも。

10

写真に目をもどすと父の後ろには陸軍の軍服に帽子をかぶった正二、母の後ろには海軍の軍帽と軍服を着た修一が立っている。肩章を見ると二人とも大尉である。修一は古参大尉で、正二は大尉に進級したばかりだろう。大尉のことを海軍では「だいい」と言い、陸軍では「たいい」ということも朝子はこの頃初めて知った。

正二は戦地から帰って陸軍士官学校の区隊長になり一年近く経っている。戦地から送ってきた写真のような髭面のおじさんではなく、髭もきれいに剃ったすがすがしい顔で初々しささえ感じさせる軍服姿である。朝子から見ても戦場を勇敢に駆けまわり、部下を怒鳴りつけるタイプではなかった。陸士の教官をしていたこの時期が一番性に合っていたのではないだろうか。

修一は呉の工廠から佐世保に移り、この頃は横須賀の海軍工廠にいた。海軍では無線関係の技師をしていて沖ノ島や今は韓国領になっている済州島《さいしゅう》、中国の青島《チントウ》などに無線塔を建設し、この頃は当時日本の信託統治下にあった南洋諸島のパラオに無線塔を建てるために何度も行き来していた。

その正月もパラオ島の長期出張から帰ったばかりだった。「お嫁さんになる人が訪ねてくるというのに、そんなに真っ黒に日焼けして」と母が嘆いていたのを覚えているが、写真では色の黒さはそれほどはっきりとはわからない。

修一の横に帽子なしの背広姿で立っているのは孝子の夫の本田正喜で、孝子はその前の前列でちょうど母の横に腰かけている。母は孝子が満州でうまくやっているだろうかと心配していたが、本人の孝子はそんな心配はどこ吹く風ぞというようないたって気楽そうな顔をしている。結婚して家を出て一年二か月ぶりの帰宅である。朝子をみて開口一番孝子は「まあ、朝ちゃん、すかげ（不器量）になったわね。小さい頃は眼もともぱっちりしていて、どんな美人になるかと楽しみにしていたのに、がっかりだわ」と言った。孝子は思ったことをそのまま口にするので、かなり辛辣なことや突拍子もないことを言うが、案外真実をついていることも多いのだ。

そばにいた豊子がかわいそうと思ったのか「朝子の年頃の子はみんなそうなのよ。子供から大人に変わる時期で成長がアンバランスだからそう見えるのよ」と慰めてくれた。

豊子の夫の平井は家同士のつき合いもあり、兄たちと同じ中学だから結婚前から朝子も知っていたが、本田正喜は全然知らない人だった。その頃多かった見合い結婚で、仲人さんに連れられて母親と二人で家に来て孝子と見合いをし、一週間後には結婚式を挙げ大連に行ったのである。その後も遠く離れて会うことも少なかったからろくに話したこともなかったが、この写真の二か月ほど前の昭和十四年、父の日記によれば十一月九日に東京まで来た帰りだと家に寄ったことがあった。東京で体育大会のようなものがあり、馬術の選手として満鉄を代表して出場したということだった。

朝子は写真を見ながらそのことを思い出し、戦争中なのにそんな大会があったのかとインターネットで調べてみると、現在の国民体育大会の前身の明治神宮記念競技会というのが、大正十三年から戦争が激しくなる昭和十八年まで、毎年十一月三日の明治神宮例祭を含む期間に行われていて、北海道、東北、関東、北陸、東海、近畿、中国、四国、九州、台湾、朝鮮、関東州（中国・遼東半島南西端の遊順、大連などを含む地域。当時日本の租借地だった）の各地区の予選会を経た選手が出場していた。

正喜は満鉄の選手で関東州の代表だったのだろう。午後の汽車できて両親や朝子たち下の子供たちと夕食を共にし、その後実家に寄り二泊して大連に帰るということだった。

馬術競技と言われても子供の朝子にはどんなことをするのかよくわからなかったが、それは両親も同じだっただろう。朝子の兄弟たちは経済的な余裕がないこともあって学校ではもっぱら勉強に励んでいたが、正喜は大阪外国語学校の中国語科だったが、学生時代から馬術に入れ上げていた。昭和十五年開催が決まっていた東京オリンピックが、戦争のため中止にならなければオリンピックに出られたかもしれないと残念がっていたが、家族の誰もが馬術競技には関心を示さず、東京での成績さえ聞かなかった気がする。

母の関心は大連で孝子がどんな暮らしをしているかということだけだった。簡単に行き来したり、電話で声が聞ける時代ではなかったから無理もないのだ。頼りになるのは手紙だけだが、生《あい》憎《にく》筆まめな娘ではない。こちらから手紙をだしてもなかなか返事が来ない。お手伝いさんが二人もいるのに毎日何をして過ごしているのか。同じ社宅の人たちとうまくやっているのか。母の心配は尽きないのだ。

「毎晩手紙を書くと言って机に向かっていますよ。だけどなかなか書き上がらないようですな」

正喜は穏やかな微笑を浮かべながら言った。父と同じように孝子も母にあてた手紙でも下書きを作っていたのだろう。母にはその情景が容易に想像できるだけにそれについての感想は言わなかったが、普通の人ならいらいらしそうなところを穏やかに話す正喜にほっとしたらしく、あとで「正喜さんが優しい人だから本当によかった」と話していた。

馬術の選手だったのかと思いながら眺めてみると、確かに体格もよくスポーツ選手らしい感じである。

この写真を写したとき孝子は長男を身ごもっていたが本人もまだ気づいてなかった。大連へ帰って病院で診察を受け五か月になっていると言われた。「五か月にもなるまで気がつかないなんて、どこまでのんきな子だろう」と母があきれていたのを朝子は覚えている。

その年の秋の初めに生まれた長男は生後三か月ほどで、急性肺炎で亡くなった。「ヨウイチキュウセイハイエンニテキトク」の電報が来たときから「あんな遠くへお嫁にやるのではなかった。他にも縁談はあったのに」と普段気丈な母に似合わず取り乱しているところへ死亡の電報が来た。

子供を亡くした経験のなかった母にとって、あれが最初の打撃だったのだろう。写真でしか顔を見たことのない孫の死も悲しいことは悲しいが、母にとっては遠いところで悲しんでいる娘のために何にもできないということが悲しみをそそるのだ。孝子と一緒に抱き合って泣いてやりたいと言って泣いていた。朝子などは母の悲しみの激しさに気をのまれどうしていいかわからなかった。

次に孝子たちが帰ってきたのは昭和十七年の一月で、正喜の兄で本田家の長男本田昇少尉の戦死の公報が入ったときである。しかしそのときは孝子は次の子を身ごもっていて母も孝子も亡くなった子供のことには触れなかった。その後も母や孝子が晩年になるまで、少なくとも朝子の知る限りでは洋一の話題が出たことはなかった。母も孝子ですら忘れているのではないかと思われるくらいだったが、朝子の心の中にはあの晩のことが強く刻まれていて忘れることはできない。

孝子の横には良子が腰かけている。やはり若い娘らしく着物も姉たちに比べれば一番派手な感じである。

良子の後ろには中学一年の幸四郎が制帽制服姿で立っている。幸四郎は中学へ入っても相変わらずのんびりしたところがあって、上の兄たちのようにトップの成績を争うようなことはなかった。受け持ちの教師との懇談会から帰った母は『成績が悪いというわけではないんですが、お宅のお子さんとしては物足りない。少しのんびりしすぎているようですから家でも注意してください』と言われたと笑って話していた。

正二の横には三年前念願どおり中学四年修了で旧制松山高等学校へ入った宰三が、旧制高校の制服にひしゃげて古ぼけた制帽をかぶっている。後列なので足元は見えないが、当時宰三が靴を履いている姿など見たことがなかったから下駄履きだろう。よれよれの学生服に腰に汚れ手拭いをぶら下げ、鼻緒の太い高下駄を履いて闊歩するのが当時の旧制高校生のスタイルだった。

宰三が夏休みや冬休みに帰省するときはその間に読んだ本や岩波文庫をみかん箱いっぱい先に送ってくる。当時は段ボールなど貴重で木箱だったが、宰三はそれらの本を近くの新居浜市に持っていき古本屋に売って新しい本を買っていた。古本を売りにくる学生が多い松山より高く買ってくれていたのではないだろうか。

売りに行く前、幸四郎や朝子は自分が読みたい本を取っておく。島崎藤村や土井晩翠《ばんすい》の詩集や、国木田独歩《くにきだどっぽ》、生田春月《しゅんげつ》の本を読んだ記憶がある。

しかしそれらはみな幸四郎が面白いと言ったので読んだような覚えがあるから、幸四郎の選択だったのかもしれない。岩波文庫の中には赤帯の外国文学も入っていたが、そちらのほうにはまだ興味がわかない年頃だった。

宰三は旧制高校へ入っても成績優秀で三年の初めまでは常にトップの成績を維持していた。が、この前年の昭和十四年五月二十二日、全国の大学、高等学校、高等専門学校の代表が東京に集められ、天皇陛下御臨席の下、式典が行われた。そのとき「青少年学徒ニ賜リタル勅語」が下賜されたのだが、宰三も旧制松山高等学校を代表してそれに参列することになり上京していた。

式典の前夜外出して神田の宿舎に帰る途中、工事中の電線に足をひっかけて転んだ。朝子にもその辺のいきさつの詳しいことはわからないが、転んで足の骨を折ったとか捻挫したというのではなかった。ただすぐには起き上がれず一緒にいた人たちが助け起こし、病院へ運んだ。大事を取って二、三日入院していたようだが、その病院で肋膜炎の可能性があると言われたらしい。

知らせを聞いて病院へ行った長兄の修一によると、正式な検査をしたわけではなく、ただ痩せてひょろ高い宰三の体形やたまたま風邪気味であったことから注意をしたようだが、本人はショックだったのかたちまち重病人になった。帰ってからしばらく家と松山の下宿とを行き来していたが、結局休学し、家へ帰って二階の部屋に閉じこもって静養していた。

だからこの写真のときは休学中だが、もうこの頃は元気を取り戻していて病人らしくは見えない。そして四月からは三年生をもう一度始めたがまともに勉強をしなかったのか、成績もがた落ちで見るも無残な成績だった。当時は東京帝国大学と言われていた東大を受けたが不合格、二次試験で東北帝大を受けたがそれもだめだった。

母は「宰三は東京であのとき誰か違う人と入れ替わったのではないか。そうとしか思えん」と嘆き「東京へ行って本物の宰三を探してきたい」と言っていたが、宰三の中でどういう心境の変化があったのか。それまでまじめに勉強ばかりしていたのが急に馬鹿らしくなったのだろうか。

当時はどこかの学校に籍を置いておかないと徴兵検査を受けなければならない。それで専修大学へ一年分の月謝を払って籍を置き、家の近くの中学の数学の臨時教員をし、昭和十七年、京都大学理学部の実験物理科に入った。大学では原子力の核実験の装置サイクロトロンの建設の教室にいたが、当時京都はどこの都市より食糧不足で、絶えず帰ってきては教室の人たちの分まで食料を背負って帰っていた。

京大には後にノーベル賞を受賞した湯川秀樹博士がいた。湯川博士は理論物理のほうで宰三が直接教えを受けたわけではないだろうが、松山高等学校での講演に招かれた博士は、学校の出身者として宰三の名前を挙げたらしい。松高生の兄を持つ朝子の同級生が「湯川博士が学校へ講演に来て、お宅の兄さんのことを褒めていたそうよ」と話してくれたことがある。招かれた学校の出身者だからサービスで名前を挙げたのだろうが、大学の頃は人並みに研究に励んでいたのかもしれない。宰三が属していた荒勝教室で作っていたサイクロトロンは終戦時ほぼ完成間近になっていたが、進駐してきた米軍によっていち早く海へ投棄処分された。

宰三は本当は昭和二十年三月の卒業だが、戦時中の繰り上げ卒業で半年早く十九年九月卒業した。文科系なら昭和十八年九月の学徒出陣で出征していたはずだが、理科系なので助かっていたのだ。卒業後はどうせ軍隊に取られるので海軍技術中尉になり、終戦のときは油壺の回天特攻基地で訓練を受けていた。

今にして思えば宰三が挫折しないで順当に大学へ進んでいたとすれば、昭和十八年三月卒業である。海軍技術士官になっていたとしても、一番危険な場所にやらされる年頃で、戦死していた可能性が強い。

親戚のどの家でも宰三と同年代の人は戦死しているし、中学の名簿でも宰三のクラスは戦死者の数が断然多い。何が幸いになるかわからないのである。

宰三の前で良子の隣には小学五年生の朝子が襞のあるスカートとセーラー服姿で立っている。普段の通学はセーターなどもっと自由な服装だが、セーラー服は式のときとか少し改まったとき着ていた。紺色のセーラー服のせいかこれまでの二枚の写真と比べてずっと大人っぽく見える。もっとも前の写真から六年もたっていて大人に近づいていたのだが、小学五年というよりもっと上に見える。

「まあ、朝ちゃん、すかげに（不器量）なったわね」という孝子の言葉が頭にあるからか、なんとなく顔全体がぼわーんと膨れて見え、眠そうな目をしている。

11

三枚目のこの写真にはこれまでの二枚の写真には写っていなかった人物がいる。朝子の横にきれいに髪をときつけ、着物を着て立っている祖母のチュウである。祖母といっても血の繋がりはなかった。母より一回りくらいは年上だったから、このときはもう六十代の半ばになっていたはずだが、姿勢も良く当時の女の人としては体も大柄で若く見える。

母の母親のトヨは母を生んだとき産褥熱《さんじょくねつ》で亡くなった。母は乳児の間は近所のお乳の出る人の家に預けられ、そのあとは祖父の久平と父親の伊三郎にたった一人の跡継ぎでちやほやされながら育てられた。チュウは女手のない家でお手伝いさんとして働いていた。

母が小学三年のとき、チュウは伊三郎の後妻になった。それより前から関係ができていたのだろうが、近所の手前簡単な祝言をあげた。近所の人に「今日からはチュウさんがお母さんだから、そう呼ばんといけんよ」と言い聞かせられても、これまで「チュウチュウねずみ、チュウチュウすずめ」とからかうと顔を真っ赤にして追っかけてきていたお手伝いさんを、お母さんと呼ぶなんておかしくてできなかった。

チュウのほうも後妻になると途端に態度を変えた。学校が近いので昼休みは家へ帰って食事をしていたが、帰ってもチュウは自分の小遣い稼ぎの賃機織りの仕事をしていて、お茶も沸かしてない。もう私は手伝い女ではないのだから、お茶くらい自分で沸かせということである。母は七輪に火をおこし薬缶《やかん》をかけるがお湯はなかなか沸かない。少し湯気が出始めると嬉しくなって蓋を取って覗きこむがお湯は沸いてない。そんなことを何回か繰り返しているうちに、もう食事をすませた近所の友だちが誘いに来る。

チュウとしては「頭がええ」とか「賢い子じゃ」と祖父や父親にほめられていい気になっている生意気な女の子に、負けてたまるかとせいいっぱい虚勢を張っていたのだろう。ちょっとした落ち度を見つけては口やかましく小言を言った。母はチュウが字が読めないのをいいことに「おチュウのバカ」と板塀に落書きしてうっ憤を晴らした。それを見てチュウがまた騒ぐ。「まあ、あの子は私が字が読めんと思うて、こんなところに落書きしとる。私の悪口に違いない」。母の父親の伊三郎は困ったように笑いながら「これは悪口なんかじゃない。お習字の稽古をしとったんじゃろ」と落書きを消していたという。

母は気の強い子供だったから、おそらく一度も「お母さん」と呼んだことはなかったのではないだろうか。長ずるにつれ自分で何もかもするようになり、チュウのことなどほとんど無視していた。

母の祖父の久平は母が師範学校時代に亡くなったが、伊三郎は母が婿養子を迎え四人の子供が生まれるまで生きていた。その間チュウも家にいたわけだが、母は小学校の教師として勤めていたから、チュウの存在も少しは役に立っていたのかもしれない。

伊三郎が亡くなったあと多分母が勧めたのであろうが、チュウは再婚した。相手は隣の駅の近くで下駄屋をしていた老人で、その家には朝子と同じ年生まれの男の子の孫がいた。もちろんチュウとは血が繋がっていなかったが、朝子が子供の頃その孫の敏男をつれて里帰りというのかよく遊びにきていた。近所には知った人も多かったからだ。朝子は何も知らなかったが、姉の豊子や孝子は子供の頃一緒に暮らしていたから、当時住んでいた地名を付けて「寒川のおばあちゃん」と呼んでいて、朝子もそれを真似て呼んでいた。

朝子が小学二年か三年の頃、再婚相手が亡くなり、その上一家は当時の国策で奨励されていた満州へ移住することになった。チュウは今更遠い国へ行きたくなかったし、ほかに行くところもなかったので朝子の家に帰ってくることになって、台所の下働きや庭の掃除、菜園の世話などしながら暮らしていた。

チュウの唯一の楽しみは月に二回ほど行く近所のおばあさんたちとのお寺詣でだった。一つは二駅ほど離れたところにあるお大師さん詣でである。もう一つは近隣の七か寺を歩いて回る。どちらも前の晩お弁当を作って一日がかりである。そういうとき他所のおばあさんは孫を連れてくる。とくにお大師さん詣でのときは汽車に乗れるし、寺の周辺にお店も出てにぎわうから、孫たちのほうがせがんで連れて行ってもらうのだ。

朝子の友だちも学校のお休みの日はよく行っていた。学校を休んでそちらへ行くこともあった。が、朝子の家は神道でお寺詣での習慣はなかったこともあるが、朝子も妹の千加子も一度も行ったことはなかった。おチュウおばあさんの孫になってどこかへ一緒に行くなど考えられなかった。朝子たちは「おばあちゃん」と呼んでいたが、血は繋がっていないということをはっきりと意識していた。それが当然言葉や態度にも出ていただろう。

だから三時に写真屋がきて写真を写すからと母に言われたときチュウは、「私も入ってええんで」とうれしそうな顔をし、髪をときつけたり一張羅の着物を取り出して着たり、支度に一番時間がかかったのはチュウだった。

母もこの頃には子供の頃いじめられたこともはるか昔のことになっていて「口やかましい人だったけど、子供の世話はほんとうに親身になってみてくれたからね。自分の子でもああはできんと思うほど大事にしていたからね」と言うようになっていた。

上の子供たちは母が勤めていたので、お乳を飲ませるために学校へ背負って行く子守を雇っていたが、その子守女の監督も兼ねてチュウが面倒を見ていたのだろう。チュウにとってもイクと張り合って自分がこの家の主婦だということを示さなければと気負っていた頃と違って、イクの子供たちは素直にかわいがることができたのだろう。人の性格などは置かれた立場によって、また相手次第でどうにでも変わるのだ。

チュウは写真を撮るときも、前の椅子に腰かけるよう勧められても頑強に断って一番端につつましく控えるように立った。案外美人で、しかも当時の田舎のおばあさんにしてはおしゃれだったのだ。朝子は写真をみて意外な気がしていた。

朝子が女学生の頃だったか、もう卒業してからだったか、一度何かの拍子にチュウが祖父の子供を身ごもり、流産した話を本人から聞いたことがある。「男の子じゃった」ということだった。チュウはあの子さえ元気に生まれていてくれればと、何度も思ったことだろう。当然その子が家を継ぎ、こんなに気兼ねをしながら暮らすことはなかったのだ。そしてまた祖父の伊三郎が手をださなければ、これだけの美人で働きものだったから、結婚して一家の主婦として子供や孫に囲まれ、平凡だが幸せな一生を送れたかもしれない。

チュウが生きていた頃、朝子はそんなことすら考えてもみなかった自分を思い、八十歳を過ぎた身になって初めて申し訳ない気持ちになっていた。

話は全く余談になるが、終戦後、朝子は満州に行った敏男に会ったことがある。終戦後一、二年たった頃だろうか、当時朝子は二駅ほど離れた新居浜市にある高等工業専門学校へ勤めていたが、ある日の帰り混雑する駅のプラットホームで、駅員の制服を着て乗客の整理をしている敏男と会った。向こうのほうから声をかけてきたが、朝子も一目みるなりすぐわかった。小学校二、三年以来だが、幼い頃の面影は残っていた。

「帰ってきていたの。心配していたのよ」

いろいろあったがとにかく家族全員無事で帰ってきたということだった。それにしてもこんなところで会うのは奇遇だった。家を売って満州へ行ったはずだから、今はどこに住んでいるのだろう。朝子は詳しいことを聞きたかったが、間もなく入ってきた満員列車に乗らないといけないので、気がせいていた。

「お休みの日に遊びに来てね。おばあちゃんも喜ぶわ」

朝子が言うと敏男は頷き、「おじさんやおばさんにもよろしく」と言った。

朝子は家に帰ると早速その話をした。敏男の一家が満州に行ってしばらくの間は手紙も来ていた。字が読めないチュウのために母が読んであげ、手紙の代筆もしていたが、やがてそれも途絶え、終戦後は消息の知りようもなくなっていた。

朝子の家でも満鉄社員に嫁いだ孝子が奉天《ほうてん》（現在の瀋陽）にいた。後で聞くと満鉄社員は他の人たちにくらべるとかなり優遇されていて、八月九日ソ連軍が侵入してきた知らせを受けるとすぐ臨時列車を出して、当時日本領だった北朝鮮まで家族を疎開させた。終戦になると治安が悪いのは朝鮮半島も同じで、住みなれた奉天へもどったが、それも列車での移動だった。開拓団の人たちのように広い満州の野をさ迷ったわけではないが、厳しい寒さと栄養失調で赤ん坊だった女の子を亡くし、四歳の長男を連れて哀れな姿で終戦の翌年の春引き揚げてきた。

その孝子の話では開拓団や一般の人たちはさらに苦しい生活を強いられていたようで、どうしているだろうと案じていたのだ。

それが無事帰国しているとわかってみんなほっとした。とくにチュウは敏坊が訪ねてくるのを喜んだ。無一物で帰ってきているだろうから、兄たちの古着を母に頼み用意してもらい、また持って帰らせるお米なども母に頼んだ。食糧不足の折だったが母は農家の人と親しく、お米など手に入れるのはそれほど困難ではなかった。

準備万端を整えて待っていたが、敏男はなかなか現れなかった。朝子も何曜日がお休みか聞いてなかった。国鉄の仕事だから日曜日が休みと決まっていないだろうし、夜勤、昼勤などいろいろあって休みが取れないのではないか。それからも朝子は朝夕駅の改札やプラットホームで彼の姿を探したが会えなかった。ひと月ほどたって思い切って他の駅員に聞くと、彼は三つほど先の駅に勤務が変わったということだった。しかし少し遠くなったとしてもその駅からでも、休みの日に朝子の家に来ようと思えば来られない距離ではない。

来る意志がないのだろうと朝子も判断せずにはいられなかった。チュウが懐かしがっているほど、彼のほうはなつかしがっていないし、生活に困っていないのかもしれない。田舎のことだから援助してくれる親戚もいるだろうし、敏男にしてもちゃんとしたところに就職できているのだから、自分たちの現在の生活のほうが大切だろう。

もしチュウのことをなつかしむ心が少しでもあれば、またちょっとした知り合いを頼って助けてもらわないといけないほど生活に困っているとしたら、あのとき朝子と会わなくてもその前に訪ねてきているはずだった。敏男にとってチュウはもう過去の人、というより子供の頃いつもチュウに連れられて朝子の家へ来ていたことも迷惑なことだったのかもしれない。朝子はそう考えるようになっていた。

チュウとしては伊三郎が亡くなったあとも、子供の世話をしながらずっと住みなれた家にいたかっただろう。しかし子供の世話といっても上の子たちが成長すれば下の子の面倒を見ることができる。チュウは自分が邪魔もの以外の何ものでもないことを知って再婚したのだろうが、こちらには長年つき合ってきた気心の知れた近所の人もいる。近くには自身の姪の一家もあった。だから息抜きのためもあってしょっちゅう帰ってきていたのだが、自分一人帰るのは気が引ける。敏坊が行きたいと言うからとかなんとか言って、敏男を出しにして連れてきていたのかもしれない。

敏男にしてみれば女の子の朝子と遊んでもつまらなかっただろう。兄たち男の子は山へ行ったり戦争ごっこをしたりしていたが、帰りのバスの時間が決まっている敏男は遠くへは遊びに行けない。だから朝子と遊んでいたのだが、男の子と女の子では遊びも興味の持ち方も違う。昼前のバスで来て、他人の家族と昼食を食べ、四時頃のバスで帰るまでの間、敏男は退屈しどうしてこんなところにきているのだろうと思っていたかもしれない。

朝子も一度だけどういういきさつでそうなったのかわからないが、夕方のバスで帰る彼らと一緒に行き、敏男の家に一晩泊まったことがあった。多分チュウが一緒に行こうと熱心に誘い、バスに乗ってみたかった朝子が行く気になったのだろう。翌朝、向こうのバス停で乗せれば、こちらのバス停は家の斜め前だったから、朝子一人で帰れる。運転手に頼んでおけば間違った停留所で降りる心配はないのである。

敏男の家は朝子が終戦後彼と会った駅とは反対側の隣の駅前にあった。そこは朝子たちの村の駅よりまだ小さく、駅前に五、六軒の店が並んでいるだけであったが、その中の一つの下駄屋だった。家の構えはわりにしっかりしていたが表は店になり、奥に三部屋くらいと台所があったのだろうか。チュウの連れ合いの老人は太っていて病人らしくは見えなかったが、その頃はもうほとんど寝て過ごしているらしかった。食事も運んで行ってチュウが食べさせていた。朝子を見ると「よう来た、よう来た」と言いながら涙をこぼした。「昔は気性の激しい人で、みんなぴりぴりしとったもんじゃが、この頃はすっかり涙もろくなってしもうて。おじいさん、何も泣かんでもええでしょうが」とチュウに叱られていた。

敏男の両親も歓迎してくれ、夕食には朝子にだけ茹で卵を出してくれたが、よその家での食事は緊張するばかりで、自分の家で自由におしゃべりしながらの食事が懐かしかった。敏男の家には庭というものがなかった。表は道路に面しているし、裏は物干し竿が置けるだけの空き地しかなかった。隅のほうに貧弱な柿の木が一本あるだけで、すぐ田んぼになっている。人家があって覗かれるわけではないが、どこからでも見えるような気がして落ち着けない。チュウが朝子の家に来るたび、「ここは庭が広うてええな。気分が休まる」と言っていた意味が初めてわかったような気がした。

夜はチュウの布団の中で眠った。それも朝子にとってはうれしいことではなかった。布団は年寄り臭い気がしたし、夕食を終えるとまだ早い時間なのにチュウはさっさと眠ってしまったが、朝子はラジオを聞いたり、縫いものをしている母のそばで妹とわれがちに母に話を聞いてもらっている時間だった。母や妹は今頃何をしているだろうと思うと、一緒についてきてしまったことを後悔していた。朝子がはっきりいやだと断ればチュウだって諦めるしかない。すべて朝子のせいだが、朝子は止めてくれなかった母まで恨みたくなっていた。

そんな経験があるから敏男の気持ちもわからなくないのだ。「敏男さんは就職したばかりだから忙しくて来られないのよ。お休みの日もいろいろ仕事があるのかもしれないわ」朝子はそう言って敏男との再会を待ちわびているチュウを慰めたがチュウは「あの子はやさしい子でなあ。私によくなついて近所でもおばあさん子じゃと評判だったんじゃ」と懐かしんでいた。

12

写真を眺めながら朝子の思いはチュウのことに飛んでいたが、写真を写したこの昭和十五年は、また紀元二千六百年にあたり慶祝行事に沸いた年でもあった。

戦後は廃れてしまって知っている人も少なくなったが、戦前は神武天皇が即位した年から数えて国の紀元年号としていた。これには確固とした裏付けはなく、江戸時代から本居宣長《もとおりのりなが》なども疑問を呈していたらしい。実際より何百年か古くなっているので、神武天皇につづく数代の天皇はいずれも百歳以上の長寿でないと計算が合わなくなるのである。だが明治になってからそれが正式に採用され、学者たちも異議を唱えることはできなくなっていた。

支那事変はいつ終わるかもわからないままに続き、朝子の家族が新年に集まって写真を写したこの日の父の日記にも「一月二日　火曜日　快晴。本日は正月にて修一、正二などとともに楽しく昼食を共にす。午後一時五十五分発にて加地一、臨時召集のため善通寺輜重《しちょう》隊に入隊につき見送りをなす。本日家族一同写真を写す」とある。正月早々召集される兵士もいたのだ。その上、物資も不足し衣料や酒、煙草など多くのものは配給制になり、日常生活にも不自由を感じるようになっていた。

そんな国民の不満を他に向け、国民精神の高揚を図るためにも、紀元二千六百年を大々的に祝うことにしたのだろう。その前から紀元年号を浸透させるためにあらゆるメディアを使って宣伝していたのか、父の日記帳の表紙もそれまでは大正十三年とか昭和十二年とだけ記されていたのに、昭和十三年からその下に横書きで「紀元二千五百九十八年」と紀元年号も記されるようになっている。昭和十五年はもちろん紀元二千六百年だが、昭和十六年の分にはもう紀元の年号は入ってない。一応紀元二千六百年を祝えばその熱も急速に冷めていったのだろう。

朝子は写真を写した年の四月、小学六年生に進級した。村の小学校の修学旅行といえばこれまでは県庁所在地の松山か、隣県の高松への二泊三日の旅行だったが、紀元二千六百年ということで、神武天皇を祭った橿原《かしはら》神宮と伊勢神宮の参拝を兼ねて京阪神への旅行になった。

朝子にとっては初めての長旅であったし、初めてみる大都会でもあった。どこへ行っても人が多く電車も混んでいて長い距離立ちっぱなしで疲れた思い出も多いが、とにかく京阪神へ修学旅行ができたことは朝子たちにとってはまことに恵まれた幸運で、いい生まれ合わせに感謝したものである。

その年の十一月十日の日曜日には紀元二千六百年を祝う祝典が天皇、皇后両陛下を迎えて、宮城前広場で行われた。父は村長としてそれに参列するため十一月七日夕方臨時列車で出発した。「県下市町村長並びに代表者五百五十名の一行に加わり」とあり、愛媛県だけでもこれだけの人数だから、どれほど大きな祭典だったかわかる。

父の日記によれば名古屋で朝食、浜松で昼食。東京に着いたのは夕方で、約二十三時間かかっている。

いくつかの班に分かれ本郷の旅館に宿泊。翌日は自由な一日だったらしく父は横須賀線の電車で逗子《ずし》へ行く途中、鎌倉で下車八幡宮や大塔宮《だいとうのみや》、頼朝の墓など見学「六百年昔の歴史を追懐してうたた感慨の情に堪えざるものあり」などと書いている。

昼食をとった後、この春に結婚したばかりの長男修一の逗子の新居を訪ね、修一と共に逗子を見物、夕方には正二も東京からきて夕食の後八時の電車で正二と東京に帰り、宿で翌日の準備をなすとある。

「十一月十日　日曜日　快晴

午前六時宿を一行と共に出発して日比谷公園に向かう。各県別に同公園の広場に参列して順次式場へ引率されて、式に参列す。午後一時全員整列を終え、午後一時二十分、聖上陛下、皇后陛下のご着席、近衛首相祝辞奏上。畏《かしこ》くも勅語を賜り、首相に唱和して五万三千人の代表者万歳を奉唱。この日天空一碧千代田城の大空高く数羽の鳶《とび》舞い瑞雲《ずいうん》たなびき陽祥《ようしょう》を示し、感激一入《ひとしお》新たなるものあり、外国使臣代表として米国大使祝辞を述ぶ。正二来たり夜十時頃まで宝塚航空劇を見る」

父の日記は普段は一日分が二、三行の簡単なものだが、さすがにこのときは気持ちが高揚していたと見えて、それが文章にも現れている。

それにしてもこの一年後に米国との戦争が始まったことを思えば、「米国大使祝辞を述ぶ」という言葉は朝子としては感慨深かった。それから次兄正二に誘われて宝塚歌劇を見たなどというのも、朝子はこの日記で初めて知った。まだ太平洋戦争には突入していなかったが、戦意高揚の国策に協力して宝塚歌劇も航空隊に題材をとったものを上演していたのだろう。

「十一月十一日　月曜日　快晴

午前七時宿を出発、日比谷公園へ集合、前日同様各班は県の係に引率せられて式場へ参列集合。午後一時二十分、天皇、皇后両陛下出御《しゅつぎょ》、五万三千人の全員に対し野戦料理の酒饌《しゅせん》を賜り、皇恩の無辺なるに深く感激、悠久の参拝終わりて両陛下還御。午後三時滞りなく式終了す」

とある。

父たちは翌日臨時列車で帰途につき、十一月十三日午後一時五十五分土居駅着。朝子は父が持って帰った野戦料理の酒餞なるものの中の航空食といわれる乾パンのようなものや、白精糖《はくせいとう》のお菓子など分けてもらって食べた記憶がある。重箱二つにそういう日持ちのする食品を詰め合わせ、それに恩賜の煙草、酒などを添えたものだったような気がする。ありがたく頂いたもののあまり美味しいものではなかった。その頃は皇室の御下賜品《ごかしひん》といえば白精糖が多かった。

父はその前々年の昭和十三年四月にも地方自治制五十周年記念式典のため上京し、このときも皇室からの御下賜品として、紅白の白精糖をもらってきた。そのほか当時は公の何かの記念に父がもらってくるものといえば、白精糖が多かった。ただ砂糖を固めて赤や青など色をつけてあるだけで、砂糖なら口あたりがいいが白精糖のざらざらした口あたりが朝子は嫌いだった。だからそのときもまたかという感じであまりありがたくなかった。航空食もただの乾パンだから美味しくなかった。

ちなみに昭和十三年の自治制五十周年のときは臨時列車ではなく近隣の村長たちと昼頃の列車で出かけ、神戸で一泊し、翌日「四月十六日、土曜日、快晴。午前八時二十八分神戸発の特急にて上京。当日快晴なりしため富士の気高さを仰ぎ、その神秘なるを仰ぎつつ上京す。午後五時東京着。神田区神保町、花月館に宇摩《うま》郡町村長と上浮穴《かみうけな》郡と宿泊す」

そして翌日、「四月十七日　日曜日　快晴　午前八時神保町にて電車に乗車、二重橋前広場に出席、全国一万二千有余の市町村長集合、仝《どう》十時半天皇陛下の御親臨を忝《かたじけの》うし、優渥《ゆうあく》なる勅語を賜り感泣す。日比谷公園にて祝賀会あり」

「四月十八日、月曜日、曇り。午前九時本郷本町の大西土地会社へ出向き、大西静史氏に面会。同士十一名、同氏の自動車にて新宿御苑拝観の後乃木邸内神社参拝、靖国神社、明治神宮参拝、浅草観音等参拝して宿に帰る」

大西土地会社の大西氏というのは多分村の出身者で成功した人だろう。その人が車を提供して郡の西部の村長たちを一日東京案内をしたのだろう。

「四月十九日、火曜日、晴。午前九時三越百貨店参観一行と別れて、東京上野公園に行き東京帝室博物館並びに科学博物館の見物を終えて、動物園見物の後、花月館へ帰る。同午後九時二十六分東京発の急行列車に乗車」

父は翌朝大阪に着き実兄の家に寄り、昼食をご馳走になり、そのあと三越や高島屋へ寄り、お土産を買い、夜行列車で帰宅している。役場吏員一同へのお土産は三越風呂敷と焼のり一缶ずつだった。

大阪で三越へ行く時間があることがわかっていたから、父は東京では三越へ行く一行と別れて上野へ行くことにしたのだろう。

父の日記によれば昭和三年五月、日本赤十字社総会に出席するために上京した折にも、朝東京に着き、芝の宿に投宿した後上野公園に行き、夜宿に帰っている。そして翌日権田原《ごんだわら》での総会に参列、「十時半、皇后陛下のご挨拶令旨《れいし》を賜る。音声朗々と拝聴することを得たり」のあと、「上野博物館へ行く」とある。

公務でたまに上京する父にとっては、上野公園は東京の象徴のようなものだったのかもしれない。

朝子は年に三、四回は展覧会を見るために上野へ出かけるが、日記で父が上京するたび上野に足を運んでいたのを知ってから、帽子を片手にハンカチで汗を拭き拭き急ぎ足で歩いているお上りさんの父の姿をかいま見たような気になるときもあった。

写真を眺めながらつい思いはそんなことにまで飛んでいたが、これが家族全員が揃って写した最後の写真でもあった。

翌年十二月八日には大東亜戦争が始まり、もはやお正月にも家族全員が顔を揃えるということはなかった。

13

昭和十六（一九四一）年十二月八日、大東亜戦争が始まったとき、朝子は女学校一年生だった。女学校は三駅先の川之江《かわのえ》町にあり、汽車で二十六分かけて通っていた。兄の幸四郎が通っている中学校は、その一つ手前の三島町にあった。冬になると中学校では一時間ほど遅い次の汽車でも間に合うように授業開始時間を遅らせるが、良妻賢母の養成が目的の女学校では、早起きも美徳の一つだからそういう配慮はなされなかった。

したがって朝まだ暗いうちに家をでて、大本営発表のあった朝のニュースは聞いていなかった。川之江駅に着く頃やっと辺りが白み始める。全校生徒四百五十人のうち半分以上がその汽車での通学生だから、汽車から降りた順に二列になって、学校までの十分あまりの道を粛々と歩いて行く。周りの住民の迷惑にならないよう私語も禁じられていた。そして吸い込まれるように校門を入るとそれぞれ教室へ行き鞄を置いて、掃除当番以外は速やかに講堂へ集まり、集まった順に正坐して目をつむり瞑想しながらみんなが揃って朝礼が始まるのを待つ。

瀬戸内海に面した気候穏やかな土地とはいえ、十二月の夜明けの風は冷たかった。一刻も早く学校へたどり着きたい一心で歩き、校門を入ろうとすると、門柱の下にこちらに向かって小さな黒板が置かれ、白墨で『大本営発表。本日八日未明、帝国陸海軍は西太平洋に於いて米英と戦闘状態に入れり』と書いてあった。

体育教師の字で多分前の晩宿直だったのだろう。朝のラジオのニュースを聞き、一刻も早く生徒たちに知らせようと書いたのだ。

誰もがその掲示板を見たはずなのに格別の騒ぎは起こらなかった。咄嗟《とっさ》にはその意味が読み取れなかったこともあるし、列車を降りた順に並んでいるから親しい者同士で歩いているわけではなく、どこか他所行きの顔をしている状態だったからである。

朝子は一瞬、戦争はまだ続くのかと暗澹《あんたん》たる気持ちになった。小学三年のとき支那事変が始まって以来ずっと戦争が続いていた。戦争が長引くにつれ物資は不足し食糧や衣類は配給制になり、『欲しがりません。勝つまでは』の標語のとおり耐乏生活を強いられていた。

小学生の頃はまだよかった。朝子はその頃「少年倶樂部」などで人気のあった山中峯太郎《みねたろう》の冒険小説に憧れる少女で、ニュース映画でみる戦争場面なども冒険小説の続きのような感じで見ていた。しかし女学生ともなると冒険小説や、吉屋信子の『花物語』以外の本も読むようになっていた。

女学校では三時過ぎに授業が終わり掃除を済ませ下校時間になると、徒歩通学、自転車通学、それに急行列車の停まる隣町の三島駅から通っている生徒たちはさっさと帰ってしまう。が、急行の停まらない駅から通っている朝子たちは、それから一時間以上も待たなければ帰る汽車がないのだった。

戦争中の田舎町のことで、町へ出ても面白いところは一つもなかった。お店もほとんど営業していなかったが、映画館や喫茶店に入るのは厳禁で、ただ町をぶらついているだけで不良とみなされかねなかった。

で、学校に残っておとなしく時間をつぶすよりほかはない。運動場でバレーボールやテニスをする人、教室で予習復習をする人、友だち同士でおしゃべりする人。朝子はたいてい図書室で本を読んでいた。

朝子が入学した頃の校長の古田拡先生は全国的にも国語教育で有名な先生で、与謝野鉄幹《てっかん》や晶子《あきこ》と親交もあり、二人が来校して歌を詠んでいるくらいである。そのせいか田舎の女学校としては図書室は充実していた。特に明治から昭和のその頃にかけての歌人の歌集とか全集が揃っていた。

図書室によく来ていた今西和子さんは文学少女で『源氏物語』や『紫式部日記』など平安期の文学に熱をあげ、朝子にもぜひ読むように勧めた。朝子は国語の教科書で『源氏物語』の一部を習ったがさして面白いとも思わなかったから、長い物語に怖れをなし、「私は短いもののほうがいいの」ともっぱら歌集を読んでいた。

若山牧水の「白鳥は哀しからずや空の青海のあをにも染まずただよふ」という歌に自分の身を重ね合わせたり、木下利玄の『牡丹花は咲き定まりて静かなり花の占めたる位置のたしかさ』などの歌に新しい現実を発見したような喜びを感じていた。

和子さんは短歌などとっくに卒業という感じで、朝子が好きだという歌などすらすらと暗唱して見せた。そんなこともあって二人でお互いに好きな歌を披露し合って話すことも多かった。

ある日、そんな話の中で彼女はふと漏らすように言った。

「こんなこと大きな声では言えないけれど、私たち損な時代に生まれ合わせたと思わない？　物心ついたときから戦争、戦争で、我慢することだけ教えられ、少女らしい夢も持てず、おしゃれひとつできず、二度と来ない若い日をむざむざと過ごすなんて」

当時としてはかなり大胆な発言だった。

「そうね、平安時代に生まれていたら、あなたはきっと才女の一人として活躍していたでしょうね」

朝子は当たり障りのない答えをしながら、自分の中でもやもやしていたものを、言葉にして取り出して見せられたような気になっていた。

本当にそのとおりなのだ。物質的な欠乏に加えて精神面の締めつけも次第に顕著になっていた。第一、朝子たちはセーラー服にスカートの白線という制服に憧れを抱いて入学したが、朝子たちが入学した年から女学校の制服は全国で統一され、へちま襟の不細工なデザインのものに変わっていた。生地も合成繊維のスフのぺらぺらしたもので、朝子たちにしては囚人服を着せられているような感じがしないでもなかった。

おそらく頭がちがちの文部省の役人がセーラー服というのは外来語だからけしからん、他のに代えろということになったのだろう。やがて野球の「ストライク」「アウト」さえ外来語だから使用禁止になるのである。小学校もその年から同盟国ドイツの制度を真似て国民学校と改称されていた。

全国的に統一するのはそのほうが統治しやすいからで、すべてが規格化され、個人の好みなど許されない時代になっていた。

女学校へ入ってもやたらと勤労奉仕に駆りだされ、落ち着いて勉強したり女学校生活を楽しむという雰囲気からはほど遠かった。古田校長のときは比較的生徒の自主性を重んじる気風があり、名物教師も何人かいて面白い授業もあったが、古田校長は北京師範大学から招聘《しょうへい》を受け、一学期限りで国語教師時代から長年務めた学校を離れた。

隣郡の中学校の教頭から栄転してきた後任の校長は、教育者というよりお役人といった感じで、しかも気心の知れた同僚の教師を連れてきていた。朝礼の話なども堅苦しい訓示ばかりだったが、校長が変わってから図書室にも変化があった。

図書室の片隅に世界文学全集をずらりと並べた本箱があった。本箱は全集を購入するとついてくるものだったのだろう。朝子はその中の『レ・ミゼラブル』だけ読んだ。小学生の頃『ああ無情』という題名で子供向けに書き直された本を読んだことがあったからだが、本当の小説のほうではパリの地下の下水道の詳細な描写が延々と続く。それに参ってしまって他の本には手が出なくなっていたが、いつか全作品を読んでみようという気がないではなかった。

ところがある日その本箱には「閲覧禁止」の札が貼られ鍵がかけられていた。新任の校長のせいか、時代のせいか知らないが、西洋の恋愛小説など読ませておくとろくなことにはならない、良妻賢母の教育に反すると思ったのだろう。

朝子は目に見えないところで次第に自由や人間らしい気持ちが奪われて行くのを肌で感じていた。そしてその理由はすべて「戦争中だから」「非常時だから」という言葉で片づけられた。一年か二年なら辛抱もできるだろうが、戦争はいつ終わるともしれないものになっていた。

地図を見ても日本軍が占領したのは広い中国大陸の沿岸部のほんの一部で、蔣介石のいる重慶《じゅうけい》まで占領しないといけないとなると十年はかかるだろう。しかも重慶を占領してもまだその奥が限りなくあるのだ。

反戦とか厭戦という思想的なものではなかったが、戦争に飽き飽きしていたのだ。戦争のなかった大正時代や昭和初期のモガ、モボと言われていた時代さえ、みんな今よりずっと楽しく自由に生きていたような気がして、羨ましい。

当時、戦争で利益を得ていた人や、指導的な立場にいる人を除いて、一般の人はみんな多かれ少なかれ朝子と同じような気持ちではなかったかと思う。しかし日本人は本音は語らず建前で生きているから誰も口にしないだけの話だった。もちろん戦死者の家族はもっと複雑な気持ちで、朝子のように能天気にはなれなかっただろうが。

校門に立てかけられた小黒板を見て朝子が一瞬暗澹とした気持ちになったのは、これまでも戦争の終わりは見えなかったのに、これでますます希望の灯は遠ざかった。米英と新たな戦争を始めれば、戦争が終わることなどとうてい望めないという思いからきていた。

しかし朝子の暗澹とした気持ちは長く続かなかった。校門を入ると中央にかなり広い渡り廊下が運動場まで続いていて、その両側に一定の間隔をおいて校舎が並んでいる。一番手前にあるのは職員室、校長室、応接間、会議室、図書室などで、その次の建物が一年生の教室である。いつもは登校してくるとすぐ講堂に向かうから静かなはずの教室が蜂の巣をつついたような騒ぎになっていた。

学校に近い徒歩通学生たちは、朝のニュースで大本営発表と共に真珠湾攻撃の赫々《かっかく》たる戦果を聞いて興奮して登校しているのである。何も知らないで登校してきた汽車通学生の一人一人に興奮気味にしゃべり、聞いたほうも飛び上がって喜びお互いに抱き合っている人、万歳を叫ぶ人、朝子もすぐその興奮に巻き込まれた。真珠湾にいたアメリカ太平洋方面の艦隊はほぼ全滅状態である。それが日本のだまし打ちだとアメリカ人を団結させたことや、アメリカの巨大な物資力など知らない朝子は、戦いはもう勝ったも同然のように思ったのだ。

戦争に飽きていたのは思想的なものや信念に基づくものではなく気分的なものだから、どうにでも変わる。見通しのつかない泥沼に陥った状態から、一遍にもやもやした霧が晴れたようなスカッとした気分になった。

やみがたくたちあがりたる戦ひを利己妄慢のかの国々よ見よ

斎藤茂吉のこうした歌に代表される国民感情は、朝子が感じたのと同じ何かが吹っ切れたような快感だったのだろう。

朝子ももし開戦のニュースとともにこうした戦果を聞いていたとしたら、また戦争かというような暗澹とした気持ちには襲われなかったのではないだろうか。

やがて「講堂へすぐ集合するように」との校内放送があり、それがそのまま朝から何度となく繰り返されている「軍艦マーチ」に乗せた戦果発表のニュースに切り替わった。それを聞きながら講堂へ足を運ぶ朝子はやはり戦意高揚の意識に胸を躍らせていた。

そして昼前の午前十一時四十五分には宣戦布告の大詔も渙発《かんぱつ》され、講堂でうやうやしく職員生徒一同で拝聴し、朝子もみんなと同じく戦争への決意を新たにしたのだった。

最初の頃も大本営発表には誇張があったのかもしれないが、とにかく緒戦の勝ち戦は目覚ましかった。翌日にはシンガポール沖の海戦で英国の戦艦プリンス・オブ・ウェールズ号を撃沈、陸軍も東南アジアに進出、昭和十七年の正月早々フィリピンの首都マニラを占領した。相手がまだ開戦の準備が整わないうちに不意打ちしたのだから戦果が上がるのは当然だが、そんなことは深く考えないで勝ち戦にみんな浮かれていた。

昭和十七年は朝子の家族にもいろいろな変化があった年だった。まず正月の三日には次兄の正二が結婚式を挙げた。朝子も詳しいことは知らないのだが、石鉄会のおばさんの世話だということだった。石鉄会というのは愛媛県出身の陸軍将校の親睦会で愛媛県の象徴である石鎚《いしづち》山にちなんでつけた名前で、多分将校たちの集まり場所の会館の女将の紹介だったのだろう。

相手は広島県出身の宮原大佐の一人娘の麗子だった。宮原大佐はすぐ少将になったが、書道のたしなみがあったのか、巻紙に達筆の手紙をよこした。父も改まった手紙は巻紙に書いていたし字も下手なほうではなかったが、それだけに達筆ぶりがわかるのか返事がなかなか書けなかった。母に何度も催促されしぶしぶ机に向かっていた。

二年前の修一の結婚式のときもそうだったが、田舎では当時は冠婚葬祭は全部自分の家で行っていた。そのためにたいていの家では三十人前か五十人前のお膳やお椀、小皿、向付《むこうづけ》などの食器が揃っていた。

前々日くらいから近所の人が総出で手伝いに来て、それらの食器類を蔵から出し料理に取りかかる。披露宴に出席する客はもちろん、それらの手伝い人の全部も賄わなければならないから、それだけのお酒や食料品を集めるのはその頃がぎりぎりの限界だった。

それ以後はそれだけの人を集めて振る舞うことはできなくなっていた。土地はなかったが、母が不在地主の現地管理人というか差配《さはい》をしていたので小作人たちが納めた年貢米から、地主保有米といって家族の人数分の一年分のお米を残してあとを供出すればよかった。だからお米は比較的余裕があり、そのお米と交換してお酒を手に入れ、酒好きの魚屋の主人に届け、魚屋が特別に魚を届けてくれるという厄介な方法で、家族の食糧を何とか確保していた。

近所の人に雛を分けてもらって鶏を飼うようになっていたし、屋敷にはかなり広い菜園もあって大根やジャガイモ、ネギ、ホウレンソウ、トマト、キュウリなど季節に応じて作っていた。更に戦争末期になると農村でも食糧不足はひどくなり朝子の家でも安閑としていられなくなった。近所の農家の人が畑を貸してくれて、サツマイモの苗を挿すことなどいちいち教えてくれサツマイモを作っていた。若い人はほとんど兵隊にとられていなくなっていたので、面倒を見切れない畑が多くあった。

前にもちょっと触れたが一月の下旬には次姉の孝子の嫁いだ本田家の長男の本田昇少尉の戦死の公報がはいった。公報だけでまだ遺骨は帰っていないはずなのにお寺で身内だけの法要をしたのか、孝子たち夫婦は大連から帰り、朝子の両親も参列した。

本田家の跡取りの長男の戦死は、後になって孝子の運命を大きく狂わすことになるのだが、そのときはまだ誰もそんなことを予想する人はいなかった。戦争は続いていて戦死者の数も増えていたが、一月にはマニラをはじめフィリピンをほぼ手中におさめたし、この頃はシンガポールへ向けて進撃中だった。シンガポールが陥落したときはお砂糖の特配もあり、まさか日本の敗戦で戦争が終わろうとは誰ひとり思っていなかった。本田家の長男の戦死はそれはそれで大変なことだが、やがてその遺児が家を継ぐだろうし、孝子たちの満州での生活もそのまま続くと思っていた。

遺骨が帰って町葬が行われたのは六月四日だった。孝子たちはこのときは四月に生まれたばかりの次男丈夫《たけお》を抱いて帰ってきた。長男を生後二か月で亡くしているから、ただもう丈夫に育ってくれれば他には何も要らないと祈るような気持ちで丈夫と命名したということだった。

父の日記によれば隣郡の町葬のときは両親だけでなく、父の生家を継いでいる父の甥や母方の親戚の人なども同行して参列している。その頃はまだ戦死者の町葬や村葬が盛大に行われていたのである。

そのときは孝子たちは十日あまりこちらに滞在していたようで、町葬は四日だったからその前に帰ってきていただろうし、転勤してその頃は奉天に住むようになっていたが、奉天に帰るために出発したのは六月十五日朝だった。町葬が終わって二、三日して孝子は実家のほうに来ていて、夫の正喜も何日かきて泊まっていたようだが、朝子はそのときのことはあまり記憶にはない。女学校へ通っていて朝早く家を出て夕方帰り、昼間は家にいなかったからだろう。

当時満州に渡るには、下り列車で下関に出て関釜《かんぷ》連絡船で朝鮮半島の釜山《ふざん》に渡り、そこから夢の超特急『アジア号』に乗るのである。それだけでも朝子にとっては羨ましい限りだったが、孝子たちが朝の列車で出発したのと入れ代わりのように、正月に結婚したばかりの正二夫婦が帰省した。

正二は支那事変が始まるといち早く出征したが、昭和十四年には陸軍士官学校本科勤務に転任してしばらく内地勤務が続いていた。結婚して東京で暮らしていたのだが、今度満州の牡丹江《ぼたんこう》の部隊に転任して家族連れで赴任することになり、その途中で寄ったのである。

牡丹江はソ連との国境に近い町でそういう意味では北の守りの最前線と言ってよかった。妻の麗子は軍人の家で育ったので転任や引っ越しには慣れていて、母は「大変だろう」と同情してねぎらっていたが、大して苦にはしていないようだった。

一晩泊まっただけで満州へ旅立ったが、冬など極寒の地ということで多少の心配はあったが、ソ連と戦争になる心配などはなかった。ソ連はドイツ軍の攻撃を受け防戦に必死だったし、日本とは日ソ不可侵条約を締結していたからである。

この年の六月五日から七日にかけてミッドウェー海戦があり、日本海軍は壊滅的な打撃をこうむり、初戦の勝ち戦は逆転しアメリカの攻勢がはじまるのだが、国民には真相が知らされていなかった。だから朝子の家族たちもみんなまだ勝ち戦に酔っていたのである。

14

長姉豊子の夫の平井正一《せいいち》は、一年ほど前、鉱山住宅のある西の川分院から別子病院の本院のほうに転勤になっていたが、米英との戦争が始まって以来、病院勤めの若い医師たちが軍医に志願したり、召集されることが多くなっていた。

現に平井正一も昭和十七年の夏の初め頃、教育召集で召集され一週間ほど訓練を受けてきた。当時は満二十歳になると徴兵検査を受けることが義務づけられていた。大学や専門学校に通っていると徴兵猶予で受けなくてもよかったが、もし受けても正一は度の強い近眼だし体格的に見ても甲種合格には程遠く、兵役は免除されていただろう。その上不器用で、運動神経が鈍く、性格的にも他人との共同生活などできないタイプで、およそ軍隊には一番不向きなタイプだった。しかし期間は一週間だし、本人もそれほど重くは考えていなかったらしい。

義兄が留守の間姉は子供を連れて実家へ帰っていたので、正一も訓練を終えると朝子の家に帰ってきた。母と姉が用意したお酒を美味しそうに飲み、疲れているのかすぐ眠ってしまったが、たった一週間なのに言葉遣いも「はあ」とか「そうであります」とか軍隊口調になっていた。

「平井君は教育召集を受けて、見違えるように変わったな。動作もきびきびしてきたし、言葉遣いもはっきりしてきた」

滅多に他人のことなど批評しない父が嬉しそうに顔をほころばせた。

「第一玄関を上がってくるときから違っていた。靴を脱いでさっとあがってきたからな」

父は普段から軟弱で覇気のない若者は軍隊で鍛えてもらうに限ると思っていたから、それが証明できたし、正一本人にとってもいい兆候だと喜んでいたのである。

考えてみると父は自分では軍隊生活を経験したことはなかったはずだが、乾布摩擦をしたり寒稽古をして体や精神を鍛えるのが好きだったから、軍隊もその延長線くらいに思っていたのではないだろうか。そしてもちろん日本帝国や軍隊に対する信頼感もあった。戦争が終わって軍の上層部の愚かさや、軍隊生活の悲惨さが暴露されるまで、父は真相を知らなかったのではなかろうか。いや、真相が暴かれたあとも父がどう思っていたのか、そういう話はしたことがなかったからわからない。

まだアメリカとの戦争が始まらない頃、夕食のとき母の義母で再婚先から帰りその頃同居しはじめたばかりのチュウが、近所で聞いてきた話を始めた。

「日本の兵隊さんも支那ではかなり悪いことをした人もおるらしいな。捕虜を青龍刀で試し切りしたり」

「何をバカなことを！」

大声など出したことのない父が、怒りで顔を赤くし、吐き捨てるように言った。チュウは驚いてあとの言葉を飲み込んでうなだれ、見るのも気の毒なほどだった。他の家族も父の語気の激しさに気をのまれ一瞬箸を止め黙ったまま父の顔を見つめた。

「そういうのを流言飛語というんじゃ。誰に聞いたか知らんが、そんなものに惑わされてはいかん」

父はぶつぶつ口の中でそんなことをつぶやき食事を始め、みんなも食べ始めたが、父が怒ったのは子供の前でそんな話を持ち出すなとか、そんなことを口にしてはいけないということではなかった。父は無条件に日本の軍隊を信頼していて、子供の朝子が知っているようなことさえ知らないのだ。まだ小学生だった朝子にもそのことはわかった。

戦地から帰還してきた人たちは農家の夜なべ仕事の折や、煙草の乾燥場で徹夜で火の番をするときなど、戦地での武勇伝を話しみんなも興味を持って聞く。ときには誇張されて伝わることもあったが、青龍刀で試し切りした話などは子供たちの間でも囁《ささや》かれていた。といって朝子は今でも日本軍が特に残虐だったとは思わない。何しろ戦争というのは殺し合いなのだから、そういう中で善良な人が狂気じみた行為に走ることも出てくるだろう。それはどこの国の軍隊でも同じだし、ドイツの強制収容所やアメリカの無差別爆弾や原子爆弾の投下などのほうこそ確信犯で、もっと糾弾されなければならないものだと思っている。

それはそれとして戦地から帰還した兵士は、留守家族が世話になったことや、出征のとき見送ってもらったお礼かたがた、まず真っ先に村役場へ報告にくる。役場がお休みの時や夜間は直接家へくるときもあった。そういうときに交わされる会話はごく公式的な、おかげさまで後顧の憂いなくお国のために立派に戦ってきましたというようなもので、故郷の家族が恋しくて涙したことや、捕虜を銃剣で突き殺すように言われて手が震えたこと、殴られたことなどマイナス面は語られない。

ここまで書いてきて朝子は思い出したことがある。多分その青年は母が親しくしていた家の息子さんだったのだろう。挨拶にきた青年に上がってゆっくり話していくように勧め、ちょうど夕食どきだったので食事をしていくようにと家族と一緒の食卓に着かせた。そういうくつろいだ中での話だったが、そこでもマイナス面の話は出なかったが、子供の朝子には奇妙に思われる話が出た。

「中国の女の人って食器を洗うにも大雑把なんです。裏まで丁寧に洗う人はまずいないんですが、あるとき行軍の途中で近くの小川でお茶碗を洗っている若い女の人がいて、糸じょり（糸じり）まで丁寧に洗っているんです。それを見てるとそうやって茶碗を洗っていたおふくろのことが思い出されて、涙が出て止まらなくなって困りました」

「ほう、あちらでは糸じょりは洗わないんですか」

父が尋ねた。

「はあ、自分が見た限りではそのときだけでした。もっとも自分たちは山奥の農村ばかりでしたから、都会の人のことはわかりませんが。しかも川の水は茶色に濁っていて汚いんです。丁寧に洗ったほうがいいのかどうかわからないくらいですが」

子供の朝子には糸じりを洗うことが何故母親を思い出すのかわからなかったし、涙を流しながら行軍している兵士の姿も戦場には似合わなかった。第一お国のために戦争に行った兵隊さんがお茶碗の洗い方を気にしているのも奇妙だった。

それでよく覚えているのだが、今なら彼の気持ちがわかる。彼にとっては糸じりまで丁寧に洗うということは、戦場へ来てすっかり無縁になっていた日本女性の細やかな心遣いや、繊細な心の象徴のようなものだったのだろう。それでふるさとの母を思い出し、涙が止まらなくなったのだ。行軍しながらも若い女性に目が向くのも当然のことで、糸じりまで丁寧に洗う異国の女性にいとおしさを感じたのかもしれない。一編の短編小説にでもなりそうな情景だが、父や母にとってそういう私的な話さえ滅多に聞けないものだっただろう。

そして村人たち同士の間で語られる軍隊生活の過酷さや、残虐行為をわざわざ村長さんや婦人会長さんに話す人もいない。夜なべ仕事や野良仕事をしている村の人に交じって一緒にお酒を飲みながら「お前」「俺」で話す間柄ならまた違っただろうが、父はそういうことは嫌いだったし、村人のほうから言っても村長さんなんかに来られたら窮屈で話もできないと敬遠されていた。

父も母も村のことはよく知っていると自分では思っていたが、何も知らない「裸の王様」なのだ。朝子は子供心にもうすうすそんなことを感じていた。そのせいで大人になってからも、少しでも地位や権力がある人は絶対に本当のことは知らされていないのだという感じはずっと持っていて、それはあながち間違いではなかったような気がする。

話は横道にそれたが、軍隊で鍛えられて動作もきびきびしてきたと喜んでいた父とは反対に、本人の平井正一は軍隊生活の過酷さを骨身に染みて感じたようだった。義兄は姉のことを「君《きみ》」と呼んでいたが、「君、軍隊なんてところはまともな人間がいられるところじゃないよ。今度は一週間だけだから死んだ気で頑張れたが、そうでなかったら一日たりとも辛抱できないよ」と話し、「赤紙で兵隊に取られるくらいなら、死んだほうがましだな」とまで言っていたという。

それを避けるためには軍医として志願するほかはない。軍医なら将校待遇だから新兵としていじめられることもないし、楽なのではないかと言っても、「軍医でも敬礼されたら、敬礼を返さなければならないだろう」。敬礼のやり方が悪いと言って殴られはしなかったが大声で怒鳴られ、何度もやり直しをさせられてすっかり厭になったらしいのだ。

そんなとき南方の占領地セレベス島の錫《すず》鉱山を住友系の会社が引き受けることになって、そこに派遣する日本人技師やスタッフのために、医師や看護婦を募集していた。

よほど軍隊生活から逃れたかったのか、卒業して就職するときも、病院勤務に変わるときもほとんど他人任せだったのに、このときだけは自分で素早く決断して応募した。外地勤務になれば召集されないからである。

そして十月には意気揚々と出発して行った。

父の日記には「十月二十二日　木曜日　晴。午前八時出勤、事務整理。本日平井正一君、南方

呂宋島《るそんとう》出発に付き歓送のため、午後一時十二分発にて新居浜へ行く。平井正一宅にて父守一氏にも会い快談す。九時十三分着終列車にて帰宅。」とある。

「呂宋島」という言葉を読める人は今は少ないだろうが、織田信長や秀吉の頃フィリピンのことをそう呼んでいた。戦争中フィリピンという言葉は毎日のように新聞に出ていたし、漢字で書くにしても「比島」である。が、父の頭の中では学校で習ったことのほうが強く残っていたのだろうか。

父も正一が赴任したセレベス島はフィリピンの島の一つだと思っていたようだが、朝子も当時「フィリピンのセレベス島」と聞き、長い間そう思い込んでいた。地図を見てはじめてインドネシア領の島と知り驚いたが、当時はまだインドネシアという国はなかった。オランダの植民地だった島をフィリピンの島々と同じように日本軍が占領していたのである。だから厳密な区別はつけないで、フィリピン派遣軍の軍政下にでもあって「フィリピンのセレベス島」と言っていたのではないだろうか。

新居浜市の山手にあった住友の社宅には朝子たちはたびたび遊びに行っていたが、父は引っ越しの手伝い以来のことではなかっただろうか。

平井の父親の守一氏は当時は愛媛師範学校の教頭をしていて、松山に住んでいた。この人もかなりな変人で父と二人相客になったとしても快談といえるほど話が弾んだとは想像できないが、このときは正一を南方に送り出すことについての心配や、喜んで送ってやりたいと共通する思いもあっただろうし、それに平井家の次男滋二《しげじ》と三番目の姉の良子との結婚が決まり、十日あまりあとには式が行われることになっていた。

もちろん正一豊子夫婦の世話によるものである。当時子供を都会の大学へ進学させるのは村で一、二軒くらいなものだったが、あまり豊かでない家計の中から進学させていた点では、平井家も朝子の家とよく似た環境だった。

中学は五年制だったが、四年終了で上級校への受験資格ができ、優秀なものは四年終了で旧制の高等学校か大学の予科へ進学する。朝子の家ではたまたま修一と宰三が四年終了で旧制高等学校へ入ったが、「中学五年生をするとは思わなかった」と嘆く正二を母が懸命に慰めた話は前にも書いたが、平井家のほうは厳しかったようである。『中学四年で受けて合格しないようなら、大学へ行く資格などない。一度で合格しなければ学資は出さないからな』親父にそう言われて、ぼくら勉強したもんです」と正一がいつか話してくれたことがある。口ではそう言っていても実際に不合格だったらやはり慰め励ましたのではないかと思うが、両家とも生活の程度が同じくらいだったので、縁組にはちょうどよかったのである。

この二、三日後、正一は神戸からの船に乗るために出発。豊子がまだ幼い長男俊太郎を連れて見送りに行った。見送りは盛大で同行する看護婦さんたちも、内地と違って南方ではお砂糖でも何でもあるとみんなに羨ましがられ、嬉々として発って行ったという。暑いところで体には十分気をつけるようにとみんなが心配していたが、それ以外の危険性などまだ誰も予想していなかった。これから日本の南方進出は始まる、自分たちはその先駆けだとくらい思っていただろう。

正一の出発には間に合わなかったが、良子と平井滋二との結婚式は当時は明治節だった十一月三日に松山で行われた。

前日母と良子が松山へ行き、当日父は「十一月三日　火曜日　晴。午前八時明治節祝賀式に参列。十時十七分発にて平井滋二、良子の婚姻挙式に参列。午後六時二十五分松山発終列車にて帰宅す」とある。その頃松山までは列車で三時間あまりかかっていたから、それこそ結婚式に顔を出しただけだったのだろう。

朝子たちは行かなかったので式をどこで挙げたのかも知らないが、良子の夫になる平井滋二のことはよく知っていた。滋二が旧制の松高生だった頃父親の守一氏は村の農業学校の教師だったので隣村の家に住んでいた。春休みや夏休みに帰省するとき駅に降りると朝子の家の前を通って隣村まで帰る。

旧制の高校生といえば弊衣破帽バンカラ風が好まれていた。太い鼻緒の高下駄を履き、腰に汚れた手ぬぐいをぶら下げて放歌高吟しながら歩く。それだけでも結構異様なのに滋二は応援団長もしていて、髪はぼさぼさで顔中髭だらけだった。ときには応援団長の制服とでもいうべきよれよれの袴姿のときもあった。袴など汚れていればいるほど自慢なのだそうだが、まだ小学校へ上がらない朝子は往還で遊んでいて、彼が通るのを見ると「怖い人がきた」と家の中へ逃げ込んでいた。

滋二はその後京大の電気工学科を出て、長兄の修一と同じように海軍に入り、結婚したときは海軍技術大尉になっていた。海軍の技術系の士官は最初は造船、造機、造兵とそれぞれ専門部門に分かれ、修一や滋二たちは海軍造兵大尉と呼ばれていたが、この年の六月から統一され、海軍技術大尉と名前が変わっていた。修一のほうは昭和十六年に少佐に進級していた。二人とも部署は違っていたが海軍技術研究所に勤めていて、借家も代々木上原に住んでいた修一の家の隣だったか前の家だったらしい。修一と清子の間には長男の茂一《しげいち》が昭和十六年の一月に生まれていた。


朝子の兄弟たちも性格的に正反対というケースは多いが、平井の兄弟も大いに違っていた。長男の正一は酒好きで毎晩晩酌を欠かさなかった。それも量が多く時間が長かった。が、滋二のほうはお酒は一滴も飲めなかった。中年になると一滴も飲めないというのもつき合い上不便で「お酒を飲む稽古をしている」とか言って晩御飯のときビールを一杯か、ワインを少し啜《すす》っていた。晩年になる頃には寝酒にブランデーを嗜むくらいには上達していた。

日常生活でも正一は豊子に何にもかもやってもらっていた。子供のように手のかかる夫で、顔を洗うときも豊子が差し出すタオルで顔を拭いていた。だから豊子のほうが三歳年下であるにもかかわらず、どこへ行っても姉さん女房と見られていた。

一方滋二のほうはこまめで自分で何でもしたし、何でも計画どおりキチンとしないと気が済まない性格らしかった。終戦後、良子と朝子、それに妹の千加子の三人で旅行したことがあった。多分千加子が結婚して広島に住むようになった頃、三人で宮島へ行ったのではないだろうか。良子は長男の浩一《こういち》を連れていたはずだが、朝子も記憶が薄れてすべてのことがおぼろにかすんでいる。ただ鮮明に覚えているのは、泊まった部屋で良子が旅行鞄を開けて何かを探しながら、「あら、お父ちゃん、チリ紙を入れるのを忘れているわ」とつぶやいたことだった。

「え？」

朝子と千加子は驚いて同時に良子のほうを見た。

「お父ちゃんが忘れたと言って、その荷物兄さんがしたの？」

「そうよ、お父ちゃんのほうが器用で、こういうことをするのが好きだから」

と言いながら出した化粧品を入れた小型のバッグを開けると、クリームや化粧水がいくつかの小型の容器に入れられ、しかもご丁寧にナイトクリームには「naight」というように手書きしたラベルまで貼ってあった。それも義兄がしたことである。

朝子と千加子はあきれてしばらく言葉も出なかった。

瀬戸大橋を列車が通るようになるまで、朝子は東京から実家へ帰るたび、高松の良子の家に寄ってから家に帰っていた。岡山まで新幹線できて宇野線に乗り換え、宇高連絡船で高松に渡る。そこから接続している列車に乗ればいいのだが、特急の停まらない駅なので途中で降りて時間待ちして乗り換えなければならない。

そういうこともあって高松市内にある姉の家に寄って、翌日姉と街へ出て買い物などし、一泊か二泊して家へ帰っていた。

その頃も義兄の几帳面さは変わらず、良子が上京するときは、最初の頃は新幹線の指定券は三週間前から売り出されていたが、三週間前には指定券を買っていた。秘書に頼んでいたのだろうが、帰りの指定券もそうやって買っていた。

「新幹線の指定席なんかそんなに早く買わなくても、二、三日前でも買えるのよ」

朝子はその用意周到さにあきれ、そう言うと、良子は真顔になってあわてて言った。

「それ、お父ちゃんの前では言わないでよ。自分でもそういう几帳面さが厭で気にしているらしいけど、性分だから仕方ないのよ」

おっとりしているようでも結構気を使っているのだ。朝子はそのとき初めてそのことに気づいた。帰りの新幹線の指定席まで取ってもらっていると、その場の思いつきで時間を変更することもできず、何もかもしてくれる旦那さんを持つのも、それなりの苦労はあるのだ。

15

話は戦後のことにまでとんでいたが、昭和十七年の秋、平井正一がセレベスへ行ったあと、新居浜の姉の家に映画を観に行ったことがあるが、あれはいつ頃のことだったのだろう。

朝子はそう思いインターネットで検索してみると、野村芳亭《ほうてい》監督の『成吉思汗《ジンギスカン》』が封切られたのは、昭和十八年一月三日である。とすると朝子が女学校二年の冬休みのことである。

朝子は小学生の頃、山中峯太郎の少女冒険小説『万国の王城』を読んで以来、蒙古に憧れていた。主人公の少女北条美佐子は、兄として一緒の家で育った竜彦《たつひこ》が、実はジンギスカン（今はチンギス・ハーンというらしいが）以来の蒙古の正当な王位継承者であったことを知る。竜彦は風雲急を告げる祖国の同志の要請で、国を失ってロシアの赤化攻勢に苦しむ民衆を救うために祖国へ帰ることを決意し、美佐子も同行する。

二人はロシアの間諜や、竜彦の持つ二つに割れた玉璽《ぎよくじ》の片割れを狙うラマ寺院の陰謀に敢然と立ち向かう。

何があれほど自分を惹きつけたのか、朝子自身にもわからない。大人になってから朝子は苦労してその本を探し出し読み直したことがあった。そしてもっと面白かったはずなのにと、しばし呆然とするような気持ちだった。

波瀾万丈に富む面白い物語でもなかったし、心を躍らせるようなスリリングな場面があるわけでもなかった。子供だったとはいえ、こんな単純な話に感激していたのだろうかと、自分でも不思議になるくらいだった。最近の子供たちが読むアニメのほうが、もっと壮大なロマンをかきたて、複雑なストーリーで面白い。

しかし最近の子供たちはテレビやアニメで面白い物語がたくさんあり過ぎるから、かえって感激する度合いが少ないのかもしれない。朝子の子供の頃はテレビなどなかったし、読む本も限られていたからそれだけ刺激が強かったのかもしれない。

幼い心に刷り込まれたものは、それはもう精神の核みたいなものになっているのか、その物語があまり面白くなかったとわかった後でも、八十歳を過ぎた今でも、「ウランバートル」や「ゴビ砂漠」という言葉を聞いただけでも血が騒ぎ出すような気がする。

だから『成吉思汗』という映画が上映されると知ったとき、この映画だけはどうしても見たかった。当時女学校では学校から観に行く映画、それは主に戦争映画だったが、それ以外は映画館へ出入りすることさえ厳禁だった。

新居浜市は学校のある町とは反対方向で離れているとはいえ、そこから通っている教師もいたし、少数ながら越境入学して通っている生徒もいる。朝子は校則など比較的よく守る真面目な生徒だったが、多少の危険を冒してもこの映画だけは見たかった。

母には内緒で「姉の家に遊びに行く」と言って家を出たが、その晩姉に打ち明けた。すると豊子は「私も行ってあげる。セレベスから本を送ってほしいと言ってきているので、本も買いたいから」と言い、翌日三歳あまりになる俊太郎を連れて三人で街へ出た。

豊子が「一緒に行ってあげる」と言ったのは、もし誰かに見つかった場合、家族と一緒のほうが言いわけがしやすいこともあったが、女学生の朝子がそんなに観たがっているのだから、「成吉思汗」の映画といっても、なにかロマンスめいたものがあって面白いのかと思ったのかもしれない。

映画は第一部「蒙古の風」、第二部「草原の祭典」と朝子の憧れをそそるような題名がついていたが、ほとんど略奪や戦争の物語で騎馬集団が草原を駆けまわるシーンばかりだった。

戦争中だから蒙古でロケなどできるはずはなかったのに、そんなこととは知らない朝子は、蒙古の草原を見ることができただけでも満足していた。

映画館を出ながら豊子は「あんた、ほんとうにああいう映画が面白いの？」とあきれたように言った。朝子は急に現実に引き戻され、姉にはさぞ面白くなかっただろうし、暗い映画館の中でむずかりもせず大人しくしていた幼い甥に申し訳ない気になった。

しかしそこから歩いてすぐのところにある本屋では、今度は朝子があきれる番だった。文学少女だったはずの姉の豊子が買う本は立川文庫の「猿飛佐助」、「塙團右衛門」やその他あやしげな表紙の時代小説で、女学生の朝子からみれば幼稚極まりない本ばかりである。

「お義兄さん、そんな本を読むの？」

朝子が尋ねると豊子はごく当たり前の顔で、

「そうよ、本は肩の凝らないもののほうがいいと言って」と言い、書店だけでは済まずに古本屋へも行き、帰りはタクシーに乗らないといけないほど多くの本を買った。衣類などと共に船便にするから重くてもいいのだということだった。朝子が読んでみたいと思う本は一冊もなかった。変われば変わるものである。朝子はそう思いながら本を運ぶのを手伝った。

朝子はこれを書きながらあの本は無事セレベスまで届いたのだろうかと、不意に疑問がわいた。朝子たちは何も知らされていなかったが、南太平洋ではアメリカ軍の反撃が始まり、その前年の八月にはガダルカナル島に上陸した米軍が圧倒的な勝利をおさめつつあった。制海権や制空権はほとんどアメリカ軍の手にあったのではないかと思われるからである。

平井正一も豊子も亡くなっている今では確かめようもないが、手紙が届かない不安など最初の頃は聞いたことがなかったので、あの頃はまだ届いていたのだろう。しかしすぐ通常なルートでは手紙など出せなくなった。たまに何かの連絡で帰国した人が言づかってきたり、元気でやっていることを知らせてくれるだけになった。

二月に日本軍はガダルカナル島での敗戦を認め、生き残った兵士たちは退却した。退却とは言わないで新聞などは「転進」という言葉を使ったが、退却であることは明らかだった。

この頃になって国民もやっと戦局が容易ならざる事態になっていることを薄々気づき始めた。つい一年前はマニラ占領、シンガポール占領と戦勝気分で沸き返っていたのである。日本軍はオーストラリアのシドニー湾まで攻撃し、向かうところ敵なしで、世界中を征服すると思っていたのだ。いつから、どうして、こんなことになったのか。建国以来負けたことのない神国日本と言い聞かされてきた国民にはわけのわからない話だった。

その頃から朝子の周囲にも戦死者が増えてきた。最初は斜め向かいの家の加登屋《かどや》の良一さんである。三番目の兄宰三より一歳年上だが、二人は幼い時からの親友で温厚な性格の良一さんにかばってもらったことも多かったようだ。宰三は中学四年で松山高等学校を目指して受験勉強をしていたが、その頃小学生だった朝子が夜中過ぎに目を覚まして手洗いへ行くと、まだ宰三の部屋には明かりがついて勉強していた。考えてみると中学五年だった良一さんもちょうど同じ頃、海軍兵学校を目指して猛勉強していたのだ。加登屋のおばさんが「毎晩夜中過ぎまで勉強している。勉強しすぎて血尿が出たらしい」と母に話していたこともあった。

猛勉強の甲斐があって良一さんは海兵に合格した。大勢の生徒を入学させるようになった戦争末期とは違って、当時は難関中の難関だった。家族はもちろんだろうが朝子まで誇らしい気持ちだった。

白い制服に腰に短剣を提げたりりしい姿は、当時の子供たちの憧れの的だった。朝子にしても腰に汚れ手ぬぐいをぶら下げ高下駄を履いて変な恰好で帰ってくる宰三より、どれほど輝いて見えたことか。

その良一さん、高橋良一海軍大尉（戦死で一階級特進）の戦死の公報が届いたのは、父の日記によれば四月十二日で、「高橋良一、ソロモン諸島方面にて戦死の通知ありたり。（三月十日戦死）」とある。海軍の戦闘機のパイロットになっていたらしい。

あんなに勉強して折角合格したのに、もっと活躍させてあげたかった。よく知っている人の戦死は朝子にとってもショックだった。

それから一週間もしない四月十八日「平井健三、戦死の報せあり」とある。豊子、良子と姉が二人嫁いでいる平井家の三男である。

日時ははっきりしないが母方の唯一の親戚で、一番親しくつき合っていた隣村の山内医院の末弟のおーちゃんも戦死した。多分おさむという名前だったのだろうが、朝子はどういう字を書くのかも知らない。朝子の家ではおーちゃんと言っていた。

母の伯母リョウが嫁いだ家で、生まれたとき母親を亡くした母にはリョウは母親代わりになる人で、子供の頃からしょっちゅうその家に出入りしていたらしい。

母の父親の伊三郎は明治二十年頃の耕地改正のとき郡の測量を任されたが、郡の東部の山麓の複雑な地形で計算のできない個所があった。伊三郎は夜通し歩いて帰り姉のリョウに話すと、リョウは「伊よ、これくらいの計算ができんのか」とそろばんを手にして、難しい数学の三角の問題をすらすらと解いた。伊三郎は難問が解けて喜んでひと休みすることもなく、また十何里の道を引き返して行ったというエピソードが残っている。

しっかりした頭のよい人だったらしい。その伯母は嫁ぐと呉服屋を始め大きな店にし、息子の遊助《ゆうすけ》は後に相互銀行になる無尽会社を興して財をなし、息子三人を医者にした。長男は自宅で開業、次男は近くの市の新居浜で開業し、大分年の離れたおーちゃんは医学専門学校を出て、まだ独立はしていなくてどこかの病院に勤めていたのだろう。

その家の前の広場では夏は盆踊り大会、冬は歳末市が開かれて近隣の村からも大勢集まった。朝子の家でも毎年家族そろって出かけていた。盆踊りを観て、川を越えた隣の寺の境内までずらりと並んでいる出店で欲しいものを買ってもらい、ときには臨時に小屋掛けしたサーカスなど見たあと医院に寄り、そこの二階で花火の打ち上げまでの時間を過ごす。花火を見るには最高の観覧席で他の親戚の人たちも集まっていて、大人たちには久しぶりの歓談の場になるのだ。

歳末市のときも菰《こも》で巻かれた普段使いの茶碗や皿、正月用品や食料品を大量に買い、帰りにその家に寄って預け、ひと休みして帰る。買い物は翌日人力車の車夫か書生さんが家まで届けてくれた。

その他村の祭りにも相互に家族を招待していたから、昔は親戚同士のつき合いは今よりずっと親密だった。だから朝子もおーちゃんと顔を合わせたことがあるのかもしれないが、記憶にはない。朝子が人間関係がわかるようになった頃にはおーちゃんは上の学校へ行き、いなかったのだろう。しかし姉や兄はよく知っていて朝子の家では名前はよく聞いていた。そのおーちゃんも戦死した。

戦後のことになるがおーちゃんのお母さん、すなわち山内医院のおばあさんがよく母を訪ねて朝子の家にやってくるようになった。母より十歳くらい年上だったのではないだろうか。着るものも洗練されていたし、大家のご隠居さんらしく上品そうなおばあさんだった。もちろん朝子も子供の頃からよく知っていた。母とは従兄弟にあたる夫の遊助は大分前に亡くなっていて、朝子が知っている頃はすでに医者になった長男の代になっていた。その長男夫婦のおじさんやおばさんも朝子たちによくしてくれて好きだった。

特に不仲というのではなかったのだろうが、長男夫婦への不満を母に訴え、そして最後は「あの子さえ戦死しないで生きていてくれたら、こんな思いはしないですんだのに」と涙をこぼす。嫁と姑の問題もあったが、戦死した末息子のことをみんな忘れたように暮らしているのが、不満なのだ。自分の家ではおーちゃんの思い出や、彼がいかに優しい子だったかなど話せないから母に話にくるのだった。

最初のうちは母も言葉を尽くして慰めていたが、母は愚痴はこぼさない代わりに他人の愚痴を聞くのも厭なほうだった。それにそのうち商売を始めて忙しくなった。九人もの子供を苦労して育て、上の子供たちがそれぞれ一人前になりやっと息がつけるというとき、敗戦で子供たちは全部失業し、しかも軍人だったから公職追放令で再就職の目途もたたないままだった。そして戦後の激しいインフレで生活の基盤だった恩給など、受け取りに行く交通費にも足りないくらいになっていた。新円切り替えで預金は封鎖され月に一人五百円しか下ろせなかった。

新円に余裕があるのは商売をしている家だけだったが、母はそういう家に頼んで借金して蔵を改造し、製粉機や製麺機、パン焼きの竈《かまど》を設備し、近所の人を雇って、製パン、製麺業を始めた。田舎でも食べるものなら何でも売れる時代だったから、商売は順調にいっていて山内のおばあさんが訪ねてきて話していても、しょっちゅう電話がかかってくるし、工場から呼びにくる。そのたび母はいそいそと立ちなかなか帰ってこない。母にしてみればお金に困らない人の贅沢な愚痴を聞くより、体を動かして働いているほうがいいのだ。

だから折角訪ねてきても山内のおばあさんは、座敷で一人ぽつんと取り残され所在なさそうに庭を眺めているだけだった。朝子は女学校を卒業し大人になっていたが、親戚のおばあさんと如才なく話を合わせられるほどの大人にはなっていなかった。ただ気の毒で見ておれなくて時折お茶を替えに行ったり、工場からできたての餡《あん》パンをもらってきて食べるように勧めるくらいしかできなかった。

座敷の前の裏庭には小高く盛り上がったさつきが、今を盛りと花を咲かせ、その赤い花の照り返しが室内までも届き辺りを薄赤く染めていた。その花をぼんやり眺めながら山内のおばあさんはつぶやくように言った。

「イクさんはええわいな。する仕事があるし、子供はみんな戦争から無事帰ってきたし」

朝子が子供の頃母に連れられてその家に行っていた頃は、看護婦さんやお手伝いさんにてきぱき指示しながら歓待してくれたものだが、その頃からみると体まで一回り小さくなった姿に胸が痛くなり何も言えなかった。

戦争が続いている間はまだよかったのだ。息子は名誉の戦死と称《たた》えられ、お国のためにという大義名分もあった。が、戦後は戦死者のことなど誰もみんな忘れていた。無駄死にのように言う人もあったし、死んだものは損だと言わんばかりである。生きているものは生きているもので生きるために必死で、死んだものに思いをはせる余裕などなかった時代だから無理もなかったのかもしれないが、母親としては何ともやるせなく憤《いきどお》ろしい思いだったに違いない。

朝子が実際に嘆きを聞いたのはその人だけだったが、当時そういう思いを抱いていた母親はそれこそ数え切れないほどいただろう。そしてその思いは晴らされることなく、みんな死んでいったのだ。

朝子の思いは戦死者の家族と共に戦後まで先走りしていたが、この昭和十八年の春から夏にかけて、ようやく一般国民も戦況が容易ならざる事態にきていることを悟り始めた。

五月二十二日には連合艦隊司令長官山本五十六元帥の戦死の報が入り、国民は悲しみに沈んだ。続いてアリューシャン列島のアッツ島守備隊の玉砕。七月には同じアリューシャン列島のキスカ島守備隊の撤退。

戦後に知ったことだがこのキスカ島撤退作戦には、当時海軍技術少佐だった長兄の修一が参加していた。この作戦中各艦艇に備えつけられているレーダー（電波探知機）が良好な状態で作動できるように保守点検が任務だったらしい。

レーダーの技術はアメリカのほうが断然優位だったが、日本の艦艇にもこちらから電波を発して相手の動きを探る電波探知機と、相手の電波をとらえて相手の動きを逆探知する機械を備えていた。そのときの司令官は優れた人でこちらからは電波は一切発せず、逆探知機だけ常時作動させて徹底的な隠密作戦を実行することにし、何回も救出訓練を重ね無事全員救出に成功した。

戦争中レーダー合戦では日本は完敗で、艦隊の動きなど全部筒抜けになっていたが、キスカ島撤退作戦だけは相手のレーダー網にひっかからなくて敵の裏をかいたということでは、日本の唯一の勝利と言えるということだった。

そういう意味だけでなくキスカ島撤退は、人員が損傷しないうちに早めに撤退を決めて成功した唯一の例である。北のほうの戦略的にあまり重要な島でなかったせいもあるのかもしれないが、南方の他の島でも早めに撤退を決めていればあんなに多くの命をむざむざ捨てることはなかったのにと、あの頃のことをよく知っている朝子などは残念でならない。

ヨーロッパ戦線でもドイツ、イタリア軍はシチリア島を放棄し、九月にはイタリアは連合軍に無条件降伏した。

戦死者の記述を追って父の日記を見て行くと昭和十八年十一月二十日に「午前八時出勤。川之江高等女学校生徒六十名勤労奉仕のため来村せられ成績良好、遺家族いずれも感激。午後出荷組合会総会出席のため三島へ出張」とあった。

朝子たちは女学校に入学したときから麦刈り稲刈りの農繁期には、一週間ほど勤労奉仕に駆りだされていた。一、二年生の頃は家が農業の生徒は家の手伝い、その他の生徒は一旦登校してから学校近くの出征兵士の留守家族や、戦死者の遺家族の農家に勤労奉仕に行ったが、三年になると地元の村の手伝いをすることになった。

村の小学校の校庭に集まり、村長さんが感謝と激励の言葉を述べ、五、六人の班に分かれ、農家の人に田圃や麦畑へ案内されて刈り取りの作業に従事するのだ。

しかしそれが父の日記にあるように「成績良好、遺家族いずれも感激」というほどの成果をあげたかどうかは甚だ疑わしい。というのは農家出身の生徒は少なかったし、実際に農作業を手伝ったことのある生徒は更に少なかった。それに経験のある生徒は自分の家で手伝いをするから、みんな経験のないものばかりである。毎年四、五日経験したからといって満足のいくような仕事はできなかった。

作業能率が悪いことはもちろんだが、切り株がどうしても高く不揃いになる。本当は地面すれすれのところで水平に揃った切り株にしなければならないのだが、稲束を一摑《つか》みして鎌を平行に動かして刈り取るのは相当な技術がいる。たいていは斜めに、しかも切り株を高く残して刈り取るが、稲の根とほんの短い茎なら、そのまま鋤《す》き返して畑にし麦を蒔《ま》く頃にはいい肥料になっているが、長い茎が残っていると邪魔でいい畑にはならない。それで几帳面な仕事をする農家では、長く残った切り株を鍬《くわ》でもう一度株切りと言って切り取ってほぐす作業をしなければならなくなって二度手間になるのである。

その上勤労奉仕を受けると接待しなければならない。サツマイモのふかしたのやミカンやカキ、それにおにぎりなどおやつとして畑へ運んでくる。他の家でもそうするからしないわけにはいかない。自然競争になっておにぎりも五目ご飯のおにぎりになり手間がかかることになる。そんなことをする時間があったら自分で刈ったほうがずっと仕事が捗《はかど》るのではないかと考えてもおかしくない。

女学生のほうにしても稲刈りのほうはまだ少し季候がよかったが、麦刈りは蒸し暑い盛りである。なれない仕事ですぐ腰が痛くなったし、一列に並んでの共同作業だから自分だけ遅れるわけにはいかなくてつい無理をして、切り株などどうでもよくなって雑な仕事になっていくのも仕方のないことだった。

それにしても六十名もの生徒を受け入れているのはどうしてだろう。あの頃村から女学校へ通っていたのは一年生から四年生まで合わせても十二、三人くらいなものだった。他の村の生徒たちも一緒で順番に他村の手伝いに回されていたのだろうか。朝子は他村で稲刈りなどしたことは覚えていないが、自分の家の近くや、山に近い部落で稲刈りをしたことは鮮明に覚えている。

山に近い集落の田畑に立つと海までの景色が一望に見渡せる。稲刈りや麦刈りの時期には一面黄色の絨毯《じゅうたん》を敷いたような景色が広がっていた。その中を斜めに横切って川が流れ、線路と道路が横切り、いくつかの集落が点在している。その黄金色に輝く風景は今も朝子の瞼《まぶた》の裏に残っているような気がするのに、もう今では故郷に帰ってもそんな風景は見られない。

麦を作る農家などなくなったし、お米を作る農家もごく僅かである。朝子たちが稲刈りした段々畑は今は草が生い茂り荒れ地に返っている。一枚一枚の田があまりに狭すぎて農作業の機械化ができなくて作る人がなくなったのだ。

先祖代々石垣を積み営々と耕してきた田は水はけがよく、村でも一番美味しいお米ができると言われていたところである。しかしこれだけ荒れ果ててしまえばもう二度と田圃に戻ることはできないだろう。母の葬儀に郷里へ帰ったとき朝子は、父に連れられて散歩していた子供の頃の思い出をたどって、その辺を一人歩いて胸を痛めたものだが、あれからでももう二十年以上経つ。

昭和十八年、女学校三年生だった朝子はもちろんこんな日が来るとは夢にも思っていなかった。戦局が重大な局面になっているとは知っていたが、戦争に負けるということさえ考えたこともなかった。

16

女学生の頃朝子は学校で強制的に毎日日記を書かされていた。一、二年生の頃は製本した「生活帳」というかなり分厚い日記で、校長の訓示や生徒の心得など書いた文章も載っていた。三、四年の頃になると物資不足でそういう立派なものはできなくなり、各自普通のノートに書くようになったが、毎週一回提出し、受け持ちの教師が読み、赤インキで批評や感想を書いて返してくれる。いわば半ば公式的な記録で、その日学校であったことの感想や友だちとの会話、新聞に載った日々の戦局やそれに対する感想とか決意を書いたもので、それは学徒動員で工場で働くようになってからも続いていた。

先生に知られると困るような私的なことや本心は書いていないが、読む人を想定して書いてあるから、年月を隔てて読んでもわかりやすいはずだった。普通の日記だと主観的に感情に駆られて書いてあるから、年月が経つと自分でも何をこんなに悲しんだり怒ったりしていたのかわからなくなっている場合が多い。

今あの日記があればどんなに助かることかと思うが、朝子が東京で暮らすようになってから、隣家からの出火で生家の二階が焼け、朝子が残しておいた本や日記帳など焼けてしまった。焼けなくても若い頃は過去を懐かしく思う気持ちなどなかったから、自分で処分してしまったかもしれない。

今、朝子が頼りにするのは父の備忘録的な日記だけで、それを頼りにその頃のことを思い出したり、記憶を確かめたりしている。そして記憶の誤りを正してくれることもある。

昭和十七年六月満州の牡丹江に赴任した次兄の正二は、昭和二十年の四月か五月頃、米軍の日本本土上陸の予想地点の一つだった高知の防衛軍の参謀として帰国したように朝子は思っていた。その頃には妻の麗子も赤ん坊の長男を連れて朝子の家の隣の家の二階に帰っていた。高知からは近いので正二も二度ほど帰ってきたことがある。参謀の胸を飾る飾緒《しょくちょ》といわれる金モールの飾り紐が輝いて見えたものだった。

朝子は牡丹江から転任してきたように思っていたが父の日記を見ると、「昭和十九年一月三日月曜日　晴。午前八時出勤、事務整理、本日正二陸士教官に転任に付き、午前十時十七分着で帰宅。午後役場を休む」とある。

正二は牡丹江からまた一年半くらいで陸軍士官学校に転任していたのだ。どういう経緯で人事が行われるか朝子にはもちろん知りようもないが、大体一年半くらいで移動していたようである。そういえばと父の日記を見ながら朝子は思い出したことがあった。この正月以外にまだ初々しい新妻だった麗子が正月に家にいたときはないのだが、朝子が思い出したのは昔の餅つきの風景である。暮れに餅つきはすんでいるはずだが、正二たちの転任を祝ってか、持って帰らせるためにもう一度餅をついたのではなかろうか。

餅つきのときは日頃家に出入りしている近所の二家族が総出で手伝いに来てくれ、すべてやってくれる。前日の夕方手伝いの家の主婦がきて母に「糯米《もちごめ》、どれくらい磨《と》いどきましょうか」と聞き、母が答えるだけでよかった。糯米の置き場所も一晩水に浸しておく水甕《みずがめ》も蒸籠《せいろ》のことも主婦は全部心得ていて用意し、翌朝になると餅つきの石臼が運ばれてきて裏庭に据えられる。臼や杵《きね》はどちらかの家の持ち物だったのか、それとも近所の何軒かで使いまわししていたのか、とにかく朝子の家のものではなかった。

庭には縁台が置かれその上ではついた餅を置く大きな台を囲んで女たちが座っていて、にぎやかに餅つきが始まる。餅つきは手伝ってくれる家の主人や青年になった息子たちが交代でつき、蒸籠番と餅つきのとき臼に手を入れて餅をひっくり返したりつき上がりを見る一番重要な役は、「ハル姉さん」と朝子たちが読んでいた近所の主婦がしていた。家族は誰も手伝わなかったが、たまに冬休みで帰省している正二や宰三が好奇心から杵を持たせてもらうこともあったが、たいてい一臼もつかないうちに逃げ出していた。そばで見ていても腰がふらついて危なっかしくて見ていられなかった。

一家総出で手伝っても一家が当座食べるくらいのお餅を持って帰るくらいと、魚を入れた炊き込みご飯の昼食にあずかるくらいなものだった。それでもみんな喜んで手伝いに来てくれていた。それだけ当時の農村は貧しかったとも言えるし、お互いに助け合う習慣が身についていたのだろう。

そんな餅つきの記憶の中でそのとき餅とりの粉に使う片栗粉を台の上に出すと粉が固まって、小さな塊がいくつも交じっていた。物が不足して自由に買えなくなっていたから大分前に買って保存していたものだった。

みんなそれを手にしていた餅を切りとる包丁や素手で砕こうとしたが、うまくいかない。田舎の餅つきが珍しくて手伝いかたがた見ていた麗子が、家の中にいる母に空の一升瓶はないかと聞き、母が持ってくると一升瓶を横にして麺棒を使うように粉の上でローラーさせた。二、三度繰り返すと塊は砕けてきれいな粉になった。持ち前のやや早口で説明しながら手を動かす都会育ちお嫁さんの手元をみんな感心したように眺めていた。

いつ東京へ発ったかは父の日記には記されてないが、おそらく一晩か二晩泊まっただけで帰ったのだろう。そしてその年の十一月十六日「麗子、男子出産の報あり」とある。

一月三日、正二たちが帰った翌日には、「一月四日、幸四郎、旅順工科大学予科受験のため東京に向かう」とある。

朝子は長い年月や時代の変遷を経て聞く旅順工科大学という言葉に懐かしさを感じ、そうだったとあの頃のことを思い出した。

二歳年上の兄の幸四郎はこの年中学五年になっていた。当時は陸士や海兵を志願する中学生が多かったが、幸四郎は兄の修一や宰三と同じように旧制の松山高等学校へ進むのを目標にしていた。中学四年終了で受験できるから昨年の春も受験したが不合格だった。

本人はショックだったらしく四、五日自分の部屋でごろんと寝ころんでしょげていたが、朝子に言わせれば不合格は当然の結果だった。宰三が受験生だった頃夜遅くまで勉強していたのが、子供心にも強く残っていたが、幸四郎が机に向かって真剣に勉強しているところなど、朝子は一度も見たことがなかった。

朝子が女学校で全校生徒を前に研究発表をしなければならなくなったとき（ときどきそういう催しがあってたまたま朝子に順番が回ってきたのだ）、電波探知機のことを話せばいいと説明用の図面まで書いてくれ、電波探知機の原理を教えてくれた。電波探知機は艦船や飛行機の行動を探知するための新兵器で、各国が開発競争に取り組んでいて新聞にもしばしば名前が出ていたし、長兄の修一が海軍で電波探知機の研究をしていたので、生徒より先生のほうが興味を持って聞いてくれたようだが、朝子自身よくわかっているわけではなく、兄の受け売りなのでどこまでわかってもらえたか甚だ心もとなかった。

幸四郎はそういうことには詳しかったたし、数学者の伝記を読んで自分もそうなりたいと憧れているようだったが、根がのん気で勉強などあまりしないのだった。

学期末試験や中間試験は中学校も女学校も同じ時期に行われる。その頃は二階の二間は朝子と幸四郎で一部屋ずつ使っていた。試験のときなどは夕食を済ませると二人とも勉強すると言って二階へ上がってくるが、幸四郎はすぐ眠くなり「夜なかに起きて勉強したほうが頭がさえて覚えられるから、朝子が寝るとき起こしてくれ」と言って寝てしまう。朝子は気が小さいから全然勉強もしないで試験をどうするつもりだろうと他人ごとながら気になって、真夜中頃自分が眠る前には忘れないで起こした。が、目を覚ましても「いいよ、このまま寝かせてくれ」と起きようとしない。「勉強はどうするの?」と問いただすと「明日、汽車の中でする」とまた寝てしまうのだ。

今年も不合格だったらのんびり浪人できる時代ではなかった。どこか理科系の大学に入っておかなければ徴兵年齢も引き下げられていたし、軍隊にとられることは間違いなしだった。それで第二志望の学校を真剣に探していて朝子も相談を受けた。東京物理学校にも未練があるようだったが、受験日が重なって受けられない。第一期校と第二期校に分かれ二校しか受験できない制度になっていた。旅順工大も学校のランクとしては高いほうだった。昭和十九年の初めの頃はまだ海を隔《へだ》てた旅順の大学に入ることに何の不安も感じなかった。かえってあちらのほうが内地の大都市より食糧事情も恵まれていると思われていた。

結局、幸四郎は幸運にも旧制の松山高等学校へ合格して、旅順工大の予科には進学しなかったが、この兄はやたらと遠いところに憧れる癖があった。松高を卒業して二年浪人して進学したのは北海道大学である。戦後でも少し落ち着いた時代なら四国から北海道の大学に入ってもさほど珍しくはないが、戦後の混乱の真っただ中である。汽車の通路に新聞紙を敷き座り込んだり寝ている人も多かった。特急でも大阪から東京まで八時間かかったが、学生の身分では特急に乗るような贅沢は許されない。鈍行車で丸一昼夜以上かけて窓から入ってくる煤煙で煤だらけの真っ黒な顔で東京へ辿り着き、兄の家で二、三泊してまた上野駅から東北本線に乗って青函連絡船で北海道に渡り札幌に向かうのだった。

しかしそれはあとのことで、幸四郎は松山高等学校に入学すると、図書室の係になったから読みたい本があったらいつでも送ってやると言ってきた。志望校に入れてもう勉強はしなくてよくなったし、当時は新しい本など手に入り難い時代だった。田舎の中学と違って豊富な蔵書を持つ図書室を見て宝の山の中に迷い込んだような興奮を覚えたのだろう。そしてまず手始めにゲーテの『ファウスト』を送ってきた。

朝子の家にあった本と言えば「トルストイ全集」と「夏目漱石全集」だけだった。多分修一が大学生の頃申し込んで配本されたのだろう。「トルストイ全集」のほうはくるくる回せる多面形の専用のブックケースにおさまっていた。

「夏目漱石全集」は姉たちが女学生の頃熱心に読んでいたらしい。女学校二、三年だった良子があるとき、「私は断然外交官と結婚する」と言い出し、上の姉たちに「『虞美人草』を読んだんでしょう」とからかわれていたことがあったし、女学校の友だちに『虞美人草』を貸してあげると「藤尾のような女は大嫌いだ」という兄の書き込みがあって友だちに笑われたと話していた記憶がある。

が、朝子は『坊っちゃん』は読んだが、他の小説はあまり面白くなさそうで読んでいなかった。トルストイのほうは『復活』は実際には観たことはないが芝居にもなっているし、「カチューシャ」の歌も知っていたから読んだことがある。多分「接吻」とか「抱擁」という言葉も禁止だったのだろう伏字だらけだった。一応最後まで読んだが男の主人公の自分勝手さだけが目立って、それほど面白いと思わなかった。だからそれ以外は読んでいなかったが、女学校三年の昨年の夏休みに他にすることもなかったので、長い物語を読んでみようと『戦争と平和』に挑戦することにした。これが意外に面白くて息も継がずに毎日毎晩読みふけり一気に読んでしまった。それぞれの登場人物の運命も感動的だったが、物語に入りこむまで読み進むことができたのは、ナポレオンと凡庸と思われていたロシア側の指揮官クトゥーゾフ将軍との戦術の駆け引きが興味深かったからだった。『戦争と平和』に味をしめ今年の夏休みはこれも七、八冊ある『アンナ・カレーニナ』を読もうと思っていた。

朝子の文学的知識はあまり本を読む暇もなかった当時の平均的な女学生のそれだったが、ゲーテが世界的な大文豪であることも知っていたし、代表作の『ファウスト』のあらすじというか、ファウスト博士が悪魔に魂を売るということは知っていた。幸四郎が送ってくれた本は枕にできるほど分厚い本で、たしか二冊になっていた。立派な装丁で誰も読んだ形跡もないぴかぴかに輝いているような本だった。

朝子は楽しみにして読み始めたが、すぐ失望した。詩の形式になっていたが面白くないのだ。それでも世界の名作だからわからないのは恥だと辛抱して読んでいたが、とうとう途中で投げ出してしまった。幸四郎が帰省したとき「どうだった？」と聞かれ、朝子は「全然わからなかった」と正直に言うと、程度が低いんだなという顔をしていたから朝子は「兄さんは読んだの？」と聞いてみた。もし読んでいるのならどこが面白いのか聞こうと思ったのだが、まだ読んでいないということだった。

「じゃ次は『若きヴェルテルの悩み』にするか」と言っていたが、朝子はゲーテは退屈だからと断った。次に帰ったとき幸四郎が持ち帰ったのはドストエフスキーの『罪と罰』だった。これは自分も読んだらしかった。が、面白いから勧めるのではなく、「これ読んでいると、こっちまで神経衰弱になって頭がおかしくなりそうだよ。小説家というのは何を考えているんだろうな」と言い朝子の感想を聞くためのようだった。

朝子も読んで全く同感だった。ラスコーリニコフが刑事の影に次第に追い詰められていくところなど息苦しくなるだけで少しも面白くなかった。

二人とも背伸びして世界の名作に挑戦したのだが、その作品の奥にある哲学的なものを理解するだけの能力もなかったし、小説を読むことにも慣れていなかった。ただストーリーの面白さだけ追っていたからいろいろなことをくだくだと書いてあるのが煩《わずら》わしかった。それは幸四郎も同じだったとみえ、本のことは話さなくなり、「数学がすべてだ。数式ほど美しいものはない。その中には音楽や芸術も全部含まれている」と言うようになっていた。

幸四郎が進学した後、家には両親と祖母のチュウと、女学校へ入学したばかりの千加子と女学校四年の朝子だけになった。しかし幸四郎の学校のある松山は汽車で三時間ほどだから、毎週ではないにしても土曜日曜を利用してよく帰っていたし、京都の大学にいた宰三もそれに劣らず帰省していた。こちらは食糧調達のためである。

京都は当時全国一食糧事情の悪かったところで、下宿でもろくなものは食べさせてもらっていないようだった。家へ帰って台所仕事をしているチュウが大根の葉っぱなど捨てようとすると、「もったいない、これでもお味噌汁に入れれば美味しいのに」と細かいことを言い出すようになっていた。そして京都へ帰るときは持てるだけのお米やお芋を背負って帰って行った。研究室で炊いて食べるのだそうである。みんなも楽しみにしているということだった。核分離の研究に使うサイクロトロンの開発をしているということだったが、あんなことで研究ができるのだろうかと朝子は心配だった。

しかし幸四郎や宰三が帰ってくるのは週末だけで、平日は朝子も千加子も朝早くから学校へ出かけ夕方遅く帰り、昼間は母とチュウだけで閑散としていたが、そういう時期は長く続かなかった。

近くの町の三島に船舶部隊の暁部隊が駐屯することになり、将校宿舎が各村に割り当てられ朝子の家の二階にも、六月の中頃から小林少佐が宿泊することになった。食事は三食とも隊のほうでとるので寝に帰るだけであったが、夜など裏庭の縁台で家族がお茶を飲んだりおやつを食べるとき、二階にも声をかけると少佐も降りてきて家族の団らんに加わった。

少佐は満州から転任してきたらしく満州国の朝子など名前も聞いたことのない町から、女名前で毎日と言ってよいくらい手紙が届いた。母に冷やかされると少佐はあっさりあちらにいたとき同棲していた女性で、結婚を迫られて困っていると白状した。故郷の静岡には家同士で決めた婚約者がいるということだった。どういう素性の女の人か聞かなかったが、母は満州まで流れて行っているくらいだから、どうせいい家庭の出ではないだろうと思ったようで、彼の言い分をもっともだと納得したようにうなずいていた。「将校さんが結婚するときは、軍が相手の女性の身元調査をするからね」ということだった。

朝子は満州で一人取り残されて毎日手紙を書くしかない女の人に同情して、無責任な少佐にもそれを是認している母にも憤りを感じていたが、今になって思うとちゃんと下宿先の住所も教えてあったのだから、あながち無責任と決めつけることもできない。少佐は終戦になると故郷の静岡に帰ったはずだが無事婚約者と結婚できたのだろうか。満州の女の人は無事帰国できただろうか。その後、二人はどういう人生を歩んだのだろうと興味がないこともない。

小林少佐が家に宿泊するようになって二日目の六月十五日、父の日記によると「夜、警戒警報、十一時頃、空襲警報発令、午前二時北九州爆撃を受け、撃墜二機、撃破三機」とある。このときは航空母艦から飛び立った飛行機だったのだろうが、すでにサイパン島にアメリカ軍が上陸。日米両軍が死闘を繰り返していたが、もしサイパン島が敵の手に渡れば、そこから飛び立った飛行機が日本全土をほしいままに空襲できる。以前から大都市からの疎開が検討されていたが、ここへ来てみんな真剣に考えるようになっていた。

朝子の家でも長兄修一の家族が早々と七月中旬に疎開してきた。妻の清子と三歳半になる長男と、一歳半の長女である。二階はすでに小林少佐が使っていたから、その下の二間を使うことになった。

義姉の清子は、結婚したときは夫の両親や家族と一緒に暮らすようになるとは夢にも思わなかっただろう。しかも水道だけは引かれているが、煮炊きは薪や炭に頼る田舎暮らしである。お手伝いさんを使っての都会での便利で自由な生活と比べればさぞ大変だっただろう。戦前や戦中は大学を出て結婚すれば一軒家のかなり上等な借家に住み、お手伝いさんを雇っての生活ができた。その上菊池家では結婚のとき、当時もっとも堅実と言われた南満州鉄道の株を持たせてあった。その配当金だけで海軍大尉だった夫の給料を上回っていたらしい。

母は終生菊池のお父さんを尊敬していた。専門は物理学で旧制の松山高等学校の校長を最後に退官した人だが、いかにも昔風の義理堅い人だった。晩年に奥さんに先立たれたあと、立派な息子さんたちもいたが、母は娘の家族と暮らすのがお互いに一番気がねなく幸せだという考えで、清子にお父さんに東京の家にきてもらってはと勧め、菊池のお父さんにも手紙を書いたが「嫁にやった娘だからそんなことをすると三谷家に申し訳ない」と固辞した。「昔風の人だから」と言いながら、母はそういう気遣いが嬉しいらしく「立派な方だね」と感心していた。

県で二位という多額納税者でありながら、生活も質実でむしろ地味な感じだった。客には座布団を出しても自分たちは敷かないという家訓があるとかで、清子も座布団を敷かないのが習慣になっていて、疎開してきても朝子たちは長い座卓に向かい合い食事するとき座布団を敷くが、清子は敷かなかった。万事お金もちのお嬢さんというような派手で華やかな感じではなく、むしろ地味で、女子大時代から「婦人之友」や自由学園の創立者羽仁《はに》もと子が結成した「全国友の会」に入り活動していて、表面的なことより生活の合理化や実体を重んじるタイプだった。

母は「欲のない嫁」ということで感心していた。嫁入りのときに持ってきた衣装などは当座使わないものは、東京には送らないで箪笥とともに家に置いてあった。母にしてみればその一枚一枚が自分たちがどう頑張っても買えないような高価なものだったが、清子は「私はもう着るときはないでしょうから、お母さんの好きなように使ってください」と言っていた。が、母は貴重品を守るように時期が来れば虫干しなどして大事に守ってきた。

今でこそ着物がすたれ着物に執着を持つ人も少なくなったが、中近東の女性が金銀のアクセサリーを自分の財産として大切にするように、当時の日本の女は着物が唯一の自分の財産とも言え

た。そのためにいいものは孫子《まご》の代まで着られ、染め直しも仕立て直しもできるようになってい
た。そして自分がどれだけの衣装持ちであるかが自慢の種になった。それだけにみんな着物には
執着があったのだが、清子はそういう執着もなくて恬淡《てぃたん》としていて、疎開して帰ってからも「も
し必要ならお米と代えるのに使ってください」と申し出ていた。母は村で顔がきいたから着物を
持って行かなくても必要なお米や野菜、魚など集めてきたが、お嫁さんの欲のなさにはいつも感
心していた。

朝子の記憶に残っているのは「主人は家へ帰っても研究のことが頭から離れないらしく、この前火鉢を抱えて火箸で灰に何やら書いているので、見てみると、何かの数式らしいの。そういうときは邪魔しないでそっとしておくの」と、いかにも嬉しそうに話していたことである。ふつう家に帰ってまで他のことを考えていると恨みごとになりそうなものだが、そこには自分の主人を世界一偉い人のように思っている誇りのようなものさえあった。

終生修一のすることは正しいと信じて支え続けてきたのではないだろうか。修一は長男意識が強く弟妹たちの世話はよくした。朝子の知っているケースでは母が亡くなった後、母と一緒に暮らし世話をしていた孝子のために、実家の庭の空き地に使い勝手の良い家を建ててあげたいと言い出した。その頃よく郷里へ帰っていた朝子が呼ばれ、一応予算は決まっていたが、その範囲内で間取りなど考え大工さんと相談して建てるように全面的に任された。

今まで住んでいた家は古くはなっているが住めないわけではない。修一にしても特に財をなし

たというわけでもない。家の建築費用を出そうと思えば出せないことはないだろうが、それだけのお金があれば他に使いたいこともあるのではないか。実の妹の朝子でさえ何もそこまでしなくてもと思うくらいだから、実際の利害関係を持つお嫁さんとしてはなおさらではないだろうか。

朝子は同席していた清子に「お義姉さんはいいんですか？」と尋ねた。

「ええ、私からもお願いします。主人がそうしたいと言っていますから」

何のこだわりもなくそう言う清子に、朝子は四十年も前の疎開の頃、母がよく言っていた「欲のない嫁」という言葉を思い出したものだった。

とはいっても疎開当時は慣れない田舎暮らしで戸惑うことも多かっただろう。母は相変わらず婦人会の用事や何かで出かけることが多く、朝子と妹の千加子は朝早い汽車で女学校へ通い、夕方夕食にやっと間に合うくらいの汽車で帰るだけで、台所の実権は祖母のチュウが握っていた。姉たちが結婚して家を出て行ってからハイカラで珍しい料理が出てくることもなくなり、たいていは野菜の煮物、味噌汁、漬物、それに時たま焼魚がつくくらいでいつも代わり映えのない食事になっていたが、食べるものがあるだけでもありがたいと思わなければならない時代だった。

チュウは昔風のしきたりを頑固に守るほうであったし、わりに口やかましいところもあった。朝子などは血が繋がっていないという思いがあるからチュウの言うことなど無視して聞き流していたが、お嫁さんとしてはそうもいかなかっただろう。

何かもめごとがあったというのではないし、その頃はそんなことを考えもしなかったが、今になって思うと大変だっただろうなと思うのである。その上田舎だと気晴らしに出かけるところもない。ただ幼い子供二人を連れて毎日のように山原のほうへ散歩に出かけていた。家の裏から出て田圃の中の細い道を行くと、山麓の松林の中へ入り、その道を少し行くと水がほとんど流れてない大きな岩がごろごろしている広い河原に出る。

朝子が子供の頃もよく遊びに行ったところである。多分誰にも気兼ねしないで子供たちとほっと息のつける場所だったのだろう。道端の花やすすきを摘んで幼い子供の手を引いて童謡を歌いながら帰ってくる姿が、西洋の絵の母子像のようなイメージで朝子の頭の中に残っている。

日本の生命線と言われていたサイパン島は玉砕し、続いて八月になるとテニアン島もグアム島も敵の手に落ち、戦局はただならない状態に陥っていたが、田舎の風景はまだ平和そのものだった。

17

昭和十九年の一月に学徒勤労動員令が出て、中等学校の生徒も三年生以上は軍需工場に動員されることに決まっていた。

朝子たちは勤労奉仕に駆りだされることは多かったが、まだ授業は続けられていて、四年生の一学期の中間試験も期末試験も行われた。疎開して都会の学校から転校してきた人に聞くと、彼女たちは三年生の時から動員され製薬会社で働いていたが、この学校では授業が受けられるので驚いていた。

すでに県下の女学校でも京阪神工業地帯にある軍需工場や、近くの新居浜市の軍需工場に動員されていた。朝子たちもそのどちらかになる可能性が高かったが、新居浜市なら家から通える。それなのに朝子は大都会の工場に動員されることを望んでいた。兄の宰三から聞いて都会の食糧難がどれほど深刻か知っていたし、長兄修一の家族さえ疎開してきているのである。

小学生の集団疎開も始まって近い将来空襲の危険もあることを承知しながら、やはり未知の世界というか、新しい生活への憧れのほうが強かった。

もちろん家から通えるほうを望む人もあったが、大多数の生徒は朝子のように京阪神へ動員されるのを望んでいた。物心ついたときから戦時体制で教育され愛国少女になっていた朝子たちにとっては、戦争に直接つながるような場所で華々しく働きたいという気持ちが強かったのだ。朝子はお国のためというより家を離れての都会暮らしに憧れていた。

朝子たちは結局大都会の工場へも新居浜市の工場にも動員されず、一学期の末になって学校近くの製紙工場や、学校工場に動員されることに決まった。

あとになって先生に聞いた話では、県からは新居浜市の工場に出動することを要請されていたが、何とかして生徒を学校に残せないかと苦慮していたとき、昭和十九年五月十九日川之江町にある県製紙試験場長に陸軍兵器行政本部需兵課長から「特殊防空気球紙」の発注が来た。

川之江町やその隣の金生《きんせい》村は昔から和紙の生産地として有名で、家内工場が多かった。朝子が女学校に通い始めた頃はまだ民家の庭先や路地に、漉《す》きあげた白い紙を干す貼り板がずらりと立てかけてある風景が見られたが、洋紙に押されて衰退気味のところへ戦争で紙も統制になり、その上原料不足、人手不足で衰退の一途を辿っていた。

陸軍からの大量注文は製紙組合や地元の人にとっても喜ばしいことであった。気球紙に加工するには人手がいる。生徒を親元に残したいと苦慮していた学校側にとってもこれほど好都合なことはなかった。

その前提として六月の末頃から七月、八月と勤労奉仕として全校生徒で楮《こうぞ》の皮剝ぎ作業が始まった。和紙を作る原料には楮、三椏《みつまた》、雁皮《がんぴ》などいろいろあるが、楮は繊維が一番長く丈夫な紙ができる。楮は付近の山野に自生しているものを使っていたはずだが、短期間によくこれだけ集めたものだと朝子などは驚かされたものである。

楮を一メートルあまりの長さに切り揃え、製紙工場の大釜で煮たてる。そうすると皮が剝《む》けやすくなり、剝いた皮を束ねて水に浸してふやけさせる。それを生徒たちが大八車で学校まで運び、中土間や藤棚の下で筵《むしろ》に座って、小さな台の上で包丁のようなもので楮の皮の外皮を削り取り、まっ白な繊維だけにするのである。

いつもきれいに掃除されていた校舎は、いたるところに楮の繊維が干され、異臭が漂うようになった。

その白い繊維を短く裁断して煮沸し、綿状の繊維にし、黄蜀葵《とろろあおい》の根を粘着剤として水に溶かしてかき混ぜる。その原液を平らな漉《す》き船《ぶね》に入れて、前後左右に漉き船を揺すって水を濾過し、簀《す》の子《こ》の上に薄い繊維層を残し、丁寧にはがし取り、干し板に張りつけて乾かすと和紙ができる。漉き船ですくう原液の量や濃さによって紙の厚さが決まるのである。

漉き船で紙を漉く仕事は熟練を要するから女学生には無理だったが、そうやって作った和紙を乾燥機の上でこんにゃく糊で五枚ほど縦横に貼り合わせて気球紙に加工する作業が女学生に任されることになった。

学年毎、交代で一週間ほどの夏休みを取った後、九月の新学期から、四年生百五十名中百名ほどは製紙工場に分散して動員された。朝子は残りの五十人のほうに入っていたが、朝子たちは学校で気球を貼る仕事である。

その頃には「秘密兵器だから絶対口外しないように。家庭でも話してはいけない」と固く口止めされて、その気球紙で風船爆弾を作るのだと説明を受けていた。

日本の上空一万メートルの成層圏を秋から冬にかけて強い偏西風が吹いている。直径十メートルの巨大な気球をつくって、それに爆弾をぶら下げアメリカ本土まで飛ばして直接攻撃しようという日本陸軍の最後の秘密兵器だということだった。

朝子たちは知らなかったが、和紙をこんにゃく糊で貼り合わせて強力にしたものを使って気球を作る研究は、戦前から行われていたが、昭和十九年の春になってやっと実現のめどが立ったらしい。

鈴木俊平著の『風船爆弾』（新潮文庫、一九八四年）によれば、サイパン島に米軍が上陸し戦局がただならぬ状態にあったとき、東条首相が天皇陛下に拝謁し、サイパン島は死守する覚悟であることを奏上したあと「なお陸軍がかねて整備に努めておりましたアメリカ本土攻撃の風船爆弾が、ようやく実験に成功し、実戦攻撃が可能となりました。畏れ多くも明治大帝の御誕生日にあたります十一月三日を攻撃開始日と致しまして、兵器生産、作戦展開に入りました」と奏上したという。

東条首相は最初十万個と命じたらしいがとてもそんな数の材料は調わないので、一万個に減らし全国的に製造が展開されたのである。「ふ」号作戦と呼ばれ、当時の国家予算の一割を使う大プロジェクトだったとも言われている。

全国の和紙生産地が動員され、それだけでなく大阪造兵廠、小倉造兵廠でも多くの女学生を動員して気球紙作りが昼夜兼行で行われた。

そして直径十メートルの気球を膨らませて補修したり圧力テストするには高い建物が必要である。そのために東京でも劇場とか国技館のような大きな建物は全部接収され風船爆弾を貼る工場になり、女学生たちが動員されていた。

朝子たちは自分たちだけが作っているとは思わなかったが、そんなに大がかりな生産が行われているとは知らなかった。それに気球を風に乗せて飛ばしてアメリカを攻撃するなど現実離れした話のように思えて、それより戦争に直接役立つような、たとえば航空機の部品作りのような仕事をしたかった。

だから地元の工場や学校工場に動員されることになって、生徒たちは失望した。製紙工場といっても家内工場に毛が生えたくらいの小さい工場に五、六人ずつ分散動員され、劣悪な環境の中で、こんにゃく糊で紙を貼り合わせる冴えない仕事である。

学校工場のほうも一応国産化学工業株式会社愛媛工場という名前はついていたが、家内工場的な工場の中では一番大きい製紙工場の社長が社長を兼ね、長男が工場長で、生徒たちからみれば家内工場に動員されるのと同じことである。

製紙工場に動員された生徒たちは残暑の厳しい季節に乾燥機の蒸気の立ち込める工場内で、早速重労働ともいえる作業が始まり、不平不満を言う暇もなかったが、学校に残ったものは級友たちが作る気球紙がある程度の量できあがるまでは作業にかかれない。毎日掃除とか片づけで時間をつぶし、たまにできてきた気球紙を中に電球を入れた検査台のガラスの上で貼り合わせた紙の中に空気が残ってないか、小さな異物が混じってないか調べ、そこに紙を貼って補修する仕事があるくらいだった。

ひと月ほど本格的な仕事がなくてぶらぶらしていたから、不平や不満を募らせる時間は十分にあった。国家存亡の危機にあるとき、それはもう誰の目にも明らかになっていたが、若い元気な自分たちが毎日こんなことをして無為に過ごしてよいのだろうかという焦りもあった。

「サイパンは死守する」と東条首相が天皇陛下に奏上して十日もしないうちに、サイパン島の守備隊二万七千人、住民一万人が玉砕。そしてインパール作戦も失敗を認めて中止。サイパン島玉砕から十日ほど経って東条内閣は総辞職した。当時の朝子たちにとっては同じ陸軍大将が首相になるのに何故代わらなければならないのかわからなかったが、天皇陛下にサイパンは死守すると奏上したのに守ることができなかったのだから、責任を取らざるを得なかったのだろう。

サイパンの次に八月に入ると、日本のすぐ近くのテニアン島、グアム島も陥落していた。

そして八月の終わりには県下の女学生三千人の新たな動員も決定した。県に女学校は二十校しかないから三千名というと三年生も全員動員されるのである。下級生のほうが京阪神工業地帯にある大工場に動員され、より重要な仕事に携わるかもしれない。そんな思いもあってもっと働き甲斐のある職場に動員されたいと、一番相談しやすい長年勤めている裁縫の教師に涙ながらに訴えた。

裁縫の教師は「あなたたちの気持ちはわかるが、あなたたちを親元に残せるようにと学校側がどれほど苦労したかしれないのよ」と、県からは何度も出動要請がきたが、陸軍兵器行政本部から来た特殊防空気球紙発注を盾に、こちらで女学生の協力が必要になりそうだということで断ったことや、三年生も学校工場に動員してもらいたいと会社側に頼んでいることを説明した。

生徒たちも今更動員先の変更を要求しても通るはずがないのを承知していたから、一応教師の説得に応じた形になったが、納得したわけではなかった。先生方が家族と別れて危険な場所へ行くのは厭だから、生徒の安全を守るということを口実にしているに過ぎない。大人は卑怯だ。みんな口々にそう不満を漏らし、朝子もそう考えた一人だった。

年齢を重ねると現在に近い記憶は薄れ、若い頃や子供の頃の記憶が鮮明になってくると言われているが、朝子も今これを書きながらあの日の教室の様子や、級友たちの顔がありありと思い浮かんでくる。

そして若さとは何と純粋で、何と無謀で、無知で愚かしいものかとため息をつきたくなるような気持ちである。

「九月十四日　木曜日　晴　午前八時十七分着にて疎開児童二十五名、教員一名、寮母二名、付き添いの松浦校長に引率され土居駅着。出迎えをなし小富士国民学校で来校受け入れ式を行い、神社に於いて報告祭をも合わせて行い、顕寿院に於いて歓迎会をなす」

「九月十五日　金曜日　晴　午前八時出勤、事務整理、本日大阪市伝法町の代表者六名ほど疎開児童のお礼に来る」

と父の日記にあるようにサイパン島、グアム島が陥落して以来大都市の空襲は必至の状況になっていた。みんな逃げ出そうとしているときその危険な地に行きたいと騒いでいたのである。

食糧難の深刻さも空襲の怖さも本当のところは知らなかったせいもあるが、たとえ空襲にあって死ぬようなことがあってもお国のためだから名誉なことである。戦場で命を賭して戦っている兵士のことを思えば何でもないという気持ちもあった。

後年中国で文化革命が起こり紅衛兵《こうえいへい》たちが暴走し、それまで指導的な地位にあった人を吊るし上げ、文化財を破壊し、世界の良識ある人たちの顰蹙《ひんしゅく》を買っていた頃、朝子は自分たちの若い頃と思い合わせ、若者を洗脳し扇動するのはいかに容易で恐ろしいことか実感した。

しかし若い力でないと世の中は変えられないというのも事実である。無知でも無謀でもなくなった大人たちには何も期待できないこともわかってきていた。

それはともかく十月に入って生徒たちがきれいに整備して守ってきた運動場も無残にも掘り返され、直径十メートルの気球を膨らませて圧力テストをする満球工場と言われるバラックの建物も二棟建てられ、朝子たちは講堂で気球貼りの作業を始めた。

製紙工場で和紙を縦横に五枚ほどこんにゃく糊で貼り合わせると、ごわごわした分厚い紙ができる。それをグリセリン液につけて軟化すると、なめした革のような状態になる。そこまでが製紙工場に動員された人たちの仕事で、その紙を風船の各部のような形に裁断して、こんにゃく糊で風船を貼る要領で貼って行くのである。

まず五枚の細片を貼り合わせて約八メートル余りの長さの紡錘形《ぼうすいけい》にしたものを作る。それは主に三年生の仕事だったが、その紡錘形のものを六十何枚か貼り合わせて上半球ができるのである。下半球も同じようにして貼り合わせ、最後に真ん中を接合して球体にするのである。下半球のほうには排気バルブを取り付けるための穴が開けてあった。

生徒たちは四班に分かれ講堂の両側に二班ずつ一列に並んで向かい合って、班ごとに上下球の半球を貼っていった。十一名くらいで八メートルの紡錘形の気球紙の一センチ五ミリくらいの糊しろをこんにゃく糊で貼りあわせていくのだが、これがなかなか難しい。

球にするために紡錘形の紙はお互いに逆カーブになっている。それを平面的な台の上で貼って行くのだから、どうしても皺が寄ったり、はがれてしまう。その上貼り合わせの部分に空気が残っていると破裂する原因になるから、中腰になり両手の指を揃えて貼った個所を懸命に擦《こす》って残りの糊や空気を押し出す。気球貼りには女学生のしなやかな指が最適と言われていたが、こんにゃく糊まみれになりながら、指先を酷使し指の指紋が消えてしまうのではないかと心配になるほどだった。

それに共同作業だから体調が悪くても、トイレに行きたくても作業途中で抜けるわけにはいかない。一枚貼り合わせるごとに全員で掛け声をかけて貼り上がった分を前方へ放り出すように送る。班ごとに向かい合って作業しているから、他の班の進行状況が掛け声でわかり、自然負けるまいとお互いに競争になる。

一番体力の必要な天頂を貼っている人がリーダーだが、体力もなく器用でもない朝子は常に「早く、早く」と急かされていた。

終戦六十周年を迎える頃、テレビ局が地元に住んでいる同級生のところへ風船爆弾の取材に来た。何しろ戦争は遠い日のことになり、時代も大きく変わっていた。同級生は当時のことを思い出しながら話したが、当時のことを知る教師や工場の関係者はすべて亡くなっていたし、地元の和紙の製紙工場はとっくの昔転廃業し、一軒だけ家族だけで和紙を漉いているところはあったが、戦争中のことを知る人はいなかった。学校は終戦後の学制改革で高等学校になり、戦争中の記録は残っていなかった。

このままでは戦争中風船爆弾製造に携わった女学生がいたことさえ忘れられてしまう。自分たちで当時の記録を残しておこうということになり、各自思い出を書いて本にして残そうということになった。

最初はみんなの記憶も薄れていたが四、五人ずつ集まって話しているうちに記憶が蘇ってきた。最初にみんなが思い出したことは三時のおやつに出るおにぎりが美味しかったということだった。

軍需産業だからお米の特配があり、そのお米で各工場が炊き出しをしておにぎりやときには炊き込みご飯を出してくれていたのである。朝子は覚えていなくて、それは製紙工場に行っていた人たちだけで、学校工場のほうは出なかったと言うと、学校工場でも出ていたとみんなが言う。そう言われても朝子には学校工場で午後の休憩の時間におにぎりを食べている光景は思い浮かばなかった。休憩の時間どこでどう休んでいたかも思い出せない。しかし四、五人集まって話しているうちに作業手順などは少しずつ思い出され、やはりそれぞれ強く記憶に刻まれていることもあって、原稿が多く集まって立派な本ができた。

そのとき朝子たちは初めて知ったことであるが、製紙工場に動員されていた同級生たちは、気球貼りの仕事の現場も、貼り上がった気球を見たこともない。中には自分たちの作る原紙が何に使われるかも知らなかった人が多かったことである。

そういえば朝子も同級生たちが動員されていた製紙工場へは一度も行ったことはない。できあがった気球紙を見て和紙を何枚もこんにゃく糊で貼り合わせたものだと知ってはいたが、詳しい作業工程など知ったのは戦後六十年も経って『風船爆弾を作った日々』という本を作ることになったときである。

お互いに別々に動員されていたとはいえ、汽車通学の生徒は朝夕同じ汽車で通っていた。朝の汽車は混雑していて座れることなど期待できなかったが、夕方帰る汽車は空いていて向かい合って四人掛けの席が自由に取れる。朝子の場合は同じ村からの同級生四人がいつも顔を合わせていたが、二人は学校工場、二人は製紙工場で働いていた。一日仕事をするとぐったりして仕事のことなど話す気になれなかったこともあるが、お互いに「秘密兵器だから、家族や友だちにも話してはいけない」と叩きこまれていたせいもあって、仕事のことは話題にしなかった。

朝夕顔を合わせて話をしながら、お互いがしている仕事のことを知らなかったというのは、それだけ忠実に秘密を守っていたからでもある。

もちろん家でも詳しいことは話していなかった。「秘密兵器だから話せない」と朝子は少し誇らしい気持ちで宣言してあった。

ところがある日講堂の入り口に複数のスリッパの音が聞こえ、監督官の中尉が声高に直径十メートルの気球を作り、それに爆弾をつけて米本土まで飛ばし、直接攻撃をするのだと説明していた。

「私たちにはあんなに極秘だと言っておきながら、見学者など入れていいの？」と思いながら顔をあげると、七、八人の見学者の中に父の顔もあって朝子は驚いた。川之江の町長さんもいたから町村長会の連中だろうと察しはついたが、一行は朝子たちの作業をしている手元を覗き込みながら一周すると出て行った。

あれはいつ頃だったのだろう。作業はもう軌道に乗っていた頃だったが、と思いながら父の日記を繰ると、昭和十九年の十一月十八日だった。

「十一月十八日　土曜日　晴。午前十時十七分発にて三島に出張。郡内町村長会に付き出席。午後二時より川之江高等女学校にて新兵器気球の視察参観をなす。序でに金生村下分の原紙製造の工場をも参観せり」

とあった。

町村長会全員となると二十四、五名になるはずだが、希望者だけというより、学校のある郡の東部の町村長を招待し、父は西部の村だったが、娘がどんな仕事をしているか見たくて参加したのだろう。だから気球紙製造のほうは「序でに」ということになったのかもしれない。

父は朝子には直接何も言わなかったが、母には「若い女の子を一日中冷たい床に座らせて仕事をさせて、子供を産めん体になったらどうする気だ」と嘆いていたということである。

父は自分のことだが、子供の健康や体のことについては極端なほど神経質だった。三番目の兄の宰三が中学生の時近視で眼鏡をかけるようになったとき、宰三の一生はもう終わったように嘆いた。「眼鏡などかけてとろとろしとったら、軍隊へ入っても困る。いつも予備の眼鏡を持ち歩くなんてできんぞ」と心配し、それからあとの子供たちは大変だった。

家の中で本を読んでいるのが見つかると「そんな暗いところで本を読んでいたら目が悪くなる。外へ出て山の天辺の木を一本一本数えて来い」と追い出された。机に向かって勉強していても、「そんなに本に目を近づけると目が悪くなる」本と眼の距離は何センチ以上でないといけないと、物差しでも持ってきて計りかねないほどだった。

だから「子供を産めん体になったらどうする気だ」という言葉も、大袈裟《おおげさ》すぎていかにも父らしいと母と笑い合ったものだった。冷たい床と言っても座布団は敷いているし、気球を貼る仕事は指先に力を入れるため中腰になって全身の重さをかけるため、冷たい床にじっと正坐して安閑としているわけにはいかないのだ。仕事に追いまくられて床の冷たさなど感じる暇はなかった。

貼りあがった気球は運動場に新しく建てられた満球場に運ばれ、七、八分通り空気を入れ、内側と外側から細かい傷や異物の混じったところはないか入念にチェックし、その個所を補修する。

気球の下端には高度計や爆弾を取り付けるために、人が一人通れるくらいの穴があいている。そこから入るのだが、内部に入るのを嫌がる人もいたが、朝子はその点検作業が一番好きでいつも内部に入っていた。外の明かりが厚い紙を通してぼんやりにじんだように見え、別世界、たとえば母の胎内にでもいるような安らいだ感覚で幻想的な美しい風景だった。気球の内部に入るような体験はその後一度もなかったせいか、今もあの感覚はときどき思い出す。

膨らんでいる部分の点検、補修が終わると、膨らんでいる部分を数人で足で踏んでそこを下にし、違う部分を上にして補修点検を繰り返していく。

そうやって補修点検が終わると送風機で空気を入れ圧力テストをする。そのときほんのちょっとの点検ミスが残っていると、そこから気球は破裂する。一度だけだが破裂したことがあった。圧力テストに合格すると防水のためにラッカーを吹きつけ、それが乾くと風船を折りたたむようにたたんで、大きな木箱に入れて送り出す。木箱の高さは生徒の身長とほぼ同じくらいだった。

どこへ送り出されるのか朝子たちは知らなかった。全部で何球くらい製造したのだろう。あの頃は作業に追いまくられてそんなことに興味を持つ余裕もなかったし、記録も残っていないのでわからない。


一度だけ風船爆弾のことが新聞に載ったことがある。昭和二十年二月十八日である。『米本土、猛攻開始。大気球各地に炸裂』という大きな見出しで、「アメリカの森林地帯が大火事で死傷者五百名、その他多大の損害を与えた」ということだった。

死傷者五百人という大戦果に朝子たちは大喜びをした。今になって考えると戦争というものは何と恐ろしいものかと、空恐ろしくなるが、五百人もやっつけたということを、何の疑いもなく純粋に喜んでいたのである。

しかしその喜びもつかの間で、その後なんの戦果も報じられることはなく、戦争はますます日本に不利になって行くばかりであった。

それにその頃はもう偏西風の強い季節は終わりに近づいていたし、原材料がなくなったこともあって、気球紙作りの仕事も気球貼りの仕事もほとんど終わりに近づいていて、残務整理のような仕事ばかりだった。

そして三月の半ばには製紙工場や学校工場の動員が解除され、四月からは同じ町にある紡績工場に動員されるはずになっていた。朝子たちはいつしか風船爆弾のあの記事は誤報で、風船爆弾が米本土へ届いたかどうかもわからないと思うようになっていた。

風船爆弾が米本土へ届いていたのを知ったのは、戦後四十年あまり経ってからである。戦争末期日本が総力をあげて作った風船爆弾は、福島県勿來関麓《なこそのせきふもと》、千葉県一の宮海岸や茨城県大津町長浜海岸から約九千個放流され、そのうち三百六十個余りがアメリカで目撃され、山火事など起こした。また原爆製造の工場へ電気を送る送電線に引っかかり停電し、原爆の製造が三日遅れたとも伝えられている。

アメリカは広大な砂漠や森林があるから、目撃されていない分のほうが多いかもしれないが、とにかく米本土まで辿り着いた風船爆弾もあったことを知ったときは、朝子は少しばかり感激したものである。

アメリカでは成果を知らせないようにと厳重に秘匿していたため、日本側では情報が一切得られなかったが、ワイオミング州での風船爆弾による山火事が現地の中国語新聞に載り、たまたまその記事を見た人が中国に伝え、上海の新聞に載ったのだった。「死者五百名以上」というのは「目撃者五百名以上」を日本の新聞社が勝手に直して報道したのだ。

18

昭和二十年の春先になると、戦争は危機的な状態に陥っていた。一月には姫路や明石の軍需工場が爆撃され、三月十日の東京大空襲で東京の下町は灰燼《かいじん》に帰し、毎日のように空襲警報が発令され、どこかの都市が焼夷弾攻撃で焼き払われていた。

誰の目にも日本が自力で戦争に勝てるとは思えなくなっていた。しかし負けるとは思いたくないので、いよいよとなったら神風が吹いて敵をやっつけてくれると分別のある大人までそう口にしていた。元寇の昔ならいざ知らず、今時の艦隊が台風が襲来したとしても沈むはずはないことは知っていても、誰もそれに目を向けようとはしなかった。

もっと早く戦争を止めていたらと誰しも思うだろうが、一度坂を転がり始めたら、それを止めるには異常な力がいる。不可能に近いことで落ちるところまで落ちないとどうしようもないのだ。

朝子の家でも昭和十七年の秋結婚して東京で暮らしていた良子も生後一年あまりの長男を連れて疎開して来、正二の妻の麗子も生まれてまだ間もない長男を連れて疎開していていた。その二家族は隣の家の二階と下の間を借り、炊事は別にしていたが、食糧はすべて母が調達してきていた。

三月になると理科系の学生も徴兵検査猶予の特典はなくなり、兄の幸四郎が帰ってきて三島で徴兵検査を受け、甲種合格だった。ちょうど家族を疎開させている修一も仕事の合間を縫って帰省していた。

「理科系の学生もそのうち戦地へ駆り出されることになるだろうから、できれば海兵を受験して変わるほうがいいだろう。海兵は海軍士官を養成するところだから、少なくとも半年くらいは戦場に出さないで教育するはずだ。半年の間には情勢もどう変わるかしれん。とにかく何としてでも生き延びることだよ」

修一は幸四郎にそう助言していた。幸四郎は今更また受験勉強などしたくなくていわゆる仮定の話として聞いているだけのようだったが、そばで聞いていた朝子はみんながお国のために命を捧げて戦っているときに、命が助かりたいために海兵に行くなど卑怯な話のように思えて、またしても大人たちに裏切られたような気になっていた。それと同時に半年間命を永らえていれば、情勢はどう変わるか知れないという兄の言葉に、日本はいよいよぎりぎりのところに立たされているのだと暗い気持ちになった。

修一と幸四郎がそれぞれ東京、松山へ帰って行って一週間もしないうちに、きれいな飛行機雲を引いて銀色に光りながら遥か上空を編隊を組んで飛んでいくB29を見ながら、今日はどこへ行くのだろうと眺めていただけの朝子たちの頭上に、艦載機のグラマン戦闘機が襲いかかってきた。四国沖にアメリカの航空母艦が現れそこを飛び立った艦載機が四国山脈を越え襲来するようになったのだ。米軍は示威行動だけで本気になって攻撃しなかったのか、被害は港の小型漁船が一隻機銃掃射をうけ炎上したのと、牛小屋の牛に弾が命中したくらいなものだった。しかしときには列車をめがけて面白半分に機銃掃射をすることもあった。たいていは二、三時間で姿を消すが、執拗に何度も飛来する日もあり、列車が不通になり朝子たちは学校に泊まったこともあった。

そして翌日家に帰ると、「もう少しで命を落とすところだったよ」と母にしては珍しく興奮気味に話した。戦争が激しくなるにつれ、田舎でも各戸で防空壕を作るように軍から指令が来た。それまでは婦人会の会長として軍に協力してきた母だったが、防空壕を掘れと言われてもそんな力仕事ができる者はいなかったし、普段なら手伝ってもらえる近所の若者も全部軍に取られていて、どうしようもなかった。近所の家では女子供たちで掘っていたが、母は「こんな田舎まで空襲されるようになったら、日本もおしまいだよ。国が滅んだあと命が助かっても仕方がない」と言って防空壕は作らなかった。

母はその日裏の菜園で夕食用にとチサを摘んでいた。飛行機の爆音が聞こえ家の中へ逃げなければと立ちあがったとき、不意に隣家との境の杉木立の向こうから艦載機が現れ、母の頭上をめがけて突っ込んできた。一瞬操縦士と眼が合った。もうダメだと観念して眼を閉じたが、飛行機は屋根すれすれの低空を飛び去っていったということだった。

「まだ若い兵隊さんで、子供のような顔だったけどね。アメリカも学生を召集しているのかね。もしあのとき面白半分銃の引き金を引いていたら、私はここにはいなかっただろうね」

沖縄に向かうアメリカの航空母艦が寄り道して攻撃していたのか、艦載機の襲来も一週間ほどで止み、それから間もなくの四月一日米軍は沖縄本島に上陸して、決戦場はそちらに移った。

朝子たちが直接命の危険にさらされたのは艦載機の襲来だけだったが、その間にも、その後も、大小の都市は爆撃機による焼夷弾攻撃を受け、次々焼け野原になっていった。


朝子たちは本来なら三月に女学校を卒業するはずだったが、引き続いて勤労動員のため上級学校へ進学する者以外は全員専攻科に進むことになっていた。

風船爆弾の仕事は終わっていたので、朝子たちは四月からは町の海岸近くにある紡績工場に動員された。下級生は布を織る仕事だが、専攻科生は機械の保全の仕事で、油差しとぼろ雑巾を手にして、機械に油を差したり磨いたり、取り外した部品を油で洗ったり、毎日油まみれの日が続いた。

紡績工場で働く女工さんたちは沖縄出身者が多かった。彼女たちは女学生とは一線を画していて打ち解けて話すことはなかったが、朝子たちにしてみれば戦場になっている故郷のことがさぞ心配だろう、お互いに慰め合い励まし合っていこうという気持ちだった。しかし彼女たちはそれについても何も語らなかった。多分動揺が広がるのを恐れて沖縄での戦争のことを話すのを禁じられていたのだろう。そのうち学校側でも仕事で必要なこと以外は女工さんと話さないようにという命令が出て、朝子たちは面白くなかった。

しかし紡績工場での仕事もひと月あまりで専攻科生だけまた学校に戻り、風船爆弾を作っていた会社に動員された。風船爆弾の製造は中止になっていたが、気球紙の残りがたくさんあった。それを何かに活用できないかという作業である。最初は長靴が作れないかということだったが、専門の靴職人がいるわけでもなく、誰も本気になって取り組もうとする人もいなかった。そのうち長靴の上の部分だけ、ゲートルの代わりになるような物を作り始めたが、実際にそれが使えるものかどうかもわからなかったし、毎日がただもうすることもなく過ぎて行くだけだった。

すでに同盟国だったドイツは五月に崩壊し、六月には沖縄もアメリカ軍に占領されていた。そして地方都市まで空襲を受け焼け野原になっていた。後は本土決戦だけで、九州に上陸するか、四国に上陸するか、それとも東京を直接攻撃できるように関東地方に上陸するか。そういう切羽つまった状態になっていたが、それでも毎日の生活は続いていたし、事態を変えるには全く無力な一般人は限られた選択肢の中で、生きて行くしかなかった。

そんな中で朝子は当時文部省が戦時中の特例として設けた科学研究補助技術員養成所へ行くことにした。全国の大学や高等専門学校に併設され、新居浜市にある高等工業専門学校にも併設されていた。第一期生は二十年の一月から半年間だったが、六月に二期生の募集があった。

そこを出てもどういうことになるのかわからなかったが、新居浜なら自宅から通えるし、第一この戦争中に勉強ができるというのも魅力的だった。「動員逃れ」と言われても反論できない行為だったが、風船爆弾を作っているときならまた別だが、毎日することもない状態だったから、その後ろめたさはなかった。

七月から朝子は同級生たちと別れてそちらに通うようになった。新居浜高等工業専門学校は市街地や工場地帯から離れ、駅の近くの畑の真ん中にあった。敷地も広かったが本来の学生は全員勤労動員で学校を離れていて、通ってくるのは科学研究補助技術員養成所冶金科の朝子たち三十名だけだった。半分は女子で、その大方は地元の住友関係の幹部職員のお嬢さんたちで、「動員逃れ」と自嘲気味に言っていたが、勉強にはみんな真剣に取り組んでいた。

教授たちも講義ができるのが嬉しいのか、本来の学生たちより学力の劣る生徒たちだったが、熱意をもって教えてくれた。が、当時の中学校と女学校では教育内容が全然違っていた。特に数学や物理、化学など中学二年生程度しか習っていなくて、微分、積分など聞いたこともなかったのだからわかるはずはないが、教授たちはそんなことを知らないから、高等工業専門学校の学生に教えていたとおりの講義をする。

最初のうちは朝子たち女子は講義の内容はさっぱりわからなくて大恐慌をきたしたが、幸い教科書は渡されていて、それには微分積分などのごく初歩的な考え方から記してあった。

朝夕の通学列車は住友の鉱山、機械、化学工場への通勤者で身動きもできないほど込み合っていた。朝は下り勾配になるので一応スムースに走るが、帰りはトンネルの手前が登り勾配になっている。質の悪い石炭を使っているせいか、人を詰め込んで重すぎるのか、列車は喘《あえ》ぎ喘ぎ坂を登り、途中で止まってしまう。一息入れ直してまた動き出すのだが、二度、三度止まることも珍しくなかった。ふつうなら二十分のところを、その二倍も三倍もの時間がかかった。

朝子はそんな列車の中で、もちろん人に押されながら立ったまま教科書を抱えて勉強していた。寸暇を惜しんで勉強をしたのは、生涯であの時期だけでおかげでひと月もすると講義もわかるようになり、勉強するのが楽しかった。それは朝子だけでなく、ほかの女学校から来た人たちも同じようだった。

一方男子のほうはいくらでも選択肢のある上級学校へ進学できなかった人たちだから、女学校より程度の高い教育を受けていても、それを十分理解しているとは言えないし、また理解しようとする努力もしない人たちだった。一期生も卒業するときは女子のほうが断然成績がよかったということだが、朝子たちのクラスもそうなりそうだった。

それにしても科学研究技術補助員養成所というのは、大学や高等工業専門学校を卒業した人の研究の下働きをする人を養成するところだろうが、肝心の大学生や工専の学生たちを勤労動員して働かせて、それより学力において程度の低いものを集めて勉強させても仕方がないではないかという気があった。

そして養成所に通っている朝子たちにしても、養成所を出ても何の資格があるわけでも、働き口があるわけでもなかった。文部省の役人たちは何か仕事をしないといけないので、そのときそのときの思いつきによって制度を改正したり、通達を出しているとしか思えなかった。

19

「八月十五日　水曜日　晴　午前八時出勤、事務整理。本日正午、重大放送聴取の為め、自宅ラジオの前にて拝聴。和平に関する詔勅。未曾有の痛恨事なり。皆泣かざるはなし。阿南陸軍大臣自刃す」

と、父の日記にある重大放送を朝子が聞いたのは、新居浜高等工業専門学校に於いてであった。その日朝子たちは学校の敷地のはずれにある冶金科の実習室で、精密天秤計で少数コンマ二桁までの重さを計る実習をしていた。

小さな金属製の容器に薬品を入れ、炉で燃焼させ、その前後の重さの違いを精密天秤計で計測していくのだが、温度や湿度によっても測定値が変わるし、もちろん計る人の息がかかっても狂ってくる。だから天秤はガラスのケースに入っていて、下の隙間から手を入れ、ピンセットで検体や分銅を計りに載せ、針の振れを慎重に見極め測定する。三回測定して平均値をとるのだが、作業に慣れさせるために検体を数多く渡されて根気のいる仕事だった。

正午前には本部棟の事務室に集まってラジオを聴くことになっていた。時間がきてコンクリートの台の上に天秤計だけがずらりと並んでいる殺風景な部屋を出て、学生は誰もいなくてひっそりとした校庭を歩きながら見上げた空の青さだけは覚えている。

が、一緒にいたはずのクラスメートのことも、どんな部屋でどういう人たちと放送を聞いたかということはすっぽり頭から抜け落ちている。

ラジオは雑音がひどくて、妙に甲高い陛下の声がところどころ聞こえるだけで何のことかわからなかった。

放送が終わると、とにかく義務は果たしたというくらいの軽い気持ちですぐその場を離れた。やりかけていた計測のほうが気になっていたのだ。みんなもそうだっただろう。

実験棟へ入りながら朝子は一緒にいた実験を指導していた若い講師に、「放送はよく聞き取れなかったんですが、何のことだったんでしょう」と尋ねると、「ぼくもよくわからなかったけど、ソ連も参戦したことだし、一層気を引き締めて頑張るようにとのことだったんじゃないですか」という答えが返ってきた。そういえば「耐えがたきを耐え」という言葉だけが耳に残っていて、朝子もそうだろうと納得した。

今考えても不思議だが、その日朝子は家へ帰るまで戦争が終わったことを知らなかった。

学校では離れ小島に少人数で取り残されているような状態だから、正確な情報が伝わらないのも無理はないが、帰りの新居浜駅ではホームも満員列車並みに通勤客で混雑しているのである。海に近い工場地帯で働いている人たちは会社専用の鉄道で国鉄の駅まできて、上り列車、下り列車と分かれて自宅へ向かう。

　この人たちも正午の放送を職場で聞いたはずだった。雑音で聞き取れなかったとしても終戦の詔勅が終わった後、アナウンサーか誰かがわかりやすく解説しただろうし、それを聞かなかったにしても従業員何千人という大企業で動員学徒も多数働いている職場である。終戦の情報が伝わらなかったはずはない。だから通勤客の大方は戦争が終わったことを知っていたはずだが、戦争に負けたと悔しがって泣いている人もいなかったし、戦争が終わったと喜んでいる人もいなかった。

　そういう人がいれば朝子も異変に気がついたはずだが、いつもと同じでどこも変わったことはなかった。みんな疲れきった顔で、毎日のように遅れて到着する汽車を待ち、喘ぎ喘ぎ坂を上る汽車を半分諦め顔で、それでも一刻も早く家に帰りたいと望む以外は何も考えていないような顔だった。

　家へ帰ると妹の千加子が待ちかねたように話しかけてきた。

「戦争は終わったんよ。姉さんの同級生の専攻科生は『明日からもう学校へ来なくてもいい』と言われたそうよ。私たちも紡績工場へ行かなくてもいいの。学校から連絡があるまで明日から夏休みですって」

　千加子はそこまで弾んだ声で言い、それからちょっと不安そうにつけ加えた。「二学期から学校が始まるかどうかはわからないらしいけど」

戦争が終わったのか。朝子はそう聞いてほっと安堵した。これで命が助かったのだ。八月六日には広島が、九日には長崎が新型爆弾の攻撃を受けていた。広島は海を隔てた向かい路だから地理的にも近いし、村の出身者で罹災《りさい》して家族を失って帰ってきた人もいた。直接聞いたわけではないが、一瞬の光線で体中ぼろ布のように焼けただれて亡くなった人の話や、街の悲惨な被害状況が噂になっていた。

そして次に攻撃されるのは新居浜かもしれないと言い出す人まであった。愛媛県にしても県都の松山はとにかく、宇和島や今治のような軍需工場などほとんどない、小さな地方都市まで空襲で焼き払われていた。

それなのに戦艦大和の大砲を作ったと言われる機械工場をはじめ大工場の煙突が立ち並び、四国随一の工業地帯の新居浜はこれまで一度も空襲を受けたことがなく無傷のまま残っていた。みんなそれを不思議がっていたのだが、新型爆弾で攻撃するために残してあるのだと言われれば朝子もそうかもしれないと思った。

心配をかけたくなくて両親にはそんな噂があることを話さなかったが、朝子は毎日脅えながら養成所へ通っていた。本当は休みたいのだが、一日休むと授業についていけなくなる恐れがあるので休むわけにもいかなかった。新型爆弾には白い服が光線を反射するからいいと新聞などに書かれていたので、上着は白いシャツだったが半袖で肌が露出していたし、もんぺはどうしても黒い系統の色しかない。

一日中脅えていたわけではないが、この数日、朝家を出るとき「今日で最後になるかもしれない」という思いが頭を横切ったり、夕方学校を出て駅に向かいながら「今日も無事すんでよかった」とほっとしたりしていた。もうあんな思いはしなくていいのだ。

いつも朝子の帰りを待って夕食が始まるが、その日も夕食の支度ができていた。長男の修一の家族が疎開してきていたが、幼子が二人いるので食事は先に済ませてもう部屋のほうへ行っていた。したがって食卓についていたのは母の義母のチュウと両親、それに朝子と千加子の五人である。

食事が始まるとすぐ母が「今日は朝子の誕生日なので赤飯を炊こうと心づもりをしていたけど、日本が負けた日に赤飯を炊いて祝うのも何だと思ってやめたよ」と言い出し、朝子は初めて今日が自分の誕生日だということを思い出した。新型爆弾の恐怖で他のことは頭になかったのだ。

母は朝子が前にも聞いたことのある朝子が生まれたときのことを感慨深げに話し始めた。明け方お腹が痛くなって母は父を起こした。父はすぐ上の子を起こし産婆さんを呼びに走らせ、自分は湯を沸かすために近所の井戸へ水を汲みに行った。母は人が生まれるのは満ち潮のとき、死ぬのは引き潮のときという言葉を信じていた。父が釣瓶《つるべ》で水を汲み上げる音を聞きながら頭の中で満ち潮の時間を計算し、産婆さんが来るのは間に合わないと知った。

父が水を汲んで帰ってきたときはもう朝子が生まれ、母が自分で取り上げへその緒も切って横に寝かせていた。八人目だから慣れたものである。

「もう生まれたんか。お前ほどお産の軽い女は世界中にいないだろうな」

父は驚いていたが、母はそれが自慢でよく話すのだ。それから後は朝子も初めて聞く話だった。

「紺屋の竹蔵爺さんがきてね」

その人はこの近辺の長老と言ってもいい人で、朝子の子供の頃もまだ矍鑠《かくしゃく》としていたから、朝子も千加子も知っている人だった。

「『こんな地獄の釜の蓋でも開こうという真夏に生まれてきて、親不幸な赤ん坊じゃ。漁師じゃって海に出とらんのじゃきに、祝いに持ってくる魚もありゃせん』ちゅうて怒っとったね。子供が生まれるたび、真っ先に立派な鯛《たい》を持ってお祝いにくるのが自慢だったのに、それができんのが口惜しかったんだろうね」

子供の頃は朝子も千加子もその日あったことを母に聞いてもらいたくて、競い合うように話していたものだが、いつの間にかそんな時代はすぎて、ただ母の話をときたま合いの手を入れながら聞くだけになっていた。母はみんなが黙って食事をするなど嫌いな性格で、何かと話題を見つけて一人で話すのだった。

母の話がひととおり終わった頃、それまで黙って食事をしていた父がふとつぶやくように言った。

「日本の国も、朝子のように一度死んでから蘇るのかもしれんな」

赤ん坊の頃朝子は湿性肋膜炎で誰の目にももう助からないだろうと思われていたのに、奇跡的に助かったことを言ったのである。無口な父としては上出来の言葉だが、表面的には泣いたり口惜しがったりはしていなかったが、心の中では日記に記したように「未曾有の痛恨事なり。皆泣かざるはなし」だったのだろう。

日本という国や軍隊を信じ、誠心誠意戦争に協力してきた父にとっては、日本の敗戦という現実を突きつけられてからこの数時間、どうしてこうなったのか、これからどうなっていくのか。そんな思いが堂々めぐりして頭の中を占めていたのではなかろうか。そして日本の国も一度死んで蘇るのだという考えに少しは救われる思いだったのかもしれない。

母も同じように戦争に協力していたが、それはそういう時勢だったからである。父と母の性格の違いもあるだろうが、男と女の違いだろうと朝子は今になって思う。女のほうが弱い立場で生きなければならないから自分の身を守るすべは心得ていて、何かを無条件に信じたりしないのだ。それは女に限らず弱い立場で生きる人たちすべてに言えることだが、自分に得になるときは信じたふりをし、そうでなくなるとたちまち掌を返したようになるのだ。

終戦の日から一週間くらい経った頃だろうか、夕食を済ませて父が立ったあと、母の義母のチュウがそれまで聞きたかったことをやっと聞けるというような顔で母に聞いた。

「イクさん、うちはどうするんで？」

「どうするって、何を？」

「みんなアメリカ兵が来たら山の中へ逃げんならんちゅうて、用意しとる。持って行く食糧や荷物をまとめたり。先に荷物だけ運んどこうと言うとる人もいる」

この家ではチュウが一番近所の家の情報に詳しいのだ。が、朝子もそういう噂があるのは知っていた。母は知っていたのか初めて聞くのかわからなかったが、即座に笑い飛ばした。

「バカバカしい。あんな山の中で何日暮らせると思うとるんで。アメリカ兵がきて殺されるんなら殺されてもそのほうがましよ。山の中でみじめに暮らすより」

「イクさんは大度《おおど》（大胆）なことを言う。昔からそうじゃったが。わたしらは死んだほうがましじゃなんて思えん」

「逃げたければハルエさんに連れて行ってもろうたらええ。食糧でも何でも要るだけ持って行ってもええから」

チュウは母が逃げる気がないのを知ってがっかりした様子で、

「そうなったときはまたそうさせてもらうかもしれんけど」と言いながら片づけた茶碗やお皿を持って立ちながら、

「イクさんはようても朝子や千加子のことも考えんと」となおも未練そうに言いながら流しのほうへ行った。

チュウの頭に浮かんでいたのは中国大陸からの帰還兵が話していたように、日本軍が村に入ると村民は逃げ出していて残っていた者がひどい目にあったというような光景だろう。それに比べて母の頭にあったのは、占領というのは村役場や警察に代わってアメリカ軍が治安や行政の権限を握り直接支配するようなことだったのではないかと思う。

チュウが去った後、動揺して少しばかり不安になっていた朝子と千加子に、母は自信ありげに言った。

「アメリカ軍がきても大丈夫だよ。お母さんがうまく取り入ってちゃんとするから。食糧だってみんなを困らせるようなことはしないよ」

戦争に負けた経験などなかったから、誰もこれからどうなっていくのか、どんな事態が降りかかってくるのかわからない時代だった。母にしてみれば苦労して子供たちを進学させ、やっと上の子供たちは独り立ちしてこれから経済的な苦労もしなくてよくなるというときに、すべてがご破算になったのである。

息子たちは今のところは無事だが軍人だったから、いつ帰れるのか、無事帰れるのかもわからなかった。たとえ帰ってきたとしてもどうやって暮らしを立てて行くのか。先の見通しは全く立たないが、遊び人の祖父や父親、あまり頼りにならない夫などをあてにしないで、自分で何もかも引き受けてきた母は、逆境になればなるほど強くなるようなところがあった。どんな事態になっても、どんなことをしてでも家族は自分が守る。そういう強い思いがあったのだろう。

しかし母の庇護のもとに苦労知らずで育った朝子には、母の言葉を頼もしいと思うより疎ましく思う気持ちのほうが強かった。

このとき朝子の兄弟たちは長兄の修一は海軍技術中佐で、海軍技術研究所の自分たちの研究部門を伊勢原市の女学校に疎開させて、近くの民家に下宿し、家族は朝子の家に疎開していた。次兄の正二は陸軍少佐で高知の防衛隊の参謀で、正二の家族も隣の家に疎開してきていた。三番目の兄の宰三は海軍技術中尉で神奈川県の油壺の特攻基地にいた。

松山高等学校在学中の幸四郎は終戦の翌日帰ってきたが、二、三日家にいただけで、兄たちの様子を見てくると、デッキにつかまったり、窓から乗り降りするような混雑した満員列車にもめげず東京へ行っていた。電話などなく郵便も何日もかかる世の中では、幸四郎が帰ってくるのを待つ以外詳しい状況はわからなかった。

長女の豊子は長男と新居浜の社宅にいるが夫の正一は南方のセレベス島にいる。幸いそこは戦場にならなかったようだし、民間人だからいつかは帰ってくるだろうが、満足に航行できる船がほとんどない現状では、それがいつになるかはわからない。

そして孝子の家族は満州の奉天にいた。ソ連軍の侵入でどうなっているのか。情報は全然わからない。ただ無事でいてくれと祈るだけである。良子は長男を連れて疎開して帰っていた。夫の海軍技術少佐の滋二は東京で無事なはずだったが、彼も帰ってきたとしてもどうやって生活を立てて行くのか。

朝子は相変わらず新居浜工専にある養成所に通っていた。戦争に負けても十二月までの半年間はこれまでどおり授業があるということだった。もう空襲や新型爆弾に脅えることもなくなったが、列車の混雑は相変わらずで、喘ぎ喘ぎ坂を登る状態は更にひどくなり、列車が遅れるのはもう当たり前のことになっていた。そして灯火管制はしなくてよくなった代わりにしょっちゅう停電するようになり、やっと授業がわかるようになり勉強が面白くなっていた朝子は口惜しい思いをしなければならなかった。

家族の肖像　第二部

1

朝子《あさこ》がこれを書いているのは平成二十五（二〇一三）年八月十三日で、東京も連日三十五度をこす猛暑に見舞われ、高知県四万十《しまんと》町では昨日ついに四十一度という観測史上最高温度を記録し、今日も四十度に達するのではないかとテレビは報じていた。

猛暑の話題が一《いち》段落つくと、関門海峡で海上自衛隊が機雷の爆破処理をしたニュースになった。六月末、第二次世界大戦中に米軍の爆撃機が投下した機雷が見つかり、昨日船の航行を四時間近く禁止して、機雷を陸から遠くて船の航行の妨げのないところに移動し、今朝十時半爆破処理をしたとかで、ドカーンという大きな音とともに海面に水煙が上がる映像が映し出され、水煙は百メートルをこす高さだったとアナウンスされていた。

米軍が戦争中投下した機雷は少なくとも四千五百個以上といわれ、大部分は撤去したものの、まだたくさん残っているだろうという話もつけ加えられていた。

夾竹桃《きょうちくとう》の赤い花を見るたび、朝子は今でもあの暑かった終戦の日の晴れ上がった青い空を思い出す。暑かったといってもあの頃はせいぜい三十度か、三十一度くらいではなかったかと思うが、あれからもう六十八年経つのだ。

朝子が現在住んでいる団地も戦争中、中島飛行機製作所の工場のあったところで、米軍の激しい爆撃を受けた。朝子が住み始めてからでも三度不発弾が見つかり、その都度撤去作業のため半日ほど強制避難をさせられた。

このように戦争の痕跡は今も残っているが、戦争のことを知っている人はもう僅かである。今では七十歳以下の人は戦争の記憶はないのだ。戦争を知らない世代にあの当時のことを話しても理解は得られない。

朝子自身のことを考えても子供時代、日露戦争の話はよく聞かされた。まだ周りには日露戦争に従軍した人も多数いた時代なのに、日露戦争など遠い昔の歴史の中の出来事で、自分たちには関係のないことのように思っていた。そんな昔のことを話す人を生きた化石でも眺めるように見ていた。

朝子の子供の頃は日露戦争から三十年あまり経った頃だったが、今は戦争が終わってからその二倍あまりの年月が経っているのである。あの頃のことを書いても興味を持って読んでもらえるとも、わかってもらえるとも思わないが、多くの人がその中で生き、経験した一つの時代であることは確かである。

昭和二十年八月十五日、日本が連合国に降伏して以来、世の中は大きく変わり朝子の家でもその影響を受けたが、朝子の頭に一番残っているのはその年の秋次々に日本をというか、その地方を襲った台風である。当時朝子は日本を襲った台風と思っていたが、東京へ移り住んでから知ったことだが、台風は東京まで来る間に勢いを失いたいてい腰砕けになる。あのときの台風が日本全体に被害を及ぼしたかどうか、正確なことは知らないのだ。

父の日記によると、「八月二十五日　本日夜半台風にて強雨あり」とあり、翌日は屋根の修理、川浚《かわざら》えなどしている。

「九月十七日　月曜日　終日雨後暴風雨。役場へ出勤。正午頃より大暴風雨となり、翌日午前三時頃まで大暴風止まず。為に各所にて大被害を蒙り、農作物の被害実に甚大。倒壊家屋六。非住家（牛小屋や納屋などだろう）倒壊三十等出せり」

「九月十八日　火曜日　曇り後晴　各部落別に巡回して、被害状況視察を為す。報告書作成進達す」

「九月十九日　本日午前十時、耕地課石川氏来役場、耕地関係の被害状況報告を為す」

「九月二十六日　午後三時長津村にて土肥知事災害視察に来たるを待ち陳情の積りなりしも、車にて素通りす」

「十月九日　火曜日　大雨　前夜来の大雨降り続き、大水となる。被害状況割合少なし」

「十月十日　前日に引き続き終日大雨のため、関川筋決壊の為粟井《あわい》、箸場《はしば》方面全部耕地浸水、水門八日市一宮付近まで全面的海となり、近年まれなる大水となる」

などという記載があるが、朝子が特に覚えているのは九月十七日の台風である。

もともと風の強い地域である。すぐ目の前に千メートル級の山脈が屏風のように聳《そび》え立っている地形は、石槌断層崖といって全国的にも珍しい地形だそうである。日本アルプスなどは三千メートル級の山といっても、それを眺める松本市で標高千メートルくらいで、その遠くの方に連峰がそびえている。標高がせいぜい三、四十メートルのところから、千メートルを丸々仰ぎ見るのとは違うのである。

春先になると南の山から突然突風が吹き下ろし、一晩中吹き荒れ農作物に多大な被害を与えることが多かった。台風のときもその地形が更に風の威力を増す。昔から二階屋は建てられないと言われていた。が、昭和に入ると二階屋を建てる家も増え、朝子の家の新しく建てた西の家も二階屋だった。

今は家の南に国道ができ、その両側に家が立ち並び、更に南の山の中腹に近い部分を削って高速道路ができているが、当時は左手の方に一軒白壁の塀を巡らせた屋敷があるだけで、朝子の家の南は少しずつ高くなりながら段々畑が続いているだけで、一軒の家も高い木もなかった。

風が吹き始めると雨戸を閉め、突っかい棒などで補強するが、高い山から吹き下ろしてくる風は遮るものもなく、まともに二階に襲いかかってきた。激しい波にもまれる難破船のように二階はぐらぐら揺れ、今にも吹き飛ばされそうだった。屋根瓦が飛び、雨漏りが始まるのは毎度のことで、朝子は台風が来るたび、今度こそ家が吹き飛ばされるのではないかと子供心を痛めていた。

庭にはその地方には珍しい杏《あんず》の大木があり、毎年沢山の実を実らせ近所にも配っていた。朝子は杏の実が好きだったが、その木もある年の台風で根元付近で幹が裂けるように割れて倒れてしまった。

怖い物の順は世間では「地震、雷、火事、親父」と言われていたが、朝子にとっては何より怖いのは台風だった。

が、終戦の年の九月十七日の台風は実のところ怖い思いをすることはなかった。戦争に負けても戦争中から通っていた科学技術補助研究員養成所は、最初の予定どおり十二月末まで授業を行うということで、毎日新居浜の高等工業専門学校へ通っていた。戦争中は工専の学生は勤労動員で動員され、朝子たち男女半々の三十名が授業を受けていただけだったが、工専の学生たちも帰ってきて授業を受けていた。

現在のように台風の動きなど詳しく報道されることはなかったから、台風がきていることも知らないで登校していた。風雨が強くなり始めたのは昼前からである。

朝子たちのクラスに通学圏から遠く離れた南予からきている三崎さんという女学生がいた。本人も家族も学校の近くに下宿してと思っていたようだが、知らない土地で女の子を下宿させるのは親も心配だろうという校長の厚意で、学校のすぐそばの校長官舎に住まわせてもらっていた。

学校のそばには教授や助教授たちの住む官舎が並んでいたが、中でも校長官舎は一際大きくて立派だった。木造だが洋風のとがった屋根を持つ建物だった。校長は家族を軽井沢の別荘に残し単身赴任で、住み込みの家政婦さんが食事の支度や掃除をしていた。空いている部屋があるからそれを使い、食事は台所を使って自炊ということになっていたらしいが、食事も家政婦のおばさんが用意してくれて、三崎さんは混雑する列車で通う朝子などに比べて優雅に暮らしていた。

昼休みも朝子たちはお弁当だが、三崎さんは官舎へ帰っておばさんと一緒に食事をする。その日、昼食に帰った彼女はラジオで汽車が不通になったことを知り、朝子ともう一人反対方向の西条から通学している近藤さんの二人を自分の部屋に泊めてあげたいと、校長先生とおばさんの許可をもらってきていた。

朝子たちにしても願ってもないことだった。自分一人ではなくて友だちと二人なので心強かった。授業が終わって三崎さんに連れられて行くと、家政婦のおばさんは夕食の支度もしてくれていて、二階の広い部屋に布団まで敷いてあった。

夕食のあと応接間に移って八ミリフィルムを見ることになった。三崎さんやおばさんはすでに見ていたが、朝子たちに見せたいと校長先生に頼んでくれたのだ。

朝子はそのとき初めて知ったが、校長先生自身は爵位を持っていなかったが侯爵家の一族で、フィルムは新婚旅行でヨーロッパへ行ったとき写したものだった。校長先生は気さくな態度で映写機や映写幕を用意し、解説役も買って出た。音声が入っていないからどこの港だとか、どこの町の教会だとか説明するのである。校長先生自身懐かしい思い出が蘇ってくるのか、「僕も若かったですな」などと感慨深そうな感想を入れ、みんなを笑わせた。

戦前にヨーロッパ旅行ができるなど、ごく一部のエリート階級の人たちだけである。自分の一生のうちに海外旅行ができるとは、当時の朝子には考えられないことだった。こんな世界もあるのだ、こういう恵まれた人たちもいるのだ、と羨ましく思いながら見ていた。

外では暴風雨が吹き荒れていたが、そちらの方は遠い世界のように思えて少しも気にならなかった。夜が更けてから停電したがあとは寝るだけなので差し支えなかった。ろうそくの明かりを頼りに二階へ上がって寝床に入ったが、朝子の家の二階のように風が集中攻撃してくることはない。時折雨風が雨戸に音を立てて吹きつけてくるくらいで、その音を聞きながら朝子はすぐ眠りに落ちた。

翌日の午後開通した列車で帰ったが、家までの道の両側の家はどの家も屋根に上って応急修理をしたり、雨にぬれた家具や畳を外へ持ち出して干したり台風の後始末に追われていた。道の両側に家が並んでいるだけでその後ろはすぐ田圃になっていた。色づき始めた稲は後二、三週間で収穫を迎えるところだったが、風でなぎ倒され水に浸《つ》かっていた。これまでの苦労が一夜にしてふいになったのである。

ただでさえ食糧不足で、この冬は餓死者も出るだろうと言われているのに、今年のお米が大幅な減収となれば、これからどうなっていくのだろう。朝子は暗い気持ちになった。

家は吹き飛ばされないで残っていたが、庭では大きなザボンの木が倒れ、それに倒れかかられてサザンカの大木も倒れていた。朝子は直接目にすることはなかったが、ザボンの木の下にあった鶏小屋も飛ばされていたという。戦争末期になってから朝子の家でも鶏を飼い始め、金網を巡らせた一坪ほどの鶏小屋を建てた。金網だけ買ってきて父と家の雑用などしてくれている近所の人とで廃材を集めて建てたものだった。だから鶏小屋が壊れてどこかへ飛んで行ったというのなら不思議でもなんでもないが、そのままの形を保って飛んで行って、家から二百メートルほど離れた田圃の中に立っていたのである。

稲の様子を見に行った田圃の持ち主が見つけて知らせてくれ、朝子が帰ったときは近所の人たちが手伝ってくれ、そのまま運んで帰り元のところに据え付け、庭や家の床下に逃げていた鶏たちをつかまえて小屋の中に入れているところだった。ザボンの木が倒れたあとにしても、それだけの大きさのものが、庭木の枝にぶつかったり触れたりしないで飛んで行く余地などなさそうでみんな不思議がっていた。

母は汽車が不通になったのを知っていたから、昨日朝子が帰らなかったことについては心配していなかったが、駅の待合室かホームで夜あかししたように思っていた。

「風が嫌いであんなに怖がっている娘が、こんな暴風雨の中でどうしているだろう。おなかも空いているだろうにと思うと心配でね」と昨夜は一睡もできなかったと話した。

母の言うとおり確かに朝子は家族の誰より台風を怖がっていたが、昨夜は熟睡して嵐がいつ頃収まったのかも知らないのである。母が心配していたのにそんなことは言えなくて、校長先生のところで泊めてもらったと簡単に話しただけだった。

妹の千加子も昨夜は女学校に泊まったらしい。そちらのほうは母も心配することはなかった。これまでも汽車が不通になって学校に泊まることはあったし、そうでなくても毎年夏休み前には、全校生徒を何組かに分けて宿泊訓練をしていた。食事の支度も自分たちでして、まるで修学旅行にでも行ったように楽しく一夜を過ごすのだ。それと同じで結構外の暴風雨にも負けないくらい陽気に騒いでいたのではないだろうか。

千加子のほうが先に帰っていて、まだ興奮の覚めやらぬ面持ちで話した。

「私たちが寝ていたのは運動場のまだ奥の和室のある建物でしょう。だから全然気がつかなかったけど、朝起きて行って見ると講堂が倒れているの。それこそぺちゃんこに潰れているのよ。講堂になんか寝ていなくてよかったとみんなで話したの」

「あの講堂相当古かったもんね」

毎朝朝礼を行い、戦争末期には朝子たちが風船爆弾の気球貼りをしていた講堂が全壊したと聞いて、朝子も驚いた。そういう被害はあったが、そのときの台風が飛びぬけて大型で猛威をふるったわけではない。学校の古い校舎が倒壊した話などはよく聞いた。

その台風が朝子の心に今も強く残っているのは、敗戦のショックにこれでもかと追い打ちをかけるように襲ってきた台風だったからである。

戦争に負けてから朝子は、杜甫《とほ》の有名な詩の一節「国破れて山河あり」の言葉をよく思い浮かべていた。終戦の日を境にそれまで戦意高揚に狂奔していた新聞が一転して軍部や政府の悪を暴きだし、昨日まで良しとされていたものが悪と言って攻撃され、人の心のあさましさを見せつけられるような毎日だった。そんな中で唯一心を慰めてくれるものといえば、戦災にも合わなかった以前どおりの美しい故郷の風景だった。「国破れて山河あり」とはよく言ったもので、それだけが心を慰め、未来への希望を持たせてくれるもののように思っていた。

戦争にさえ傷つくことのなかったその山河が、このように傷つき荒らされていることにショックを受けたのだ。

戦争末期、もう勝ち目のないことは誰にもわかっていたし、誰も信じている人はなかったが、「いざとなれば神風が吹く」という言葉に一縷《いちる》の望みを託していた。その神風がこれだったのかという思いもあった。まさに「泣き面に蜂」といった感じでその台風のことが記憶に残っているのである。

2

しかし考えてみれば、毎年のように襲ってくる台風が忘れられない記憶として残っているということは、日常生活で厳しい試練や苛酷な生活を強いられることはなかった証拠でもある。

その頃朝子はラジウムの発見者でノーベル賞を二度受賞したキュリー夫人に憧れ、『キュリー夫人伝』を愛読していたが、それによると夫人の子供時代、ポーランドはロシアの占領下にあり、小学校の授業もすべてロシア語で行われ、ポーランド語を使うと罰を与えられていた。

他国の軍隊に占領されるということは、自分の国の言葉が使えなくなるほどではなくても、進駐軍が村々にもやってきて直接支配し、監視されるように思っていた。

が、そうはならなくて以前どおりの生活が続いていた。もう空襲や原爆を投下される心配もなく、若者が戦争に取られることもなく、勤労動員で働かされることもなく、戦争中より恵まれた生活だった。

「八月十五日　水曜日　晴　午前八時出勤、事務整理。本日正午、重大放送聴取の為め、自宅ラジオの前にて拝聴。和平に関する詔勅、未曾有の痛恨事なり。皆泣かざるはなし、阿南陸軍大臣自刃す」

と日記に書いた父は翌十六日にはふだんどおり出勤し、甘藷《かんしょ》酒の配給の指示をしたり、煙草耕作組合の会合を開いて分配金を決めたりしている。

八月十八日になってやっと新しい動きが記されている。

「八月十八日　土曜日　晴　午前中は役場へ出勤、事務整理。十二時四分発にて三島へ出張。午後二時より地方事務所長より戦争終結の詔勅奉読の後、各町村長の意見を聴取して注意することありたり」

これまでも重大な局面になるたび、たとえば支那事変や大東亜戦争が起こったときとか、サイパン玉砕のときとか、末端行政に携わる町村長らはこうして集められて注意事項を伝達されていた。朝子は今更のように感心するが、戦争に負けても上意下達の組織はこのように見事に機能していたのである。これまでは軍の意向を受けて協力していたが、協力する相手が軍から進駐軍に変わっただけである。

真偽のほどは知らないが終戦のときの外務大臣の重光葵《しげみつまもる》が、進駐軍に直接占領でなく、間接占領を進言しそれが受け入れられたと聞いているが、進駐軍は日本の見事なまでの組織をそのまま温存して、自分たちの政策を実行させたのだから、大した混乱もなく自分たちの思うままの統治ができたはずである。

日本での成功に味をしめベトナムやイラクで同じことをしようとしたが、それらの国には日本のような見事な組織もなければ、組織に従順に従い、責任を持って自分の職務を果たすという習慣もなかった。で、いたずらに混乱を増すだけで泥沼に陥り、手のつけようもないようになったのだろう。

終戦後、召集されて内地にいた兵士たちは、軍が備蓄していた毛布や食料を分けてもらい、大きなリュックサックを背負って続々と復員してきた。朝子の兄たちは幸い三人とも内地にいて無事だということはわかっていたが、いずれも職業軍人なので勝手に帰ってくるわけにはいかないようだった。

修一だけは九月の初め、疎開している妻子や両親に元気な顔を見せるため一度帰ってきたが、一晩泊まっただけですぐまた上京した。父が終戦後毎日何をしているのかと尋ねたが、何もしていないという答えだった。

修一は戦争末期、海軍技術研究所の自分の管轄部門の第六研究科を伊勢原市の女学校の講堂と教室の一部を借り受け、疎開させ、自分や研究員たちは近くの民家に分宿していた。本来の仕事の夜間戦闘機用のレーダーの開発は一応終わり、あとは仕事をしようにも仕事がなく、研究員たちはそれぞれ特技を生かし民間サービスに務めた。一般家庭のラジオや電気器具の修理を引き受け、実験用モーターを農器具用モーターに転用し農家に使わせていたので、食糧には困っていないということだった。

後日談になるが、米国ワシントンの国立航空博物館には、昔有名だった飛行機が整備され保管されている。日本の夜間戦闘機「月光」もその一つで、その写真にレーダーアンテナが写っているのを見て、戦後四十年ほど経った頃、かつて修一の部下だった一人がアンテナに対面するためわざわざワシントンまで出かけた。

残念ながらレーダーアンテナは修一たちが装備したものではなく、資料に基づいて復元したものだった。が、博物館では保管している飛行機についての叢書を発行していて、その第八巻が「月光」である。それによると修一たちも知らなかった「月光」の歴史が書かれていた。

昭和十八年五月二十一日午前三時頃、ラバウルの日本基地を夜襲した米軍の大型爆撃機の編隊の二機が爆破炎上して墜落した。米軍では原因がわからず爆撃機同士の接触事故と思っていたが、その後も同じようなことが起こって、日本の戦闘機による攻撃と考えざるをえなくなった。

が、乗組員たちは誰も日本の飛行機を見たものはいないのだ。自分の姿を見せないで夜間至近距離に迫ってくるのは、よほど優秀なレーダーを備えているに違いない。米軍はそう思ってあわてたが、その時点では「月光」はまだレーダーを装備していなかった。パイロットたちは夜間自分の肉眼だけを頼りに大型爆撃機の腹の下にもぐりこみ、敵機のエンジンが吐き出す熱気を観測してエンジンを狙い撃ちしていたのだ。戦争初期にはそういう神業のような技能を持つ訓練されたパイロットが多くいたが、日本軍はその人たちを消耗品のように使い戦死させたのだ。

博物館の叢書「月光」には付録として「日本の空中要撃用レーダー」の記事があって、修一と部下の横田少佐の名前が出ていて、修一たちが終戦前レーダー開発に取り組んでいたときのことが、当事者が読んでもかなり正確に記されているそうである。ただ直接開発研究に携わったのは横田少佐で、修一はその取りまとめ役でお偉方の間を回って折衝に忙しくしていただけだということだった。

修一の帰宅と前後して隣の駅がある村の復員兵が、自転車にお米や野菜を積んで訪ねてきた。高知の部隊で二番目の兄の正二の馬の当番兵をしていたということだった。

「参謀殿が『農家なら馬がいると助かるだろう。乗って帰っていいぞ』とおっしゃってくださって」と嬉しそうに話した。当時牛や馬は農家の貴重な労働力で、飼っているのは比較的裕福な農家だけだった。馬が手に入ったこともだが、他の兵士たちが重い荷物を担いで窓から乗り降りするような混雑した列車で復員するのに比べて、馬に乗って颯爽《さっそう》と帰ってきたことが嬉しかったようだ。同じ村の兵士たちの荷物も運んで感謝されたということだった。

「三谷参謀にお仕えできて自分は本当に幸せでした。参謀殿は残務整理があってまだ帰れませんが、お元気でやっとられます」

お礼を兼ねてその報告にきてくれたのだ。正二は温厚な性格でおそらく軍隊でも大声で怒鳴ったりすることはなかったのではないだろうか。

進駐軍が陸海軍解体を命じたのは、九月になって降伏文書に署名してからである。近くの三島町にあった船舶部隊の暁《あかつき》部隊が解散したのは父の日記によると、十月二十日である。「午前八時十三分発にて三島へ出張、郡内町村長会に付き出席す。暁部隊解散宴会に招待され昼食会に参列す」とあるから、兄たちもその前後に帰郷したのだろう。退職一時金の書付をもらって失業して、おまけに公職追放令で学校の教師になることさえ禁止されて帰って来た。一時金も結局払われなかったからただの紙切れ同然だった。

一番遅く帰ってきたのは高知にいた正二だったが、帰ってきたときはすでに身の振り方を考えていた。県庁所在地の松山市から山へ入ったところに陸軍が演習地に使っていた土地があった。そこに開拓農民として入植することにしていた。もともと花や野菜を育てるのが好きだったが、士官学校出の職業軍人だったから雇ってくれるところもないし、それ以外に道はないと覚悟していたのだろう。

その年の十二月には妻の麗子と幼い二人の男の子を連れて、吉井村の開拓村へ入居した。朝子は訪れたことはなかったが、油壺の回天特攻基地にいて終戦で出撃を免れて家に帰っていたまだ独身の宰三が引っ越しの手伝いに行き、年明けて早々母も様子を見に行った。

宰三や母の話によると開拓しても農作物ができるような土地ではなく、家もバラック建ての粗末なものだった。お風呂なども戸外にドラム缶を据え付けたもので、とても住めるようなところではないらしかったが、戦争に負けた国の者としては仕方のないことだった。

百家族くらいはいたのだろうか、正二は責任者として推され、農業よりも食品加工のほうでみんなの生計を立てようと、いろいろ工夫してお菓子まがいの製品を作り、デパートに売り込みに行っているようだった。

修一も翌年の一月末には妻の清子の生家がある八幡浜《やわたはま》市で、電気器具店を始めることになり、家族連れで引っ越した。

宰三も大学時代の先輩の世話で明石にある神戸製鋼所に就職した。良子の夫の平井滋二も地元の電力会社に就職し、松山に住むようになり、幸四郎も学校へ戻り、家は両親と朝子、妹の千加子、母の義母のチュウの五人の生活に戻った。

3

朝子は終戦の年の暮れ、科学研究補助技術員養成所を終了して家にいたが、食事の支度などは母とチュウがしていてすることがなかった。その頃田舎でも青年団の活動が盛んで、誘われてそういう会合に何度か出たが、自分たちで社会を変えていこうというほどの熱意もなかった。

朝子はどこかへ勤めたいと思うようになり母に話した。そのときの母のほっとしたような嬉しそうな顔が忘れられない。朝子にも想像のつかないことではなかったが、朝子が思う以上に家計は逼迫《ひっぱく》していたのだ。それまでの主な収入源は父と母の恩給だったが、戦後の激しいインフレで何の役にも立たないものになっていたし、村長は名誉職だから給料はそれほどでもないが、それもなるべく早く引退しなければならない情勢である。苦労して大学まで出し折角一人前になった息子たちは失業して、自分たちの生活でせいいっぱいだから援助も望めない。

朝子に働いて家計を助けてもらおうとは思わないが、自分の小遣いくらいは自分でかせぎ、結婚資金を貯金してもらいたかったのだろうが、娘を働かせることなどこれまで考えたこともなかったから、自分からは言えなかったのだ。

「あんたがその気なら、新居浜へ行って俊雄さんに頼んであげるけど」

新居浜の住友機械工業には母の従兄弟が勤めていた。商業学校を出て以来ずっとだから、総務部でかなりな役職についていた。今は機械は景気が悪いが、他の会社にも顔がきく。豊子の夫の平井正一が住友系の別子《べっし》病院に勤めるようになったのも俊雄さんの世話だった。

母はすぐにでも頼みに出かけそうだったが、朝子が引きとめた。実は母に話す前に朝子は新居浜工専の酒井校長に手紙を出してあった。

九月の台風のとき官舎に泊めてもらって気さくで親切な人柄に触れていたし、修了式のときも特別に声をかけてもらっていた。一期生も首席は女子だったが、二期は朝子が首席だった。混雑する通勤列車の中で必死に勉強したおかげで、飛びぬけて成績がよかったらしい。

朝子が女学校の一、二年生のときの体育の教師が、転勤して工専の体育の教師になっていた。朝子は体育などできるだけさぼりたいほうで、いつも叱られてばかりいたし、工専へ通うようになっても一度も会ったことはなかった。体育の教師だから養成所とは何の関係もないはずなのに、修了式に出てきていて「三谷のおかげでぼくも鼻高々だよ」と喜んでくれた。そこへ酒井校長もきて「いい成績だったそうですね。田中さんが驚いていましたよ。女子がこんなに優秀なら、我々も考え直さないといけないと」と言ってほめてくれた。田中さんというのは養成所のすべてを仕切っていた物理が専門の教授である。

それに気を良くしていたこともあって、若さゆえの無鉄砲さで「養成所では本当にいろいろお世話になりました。折角教えていただいたことを生かして少しでも世の中の役に立つ仕事をしたいと思っています。しかし科学研究の仕事はその場所がないと一人では何もできません。ついては先生方の助手として雇って頂けませんか」というような何とも厚かましい、大それた手紙だった。

朝子自身、望みがかなうとは思っていなかった。養成所を出たとはいえ正式な資格があるわけではないし、工専の卒業生さえ就職が難しいのに朝子のような女の子の就職の世話をしてやらなければならない義務はないのである。が、返事はくれそうな気がしていた。だからその返事が来るまで母が頼みに行くのを待ってもらった。

返事はすぐきた。酒井校長からではなく田中教授が会いたいというので出かけると「校長が実験助手として雇うようにと言っています。で、冶金科と採鉱科に一人ずつということで、一期生の米原《よねはら》さんにも声をかけると雇ってくれるなら勤めたいということで、お二人には新年度からきてもらうことにします。実験助手や一般の事務職を雇うのは校長の権限ですが、一応文部省に申請書を出す必要があるので」ということで、その書類に書き込む事柄などを尋ねられた。

三月の末には文部省からの辞令も届いた。身分は雇いで給料は多分一番最低のものだろうが、何号何級を給すとあった。

四月から米原さんは採鉱科、朝子は冶金科の実験助手として勤め始めた。もともと新居浜は住友系の別子銅山のおかげで発展したところで、そこに創立された工専も鉱山関係の技師を養成するのが主な目的で、採鉱科と冶金科が花形で全国的にも名が知れ、電気科などは付けたしのようなものだった。

一期生とは交流がなかったので、米原玲子《れいこ》さんと顔を合わせたのは勤め始めてからである。彼女は東京生まれで都立の有名女学校に三年まで在学していたが、軍医として応召した父親が戦死し、お母さんは彼女と弟を連れて新居浜の隣の町の西条《さいじょう》の実家に身を寄せていた。そのお母さんの実家というのがその地方でも名の知れた旧家で大地主であった。家を継いでいた伯父さんはたった一人の身内の妹が未亡人になったのを不憫《ふびん》がり、自分の家族以上に大事にしてくれ、何不自由なく暮らしていた。おかげでお母さんは苦労知らずのお嬢さん育ちのまま年を重ね、一生世間知らずの我儘《わがまま》を押し通し娘の玲子さんが苦労することになるのだが、それはあとのことである。

理数科系の養成所の成績は朝子のほうがよかったが、他の科目も加えると彼女のほうが頭もよく成績もよかっただろう。それに何より彼女には都会育ちの洗練された華やかさがあった。社交的で自信にあふれていた。

彼女が晩年認知症になって亡くなった今でも、朝子はこれまで会った女性の中で一番頭のいい人だったと思っているが、その彼女と隣り合わせの部屋で勤めることになった。

二人とも仕事は学生たちが実験に使う薬品や器具の管理くらいで、朝子は助教授の指導で、といっても造り方を書いた本を貸してくれただけだが、当時人工甘味料として貴重品扱いされていたズルチンを作っていた。

主な原料は消毒に使う石炭酸で、一回に五百ミリリットル入りの瓶を使い、いろいろな薬品と混ぜ合わせて反応させ、濾過《ろか》したり沸騰させたりかなり複雑な工程で、勤務時間内で後は翌日に回すからスムーズに行っても一週間以上はかかっていたような気がする。最後は蒸留してその液を乾燥させるとほんの僅かな白い結晶ができる。

よく失敗もした。試薬を加えていく順序を間違えたり、加熱のときフラスコが割れたり。そうなるとまた最初からやり直しである。しかし何度かは成功して主任教授や、助教授、他の科の先生たちにも配り喜ばれた。

玲子さんはというと毎日、本を持ってきて読書三昧に耽っていた。岩波文庫の赤帯の外国文学が多かった。モッパーサン、フローベル、バルザック、スタンダール、ジイド、その他朝子の知らない作家の本もあった。勤務時間の八時間のほとんどを読書で過ごし、通勤の列車の中でも読んでいたから、一日に一冊は優に読めるのである。かなり分厚い本だと二、三日はかかっていたようだった。

昼休みはアルコールランプを使ってビーカーでお茶を沸かし、一緒にお弁当を食べていたが、彼女はお弁当を食べる間も本に目を走らせているときもあった。悲しい物語のときは読みながら泣いているのか、泣き腫らして目を赤くしているときもあった。

朝子にしても一日中実験台の前にいるわけではなかった。加熱や蒸留、乾燥などに時間がかかるから、その手順さえしておけば後はすることがなく部屋でぶらぶらしていた。で、彼女は朝子の読む本まで持ってきてくれたが、朝子は長い小説を読むのが苦手で、時折短編集を借りていたが、彼女なら半日で読んでしまうような薄っぺらな文庫本を何日も借りっぱなしにしていた。ひまな時間が多かったのに一体何をしていたのだろうと自分でも不思議な気がするが、何も思い出せない。

一年ほどして玲子さんは結婚するとかで退職した。朝子もその二か月後会社勤めに変わった。しばらくは文通していたのかもしれないが、それも途絶え音信不通になり、三十年あまりの歳月が流れた。

三十年というと彼女が結婚して生まれた一人娘のお嬢さんが結婚し、その子供が小学校へ通い始めているという長い年月である。共通の友人もいなかったからその間お互いの消息を耳にすることもなかった。

彼女は最初の十年くらいは山口県にいたが、ご主人の転勤で東京に移っていた。ある日、行きつけの美容院で若い女性向けの雑誌を手にしたが、たまたまその号に朝子が「竹久夢二をめぐる女たち」というタイトルで夢二のモデルだった女性たちのことを小説風に書いた文章が載っていた。朝子はペンネームではなく本名で書いていたし、そのときは朝子の略歴や顔写真も載っていた。それで工専で一緒に勤めていた朝子だと気がついた彼女は早速、美容院の電話を借りてその雑誌の編集部へ電話したというから、いかにも彼女らしい。

朝子の住所を知るためだが、「そういうことはお教えできないことになっています」と断られると、工専を退職するとき助教授や実験室によく出入りしていた学生など数人で写したスナップ写真を探し出し、証拠写真としてそれを持って編集部へ乗り込み、住所を教えてくれと頼んだ。困った編集者は朝子のところへ電話してきた。結婚して姓は秋元に変わっていたが、旧姓を言われると朝子は思い出すまでもなく「玲子さんなら知っている。私も会いたいから住所を教えてあげてくれ」と頼んだ。

そうして三十何年かぶりにまた親しくつき合うようになったのだが、そのときの編集者は次に会ったとき、「それにしてもあの写真はひどかったですよね。最初はどこの国の難民の写真を見せられているのかと思いましたよ」と大げさに言ってわらった。

「そりゃ難民ですもの。戦争に負けてアメリカに占領されていたし、食べるものも着るものもなくて。今の難民なら各国からの援助物資が届いて、もう少しましな恰好をしているでしょうけど」

朝子はそう言い返すよりほかはなかった。

朝子もそのときの写真はもらったはずだが、そんな古い写真失くしたと話すと玲子さんはわざわざ写真屋で複製して朝子にくれたが、写真自体が古ぼけて茶色に変色し、着ているものもはっきりしない。もんぺではなくズボンになり、上着は背広襟のものだが、どんな生地か色かはわからない。朝子自身どんなものを着ていたのか、写真から思い出そうとしても思い出せない。助教授の先生方も生地の悪そうなぺらぺらの詰め襟の国民服を着ている。戦後生まれで日本の高度成長期に育った若い編集者が、どこの国の難民かと思うのも無理はなかった。

一方結婚して秋元玲子さんになっていた彼女は、久しぶりに再会したとき若いときよりまだ華やいだ笑顔を浮かべ、「あなたが小説を書くようになっていたなんて、オドロキ桃の木よ。今度だって略歴と写真がついていたからあなたってわかったけど、そうじゃなければ名前を見ても、あなただと気づかなかったわよ。同姓同名の人もいるんだなと思うくらいで。だってあの頃、小説になんか少しも興味なかったじゃない？　私は自分が読んで感激した小説をあなたに読ませ、二人で感想を話し合えたらどんなに楽しいだろうと、『これ、面白いわよ』とか『絶対読むべきよ』

などと言っても一度も手に取らなかったのよ。理数科系オンリーのガチガチのガリ勉タイプかと思っていたのよ」と一気にまくし立てた。

一、二度は本を借りたような気がするが、彼女は一度もと強調した。

「どうしてそんなに変われるものなの。小説を書くようになったきっかけは何?」

「他にすることがなかったからでしょう」

朝子はそう答えるよりほかはなかった。

玲子さん自身は五十歳を過ぎてから習い始めたばかりのダンス、彼女に言わせると「私たちが習っているのは男と女のいちゃいちゃした社交ダンスではなく、あくまでスポーツとしての競技ダンスなのよ」ということだったが、それに熱を上げていた。

年に一度か二度発表会があり有名ホテルの大ホールで、大勢の観客の前で踊るのを見物させられた。ホールの四囲の壁際に丸テーブルがずらりと並べられて、そこが観客席になっていた。フルコースの食事付きとはいえチケットは二万円をこす値段である。出場者がそれぞれ二、三枚ずつ受け持ち家族や友人を招待しているようであったが、交際の広い彼女はとびぬけて人数が多く、いつも一テーブル十人、ときには二テーブル二十人もの友人を集めているときもあった。ご主人はダンスなど大嫌いだし、お嬢さんは結婚して関西にいるから、みんなチケットを買わされた友人たちだった。話の合いそうな人を隣同士にするように彼女が席を決めてすべてを取りし切っていた。

「あなたの隣に誰を座らせるか、いつも一番苦労するのよ」と彼女は朝子に言い、小説のネタになりそうな人をと配慮してくれているつもりらしかった。彼女とは猫の雑誌で知り合ったという猫好きの奥さん。プライドが高くて誰にも媚びない猫の魅力を語り始めると留まるところを知らなかった。

「それに膝に抱いたときのあの重さがちょうどいいの。快い重さというか、たまらないわ」とうっとりしている。

朝子は猫にも太った猫もいれば痩せた猫もいるだろうにと思うが、太った猫は太ったなりに痩せた猫は痩せたなりに、ちょうどいい重さなのだそうである。

それから当時はオカルトブームでスプーンを曲げる話がテレビを賑わせていたが、そういう念力というか特殊な能力を持っているという奥さんもいた。大会社の重役の奥さんで朝子などとはケタ違いの高価なものを身につけていたが、彼女自身九州のほうの何百年と続く名門の古びた血を受け継いで、予知能力など自分でも怖くなるほど当たるのだそうである。スプーンを曲げるくらい何でもないと言って、朝子の使っているスプーンを手にして、しばらく指でこすっていたかと思うと簡単に曲げてしまった。朝子も教えてもらってやってみたがうまくいかなかった。が、あれはコツがあってそのコツがわかれば簡単に曲がるのではないかという気がした。

それはともかく玲子さんがそれだけ広い人脈を持っているということは、彼女があらゆるサークルに首を突っ込み、習い事などもいろいろしてきた結果だろう。その頃はダンスに熱を上げていたから、ダンスこそ自分がこれまで探し求めていたものというように言っていたが、朝子の眼から見ても特にその方面に才能がありそうには見えなかった。彼女にはもっとふさわしいものがあるだろうにという気がしていた。

普通の主婦の仕事だけでは満足できない能力とエネルギーを持ちながら、その使い道がわからないのだ。朝子も含めてだが朝子たちの年代は戦争で若者らしい楽しみも与えられず、勉強もろくにできなかった。向学心に燃えていても女子は上級学校へ簡単に進学できる時代ではなかった。専門的な知識や独り立ちできる技術は何一つ身につけていなかった。だから行き場のない能力やエネルギーをもてあまし、そのはけ口を求めてあがいていたのではないだろうか。

玲子さんとの再会後のつき合いはまだまだ続くが、話を朝子と玲子さんがどこかの難民と間違われそうな身なりで、工専に勤め始めた昭和二十一年の春に戻そう。

4

昭和二十一年の六月、父は二十二年あまり務めた村長を退職した。六期目に入っていて、終戦後も毎日役場へ出勤し、日常の業務をこなしていた。出征兵士の見送りはなくなったものの戦死の公報はどっと入り、戦死者の遺骨が続々帰還した。十月には近隣七か村で申し合わせたように少しずつ日にちを違えて村葬を行い、父はそのすべてに参列している。母も一緒に出かけるときはたまに村に一台しかないタクシーに乗ることもあったがたいていは歩きである。遠いところは往復二時間あまりかかっていたのではないだろうか。

そして終戦後一番苦労したのは米の供出である。村へ割り当てが来るが、戦争中はお国のためという気持ちがあって、農家も多少の無理は覚悟して協力してくれていた。が、戦後はそんな気持ちは失われていた。その上戦時中はどうにか機能していた配給制度が戦後は破綻し、食糧不足で近くの町からの買い出し客も増えていた。その人たちに高値で売れるのだからバカ正直に安い値段で供出する人などいない。農家を戸別に訪問して協力要請のお願いをし、ときには役場の吏員七名全員でお願いに回ることもあったが、いつも「不成績に終わる」と日記には記されている。

それから戦争中の記述と異なる点は、戦争中はほとんど見られなかった「常会」が毎月きちんと開かれていることである。戦争中、上からの指令を漏れなく伝え、配給や防空演習の実施や相互監視のため隣組という組織を作り、常会を開いていた。都会では隣組とか常会は新しい制度として定着していたが、田舎ではそういう小単位の共同体組織は昔から存在していてあらためて作る必要がなかった。

終戦後村でも常会が開かれるようになったのは、進駐軍が次々打ち出す政策を末端の住民までわかりやすく説明して周知徹底させる必要があったし、民意も盛り上がってきて、みんなの意見も聞かないといけなくなったからだろう。

父は毎月順に各集落の常会に出ていたようだが、

「三月二十七日　夜七時半、中村西常会に出席。小林西常会は村長攻撃問題起こる」と日記にある。父の地元は小林西で、その常会には母が出席していた。同じ地区に朝子より一つ年下の青年がいて、戦後いち早く共産党に入党し活発に活動していた。その彼が既成勢力の代表としての村長を攻撃し、村長の戦争責任を問うというようなことを言いだしたらしい。

その場に母がいたから表面《おもて》だって賛同する人はなく「若いもんは元気がええのう」とか「そういう議論はまた他のところでやってくれ」ということで収まったらしかった。母は多少は不愉快な思いをしただろうが、共産党の言うことなど相手にする必要もないといった態度で、家へ帰って朝子たちに話したときも「あそこの子にしては本もよく読んでいるようだし、なかなかしっかりしたことを言うよ」と余裕たっぷりだった。

母はもちろんそんなことを父には話さなかったが、常会には役場の誰かが出席している。その人からでも報告を受けたのだろう。これまでも「あんな村長、人がいいだけで毒にも薬にもならん」と陰口をきく人はいた。しかしそれはあくまで陰口で、母や朝子は知っていても当の本人は知らないことだった。

父自身は自分は誠心誠意、勤勉に職務を果たしていると思っているから、非難されるなど夢にも思っていないのだ。だから「村長攻撃問題起こる」などと仰々しく書いているのはよほどショックだったのだろう。

しかしそのことと村長の辞職とは直接の関係はなかった。

四月になると村葬を行った十月以後遺骨が帰還した戦死者の村葬がまた各村で行われた。

「四月三十日　火曜日　曇り暴風　午前中村葬の準備、中村の英霊二柱の出迎えをなし、午後一時より開始、約一時間半にて終了後、中村新墓地に埋葬す」

村葬を終え、自分の役目は終わったと思ったのだろう。その翌日、「五月一日、本日、来月一日付けを以て、病気退職申立書進達す」と日記に書いている。要するに辞職願を地方事務所に送ったのだ。病気退職というのは名目上のことで、実際は進駐軍が公職追放令の範囲を次々拡げ、市町村長にまで及びそうになっていた。それならそんなことになる前に自分の意志で辞めることにしたのである。

人づき合いの嫌いな父は早くから隠居生活に憧れ、十年以上も前から任期が終わるたび辞意を表明していたが、適当な後任者がないまま六期目になっていた。が、これまでいつももめて決まらなかった後任も今度は適任者がいた。村出身で朝鮮総督府の高級官僚だった人が、引き揚げてきていた。本来なら小さな村の村長など役不足だが、無一物で引き揚げてきていたので喜んで引き受け、村会議員たちも反対する人はいなかった。

やっとわずらわしいことから解放され、小鳥を飼い庭木の手入れなどして自分の好きなことができるようになり、長年の念願を果たしたと言っていいのだろうが、父としては一つだけ誤算があった。

戦争中も村長として懸命に務め、多くの若者を戦場に送りだし、戦死させ、そのあげくに敗戦である。これまで良しとされていたものがすべて悪となり、世の中が大きく変わり、人の心も雪崩を起こすように変わっていた。昭和十九年には長年地方自治に貢献したとして勲七等に叙勲され、自分のこれまでの人生を誇らしく思っていいはずだったのに、罪悪感を持たなければならなくなっていた。

父は村長を辞めると近くの理髪店へ月に一度散髪に出かけるほかは、一切外へ出なくなり、家へ訪ねてくる人にも会わなくなった。まるで世捨て人か、謹慎生活を送っている人のような生活をしていた。

「お父さん、日本の戦争責任を一人で背負っているつもりになっているんじゃない」

「役にも立たない、小さな村の村長だったのにね」

朝子と母はそんなことを言って笑い合った。

父が村長を辞職する前だったか後だったか、とにかくその前後に、母は県の連合婦人会の会長になった。もともといろいろな役を引き受けるのは好きだったが、このときは自分が望んで引き受けたのではなかった。戦後婦人にも参政権が与えられ、占領軍が日本の民主化のために婦人の地位向上に力を入れ始めたせいもあって、各地で新しい連合婦人会を組織する機運が高まっていた。

愛媛県でも県の呼びかけで、設立準備委員会が八幡浜市で開かれた。新しい民主的な組織といっても、下から盛り上がったものではなくお仕着せだから、集まったのはついこの間まで国防婦人会や愛国婦人会の役員として軍部に協力していた旧態依然とした人たちである。

母も案内をもらって出かけたが、何しろ県内といっても遠いところである。なぜそんな不便なところで開いたか不思議だが、松山や今治など中心部に近い都市は空襲で焼き払われまだ一年も経っていなかった。人を集めて一泊させて会合を開く適当な場所がなく、戦災にあわなかった市が選ばれたのだろう。母は朝早く出かけたが、松山まで汽車で三時間あまり、そこから更に二時間かかり、母が会場についたときはすでに会長人事が終わり、母に決まっていた。

「会長になりたい人が沢山いるから、お互いに牽制し合ってなかなか決まらなくて、私の名前でも出しておけば無難だということで決まったらしいよ。そんな器じゃないと固辞したけど、もう決まったことだと聞き入れてもらえなくてね」と言いながらも、そういうことは好きだから嬉しそうだった。

会長といってもまだ実体のない会で活動のしようもなく、事務方は全部県の職員が引き受け名前だけの会長だった。これから県や集まった設立委員会のメンバーが働きかけて、各市町村で婦人会が結成される段階で、それは各郡の会長が責任を持ち、母は自分の郡の面倒だけみればよいはずだった。

が、進駐軍民生局の婦人問題担当の米軍中尉は仕事熱心というか、それともこの機会に日本の田舎の隅々までジープで走ってみたいと思ったのか、小さな村の婦人会の発会式にも参列したがった。

他の郡へも行っていたのだろうが母のところへも数回は顔を見せた。後ろに県職員の若い男とハワイ生まれの変な日本語をしゃべる通訳を乗せて、ジープを運転してやってくるのである。高速道路はおろかまだ国道もできていなかった時代で、金毘羅《こんぴら》街道と言われる曲がりくねった峠道を通ってくるのだが、松山からは二時間くらいはかかっただろうか。

米軍中尉は一度も家へは上がらなかった。靴のまま上がってもらうような部屋はなかったし、時間の余裕もなかった。県の職員がジープから降りて到着したことを知らせ、必ず「お水を一杯」と所望した。「やつらは二人で楽しそうに話しているけど、こっちは言葉がわからないもので」とこぼし、かなり緊張して喉が渇いているようだった。

ここからは母も加わるので心丈夫なのだ。

「気さくな軍人さんだよ。私のことを『日本のお母さん』と言ってなついていてくれてね」

レディーファーストの国で、車に乗るのも、部屋へ入るのも優先して丁重に扱われるので、母は満足していた。

「だけどね、『日本のお母さんはどうしてそんな黒っぽい着物ばかり着るんですか。アメリカでは年取った人でもみんな赤い服を着ますよ。ああいうの着たらどうですか』と若い娘さんの晴れ着姿を見て言うんだから困ってしまうよ」

と楽しそうだった。

朝子はその頃勤めていて昼間は家にいないはずだったが、婦人会の発会式が行われるのは日曜日が多く、朝子も進駐軍のジープに乗って出かけていく母の姿を何回か見たことがある。ついこの間まで戦死者の村葬で弔辞を読みみんなを泣かせ、戦争に協力していたのである。それが敗戦になるとそんなこと忘れたように進駐軍のジープに乗って出かけている。進駐軍のジープなどときたま通るだけで田舎では珍しく、家の前に停まっていると朝子は落ち着かない気持ちだった。

近所の人たちは婦人会の用事で出かけることは知っていたが、変わり身の早さに朝子は後ろめたい気持ちがあった。朝子でさえそうだったのだから、父としては口には出さなかったが苦々しい限りだっただろう。

父は戦後十年も経って、二番目の兄の正二が後に自衛隊となる警察予備隊に入隊し、アメリカへ研修留学することになったとき、「お父さんはアメリカのオクラホマのフォート・シルに行くんだけど、おじいちゃんはフォート・シルがどこにあるか知っている？」と聞くまだ小学生の孫二人に「お前たちのお父さんがアメリカへ行くのは、お父さんにはお父さんの考えがあるんだろう。だからお前たちはアメリカと仲良くしても構わんが、おじいちゃんはアメリカと戦争したんだからアメリカは嫌いじゃや。今でも敵じゃと思うとる」と言って家族をあわてさせたくらいだった。

母もそういう空気は知っていたこともあって、初めのうちこそ物珍しそうに喜んで出かけていたが、そのうち出かけるのをあまり喜ばなくなった。その一番の原因は自慢話が好きなのにそれができないからだった。

母にとって中尉は自分の息子たちより若く、階級も下である。中尉など駆け出しの軍人くらいに思っている。だから自分の息子が中佐や少佐だったことを話し始めると、県の職員があわてた。

「『そういうことは話さないほうがいいでしょう』と真っ青な顔になって止めるんだよ。通訳にも通訳しないでくれって。情けない話だよ」

それからまた母は通訳にも不満を持っていた。

「話の半分も通訳していないいんじゃないかと思うよ」

時間的にも短いし、ときにはトンチンカンな返事が返ってくることもある。母が相手を笑わせようと冗談を言っても笑ってくれないらしい。

「話の通じない人と一緒に車に乗っていても面白くないよ。相手が何を考えているかわからないんだから」と言うようになっていた。

家の裏手に富有柿の木が六本あった。朝子が子供の頃小さな苗木を十本植えたのだが、枯れたり邪魔になって切ったりして六本だけ残ったのだが、二、三年前から実をつけ初め、その年は沢山実った。母はお茶菓子代わりにと十個あまり袋に入れてジープに乗った。発会式が終わった後、婦人会の人に頼んで皮を剝いて出してもらった。

「アメリカ人は柿は食べないそうだよ。どうしてと聞くと、柿は香りがないから好きではないと言っていたよ。そういえばリンゴやミカンは独特の香りがするけど、柿は何も匂わないね」

母は帰ってきてそんな話をした。朝子はその話を鵜《う》呑《の》みにしてアメリカ人は柿を食べないのかと思っていたが、そんなことはないのだ。ただ中尉の生まれ育った地方では柿はなくて食べたことがなかったのかもしれない。

しかしその柿の話があるから婦人会の発会式が次々に開かれていたのは、終戦の翌年の秋から冬にかけてであったとわかる。

それがひととおり終わると婦人会の用事はなくなり、会長の任期は二年だったが母はほとんど活動らしい活動はしないままだった。いや普段なら自分で用事を作ってでも活躍するはずだったが、当時の母は目先の生活をどうするかが大問題で、婦人会のことどころではなかったのだろう。

5

昭和二十二年の春になると、母は蔵を改造して製粉機と製麺機を据え付け、商売を始めた。子供たちも驚くほどの決断だった。母はこれまでお金儲けの商売など卑しいことのように言っていた。そういう教育を受けてきた子供たちはそれが身に染《し》みついていて容易に変われないが、母自身はお金を稼ぐ手段がなかったから、プライドを保つためにそう言っていただけで、状況が変われば考え方も変えることができるのである。

商売を始めるといっても資金があるわけではない。新円への切り替えで預金は全部封鎖され、一人月に五百円しか下ろせなくなっていた。新円があるのは商売をしている家だけである。母は近所の畳屋へ行って資金を貸してほしいと頼んだ。

朝子たちはそのことも知らなかったが、後になってそこのご主人の話によると「これまで『先生』とか『村長さんの奥さん』と呼ばれてきた人に商売ができるとは思わなかったが、こうして頭を下げて頼んできているんだから快く出してあげようと思って。お金が返ってくることなど当てにしていなかった」ということだった。

当時食べ物の商売を始めれば売れることはわかっていたが、何故製麺なのか。朝子は長い間そんなこと考えたことはなかったし、母に尋ねたこともなかった。近くに製麺所などなかったのにどうして思いついたのだろう。母が商売を始めた頃のことを書く段になって、朝子は初めてこの疑問に突き当たった。文章に書くことがなければ不思議にも思わないまま過ぎていただろう。しかし文章に書くとなると知らないままでは済まされない。

あの頃はまだ日本全国どこの工場も爆撃を受け廃墟同然で、製粉機や製麺機を作って売り出すところなどはないはずで、あれは中古品だったのだろう。原料の小麦が手に入らなくて使われなくなった機械のことを母がどこかで聞き、自分なら小麦を手に入れることができると思ったのではないだろうか。

母は村の山手の方の田畑の大半を持つ不在地主の差配と言うか現地支配人のようなことをしていた。毎年日照りや台風の被害を訴えて小作農家の人たちが年貢の減免を願いにくる。母は田畑を見回って査定をするのだが、自分の損になることではないのでたいていは農家の言い分を聞いていた。

もともと戦前の小作制度というのは、非人道的と言えるくらい小作人には不利だった。子供まで動員して家族全員で朝早くから日が暮れるまで働いてお米を作っても、収穫量の六割を年貢として納めなければならない。農家の貧しさを知っている母は「年貢はせめて半々か、逆の六、四くらいでいいと思うんだがね」と言っていたから、できるだけ農家に有利にしたいと思っていたのだろう。だから農家の人たちに感謝され、おかげで戦争中兄たちの家族が疎開してきて大家族になっても食糧には困らなかった。

その一方、大方の人は農家も供出の締めつけが厳しく、手持ちの米や麦はそんなに残っていないだろうと思っていたが、母はそうではないことを知っていた。農家の人はそんなお人好しではなく、かなりしたたかでちゃっかり手元に残しているはずだと思っていた。だから中古の製粉機と製麺機を買って自分で商売を始めようと思ったのだろう。

すべて朝子の想像だが、諸般の情勢から考えてそれほど的外れでもないだろう。そして自分で隣郡の製麺所を訪ね、うどんの作り方を教えてもらった。競合する距離ではなかったので、丁寧に教えてくれたらしい。うどんを作るには薄力粉といって国産の、したがってこの地方でとれる小麦が一番適している。うどんを捏《こ》ねるときの一番重要な要素は水の塩分濃度で、塩水につけただけで塩分濃度がわかるボーメとかいう測定器も「うちには何本もあるから」とかで分けてもらってきていた。

母は昔から家の雑用などしてくれていた人に力仕事など助けてもらい、教えてもらったことを頼りにうどんを作った。その手順さえわかれば後は人を雇って教えればいいのである。近所にも働きたい人はいくらでもいて人手には困らなかった。

まだ食糧統制の厳しい頃で、名目は農家が自家用の小麦を持ってきて加工を頼み、その手数料に加工したうどんの一部をもらい、それを必要な人に買ってもらうということになっていたが、母はこれまでの顔を生かし農家から小麦を買い取り、乾麺を作って一般の人に売った。もちろん公定価格で小麦が買えるはずはなく闇価格である。食べ物なら何でも売れる時代で、近くの町から買い出しに来る人たちも喜んで買って帰り、製造が追いつかないほどだった。

父は母のすることには口を出さなくなっていたが、このときはよほど心配だったのか、夕食の席で「小麦の闇買いなどしていたら経済統制令違反だぞ。捕まったらどうするんだ」と苦虫を噛み潰したような顔で言った。父は不正など一切できないほうだったが、母は違反しても捕まらなければいいでしょうというほうで、「それくらいちゃんと手を打ってありますよ」と自信たっぷりに答えていた。

母が商売を始めた二十二年の春頃までには、医者として南方の島に赴任していた豊子の夫の平井正一も帰り、駅前近くに家を借り、小児科医院を開業していた。

満鉄の社員に嫁ぎ奉天（現在の瀋陽《しんよう》）にいた孝子たちも引き揚げ船で帰ってきた。

孝子からは戦争末期から手紙も届かなくなっていたが、あとで聞いた話では、夫の正喜も現地召集され、そのすぐ後、ソ連軍が突如参戦し雪崩を打って満州に襲いかかってきた。南満州鉄道会社、いわゆる満鉄では、ソ連軍侵入の報せを聞くとすぐさま列車で社員の家族たちを、当時まだ日本の領土だった北朝鮮へ避難させた。頼りにする夫もいない中孝子は幼い丈夫《たけお》と赤ん坊の女の子を抱えて、取るものもとりあえず列車に乗った。

やっと安全なところまで辿り着いてほっとしたのも束の間、日本が無条件降伏し、朝鮮は解放され独立国となった。長年日本に統治されていた恨みが募っていて、日本人が攻撃の対象となり、治安は悪化した。

これならソ連軍の占領下にある奉天のほうがまだましだということになり、奉天まで引き返した。誰にも守られず命からがら満州の荒野をさまよい歩いた開拓団の人たちに比べれば、列車で移動できただけでも恵まれていたというべきだろうが、奉天へ帰るとこれまでとは一変した生活が待っていた。

これまでは朝鮮人と満人の二人のお手伝いさんがいて、物資も比較的豊かで何不自由なく暮らしていたが、社宅もしばらくすると接収され、小学校での収容生活になり、毎日のように街で起こる物騒な事件に命が縮む思いをしながら、持っているものを次々売っては何とかその日を過ごした。しかし厳しい冬の寒さに赤ん坊は生き延びることはできなくて、その遺骨を抱いて親子三人着のみ着のままの姿で帰ってきた。

昭和十八年生まれで当時三、四歳だった甥の丈夫が断片的に覚えていることと言えば、満州では窓のない薄暗い部屋で遊んでいたこと、無蓋車で、雨の中車輛全体をテントで覆った列車に家畜のように詰め込まれて移動したこと、引き揚げ船の中で同年代の子供が乾パンを食べているのを見て、ものすごい空腹を感じたことなどである。

新居浜駅から本田家までの五キロほどの道のりを父親のリュックサックの上に乗って帰ってきた。途中うどん屋の提灯がほの暗い明かりを灯していて、うどんの匂いが強烈に腹に染み、食べたかったが言いだせなかった。

孝子たち大人はまだ満州でのいい暮らしを少しは味わっていたが、幼い子供だった彼はいいことなど一つもなく、ひたすら空腹に耐えていたようである。

夜の八時頃、本田家に帰りついた。祖父母たちは庭に縁台を出して夕涼みしていたが、彼らが帰ってきたことに大変驚いていた。

普通は博多に上陸すると電報を打つのだが、電報を打つのも混んでいて時間がかかるから、直接帰ったほうがいいと思ったのだろう。引き揚げ船で帰ってきた人の語る満州在留邦人の惨状や混乱は目を覆うばかりで、ソ連軍に追われながら大陸の荒野を逃げまどい、終戦後も冬の寒さに凍死する人数知れずということだった。そんな中で果たして生き延びているかどうかもわからなかったのである。本田家の人々の驚きようもわかるというものである。

朝子の家にもその朗報はすぐに知らされた。孝子の最初の子供が肺炎で亡くなったとき「あんなに遠くへお嫁にやるのではなかった」と一晩中泣き明かした母は、今度も「満州があんな風になるとは夢にも思わなかった。内地よりまだ安全だと思っていたのに」と繰り返していたが、孝子が無事帰ってきたという知らせを受けて本当にほっとしたようだった。

しかしほっとすると同時にもう次の心配をしていた。

「正喜さんはどうするつもりかねえ。あの家にずっといるつもりじゃないと思うけど」

正喜の実家の本田家は山林や土地を持つ大地主だが、両親は働き者で自分で山林の見回りをし農作業もしていた。が、正喜は次男で実家からは遠い満州での暮らしである。だからお嫁に行ったので、こんな事態になって帰国するとは夢にも思っていなかった。しかも家を継ぐべき長男は戦死し、未亡人になった働き者の兄嫁や遺児もいるという複雑なところへ引き揚げてきたのである。農作業などしたこともない孝子に農家の嫁が務まるはずはなかった。

6

旧制松山高等学校に在学していた幸四郎は戦後授業が再開されても、相変わらず勉強は二の次で、学生や青年団など若者の間ににわかに盛んになった文化活動に熱を上げ、ヴァイオリニストの辻久子を招いてコンサートを開くのだと奔走し、自分もヴァイオリンを弾いていた。

そして昭和二十二年の春卒業したが、大学受験に失敗。当時旧制高校卒業生は選り好みさえしなければどこかの大学に入れたはずだが、京大の物理を受験したのだから、不合格は当然だった。もし合格したとしても家の経済事情で進学できなかっただろうが、母校の三島中学の先生として家から通うようになっていた。

翌年は近くの村にできた三か村合同の新制中学に勤め、結局二年浪人することになるのだが、新制中学では英語を教えていた。それを聞いたとき朝子は思わず「生徒がかわいそう」と言ったが、話の面白い先生として、生徒には人気があったようだった。

新居浜工専の冶金科に勤めていた朝子も同僚の米原玲子さんが退職した後、二か月ほどで会社勤めに変わることにした。玲子さんがいなくなると話相手もなくなり、自分一人取り残されているような気になる。本部棟には女子職員もいたが、建物が遠く離れているのでつき合いはなかった。仕事は暇で一日中自由だが、何の刺激もなくてもの足りない。それに何より公務員だから給料も安かった。

会社勤めのほうが面白そうで、母に頼んでもらって住友系の会社に変わりたいと考えるようになった。が、そのときも算盤が達者でないし、字も下手だから事務職より何か研究室のようなところがあればと希望していた。

新居浜の従兄弟のところへ頼みに行った母が「ちょうどいいところがあったよ。化学のほうでペニシリンの開発研究をしているところがあって、工専で実験助手をしているのならぜひ欲しい、とにかく人事部の採用試験を受けてくれということでね」ということで、三日後くらいに試験があった。頼みに行くタイミングがよくてその試験に押し込んでくれたのだろう。女子のいろいろな職種の募集だったようで学科試験のときは七、八十人ほどいたが、口頭試問のときは五人ずつ二組になっていた。その人たちは合格したのだろうが、職種が違うのでその後会うことはなかった。

住友化学は当時進駐軍の方針の財閥解体で日新化学と名前を変えていたが、戦争で荒廃した田畑に必要な肥料の硫安を造っていたから、新居浜にある住友系の工場の中でも一番景気がよく、食糧や人工甘味料サッカリンの特配があった。今では信じられないだろうが、砂糖など全然ない時代で人々は甘味に飢え、人工甘味料は貴重品扱いで、サッカリンの特配日には業者が職場まで買いつけにやってきて、かなりな高値で買ってくれた。それだけ給料に上乗せされるのと同じで、他の会社に勤めている人たちに羨ましがられていた。

朝子は六月から早速ペニシリンの開発研究をしている研究室に配属された。研究室といっても倉庫のような建物の入り口の階段を数段上ったところに、ベニヤ板で仕切った研究室がいくつかあり、鉄製の階段を降りただだっ広い地下室には大きな冷凍機が据え付けられ、天井近くにはパイプが走り、そこも一部を仕切ってペニシリン開発研究の小型プラントや冷凍室があった。

ペニシリンは戦争中英首相チャーチルの肺炎を治したことで一躍有名になったが、当時は一般庶民の手に入らない貴重薬で、日本でも多くの会社が開発研究に取り組んでいた。

ペニシリンというのは青カビの分泌物を抽出、精製したもので、どんな青カビを使えばいいか、それにどんな栄養を与え、どれくらいの温度で増やすのかを研究する培養部門と、その培養液を精製して高濃度のペニシリンを取り出す精製部門とに分かれていた。培養部門には朝子より三歳年上の薬学専門学校を出た亀田さんという女性がいて、朝子は精製部門だった。

精製の各過程で出てくるサンプル液のペニシリンの単位を測定する仕事で、くわしい仕事の手順などは忘れてしまったが、肺炎などの病原の葡萄状球菌《ぶどうじょうきゅうきん》の培養液を寒天で固め、シャーレ（ガラスの蓋つきの平ぺったいお皿のようなもの）に入れた物を沢山用意しておき、届けられたサンプルの一滴をピペットで垂らし、一定の温度で一定の時間保管し、垂らした液の広がり、すなわちペニシリンが葡萄状球菌をやっつけた範囲を測定してペニシリンの単位を計算する仕事だった。

培養も精製も昼夜に亘って続けられているから、精製が始まると夜になって出てくるサンプルもある。夜遅くなってからのサンプルは冷凍保存して翌日測定するが、自然残業が多くなり、特別に会社近くの女子寮へ入れてもらった。一戸建ての洋館を寮にしたもので寮生は十人ほどで個室を与えられ三食付きで、食堂などはシャンデリア付きの豪華なものだった。

会社勤めに変わると工専へ勤めていたときより一列車早い通勤列車に乗らなければならない。その列車も結構混雑していたが、新居浜駅に着くと工場地帯まで社線の小型列車に乗り換える。詰め込まれると身動きもできず両足が宙に浮いたままのときもあった。列車からは人が溢れ、どのデッキも数人の人が片足をかけただけで今にも振り落とされそうになりながら手すりにしがみついていた。まさに通勤地獄だが、その地獄からも解放され優雅な生活だった。

寮には大西先生とみんなが呼んでいた舎監がいた。亀田さんの女学校時代の国語の教師で、その先生が亀田さんをこの会社に呼んだらしい。いつもきちんとした和服姿でふくよかな中年の美人だった。他に賄いや掃除をするおばさんとその助手がいたから、舎監は寮生の監督と相談役だったのだろう。

その先生のところへ松崎参事と呼ばれる初老の上品な紳士がよく訪ねてきていた。朝子は今もって不思議なのだが、それこそ男子禁制の女子寮を監督する立場にある人のところへ男の人がよく来ていたのに、物見高い独身女性が十人あまりもいたのに誰ひとり非難めいた声も上げなかったし、噂にさえならなかった。だから朝子にも二人がどんな仲だったのかわからないのだ。

とにかく二人ともマージャンが好きで、朝子が入る前は亀田さんのほかにもう一人マージャンのできる人がいて、四人でよく雀卓を囲んでいたらしい。その人が退職して寮を出たあと、亀田さんの子分格の朝子が入ったのである。

早速舎監室に招かれてマージャンの特訓が始まった。特訓といっても役の作り方の本を渡され、最初から牌を並べての実戦である。「筋がいい」などとおだてられながらだが、最初はよくチョンボをしたり、牌の並びが複雑になると長い間考えこんで迷惑をかけていたが、すぐ上達し、朝子もマージャンをする日が待ちどおしくなっていた。

マージャンをしながら参事が舎監の先生に何か冗談を言うと、先生はぽぅと顔を赤らめる。その様子が何ともいえず可愛くて、朝子は恋人だろうと推測したのだが、人前ではべたべたしない礼儀正しい、感じのいい恋人だった。

翌日の仕事に差し支えないようにマージャンも連ちゃんくらいで十時頃には終わる。終わると朝子たちはすぐ自室に引き揚げるから、参事が泊まって行くのか夜中に帰るのかは知らない。当時そんなことには無関心だった。自分のことにせいいっぱいで他人のことなど関心なかったのである。他の人たちも案外そうだったのかもしれない。

残業やマージャンをしない夜は、他の寮生たちと街に繰り出し映画やダンスホール、ジャズ喫茶などで、滔々《とうとう》と流れ込んでくるアメリカ文化の豊かさや華やかさに圧倒されていた。


朝子が寮に入ったあとのことだが、母は製粉機があるのだから製麺だけでなくパンも作りたいと思うようになった。母はパンに対してはある種の思い入れがあった。

母は日露戦争の頃松山の師範学校へ入ったが、その寮で初めてパンを食べた。田舎ではパンなど見たこともなかったが、寮では食事のときときどき出ていた。特に学期末の終了式の日は、前の日から持って帰る荷物をまとめ、午前中登校して終了式を済ませると急いで寮に帰り、用意されている昼食を持って家路につくのだ。

そういうときは持ち運びに便利なようにたいていはパンで、南国だからリンゴもふだんはお目にかかれなかったが、松山近くの小島にリンゴの木があって、青くてかたいリンゴだったが、それもついている。母は県の一番東の端だから途中で一泊して、翌日夕方まで歩いて家に到着するのだが、リンゴやパンは滋養があると聞いていたので、自分は食べないでいつも父親へのお土産にしていた。

朝子の子供の頃も母は婦人会の用事などで松山へ行くと、必ず大きな食パンを一本抱えて帰ってきた。バターやジャムはないのでそのままか、ときにはお砂糖を少しつけて朝子たちは大喜びで食べた。

そして終戦後のその頃も近くにパンを作っているところはなかった。美味しいパンを作って近所の人にも食べてもらいたい。母はそう考えたのだ。しかしパンを作るには何年も修業したパン職人を雇わなければならない。そういう職人は流れ者が多く、素性の知れない人を住み込みで雇うのは厭だった。

そのうち母は、素人でも本を読んで研究すればパンくらい作れるのではないかと考え、開拓村にいる正二に相談した。正二の器用さと研究熱心さを高く買っていたのである。

正二のほうも開拓村にいても将来性はないことはわかっていた。戦後日本全国に開拓地がいたるところにでき、食糧増産の名のもとに多くの人が開拓民として送り込まれたが、どれ一つとして成功したところはなかった。政府は土地さえあればいいだろうと、開墾しても農作物もできない、もし作物ができたとしても出荷もできない交通不便なところに、無責任に送りこんだのである。正二のところでも多くの人が一年も経たないうちに見切りをつけ出て行っていた。

正二は家族を連れて実家に帰り、母の商売を手伝うことになった。二、三年経って世の中が落ち着くとパンを焼く電気竈《かまど》や、パンの生地をこねる機械もできたが、最初の頃はそういう便利なものは何もなく、竈なども自分で設計してレンガを積んで造り、発酵室も蔵の一隅を仕切りすべて手造りだった。それでも母の期待したとおりパンができた。

最初は家で売るだけだったが、近隣の村の商店からも売りたいと言ってきて人を雇って自転車で配達するようになり、やがて当時売り出されたばかりのオート三輪車を買って配達に回るようになった。

朝子は寮に入っていたが土曜の夕方家に帰り、日曜日の夜、寮に帰ることが多かったが、家が活気に満ち騒々しくなっていくのがよくわかった。

母は働くことが苦にならない性格だから、従業員が交代で食事に帰るお昼どきなど工場へ行ってパンを丸める仕事を手伝い、楽しそうだった。

母にとってはお金がないのに何かと体面を保たなければならなかった戦前や戦争中に比べて、戦後の生活のほうが解放されて自由だったのではないだろうか。

「戦争に負けてたった一つ良かったことは、お金がないと堂々と言えるようになったことだね。財産税で取られるような物はなかったけど、財産税で取られてと言っておけばいいんだから」と言っていた。「もっと早くから商売を始めていたら一財産作っていたかもしれないのに、残念だよ」と言うこともあった。

朝子はある日曜日、亀田さんと、亀田さんと一緒に培養のほうで働いている西原さんを家に招待した。西原さんは地元の女学校を出て朝子より一つ年上で自宅から通勤していた。研究室には事務職や主任研究員の助手など女性も何人かいたが、仕事が同じというせいか二人と仲がよく、行動を共にすることが多かった。二人を蔵を改造したパン工場に案内し、ひととおりパンを作る過程を説明すると、亀田さんは母に言った。

「パン屋さんというのは、結局空気を売っているわけですね。最初の生地から言えば四、五倍には膨らんでいるから、七十五パーセント以上は空気ですから」

母は驚いたらしくしばらくはあっけに取られていたが、

「さすが科学者は目のつけどころが違う。空気を売っているですか。言われてみればそのとおり。空気はただだからせいぜい売って稼がせてもらいます」と苦笑していた。

それからしばらく我が家では「空気を売る」という言葉が流行した。

7

朝子が勤めるようになって一年ちかく経った頃、化学工場の広い敷地の、海に突き出た最先端のところに、ペニシリン開発研究の中型プラントが新設された。

そこは以前は御代島《みよしま》と言って陸地から離れた島だったが、工場を建てるときそこまで埋めたてて敷地にしたのだ。工場は硫安製造のため亜硫酸ガスが発生して、ときにはその臭いが鼻につくこともある。医療薬品の製造だからなるべく空気の清浄なところということで選ばれたらしい。それまで研究室の地下で家内工場くらいの規模で行われていた培養や精製が、製造の前段階の大規模な実験に移ったのだ。

朝子の仕事は以前と変わりなかった。研究室にいて届けられるサンプルの単位を測定すればいいので、中型プラントまで出向く必要はなかった。が、測定した数値が予想外だとサンプルの採り方が悪いのではないかと自分の眼で確かめたくなる。報告書も使いの者に渡すだけでなく自分で説明したいときもある。工場内を循環するバスもあるがいろいろなところへ寄るので時間がかかる。

朝子は自転車に乗る練習をすることにした。田舎で育っているとたいていい必要に迫られて自転車に乗れるようになっているが、朝子は小学校も駅も近かったから自転車に乗る必要がなくて乗れないままだった。西原さんが通勤に乗ってきている自転車を借りて、亀田さんと西原さんに協力してもらって昼休みに研究室の建物の隣の空き地で練習した。が、女の力では後ろから自転車を支える力が弱過ぎてすぐ倒れてしまう。それを見た男性たちが面白がって手伝ってくれ、四、五日すると乗れるようになった。

朝子は自転車を買って通勤にも使うようにした。寮から工場の正門まではすぐだが、正門から研究室の建物まではかなり歩くのである。もちろん何かと用事にかこつけては御代島の実験工場まで出かけた。

工場内の道はトラックの往来が多く、トロッコのレールなどもあり要注意だが、それを抜けると海沿いの舗装路に出る。そこまで来ると車や人の往来も絶え、専用道路を走っているような感じになる。左手には瀬戸内海の美しい風景が開け、絶えず亜硫酸ガスの白い煙を上げている煙突も遠くに見え、まるで別世界である。

自転車を走らせるには格好の場所で朝子はいい気になり楽しんでいたが、最初の頃は周りの人は心配し、特に朝子の直接の上司の錦田《にしきだ》さんは朝子の帰りが少し遅いと「自転車ごと海へ飛び込んでいるんじゃないか。工場へ電話かけてみろ」と言っていたようである。

実験プラントとはいえ素人の朝子から見れば本格的な操業と変わらない大がかりな工場で、ここから新薬で貴重品扱いされているペニシリンが大量に生産されるのだと、わくわくしながら眺めていた。

朝子は二年ほどそこに勤めて退職したが、その二、三年後、結局住友化学（もうその頃は元の名前に変わっていたような気がする）のペニシリン開発研究はうまく行かなくて撤退したというニュースを聞いた。

大会社ではよくあることで、会社の規模からいえばあれくらいの設備投資は何でもないのだろうが、朝子はあれだけの投資をして何年もかけて成果を上げることができなくて、研究に携わった人たちは面目ない思いをしただろう。今後の出世競争に障らないのだろうか、みんな親切でいい人だったのにと案じた。

今の朝子なら開発研究がうまくいかなかった理由はわかる。みんないい人たちで、研究にすべてを賭けるような変人は一人もいなかったのだ。そういう人が一人でもいれば、職場の雰囲気も意識も変わっていたに違いないが、みんな適当に仕事をしているという感じで、研究に賭ける熱っぽいものは感じられなかった。

そして研究員たちはいずれも本社採用の人たちだから、新居浜のような辺鄙《へんぴ》な田舎町の工場勤務になって、都落ちしたか、島流しにでもなったような不満を持っていて甚だ意気が上がらなかった。その上お互いに意志の疎通が図られていなくて、若い研究員たちに不満が多くて、朝子たちには関係のないことだが、上層部ではいつも不協和音があったような気がする。

研究室長は農学博士で、青カビの培養だから農学部出身の人が多かったが、朝子の直接の上司の錦田さんは東大の応用化学を出ていた。その人だけはとびぬけて優秀だと朝子にさえわかるくらいだったが、錦田さんも研究一筋というのではなく、その反対の親分肌の面倒見のいい人で、農学部出身の若手の研究員にも頼られよく相談を受けていた。

朝子が勤め始めたときも、錦田さんは勤めながら勉強して薬剤師の資格を取ったらどうかと助言してくれ、自分でいろいろ調べ「戦前は独学で検定試験を受ける制度はあったが、今はなくなっているらしいな」と残念がり、「仕方ないからドイツ語の勉強でもするか。俺が教えてやるから」とドイツ語の初歩の教科書を探して持ってきてくれた。

中型プラントができるまでは精製が行われるのは週に一回程度で、それも培養のほうで失敗すれば精製する原液がないのだから精製は行われない。何しろ青カビは生き物だからいつも順調に繁殖してペニシリンを含む分泌物を出すとは限らない。特に実験段階だから栄養を与え過ぎたり、温度の調節に失敗して駄目になってしまうことも多いのだ。精製作業をしている二日間は二時間置きくらいにサンプルが届くから結構忙しいが、精製をしていないときはすることがなくて、勉強する時間ならいくらでもあった。

三度ほど机に向かい合って座り教えてもらったが、英語にさえ出てこない男性名詞、女性名詞があって朝子は最初からつまずいた。英語なら習う気はあるがドイツは日本と同じく戦争に負けた国である。ドイツ語を使う機会があるとは思えなかったし、化学の文献はドイツ語が多いと言われても、文献が読めるようになるとはとうてい思えなかった。

朝子に熱意がなかったことでドイツ語の勉強はうやむやなままに終わり、結局朝子が会社勤めの間に学んだことといえば、マージャンと自転車に乗ることくらいであった。

しかし錦田さんはペニシリンの精製についての論文を学会誌に発表したとき、もう一人浜松工専を出た研究員の石岡さんと共に共同研究者として朝子の名前も載せてくれていた。朝子は錦田さんの指示でその研究に使う試薬を二、三種造っただけである。自分の名前の入った論文の抜き刷りを渡され驚いてお礼を言おうとすると、朝子が何か言うより先に錦田さんは照れたように頭を掻きながら「共同研究でもキャリアの一つになるんだからな、自分の論文を書くときは、これも忘れずに載せてくれよ」と言った。

何の資格もなく、仕事もあまりできるほうではなく、その上気がきかないことも多かったであろう小娘を、言葉だけでも一人前扱いしてくれる上司というのは、あの頃では珍しかったのではないだろうか。もっとも培養のほうでは亀田さんが怖いもの知らずの率直なもの言いで、上司の研究員のほうが結構こき使われていた。


それから十数年経って朝子は東京で暮らしていたが、ある日新聞の経済欄の片隅に錦田さんの名前を発見した。人事欄で取締役数名の名前の最後に（新任）として名前があったのだ。

やはり偉くなる人は若いときから違う、どこにいても光るものを持っていたと妙に納得できる気持ちになったし、ペニシリン開発研究の失敗がその後の昇進に影響しなかったのだと嬉しかった。

朝子には縁がなくてろくに見たこともない経済欄の小さな記事が目に留まったのは不思議と言えば不思議だが、無意識のうちにこういう記事を探していたような気がしないでもなかった。


父は村長をやめてから激しく移り変わる世相にも、商売で人の出入りが多くなった家にも背を向けるようにして、小鳥の世話や庭木の手入れをして日を過ごしていたが、配達用のオート三輪車を裏庭に通すようになって手入れをする庭木もなくなった。

母屋と西の二階屋を繋ぐ廊下は、年貢米を運んでくる小型の荷車を通すように取り外しができるようになっていた。そして蔵の前にも荷車を二、三台止め、米の検量をするくらいの広庭があったが、オート三輪車が方向転換したり荷物を積んだりするには狭すぎて拡げる必要があった。その上乾麺の干場も必要である。

梅の古木と父が大事にしていた五葉松だけは、植木屋が欲しがっている人があると掘り起こして根元を縄でぐるぐる巻きにしてトラックで持って行ったが、あとの木は無残に切り倒され、父が手入れしなければならない庭木や庭そのものもなくなり、鉢植えの盆栽とサボテンくらいになっていた。

その代わり正二が家に帰ってきたおかげで小鳥の数は増えていた。正二は子供の頃から小鳥捕りの名人だったが、パン屋の仕事の傍ら姿が見えないと思っていると、山原へ行っていてめじろやうぐいすの雛を抱えて帰ってきた。

正二の話ではうぐいすは一羽のオスが数羽のメスを従えて縄張りを作っている。鳴き声の悪い、どもるようにしか鳴けないオスはメスに人気がなくて自分の縄張りは持てないから、他のオスの縄張りに同居させてもらい、居候とも影武者ともつかない形でいるそうである。

どのようにして見分けるのかはわからないが正二には、どこからどこまでが縄張りかわかるらしかった。そしてオスが縄張りを見回る順路も大体決まっているらしい。

うぐいすの雛は一度親の鳴き声を聞くと、それに似た鳴き声になってしまう。だから早くから巣を見つけておき、孵化《ふか》したばかりのときに捕って来なければならない。

父はそれまでは小鳥屋から買ったうぐいすやめじろを飼っていたが、雛から自分の思うように育てられるので大喜びだったが、何しろまだ産毛も生えていない赤裸の雛である。餌をやるために口を開けさせるだけでも大変だし、夜は真綿にくるんで温めてやらなければならない。ほとんど一日中つききりで世話をしていたが弱ってくる雛も出てくる。火鉢に火を起こし温めたりして看病するが死んでしまい、目を真っ赤に泣き腫らしているときもあった。

雛が無事育ってオスメスの区別がつくようになると、メスは山原へ持って行って逃がしてやる。メスは飼う価値もないのかと朝子などは大いに不満だったが、鳴き声を競わせるうぐいす愛好家の世界では、チッチとしか鳴かないメスは何の価値もないのだった。

そしてオスには英才教育が始まる。隣村にいい鳴き声のうぐいすを飼っている家があって、そこへ籠ごと預けてしばらく飼ってもらうのだ。家では「うぐいすの留学」と言っていたが、留学させると父は途端に手持ち無沙汰になり寂しくなったようで落ち着かなくなった。

「そんなに心配なら、様子を見に行けばいいじゃありませんか」

母にそう言われても長い間外へ出なくなっていたから行けない。そんな日が続いていたとき、父はうぐいすの鳴き声を録音したレコードがあることを思い出した。

村長をしていた頃、山をいくつも越えた山奥の村の村長がうぐいすを飼っていて、レコードで鳴き声を教えているという話を聞いたことがあった。手紙で問い合わせると「自分は体力がなくなりうぐいすはもう飼っていないが、そのレコードなら確かに家にある。取りに来てくれる人があれば差し上げる」という返事だった。

朝子が寮から帰ると母はその話をし、朝子に取りに行ってもらいたそうだった。

「次の日曜日でいいなら取りに行ってあげてもいいわよ」

取りに行くといっても朝子が通っていた女学校のある町からバスで山道を二時間あまりかかる。そのバスも二往復しかなくて、朝早く出かけて夕方のバスで帰るのである。

夕食のとき母が「朝子が行ってくれるそうですよ」と話すと、父は「そうか、行ってくれるか」と嬉しそうな顔をした。

朝子は父のためというより平家の落人伝説のある村へ一度行ってみたいと思っていたからだが、はからずも一生に一度の親孝行をすることになった。あのとき以外、父の喜ぶことをしてあげた記憶は残念ながらないのである。

当日朝子は母の作ったお弁当と手土産のパンや乾麺を持って出かけた。父がハガキで知らせてあったので用事はすぐ終わった。その家の人はバスの時間まで家で待つように言ったが、知らない家で過ごすのは窮屈で早々に辞し、河原に下りて岩に腰を下ろし流れる水や、山間の空を行きかう雲を眺めながら半日過ごした。少しも退屈しなかったし、そのときの風景は今も覚えているような気がする。

レコードを手にすると父は二羽のうぐいすを留学先から戻し、ほとんど一日中座敷にこもりきりで蓄音機のハンドルを回し、古びて針の音を立てるレコードを繰り返しかけてうぐいすに聞かせた。一定の間をおいて「ほう、ほけきょ」と三度ばかり鳴き、谷渡りに移る。「けきょ、けきょ、けきょ、……」と、さすがレコードのうぐいすは同じ高さを維持して、よく息が続くものだと思われるほど長く鳴いた。

正しい鳴き方を覚えさせると、次は正月に初鳴きさせるようにするのである。普通うぐいすは正月頃は「チィ、チィ、チ」というような鳴き方しかしない。本格的に鳴き始めるのは二月の中旬頃で、それは日の長さによるらしく、電照菊と同じように電灯で照らして日の長さを錯覚させるのである。十二月に入ると父は夜も電灯で鳥籠を照らし始めた。

父は待っていたのだろうが元日にはうぐいすは鳴かなかった。二日の朝うぐいすの声を聞きつけた誰かが「あ、うぐいすが鳴いている」と声を上げ、みんな縁側に集まった。父はその前から気づいていたのかうぐいすの籠のそばにいて、「鳴いたね、おじいちゃん、おめでとう」と小学生の孫に言われて嬉しそうにうなずいていた。大人たちもそばに立って二声、三声鳴くのを聞き、それぞれ感想を述べあった。

うぐいすが関心を持たれたのはそれ一度きりで、次の年からは正月にうぐいすが鳴いても「あ、鳴いている」と思うくらいで特別に集まって聞くことはなかった。そして春になるとうぐいすは一日中鳴いていたが、それに耳を傾ける人もなかった。たまに用事があって裏庭まで回ってきた人が「あ、うぐいすが」と気づき「飼っとられるんですか、よう鳴きますな」と言うくらいなものだった。

そしてうぐいすが鳴かない夏の間は、家族の者は完全にうぐいすのことを忘れていた。父は誰よりも早く起きて擂《す》り鉢で餌を擂り、水浴びをさせ、それ以外の時間は小石を手にして庭を歩き回っていた。小鳥を狙って庭をうろついている野良猫を追い払うためである。

それから二十年近い年月が流れた頃、東京郊外の団地に住んでいた朝子はある年の暖かで風もない穏やかな正月、団地の中の道を歩いていて久しぶりにうぐいすの声を聞いた。最初はテレビからでも流れる鳴き声かと思ったが、うぐいすは繰り返し鳴いた。懐かしさに思わず足を止め辺りを見回すと、近くの建物の五階のベランダにそれらしき鳥籠があった。どんな人が飼っているのだろう。年老いた親が同居しているのだろうか。それとも変わり者のご主人が飼っているのか。うぐいすを飼う難しさや、正月に鳴かせる苦労を知っているだけに、朝子は飼っている人にも興味があったが、それより何よりうぐいすの鳴き声がこんなに美しく、人の心を揺さぶるものかという驚きでしばらく動けなかった。

「……ほう……」とくぐもるような声で鳴き出す瞬間、静かな光の膜を切り裂いて、深いところから何かが盛り上がってくるような感じで、「けきょ」で崩れて、華やかな光をまき散らしながら散る。「けきょ、けきょ」と光の球はなおも転がっていき、聞く者の心を軽い陶酔にまで誘い込む。

父が飼っていた頃はうぐいすの鳴き声など全く無関心で、心に留めて聞いたこともなかったが、朝子はその鳴き声の一種格調のあるのどかさに、今更のように心を奪われていた。

あの頃、うぐいすの鳴き声がこんなにも深い慰めを与えることを知っていたら、うぐいすのことを通じて父ともっと話し合えたかもしれないのに。朝子はそう思ったが、その頃父はもう八十代の後半になり体力も気力も衰えて、炬燵《こたつ》にしがみつくようにして茫々《ぼうぼう》とした日々を送っていた。

8

昭和二十四年春、兄の幸四郎は二年浪人した後、北海道大学理学部へ入った。当時鉄道事情はまだ最悪の状態で、混雑する列車で煤煙《ばいえん》で煤《すす》だらけの顔になりながら、四国の片田舎から北海道まで辿り着くのは考えても気の遠くなるような話だった。雪の研究で有名な中谷宇吉郎《なかやうきちろう》博士の随筆などよく読み、朝子も読まされたが、その中谷博士が北海道大学にいるからというのが理由のようだったが、人と変わったことをしてみたかったのだ。

そして子供の頃から何かとエピソードには事欠かなかったが、大学受験のときも札幌の銭湯で着ていたものをすべて盗まれるという事件を起こした。田舎でのんびり育っているから更衣室のロッカーの鍵をかけないままだったのではないだろうか。

銭湯の人が気の毒がり、裸で追い出すわけにもいかなかったのだろう、下着や服を貸してくれ、こざっぱりした格好で帰ってきた。衣類など極端に不足していた時代である。だからちょっと油断していると盗まれるのだが、合格するかどうかわからない遠くから来た受験生に衣服を貸し与えるのは、相当な親切心がないとできないことだろう。殺伐とした時代だったがそういう人情はまだ残っていたのである。

幸四郎が北海道の大学に入り、家を出て行くのと入れ違いのように朝子は会社をやめて家にいるようになった。結婚の話があって退職したのである。親戚の人が持ってきた縁談で母も賛成していた。高望みができる身でもないのでこの辺が妥当かという気はあったが、都会に憧れていた朝子にとっては田舎暮らしで、しかも相手の両親との同居ということもあり、なかなか踏み切れなかった。会社をやめれば踏ん切りがつくかと思ったがそれでも決心がつかなかった。何ごとにも臆病な性質で、目をつむって飛び込むことができないのである。

そのうち話が壊れて朝子は家にいて母のパン屋の事務を手伝うことになった。といっても母がまだ元気で帳簿など自分でつけていたから、週に一度新居浜の冷凍会社へイースト菌を受け取りに行き、税務署や労働基準監督署に出す書類を作って届けるくらいなものだった。

学校給食の小麦粉は米軍の払い下げ物資だから、毎日使った量を記入し、いつ検査があっても帳簿と在庫が一致しないといけないことになっていた。朝子はそういう細かな帳簿付けが苦手で、母も苦手なはずだったが商売に必要だからという気があるのか辛抱強く記入し、検査にきた係官に「お宅の帳簿は一番わかりやすくきちんとつけてある」と感心されたと喜んでいた。

家にいるようになって間もない頃、朝子は近所の理髪店の主人で俳句や短歌を作っている山上さんに、白木豊先生宅での歌会に誘われた。山上さんは田舎には珍しいハイカラ趣味の文化人で、理髪店も正面は石造りの西洋館のように見えるモダンな建物だった。朝子は子供の頃から散髪に通っていた。そこでの待ち時間の間に怪人二十面相や三角寛の山窩《さんか》物語など読んだ懐かしい記憶がある。

白木豊先生は広島文理大学の教授で、国語学者としてまた歌人としても有名な方だが、広島の原爆で夫人と息子さんを亡くし、娘さんと二人郷里の家に帰っていた。そのお宅に大阪から有名な歌人がきて歌会が開かれるというのである。

朝子は短歌や俳句を作ったことはなかったが、石川啄木や与謝野晶子、若山牧水の歌は好きだった。白木先生のお宅は海岸近くだが、自転車で行けば楽に行ける距離で、退屈していたこともあって朝子は歌会に出ることを承諾した。行って隅の方に座り、みんなの話すことを聞いていればいいように思っていたのだ。

が、大阪からアララギ派の歌人大村呉楼《ごろう》先生と鈴江幸太郎《こうたろう》先生を迎えて、この地方の歌人の歓迎歌会だったようで、座敷に通されるとすぐお膳が運ばれてきた。近所の人たちが白木先生のために集まって料理をし、接待役を買って出ていたのだ。朝子は驚いて辞そうとしたが、山上さんを通じて朝子も出席者の数に入っているということだった。

考えてみると、このとき誘われるままに深い考えもなく歌会に出たことが、その後の朝子の進路を決めたと言っても過言ではない。そのとき何か歌らしいものを作って提出したのかどうか忘れて記憶にないが、リアリズムや写実を重んじるアララギ派の歌会に出て、朝子がこれまで漠然と描いていた短歌に対する考え、言ってみればロマン主義のようなものを徹底的に壊された。それだけに新鮮で目の覚めるような思いをした。

その場でか、あとで山上さんに教えられてであったのか、朝子は短歌誌「アララギ」と大村、鈴江両先生が主宰する「関西アララギ」に入会して短歌を作りはじめた。

その頃「アララギ」は土屋文明選で、一番活気のあった頃だったのではないだろうか。それこそ戦後のページ数の少ない歌誌で毎月ハガキに五首書いて送っておくと、たまに一首載せてくれる。それでも山上さんや短歌を作り始めて知り合った仲間が「載ったね、おめでとう」とお祝いを言ってくれるくらいだった。年に四、五首載っていた朝子はまだ成績のいいほうだった。「アララギ」本誌に投稿してもなかなか掲載してもらえないので、各地方にアララギ同人による歌誌が出ていた。「関西アララギ」もその一つで、そちらのほうは原稿用紙に十首書いて送ると、七、八首は載せてくれた。

朝子は暇なこともあって、毎月送られてくる歌誌を隅々まで丹念に読んだ。すると全然会ったことのない人でも時折載る歌から、その人の生活や心情まで浮かび上がってくるようで興味があったし、感動した。朝子はたちまち何人かの投稿者のファンになった。

その頃、心に残った歌はその後の長い人生でも忘れられることなく、つねに寄り添い慰め励ましてくれたような気がする。

今でも覚えている好きな歌がある。


木蓮は空に向かいて花開くわが歓びのみち満《み》つる日に

朝子は折に触れてその歌を口ずさむ。すると春先に他の花に先駆けて白い花を空に向けて咲く木蓮の花が目に浮かび、小さなしあわせを見つけて満足したり、ときには「わが歓びのみち満つる日」などこれまでなかったと感慨に耽りながら、この歌の作者津田治子さんは熊本県の癩《らい》療養所にいた人だが、他にもいい歌を沢山作っていたことを思い出す。一度も会ったことはないが朝子の心に強く根づいている人である。

そして自分も歌を作らなければならなくなると、毎日うかうかと暮らしているわけにはいかなくて、自分の心を見つめなおし、自然の風景や四季の移り変わりにも敏感になる。感動するから歌が生まれるのだが、その反対に歌を作るために感動が生まれるということもある。

朝子は歌を作るために毎日のように山原を散歩し、木立の奥にある池まで出かけた。そして池の静かなたたずまいや、ときに池の面に立つさざ波を歌に詠んだ。

さざ波はみな吾が方に押し寄せて華やかにくれないの光を乱す

木漏れ日の輝きいつか消えゆきて影絵のごとく松限りなし

歌を作ろうとしなければ気にも留めず見逃していた風景だが、それは心の中にそのときの感情と共に焼きつけられ、今も朝子の心の中に鮮やかにその風景が浮かんでくる。

風景と同じように感情もまた無表情では短歌は作れない。顔の表情を豊かにするために、ときどき顔の筋肉の各部分を故意に動かしてみることが必要なように、感情を豊かにするためには微妙に動かしてみることも必要なのである。そうすることによって微妙に揺れ動く感情を捉えることができるようになるのだ。

それまでは兄幸四郎の影響で、宇宙の果てしない広がりや神秘に興味を持っていたが、人間の営みや感情もそれに劣らず不思議で興味深いことがわかってきた。

ずっと後になって再会した米原玲子さんに「小説になど少しも興味を示さなかったのに小説を書くようになったのは、どういう風の吹き回し？」と不思議がられたが、変わったとすれば短歌を作るようになったことが、そのきっかけになったのだろう。

朝子はもともと学ぶことは好きだから短歌を作り始めると、当時のアララギ派の巨匠だった斎藤茂吉や土屋文明、更にその先人の伊藤左千夫、島木赤彦などの歌集も読みたくなった。図書館もない田舎に住んでいたが、そういう点では恵まれていた。村には白木先生の他に、『斎藤茂吉』の本など出している全国的に有名な歌人の山上次郎さんもいた。お二人の蔵書は短歌関係の本だけでいえばちょっとした図書館以上だった。山上先生宅のほうが近いので最初は山上家へ通って本を借りた。

当時山上先生は県会議員に出て政治活動のほうが忙しく、いつも留守だった。奥さんも家の周りの畑や庭仕事をしているときが多かったが、留守のときでも勝手に上がって書斎に入っていいことになっていた。その頃田舎ではどこの家も鍵などかけず、縁側の戸なども開け放しだった。三日置きくらいに行って読んだ本を書棚の元のところへ戻し、新しい本を数冊借りてくる。ご主人と同じように歌を作っている奥さんは、朝子がきていることに気づくと、近くの畑に行ってナスやキュウリを採ってきたり、庭隅に生えている蕗《ふき》を刈り取って「お母さんに持って帰ってあげてください」とお土産まで用意してくれた。

山上先生のところの本をあらまし読みつくすと、今度は白木先生のお宅へ行って同様に出入り自由で本を借りていた。朝子に対する信用というより、両親に対する信用があったのだろうが、いずれにしてもありがたいことだった。

朝子はその後戦後派歌人と言われる若手の歌人が作った結社にも参加した。京都ではドイツ文学の京大教授で歌人の高安国世さんの「塔」、東京では当時若者に絶大な人気があった近藤芳美《よしみ》の「未来」に参加し、それに全部毎月投稿するとなると五十首は作らなければならない。その他、松山や京都、遠くは「塔」の全国大会で蒲郡《がまごおり》まで出かけ、高安国世先生を迎えて愛媛、香川の歌人が集まっての歌会を朝子の家で開いたこともある。もちろん母が全面的に接待役を引き受け協力してくれたが、こうして朝子の短歌熱は東京へ出るまでの七、八年間続いた。

その一方、朝子は週に一回隣村の郷里の家へ疎開して帰っていた英文学者の明石先生のお宅へ英語を習いに行っていた。朝子の家のすぐ近くの公民館で先生が中学生に英語を教えていると聞いて出かけると、中学生と一緒では気の毒と思ったのか、「僕のうちへ来なさい。個人指導してあげますから」ということになった。

朝子の女学校時代は戦争中で一年の一学期しか英語の勉強をしていない。中学生と初歩から習ってちょうどいいのだが、渡されたテキストは研究社の英文学叢書の『フォーサイト家物語』だった。

大学の英文科の学生ならいざしらず朝子の手に負えるものではなかったが、先生が英文を読み、日本語に訳すのを聞いているだけでよかったから助かった。次に習うところの単語を調べていけばよかったのだ。それさえ怠るときがあって英語の勉強にはならなかったが、『マンスフィールド短編集』、ヴァージニア・ウルフの『ダロウェー夫人』、ガーネットの『狐になった夫人、動物園の男』などを読み、文学に目覚め始めたばかりの朝子にとっては、英文学の名作の一端にそういう形で触れることができたのはありがたかった。

マンスフィールドの短編の鮮やかな細部描写は短歌を作る上でも通用するような気がし、そのことを書いたエッセイを送ると、リルケの詩の翻訳などで有名な高安先生が歌誌「塔」に掲載してくれ、「僕もマンスフィールドの作品を読みたくなり、読んでいるところです」という手紙をくれた。

英語で読んでいる作家の他の作品（もちろん翻訳されたものだが）も読みあさるようになり、工専で一緒だった米原玲子さんにはかなわなかったが、朝子も少しずつ小説を読むようになっていた。しかしどろどろした人間関係を描いた小説より抽象的な作品の方が好きだった。その頃読んだ中ではガーネットの『狐になった夫人』が一番好きだった。

田舎暮らしの夫婦が林の中を散歩しているとき、突然奥さんが狐に変身する。夫は途方にくれ、召使いたちに暇を出し、この事実を誰にも知られぬよう妻を守って生きて行こうと決心する。

最初は人間らしい感情が残っていて自分の姿を恥じていた妻が、日を追うごとに野生化し、近所の鶏をくわえてきて羽をむしっていたりする。驚いた夫は屋敷に閉じ込め外へ出さないようにするが、妻は塀の下を掘り逃走を計る。それが見つかって失敗すると、彼を騙して安心させそのすきにとさまざまな手を使い、逃走することしか考えてない。

その懸命さが哀れになり、夫は外へ出してやり、自分のほうが林や山の中を徘徊するようになる。妻はやがて雄狐と一緒にいるようになり、翌年の春には数匹の子狐を連れて現れる。夫の顔も覚えていないが、この人は自分たちに害を与えないということはわかるのか、彼がそばにいるのを受け入れている。彼は毎日出かけて子供たちと遊んでやり、この子たちの教育をどうするかなど夢想している。

ある日、近くでハンターの銃の音がし、彼はあわてて外へ飛び出すが、時すでに遅く、ハンターに撃たれた妻が逃げてきて屋敷の前でぱったり息が絶える。

一見お伽話《とぎばなし》ふうだが、狐になった妻が野生化して行く場面などは悲しいほどリアルだし、報われない愛に懸命に尽くす夫の姿が心を打つ。一人の人を愛し抜くことがいかに困難かを教えてくれる小説でもある。ずいぶん昔に書かれた小説だが、認知症の家族を看護しなければならない人たちが増えている現在では、さらに現実味を増して感動する人が多いのではないかと思う。

それはそれとして朝子が初めて書いた小説『蝶の季節』の団地の奥さんたちが次々蝶に変身する話は、この小説の影響かもしれないと思うときもある。


明石先生の奥さんは『次郎物語』を書いた下村湖人の長女だということで、上品できれいな方だった。小学生のお嬢さんと二人で、典型的な地方の旧家のたたずまいの家で静かに暮らしていた。

戦前は東京で暮らし、その頃に三鷹に土地を買っておいたということで、朝子が上京するより前に一家は三鷹に家を建て移り住んだ。

それから二十年あまりの年月が経った頃、朝子は小説を書いている友人から奥さんの消息を聞いた。奥さんの晴代さんは『「次郎物語」と父下村湖人』という本を出版し、朝子のことを知っていると話していたということだった。その友人に連れられて三鷹の駅近くのお宅を訪問した。先生も奥さんもお元気で、小学生だったお嬢さんは結婚され姓は変わっていたが、二階に同居していた。

奥さんは本を出してから文学や文壇のことに強い関心があるようで、朝子のところからはバスに乗ればすぐという便利さもあって、その後も二、三度招待されてお邪魔したことがある。

奥さんが亡くなってからは訪ねることもなくなったが、明石先生はかねがね「僕は体にいいと言われることは一つもしたことがありません。もちろん運動もしません。オリンピックの選手が速く走れると言っても汽車や飛行機より早いわけではないでしょう。しかし人間の頭脳というのはそれ以上に素晴らしいことができるのです」と極論に近い発言をし、田舎にいたときから病弱そうに見えていた。その先生が百一歳という長寿を保ち、亡くなったことを知らせてくれたお嬢さんのハガキによると、寝込まれた期間もごくわずかだったとか。人は見かけによらないものだと驚いたものである。

9

幸四郎は北海道大学の理学部に席を置いていたが、朝子の記憶では北海道にいる期間より家にいた日数のほうが多かったのではないだろうか。スキーにも行ったと聞いたことがあるので、最初の冬くらいは少しいたのかもしれないが、夏休みは七月になると帰ってくる。そして冬休みも早くから帰り、四月の半ば頃まで家にいてパンの配達など手伝っていた。

昭和二十四年の秋には長兄の修一が日本無線に勤めるようになり、一家は東京に住んでいたから、幸四郎は北海道への行き帰りには修一の家へ転がり込み、四、五日東京で遊んでから汽車に乗っていたようだった。

それでも留年もしないで三年経つと無事に卒業し、大阪の市立大学に勤めるようになった。

幸四郎が大阪で下宿生活を始めると、朝子はそこを足場にして京都や大阪の歌会にも気軽に出られるようになった。

妹の千加子は昭和二十三年春、女学校を卒業すると住友系でその頃は四国林業と名前を変えていた会社に勤めた。営業所は新居浜とは反対方向の三島にあったから、通勤地獄は経験しなくてもよかった。朝子が家にいるようになって一年ほどは一緒にいたはずなのに、その頃の千加子の様子は一向に思い浮かばない。多分友人や勤め先の同僚と遊び歩いて家には寝に帰るだけだったのだろう。

そしてある程度給料を貯め、失業保険ももらえるようになると、洋裁学校へ通うのだと言って上京した。

朝子はいい子になりたがり屋のところがあって周囲とすぐ妥協するのに比べて、千加子は「憎まれっ子、世にはばかる」を地で行くようなところがあった。他人に気に入られようと思わないのだから強いのである。反対されればかえってやる気が出てくるようだった。このときも母の反対を押し切り、一人で決めて一人で荷造りをして家を出て行った。

幸四郎も千加子も家を出て行き、正二一家はいるが食事などは別の別世帯で、朝子は一人家に取り残されていたが、この頃になって孝子の離婚問題もいよいよ大詰めを迎えていた。

孝子はこれまでも引き揚げてきてから生まれた赤ん坊を抱え、よく実家へ泣きにきていた。引き揚げてきたときよりまだやつれ、お乳も出なくて赤ん坊には重湯や、粉ミルクを溶いたのを飲ませていたが、赤ん坊も栄養失調気味でよく泣いていた。畑仕事はできないので大家族の炊事や洗濯、掃除を引きうけていたが、忙しくて赤ん坊の面倒を十分見ることができないというのである。

当時の朝子はそんなものかと聞いていたが、今になってみるとその理由がよくわかる。孝子は父に似て、いやそれにまだ輪をかけてすることが丁寧だが、遅いのである。

母が晩年商売をやめ、その前に父が亡くなっていて孝子と二人きりで暮らしていた頃「何もすることがなくて退屈で寂しい」と嘆くので、朝子は仕事を持って帰り一週間も二週間も実家で過ごすことがあった。

台所仕事はすべて孝子がし、朝子など手伝わせてもらえないのだが、そのときはコーヒーでも入れるために台所にいたのだろう。

「あ、ご飯が炊けたようだから、朝ちゃん、炊飯器のコードを抜いて」

流しの前にいた孝子が言った。

ご飯が炊けてスイッチが切れたのだから、あわててコードを抜く必要はないだろうと思ったが、朝子は言われるとおりコードを抜いた。

「そっちも」と孝子は壁のコンセントへ目をやる。

「こっちも？」

壁のコンセントは固くて抜くのは苦手の朝子は、このままでも別に邪魔にならないのにと思いながら言われるままに苦労して引き抜き、コードをくるくると丸めて、近くの茶箪笥《ちゃだんす》の上に置いた。

「まあ、朝ちゃんは本当にぞうらい（雑）なんだから」

孝子は顔をしかめたが、朝子は何で怒られているのかわからないまま立っていると、孝子がきてコードを手にし、買ったときと同じようにコードを一定の長さに折り曲げ、パチンとボタンで止め茶箪笥の引き出しにしまった。

「毎日使うものを、毎日こんなことをしているの？」

朝子は驚いて悲鳴のような声をあげ、それからため息をついた。「それじゃ時間がいくらあってもたりないでしょうに」

孝子は当然のことをしただけなのに朝子がどうして驚いているのかわからないようだった。

夕食の後片づけにしても長くかかる。母娘三人の食事だから、朝子なら雑には違いないが、テレビのコマーシャルの間に立って行って十分片づけられると思うのに、毎晩遅くまで台所で忙しそうに立ち働いていた。早くお風呂に入ればいいと思うのにいつも真夜中近くになるのである。

「姉さん、あれだけのお皿を洗うのに何時間かかるのかしら。早くテレビでも観に来ればいいのにね」

と朝子がため息をつくと、母は、

「あの娘《こ》のはお皿を洗っているんではなくて、磨いているんだよ。あんまり磨くと模様も消えてしまうから、いい加減にするように言ってきてくれ」

と苦笑していた。

母は昔から丁寧過ぎる父のやり方をどれだけ嘆いてきたか知れないのだ。自分は字が下手だからお礼状や時候の挨拶状など全部父に押しつける。父はそういうものさえ下書きを作ってから書き始めるから、せっかちな母は見ていられなくて「ハガキ一枚書いてもらうのだって、こんな苦労をしなければならないんだからね」と歯がゆがっていた。朝子などはそういう不満をどれほど聞かされてきたか知れない。

が、今は年をとって少し気が長くなったこともあるし、世話にならないといけない身だからか、

「自分が産んで育てた子だから、どこへ文句を言って行けるわけじゃなし、目をつむって我慢しとるんよ」と言っていた。

人の性癖は年齢とともに嵩《こう》じるから、孝子の丁寧さも若いときはこれほどではなかったかもしれない。しかしその半分、三分の一としても、農繁期などは食事も立ったままで済ませるという

ほど忙しい農家の大世帯の炊事など、間にも拍子にも合わなかっただろう。本田家の人たちも結構我慢していたのだ。

母にはそれがわかっていたから引き揚げてきた最初から、孝子の夫の正喜に会うたび、家を出て自分たちだけで暮らすように説得していた。「あの家なら借りられるから」とかなり具体的な話をしていたときもある。しかし正喜としては長男が戦死し、男の子は自分だけである。家や両親に対する責任もあるだろうし、引き揚げてきて一応住友系の会社に勤めていたが専門を生かした職場ではなく、工員としての採用だった。これまで贅沢に暮らしてきたから僅かな給料など自分の小遣いにも足りないと思っていたようで、「家の財産なんか嫂《あによめ》さんと甥にきっぱり譲って家を出なさい」と母に言われてもその気はないようだった。

で、母は早くから離婚して帰ってくるように言っていたが、子供のことがあるので孝子もなかなか決心がつかなかったが、小学生の丈夫だけでなく、まだ幼い女の子を置いて離婚する決心がついたのは、もっと深い、女として堪えられない理由があったのかもしれない。ちなみに孝子が離婚したあと、家を継がなければならないということで、正喜は嫂と再婚した。戦死した兄のお嫁さんと結婚して家を守るという方法はその頃よく取られていたことだった。

離婚してからも孝子は子供に会いたくて、ときどき出かけて行き小学校の校門の前で丈夫が出てくるのを待っていた。丈夫のほうは家族に言い聞かされ、お母さんは自分を捨てて出て行ったように思っているから「お母さんなんか嫌いだ、帰れ、帰れ」と言われたらしく泣いていた。それからもしばらくの間は出かけていたが、声はかけず遠くから姿を眺めていただけのようである。残してきた女の子はしばらくして亡くなったということだった。

しかし一年もしないうちに、二人の女の子を残し奥さんが亡くなった人と再婚した。負けず嫌いの母が積極的に再婚相手を探してきたせいもあるが、相手の高田は前の奥さんが病身で長い間寝込まれたから、丈夫なだけでもありがたいと思うのかあまり文句も言わないようだった。孝子は二人の義理の娘を連れてときどき家へ遊びにきていた。

ずっと後になって朝子は孝子に言われたことがある。

「私は再婚なんかしたくなかったけど、朝ちゃんがお母さんの商売を継ぐのかと思っていたから、私が家にいると朝ちゃんの縁談にも差し障るし、邪魔になるからと思って高田さんと再婚したのよ」

母のパン屋を継ぐことも、結婚して田舎の家で暮らすことも夢にも思ってなかった朝子は驚いた。母もその気は全くなかった。朝子の縁談も躍起になって探していたが、みんな都会での勤め人だった。

が、孝子は本当にそう思っていたらしく、朝子が上京した後、そのときには正二一家も警察予備隊に入り家を出ていたが、孝子は「朝ちゃんも東京に行ってしまい、両親の世話をする人が誰もいなくなった。どうしても私が家へ帰って世話をしないといけないから」と高田に宣言し、さっさと離婚して家へ帰った。

それ以来ずっと両親と一緒に暮らしていた。近所の人たちは孝子にだけ両親の世話を押しつけ、他の兄弟たちは都会で気楽に暮らしていると孝子を犠牲者のように思っていたが、そうでもなかった。結構わがままに自分流の流儀を貫いてしたい放題のことをしていた。誰にも文句を言われないし、気を使うこともない。本人にとっては一番快適な生活だったのではないだろうか。

人は結局、周りからはどう見えようと自分の好きな生き方しかできないのではないか。朝子はずっと一人で暮らしてきた自分の生き方も含めてこの頃になってそう思うことがある。自分にとっては不本意な生き方のように見えても、自分が選びとった道で、それ以外の生き方はできなかったのだ。

古ぼけた家の台所をピカピカに磨き上げ、きちんと片づけることも、若い頃の朝子にはばかばかしいこととしか思えなかった。全く無駄で無意味で時間の浪費くらいに思っていた。が、本人にとって芸術家が一つの作品を仕上げたような達成感や満足感がなかったとは言えないだろう。それがあったとしたら周りの者がとやかく言うことはないのである。

ただ一つの心がかりだった婚家に残してきた丈夫のことも、丈夫も成長するにつれいろいろなことがわかり、銀行員となり結婚して明石に住んでいたが、正月休みや盆休みに一家で車で隣郡の実家へ帰る途中孝子のところへ寄るようになり、孫たちとの交流も生まれていた。

孝子は十年ほど前に亡くなっているが、結局は幸せな一生だったのではないかと思う。

それにしても遺伝子の組み合わせは無限にあるだろうが、同じ遺伝子を受け継ぎながらこれほど極端に分かれてしまうのはどういうことだろう。朝子は片づけや掃除が一番苦手で、散らかしっ放しの部屋を眺めながら、もし孝子がこの部屋を見たら何と言うだろう。部屋が狭いので一週間はかからないだろうが、二、三日は夜も寝ないで台所や風呂場など磨きにかかるのではないか。

「まあ、朝ちゃん、一人暮らしで怒る人がいないといっても、こんなに散らかして。こんな部屋でよく住んでいられるわね」

孝子のそう嘆く声が今にも聞こえてきそうだが、そう言って叱ってくれる人も今は誰もいないのだ。

10

昭和二十五年六月朝鮮戦争が起こった。当時朝子などは対岸の火事くらいにしか思っていなかったが、それ以後、日本の置かれた立場はがらりと変わった。

戦争による特需で日本経済は活気を取り戻し、日本の軍国主義を恐れていたアメリカが方針を転換して、日本も防衛力を持って自分の国を守り、アメリカに協力するべきだということになった。

その年の八月、今の自衛隊の前身である警察予備隊が発足した。日本陸軍の復活を恐れるアメリカは、最初は旧陸軍士官学校出身者は採用しないことにしていたが、隊員を集めても訓練する専門家がいなくて、昭和二十六年には陸軍士官学校出身者でも中佐以下だった者を採用することにし、その翌年には旧陸軍の中枢部にいた者まで迎え入れることになった。

当時の朝子はそんなことは知らなくて、正二が警察予備隊に入ったので、幹部に旧陸軍の将校を迎えて発足したように思っていた。

くわしい年月日は忘れたが、正二と陸軍士官学校で同期だった人が突然訪ねてきたことがあった。人の出入りの激しい我が家では落ち着いて接待できないので、正二は駅前の旅館兼料亭へ案内した。遠くから来たのだから泊まっていくものと思っていたが、まだ行くところがあるからと夕方の列車で次の目的地に向かったという。

母が「用事は何だったの」と聞くと、「同期の仲間がどうしているか、全国を回って訪ね歩いているらしい。みんなの消息にくわしくて雑談しただけで、帰って行った」ということだったが、時期的に考えて、同期の仲間を訪ね、これから予測される世界情勢や進駐軍の方針の変化を伝え、警察予備隊へ入るよう勧めて回っていたのではないだろうか。

正二が警察予備隊へ入ることを母に相談したのはそれからしばらくしてからである。家に帰ってパン屋をしている間に女の子も生まれ、子供が三人になっていた。田舎でこのままパン屋を続けても将来性はないし、三人の子供の教育のためにも安定した職が必要である。陸軍士官学校出身では今のところそれしか選択の道はなかった。母もそれがわかっているから即座に賛成した。

パンの製造もその頃は従業員だけでできるようになり、正二の役目も一応終わっていた。もうその頃はパンの生地をこねる機械もできていたし、焼くのも電気竈になっていた。パンは発酵させるのに時間がかかるから朝の三時、家の者がまだ寝ている頃、近所の主婦がきて母が前夜工場の黒板に書いてあるその日作るパンの量から、材料の小麦粉、バター、砂糖、イースト菌、水など計算して機械に入れ、スイッチを入れるだけでいいから女の人で十分間に合うのだ。

正二一家が出て行ってからも母のパンとうどんの製造業は以前どおり続いていた。朝子は商売を継ぐ気はなかったから、家にいるとき店に買いにくる客の応対をするくらいだった。ただ小遣いはもらわないといけないので、自分も含めて従業員の給料の計算や、失業保険や厚生年金の計算や納付の事務はしていた。

責任逃れのようだが、朝子がパン屋の経営に興味がなく手伝わなかったからよかったのだ。母は商売を始めた頃、紙屑回収業から一代で大製紙工場を起こした人と何かの会で一緒になり、「今度商売を始めることになったのですが、商売人としての心得を一つだけ教えてください」と頼むと「商売人は夜眠るときも片目を開けて眠るくらいでないと、あきまへんぜ」と言われたそうである。

「眠るときも片目を開けているくらい絶えず周囲の状況や、時代の動きに気を配ってないといかんということとじゃろうね」

母はそう解釈して、それを実行しているつもりもあっただろうが、もともと積極的なタイプだから絶えず新しいものを取り入れていた。

世の中が少し落ち着くとパン屋関係の業界新聞も発行され、どこで知ったのか母はいち早く申し込み、週に一度郵送されてくる新聞を隅々まで読み、メロンパンが流行っていると知ると、その作り方を調べ工場に行って早速作らせた。パンの種類を増やすことなら別にリスクはないが、機械でも新しい便利なものができると買い替えた。

パンを一個ずつ包装する機械ができたときは、都会でもまだ餡パンを包装してなかったときに、その機械を買って包装して売り始めた。

「田舎のあまり衛生的でない店で売ってもらうからこそ包装が必要なんだよ」というのが母の意見だったが、もし事前に朝子が相談を受けたとしたら反対したに決まっている。人口の少ない田舎では商売を大きくすることなど望めなくて、設備投資にお金をかけても、採算がとれるかどうかわからない。それなら今までどおりの現状維持のほうがいいのではないか。誰もあとを継ぐ者もいないのである。朝子は消極的な性格だからすぐそう考える。

朝子はテレビのスポーツ番組が好きでよく見るが、テニスでもゴルフでも優勝争いをしているとき、守りの姿勢になると途端にミスが出て自滅する。商売やその他のこともそうで、前進を止めたらそこに留まっていられなくてずるずる後退するだけである。今になってみるとそういうことが頭では理解できるが、若い頃はそんなこと知らなかったし、積極的すぎる母を反面教師として育ってきたから、何事にも慎重にというより臆病になっていた。

だからもし朝子が母の商売を手伝っていたとしたら、母にブレーキをかけ続ける結果になっていただろう。そして二人とも感情的に面白くなかっただろうし、母がたまには朝子の意見も聞かなければと思うと、たちまち商売は行き詰まっていただろう。

作れば作るだけ面白いように売れたのは一、二年だけで、すぐ隣村に競争相手のパン屋ができ、世の中が落ち着くと全国的な規模の大会社も進出してきて、競争が激しくなっていた。生き残るためには絶えず新しいことに挑戦しなければならなかった。

朝子が短歌や不毛な恋愛にうつつを抜かしていたおかげで、母は誰にも邪魔をされず自分の思いどおりにでき、絶えず新しいことに挑戦したおかげで、その後二十年も商売を続けられたのだ。

11

当時、朝子が一番熱心に作品を送っていた高安国世主宰の「塔」では、京阪神に住む編集手伝いの若手のメンバーたちが熱心に活動し、地方の会員も巻き込んで互いに作品評を載せたり、誌上合評会などをしていた。

そういう場合は郵送で原稿を回覧して、前の人の意見を読んで自分の考えを書き記し次の人に送るから、住所も公開されていた。それ以外にも個人的に互いの作品について感想を述べ合って、文通する人も何人かできていた。なかには自分の顔写真を送ってくる人もいた。

その頃の人で大阪の古賀泰子《こがやすこ》さんとは今もつき合いが続いている。古賀さんは朝子より数歳年上で小学校の教師をしていた。歌歴も古く、すでにその頃高安先生の推薦で歌集『溝河《みぞかわ》の四季』を出し、新鋭女流歌人の一人として活躍していた。「塔」の編集手伝いメンバーの中心でもあり、校正などは大阪の彼女の家に有志が集まって行っていた。長年看病をしていたお母さんが亡くなったあと一人暮らしで、自分の家に泊まればいいからぜひ京都の歌会に出てくるようにと誘われ、朝子は泊めてもらい、京都の北白川の高安先生のお宅にも連れて行ってもらったことがあった。

朝子は東京に出てきてからは短歌を作らなくなり、歌誌に属することも止めたので、古賀さんとのつき合いも中断していた時期があったが、十年あまり経って古賀さんが朝子の生家に朝子の東京での住所を問い合わせ、それからまた文通が始まった。

古賀さんの弟さん一家が朝子のところから二駅ほど離れたところに住んでいて、上京したときは弟さんの家に泊まり朝子のところへも訪れ、東京でも三度ほど会ったことがある。

つい三年前にもどちらからともなく会いたいと言いだし、朝子は大阪での女学校時代の同級生の集まりに出席し、その夜は古賀さんと二人でホテルに泊まった。

古賀さんは九十一歳になっていたが、皺もなく色つやのいい顔で、まるで少女のような感じだった。高安先生が亡くなったあと「塔」の編集委員や、先生のあとを継いで新聞の歌壇の選者などで活躍し、引退した今も「塔」に毎号作品を発表し、自宅ではお弟子さんが何人か集まり、毎月歌会を開いているということだった。

話題は主に朝子も熱心に投稿していた昭和二十年代の後半から三十年代の初めの頃の「塔」に

関係していた人にまつわる思い出や噂話だった。

遠い昔のことですべてが時効になっているから、朝子が知らなかった裏話もいくつか出た。そういう話の流れの中で、「あなた、川田さんにお金を借りられたことなかった？」と朝子は聞かれた。

川田さんというのは京都の結核療養所にいた青年で、誌上合評会や歌論で活躍し、かなり目立つ存在だった。彼も自分の写真を送ってきた一人で、結核療養所にいるので痩せて青白い顔を想像していたが、ふっくらとした健康そうな顔で、写真を送ってくるだけあってかなりの美男子だった。

「いえ」

朝子は首を横に振った。

「熱心に活動してくれるのはありがたかったんだけど、それを利用して地方の会員の方にお金を無心したり借りたりしていて、先生も困っていらっしゃったのよ」

「療養所に入っていたから、お小遣いが欲しかったんでしょうかね」

朝子はそう呟きながら思い当たることがないでもなかった。一度、彼から英語の辞書がぼろぼろになってしまったが、新しい辞書を買うお金がない。もし使わない辞書を持っていたら、古いものでもいいから送って頂ければありがたい、というような手紙をもらったことがあった。

朝子は言葉どおりに受け取った。家には兄たちが中学時代使っていた辞書が何冊も残っていた。朝子自身もそのお古の一冊を使っていたが、それと同じ古い辞書を送った。川田さんは驚いたらしく、お礼状に「修道院暮らしのようなあなたの清らかでつつましい生活をあれこれ想像しています」という言葉があった。彼としては最大の皮肉だったのだろう。

ああいうとき他の人はどうするのだろう。新しい辞書を買って送ってあげるのか。それとも辞書を買う足しにしてくださいとお金を送るのだろうか。使い古しの辞書でもいいと書いてあったのだ。それにしても自分は何と気がきかない田舎者だったのだろう。そのおかげでお金を無心されることはなくて助かったのだが。

朝子は複雑な思いにとらわれ感慨に耽っていると、古賀さんは更に話題を展開させた。彼女は久しぶりに昔のことを話せる相手に出合ってかなりハイになり饒舌《じょうぜつ》になっていた。

「あなた、あの頃、恋の歌を沢山作っていたでしょう？　お相手は誰だったの」

「あれはフィクションですよ。私は短歌は挽歌《ばんか》と相聞歌に限ると思っていたから」

朝子はうろたえて弁明したが古賀さんはわらっていた。

「大体想像はついているけど、彼のほうはあの頃から編集の手伝いにも出てこなくなったし、『塔』も止めてしまったから確かめようがなかったのよ」

九十一歳と八十三歳の老女のこんな会話は、客観的に見れば滑稽としか言いようがないだろうが、本人たちは自分を老女とは思っていなくて、気持ちはいつまでも若いときのままである。

どうして知っているのだろうといぶかしそうに見ている朝子に、古賀さんは続けた。

「あなたの歌に花山天文台が出てくるのがあったでしょう。だから舞台は京都だとわかるし、それに彼と一番親しかった伊坂君が彼からあなたのことを聞かされたことがあるとかで、私たちも二人が結婚してあなたが京都に来るようになればいいのにと話していたのよ。ずっとあとになってだけど彼は会社を辞め、大阪のほうで中学の先生をしていると聞いたことがあったけど、今どうしているの？」

「そんなこと私に聞かれても」

朝子は首を振った。「私が東京に出てから、一、二年した頃、先生たちの慰安旅行で山梨県の昇《しょう》仙峡《せんきょう》に来たとかで、東京へきて私の住所を探し当て一度会ったことはあるけど」

田所はあのとき何を誤解したのか「君は東京に出てから変わった。たった一年あまりの東京での生活が人をこれほど変えるものか」としきりに言っていた。それ以後手紙も寄こさなかったし、朝子もあえて連絡を取ろうともしなかった。

その後の消息は何も知らないが、おそらく結婚し家庭を持っただろう。しかし朝子より年上だからもう結構な年だし、亡くなっていても不思議ではない。

「いずれにしても遠い遙か昔の話よ」

朝子は話を打ち切るように言い、古賀さんもにわかに現実に返ったように「そうね」と相槌《あいづち》をうち「それじゃ眠ることにしましょうか」とそれぞれ枕許の明かりを消した。

翌日はホテルで朝食をとった後、二人ともまだ話し足りなくて「うちへこない？」と誘われ、タクシーで若い頃一度泊めてもらったことのある淀川区にある古賀さんの家へ向かった。家は改築して昔の面影はなかったが、庭の木々たちは見おぼえがあるような気がした。いや、見覚えというのではなく、庭にある大きな楓《かえで》や枇杷《びわ》、ザクロなど古賀さんの歌によく出てくるから親しいような気になっているのだろう。

朝子が「塔」を離れてからも歌集を出すたび贈ってくれていたので、彼女の日々の生活や身の回りのことについては親しみがあるのである。古賀さんの歌で好きな歌は沢山あるが、すっと口をついて出てくる歌も何首かある。

虚しさを笑いに変えて生きおれば徐々に笑いはわがものとなる

母と在りし孤独は過ぎて母の亡き孤独しみじみわれに始まる

古賀さんはこの家で父親を亡くし母親を看取り、二人の弟に頼られて青春時代を過ごし、その後一人で暮らしてきたのである。

居間のソファーでくつろいでいる朝子のそばで、古賀さんは帰ってくるなり留守電をチェックしていた。一晩留守しただけなのに数通のメッセージが入っていた。朝子は聞くともなしに聞きながら、彼女が九十歳を過ぎても多くの人とつき合い、多くの人に頼りにされていることにあらためて驚いた。

小学校の教師を定年まで勤め上げ、歌一筋に生きてきて、今も現役で活躍している。とにかく本人には自分のするべきことをなし遂げたという満足感はあるだろう。朝子などはどれも中途半端で何一つなし遂げたものはない。朝子が短歌をやめたのは東京へ出て自活しなければならなかったからで、いくつもの歌誌に入っている経済的な余裕もなかったし、悠長に短歌を作っている精神的な余裕もなかった。しかしもしそうでなかったとしても歌うべき題材がなくなったとき、日常生活の中から忍耐強く題材を見つけて作り続けることはできなかっただろう。

近くの料亭から運ばせた昼食をご馳走になり、午後遅くまでまた昔のことを話し夕方の新幹線で帰ってきた。

朝子は久しぶりに、「君のこと忘れて行くはかつての日のおのれ死にゆく如く淋しき」と歌った昔の日々を思い返したが、人の記憶というのはビデオカメラの映像のように時間の経過に従ってではなく、一枚のスナップ写真のように印象に残った場面だけ切り取られて残っているものらしい。


京都の歌会に出た翌日、田所に京都を案内してもらったのは、あらかじめ手紙でうち合わせてあったのか、歌会のあとその場で誘われたのか、今となっては思い出せない。すべてが曖昧模糊としている。その中に古ぼけたスナップ写真のように一枚ずつバラバラな映像が残っている。二人が歩いている道の遙か向こうの山頂に、守護神の如く白く輝いていた天文台のドーム。あれはたしか八坂神社の裏手の道を登って行ったのではなかろうか。そうやって記憶を手繰って行くとふいに自分が若い頃に戻ったような気になり、そばを歩いている彼の息遣いまで聞こえるような気になる。

中京区の四条通りから少し入ったところの彼の家は、ウナギの寝床のように奥行きの長い典型的な京の町屋で、入るとすぐ土間の台所になっていてガスは使っていたが、竈や水甕《みずがめ》があり水道のホースからは水がほんの少しばかり絶えず流れ出ていた。そうしておくと水道のメーターが回らなくて水道代の倹約になるのだそうである。

病院勤めの医者だった父親は彼が大学生の頃亡くなり、お姉さんは結婚して伏見のほうに住んでいて、一人息子の彼はお母さんとその家で暮らしていた。

土間の台所の奥に中庭があって灯籠などがあり篠竹が一株茂っていた。そして廊下沿いに座敷などが続くのだが、彼の部屋は入り口近くにある階段を上った二階の一室だった。その部屋で印象に残っているものといえば、額に入れて壁にかかっていた黒光りする月光菩薩《がっこうぼさつ》のかなり大きな写真である。

朝子はその頃仏像になど興味がなかった。家は神道でお寺参りの習慣はなかったし、お寺といえば子供の頃、友だちに誘われて甘茶をもらいに行ったくらいである。その甘茶も美味しいものではなかったし、地獄絵の毒々しさや、極彩色の飾りもの、線香の匂い、チンジャランと鳴らす鉦《かね》の音、すべてが異様で好きになれなかった。京都や奈良のお寺も小学校の修学旅行のとき、面白くもないのに連れまわされて疲れた記憶しか残っていなかった。

しかしそのときは月光菩薩ということさえ知らなかったが、その仏像の美しさはわかった。朝子がその前に立ち見とれていると、彼は横から「ぼくは奈良のお寺を歩くのが好きでよく行くんですが、薬師寺の月光菩薩が一番好きで、何か力強いものがみなぎっているような気がするんです」と言った。短歌を作っている人の中には古寺巡りをしている人が多かったから、朝子はそういうものかと思ったくらいだった。

彼のお母さんは小柄なおしゃべり好きの人だった。朝子をもてなしながら、京都人は口と心と反対で底意地が悪いとよく言われるが、自分は岡山県の田舎の出で、今でもそういう京都人の気質に慣れることができない。だから遠慮しないで召し上がれ、というようなことを流暢《りゅうちょう》な京都弁で話した。

息子の自慢話もした。主人が生きている頃から一家でよく文楽を見に通っていたが、息子は学生の頃文楽関係の雑誌に批評を載せたことがある。それ以来誰それ太夫に可愛がられ、文楽の評論家にならないかと熱心に誘われたことがあるというようなことだった。

彼は昔のことだと笑っていたが、文楽を見に連れて行ってくれたこともあるし、プロ野球の南海ファンだということで大阪球場へ野球を見に行ったこともある。鶴岡監督の時代だから古い話である。彼の家で勝気そうなお姉さんにも会ったことがあるし、泊めてもらったこともあるから、四、五回は行ったのではないだろうか。

12

彼のほうも朝子の家に来たことがある。出張で高松まで行くからできれば訪ねたいということだった。出張というのは口実だろうと思ったが、朝子は喜んで承諾した。母は反対だった。母が勧めていた縁談があったし、兄たちがみな理科系だったことからもわかるように、家では短歌を作るような文学青年は、女や金にだらしない不良青年のように思われていた。それに京都人というのも体裁ばかり構い、底意地が悪いといって嫌いだった。一人息子で母親との同居も反対の理由だった。

朝子は何もそんなにお先走りすることはない、結婚を前提としてつき合っているのではなく、短歌仲間としてのつき合いだから、と母を説得した。その頃はまだそれくらいに考えていた。京都のあの家で結婚して暮らす自分の姿など想像もできなかった。が、そうなったらなったで、あのお母さんとならうまくつき合えるのではないかというような気もしていた。

母は最後まで渋っていたがいざ客として迎えると、いつもの人をそらさない愛想のよさで歓待し、ビールを勧めながら田所と結構調子を合わせて世間話をしていた。

田所はその夜は泊まり、翌日午前中の汽車で帰り、朝子も送りかたがた同じ汽車で高松の電力会社の社宅に住む姉の良子の家に行った。ちょっとした買い物や映画を見に高松まではしょっちゅう行っていた。しかし姉の家には夕方行けばいいので、田所と栗林《りつりん》公園や屋島《やしま》で遊んだ。ロープウエーで屋島へ上り、波一つない春霞みの瀬戸内海を見下ろしながら話した。

朝子の家で歓待されたので田所は嬉しそうで「いいご両親だな」と何度も繰り返し、「お母さんも結婚のこと承諾してくれたし」と言った。

「そんな話をしたの？」

朝子は驚いて言った。

「君がいないときにね、お願いしてみたんだ。そういうことはまたあとで本人の気持ちを聞いてからということだったけど」

聞くまでもないことだろうというように朝子の顔を見た。

母としては断る前の時間稼ぎだろうと朝子は思ったが言わなかった。

「これで安心して話せるけど、ぼくは今失業中なんだ」

「え？」

朝子は咄嗟《とっさ》に何を言われているのかわからなかった。

大学を出て就職したのは姫路にある会社だった。京都から通うのは大変なので寮へ入っていたが、自宅から通える会社に変わりたいとかねがね願っていた。京都近郊の酒造会社に世話してくれる人があり、面接を受けた。大丈夫だと言われて姫路の会社を退職して京都に帰ったが、もう少し待ってくれと言われ、当時は就職難の時代で塾の講師のアルバイトをしながら待たされてもう二年になる。その会社も駄目と決まったわけではないが、これからは他へも当たって積極的に就職口を探す。

京都に帰って「塔」の編集部へ顔を出し始めたとき、当然酒造会社に就職できるものと思っていたから、そこに勤めているように話した。だからグループの人たちはみんなそう思っていて、朝子もそうとばかり思っていたのだ。しかしいつまでも嘘をついているわけにはいかない。京都の人たちにはいつ嘘だとばれるかもしれないから「塔」の編集部にも顔を出しづらくなり、朝子にも打ち明けたかったがなかなか打ち明けられなかった。これからは結婚という目標があるから職探しにも励みがつく。早くちゃんとした会社に就職して結婚できるようにするから。

彼はその弁明を悪びれた様子もなく、ごく当たり前のことのように話した。朝子は茫然としていた。彼は朝子が尋ねもしないのに会社での仕事のことなど話したことがあった。あんな嘘が良心の呵責もなしにつけるものだろうか。朝子も世間慣れするにつれて嘘をつくこともあり、そんなとき良心の呵責など感じないことを知ったが、何しろそのときはまだ若く世間知らずで、小さな嘘一つでも相手の全人格を疑いたくなる傾向があった。

騙されていたという口惜しさはあったが、その一方ほっとする気持ちもあった。これまでは彼のほうが積極的だったから朝子はいつも受け身だった。確かに彼といると楽しかったし、彼のことを好きになりかけてもいた。朝子は本当は田所のような神経質そうに見えるタイプは好きでないが、それにも慣れて調子を合わせられるようになっていた。が、結婚となるとあの家へ入ってうまくやって行く自信はなかった。その覚悟もなくてずるずると深みにはまり込み過ぎ、後戻りできないのではないかという懸念がないではなかった。

これで彼との結婚を断る理由ができたのだ。今は何を言ってもお互いに傷つくだけだ。これまで親切にしてもらったのだから何も言うまい。後三時間、後三時間経って高松桟橋駅で連絡船に乗る彼を見送れば、あとは手紙で今日のショックと、こちらの決心を書いてやればいい。

彼のほうは失業中の暇つぶしだったのかもしれないが、何も知らなかった私はいろいろなところへ連れて行ってもらって楽しかったし、感謝している。しかし騙されていたというショックは消えそうにはない。これ以上個人的なおつき合いはできない。遠くからあなたの幸福を祈っている。そんな文面まですらすらと思い浮かんできそうだった。

「怒ってないの？」

「今更怒っても」

朝子はやっとそれだけ口にした。

「よかった」

彼は途端に嬉しそうな顔になった。

この人は人格破綻者ではなかろうか。朝子はそんな彼の顔をまじまじと見つめるだけで、言うべき言葉がなかった。

二人は高松市内に電車で引き返し、駅前の喫茶店で時間をつぶした。二人とも言葉少なになっていた。やっと時間がきて店を出て駅に向かった。朝子は姉の家で夕食をとることになっていたから、せめて最後だからと駅弁を買って彼に渡し、改札口で別れた。

「やっぱり怒っているんだね。僕たちもうこれで終わりなのか」

彼はさすがにしょげていた。当たり前でしょう。朝子は心の中でそう言ったが、口に出しては何も言わなかった。

しかし接続の列車が到着して連絡船へ急ぐ乗客の群れが通路に押し寄せ、田所の姿がその中に呑みこまれて見えなくなったとき、朝子は突然あとを追いたい衝動に駆られた。どうしても言っておきたいことがある。今を逃せば二度とチャンスはない。そういう焦りに似た感情でじっとしていられなくなったのだが、しかし考えてみれば言うべき言葉などなかった。

今更何を言えばいいのか。

朝子はかろうじて自分を抑え、改札口を離れ市内にある姉の良子の家に行った。姉の家には小学生の甥と幼稚園に通っている姪がいた。彼らとトランプをして遊んだり、翌日はみんなでデパートへ行き食事をし、買い物をして過ごした。その間も田所のことが絶えず頭にあった。良子も田所のことは母から聞いて少しは知っていたが、相談するにしても彼が失業中だなどとどうして言えよう。

二日ほど姉の家に泊まって家へ帰った朝子は、当然田所からの手紙が待っているものと思っていた。田所は筆まめで手紙の返事などはすぐ寄こした。それも何か気になることがあると速達だった。速達をたびたび寄こすことも母が気に入らないことの一つだった。「大したことでもないのに速達なんか寄こして。落ち着きのない男」ということになっていた。

朝子も幾分母に同意する気持ちもないではなかったが、二人の立場が逆転してからは人の行為など常に一貫したものではなく、その場その場の状況でどうにでも変わるものだと思い知らされるのである。

朝子の考えでは彼は帰りの汽車の中で手紙を書き始めても不思議ではなかった。書くものを持っていなくても大体の文章を考え家に帰って早速机に向かい書きあげ速達で出す。それが届いていないということは朝子が姉の家に滞在してまだ帰っていないと思っているのかもしれない。そう解釈して待っていたが、四、五日経っても手紙はなかった。

彼はもう手紙を寄こさないつもりかもしれない。失業中なのを知って朝子が怒り、なかなか許してはもらえないだろう。それなら許しを請うたり誤解を解いたりするより別れた方が簡単で、厭な思いをしなくて済む。

もしかしたら彼はこのまま別れるつもりかもしれない。そう思った瞬間、朝子はいても立ってもいられない焦燥に駆られて手紙を書いた。彼に騙されていたことには触れず、そのときはもう怒っているのかどうか自分でもわからなくなり、ただ彼と別れたくない一心で、旅行の疲れが出ていないか気遣う優しい手紙になり、おまけに家の近くの山原の池に彼を案内したときに作った短歌まで書き加えた。

幾月ぶりに逢いし君ならむやや痩せて眼鏡外してわが前に立つ

笑う声が木霊《こだま》となりて響き返る山深き池に君に従う

朝子はそれまでにも田所にしょっちゅう手紙を書いていたが、いつもはいろいろなところに案内してもらったお礼や短歌のことで、わりに淡々としたものだった。恋文らしい感じになったのはこれが初めてだった。

その手紙に対する返事は来た。絶交を申し渡されても仕方がないと思っていたのに優しい手紙をもらって嬉しかったと書いてあったが、朝子の気のせいか、これまでの手紙と比べればそっけない感じだった。で、朝子は彼の疑念を晴らすために更に優しい手紙を書いた。

相手が逃げ出そうとすると追いかけ、相手がこちらに向かってくると身を引きたくなるのは恋愛の常だろうが、朝子はまだそんなことさえ知らなかった。が、その頃読んでいたプルーストの大河小説『失われた時を求めて』の中に、「恋愛の感情を燃え上がらせるものは、不安という薪である」という言葉があり、なるほどと納得しないわけにはいかなかった。

それまでは田所のほうが積極的だったから朝子は余裕を持って対していた。が、彼が失業中だと打ち明けられたとき、騙されていたという怒りを感じたが、同時に彼のほうはいつでも身を引く覚悟ができていることを悟った。彼のほうは新しい就職口を決めてから新しい恋人とつき合えば、騙したとか騙されていたとかそういうややこしいしこりは一切なくて、どれほどすっきりすることか。朝子ならそうする。

追う立場になってみると彼と過ごした時間が貴重なものに思えて、失いたくないとそれしか考えられなくなる。未練としか言いようがないのはわかっていても、それがすべてになっていた。彼からの返事が少しでも遅れると不安でいても立ってもいられなくなり、会いに行きたくなったり、速達で真意を確かめたくなったりする。

彼のほうは朝子が積極的になった分安心して少しくらい放っておいても大丈夫だと、急いで返事を書く必要も感じなかったのだろう。手紙の文面も以前のような熱のこもったものではなく淡々としたものに変わっていた。朝子はその手紙の何でもない言葉にいちいち引っかかり、あれこれ憶測を逞《たくま》しうして不安という薪を増やし、せっせと彼に対する気持ちを燃え上がらせていた。

たとえ優しい言葉や、いつまでもかわらぬ愛を誓う言葉があったとしても、恋愛中の人間は安心できない。この手紙を書いたときは嘘偽りのない気持ちであったとしても、手紙を投函した後どう変わったかもしれないからである。

プルーストの『失われた時を求めて』はさまざまな要素を持つ大河小説である。膨大に入り組んだ人間模様の織りなす心理の動きを、顕微鏡で眺めるように微に入り細にわたって詳細に描き出し、作者独自の人生哲学を展開して行く物語だが、当時の朝子は、一流の知識人で収集家としても名高いスワンの高等娼婦オデットに対する恋、語り手の主人公のジルベルトやアルベルチーヌへの恋、シャルリュス男爵のソドム的な奇妙な恋などを中心にして、身につまされながら読み、自分もいつか彼らと同じように不毛な恋に陥っていた。

田所がそんなことを意図したわけではないだろうが、全十三冊でその頃発刊中のこの大河小説を、発売になるたびに彼が買って送ってくれていた。

京都で二回目に会ったときだったか、彼は買ってあげたい本があるからと、四条通りの本屋へ入った。

彼が買ったのはマルセル・プルーストの『失われた時を求めて』の第一巻『スワンの恋1』だった。二十世紀最高の小説が初めて全訳されて発刊されるというので、文芸誌や新聞などで大きく取り上げられ、朝子も読んでみたいと思っていた。

叢書タイプの平綴じで表紙は若草色。横書きで上端にフランス語の題名、その下に日本語でこれも横書きで作者名、題名、第1巻、スワンの恋1と一行ずつ入れ、一番下に出版社名が入っている。裏表紙は白、そして細い赤線で仕切られた中にこれから発刊される七巻、十三冊の題名が記されている。それを透明なセロハン紙で覆っただけの何の飾りもない簡素なものだが、フランス文化の香りのしそうな瀟洒《しょうしゃ》な本だった。

田所はこの小説の続きがでるたび自分が買って送るからと言った。朝子が悪いからと遠慮すると、自分も読みたいからこれからは読んでから送ることにする、それにどうせ二人が一緒になればぼくのものにもなるのだからというような言い方をした。

朝子は帰って早速読み始めたが、朝の目覚めや、生垣のサンザシの花のことなどが長々と続き、物語が始まるわけでもなく退屈で平板な本だった。朝子はその頃は長い小説を読むことにも慣れていたし、時間もたっぷりあったが、田所が買ってくれた本でなければ、おそらく途中で挫折して読むのをやめただろう。

しかし彼が折角買ってくれた本を途中で投げ出すわけにはいかない。辛抱して読むうちにスワンの恋の話になると俄然面白くなった。世の尊敬を受けているスワンが、高等娼婦オデットに恋をし、彼女にいいように振り回される。彼女の機嫌を取るためにつまらないサロンの常連になり、それでも常に嫉妬に苦しめられている。その心理状態が手に取るように描かれていて、恋とはこれほど人を盲目にするのかという面白さはあったが、まだその頃は他人ごとだった。

『失われた時を求めて』はひと月置きのときもあったが、三か月も間があくときもあり、大体二か月に一冊の割合で発売された。田所は忘れずに買って送ってきた。朝子も続きを読むのが楽しみで待つようになっていた。

今、本の奥付を見ると『スワンの恋1』は昭和二十八年三月発売である。その後、『スワンの恋2』は四月、『花咲く乙女たち1』と『2』は五月と七月、『ゲルマント公爵夫人1』『2』は九月と十一月、『ソドムとゴモラ1』は十二月、『2』は翌年の三月である。

田所が朝子の家へきて帰りに失業していることを話したのはこの直後くらいで、その後、五月と九月に発行された『囚われの女1』『2』も彼はいつもと同じように送ってきた。その次の『消え去ったアルベルチーヌ』は多分翻訳が間に合わなくて遅れたのだろう。八か月も間があいて昭和三十年五月発行となっている。

その間、田所との手紙のやり取りはもちろん、ときには歌会にかこつけて京阪神や、高松で会っていたが、一方朝子は地方の民間放送局でラジオドラマを書くようになっていた。妹千加子が出演する芝居を観に行ったのがきっかけだった。

13

東京の洋裁学校へ行っていた千加子は、東京で演劇にかぶれ小劇団に入ったものの、そこでは自分の我儘が通せなかったのか、松山へ帰って下宿して芝居をするのだと意気込んでいた。

母は「あの子はきょろきょろして、危なっかしくて見ておれない」と怒っていたが、公演のチラシや招待状を送ってくると悪い気はしないらしく、「私もね、一人娘で家を継がないといけない身でなければ、旅役者の一座にでも加わって全国を回っていたかもしれないね。そういうことは好きだったから。そして有名になっているか、それともどこかで野たれ死にしているかだね」

などと口にした。

「ほれ、松山出身の有名な女優さんがいただろ。森律子さんとかいう。若い頃はあの人に憧れていたんだよ」

母が若い頃女優に憧れていた話など初めて聞くのである。

「新派の森律子さん？　あの人、松山の出身なの？」

「本人は東京育ちかもしれないけど、あの人のお父さんは松山で弁護士をしていて、松山を地盤にして衆議院にも出た人だから、松山出身だよ」

ということだった。

こうして朝子は母と昭和二十九年の夏、松山で上演された『杉江一家の人々』を観に行くことになった。この作品は地元の作家が戦前松山から出ていた「記録」という同人誌に載せたものを、当時の権威ある戯曲誌の「劇作」が転載し、後に「劇作十四人集」にも載せられた名作である。

作者は続いて「劇作」に『門』『金婚式』など発表して注目されたが、戦争中で思うように活動できず満州へ渡り、甘粕《あまかす》大尉が理事長を務めていた満映に入り記録映画の制作に携わった。敗戦で引き揚げ、愛媛新聞社に勤め、松山から出ていた同人誌「文脈」の中心人物でもあった。

芝居が終わった後の打ち上げパーティーで、朝子は妹の千加子から作者の光田稔さんを紹介された。長身の穏やかそうな人だった。

「光田さんは姉さんの短歌のファンなのよ」

千加子はまだ舞台に立っているような一オクターブ高い声でそれだけ言うと、賑やかな笑い声を立てている俳優仲間の方へ行った。

当時愛媛新聞の歌壇は土屋文明選であった。地方新聞としては珍しく大物の選者で、朝子は毎週熱心に投稿して常連になっていた。十二、三首選ぶ中で朝子の歌もたいてい載っていた。

千加子が光田さんに姉が短歌を作っていて新聞に投稿していることを話し、光田さんがそれを読み「姉さんの歌、いいね」とぐらい言ったのだろう。

光田さんに芝居の感想を尋ねられて、朝子は「作者の方には申し訳ないような感じで……」と言葉を濁した。

戦後中央の大劇団もしばしば地方公演を行い、朝子も杉村春子が演じる文学座の『女の一生』を見て感動した。それに比べるのは酷だとわかっていたが、素人がどんなに熱演しても学芸会でも観ているような感じだった。

光田さんはおだやかに「でもまあみんな熱心にやってくれましたから」と言い、名刺を取り出した。

「昨年、南海放送ができてそちらに移っています」と言い、肩書は編成局長となっていた。その頃各県に民放のラジオ局ができ、松山でも愛媛新聞社が南海放送を設立し、前年十月放送が始まっていた。

光田さんはそれまで新聞社の論説委員を務め、その仕事は好きだったし、自分の勉強もできたが、今は雑用に追われる毎日だと話し、「ああいう短歌が作れるなら、ラジオドラマも書けるでしょう。書いてみませんか」と朝子に言った。

最初の頃は地方の民放ラジオ局も、今のようにただキー局の番組を流すだけではなく、それぞれ自前の放送劇団を持ち、ドラマやローカル番組の制作に意欲を燃やしていた。

南海放送でもドラマを制作し、直木賞候補の地元作家小田武雄さんや同人誌「文脈」で小説を書いている人たちに頼んでいたが、何しろ毎週放送するには書き手が不足し、これはと思う人にみな声をかけていたのだろう。

朝子は突然言われても自分にラジオドラマが書けるとは思わなかったから、「ラジオドラマは好きでよく聞いていますけど、とても……」と言うと、「三十分ドラマだから、原稿用紙三十枚くらいの目安で、形式なんかどうでもいいんです。作者の言いたいことさえあれば。書けたらぼくのところへ送ってください」

光田さんは簡単に言い、そばにいる母に話しかけた。

「お嬢さんから師範学校を出られたと聞きましたが、その頃学校はどこにあったんですか」

「お堀端です。ちょうど日露戦争の頃でしてね、松山に捕虜収容者があって、作業中の捕虜たちがお堀の土手で休んでいて、私たちが通ると口笛を吹いたり、手を振って大騒ぎするんです。捕虜になってあんなにのんきにしていていいのかと思いましたけどね。そこを通らないと町へは出られないので、私たちは声をかけられても無視する、真っ直ぐ前を向いて歩くと決め、みんな守っていましたが、町の娘さんたちは手を振ったり、身振り手振りで楽しそうに相手してましたよ」

そんな話をしているとき千加子に連れられて劇団主宰の佐伯さんが挨拶にきた。面食いの千加子が熱を上げているにしては佐伯さんは背も低い冴えない男で、朝子は驚いた。


自分にラジオドラマが書けるとは思わなかったので、朝子は光田さんの誘いにはかばかしい返事はしないままだったが、家に帰って数日すると何か書いてみようという気になり、書き方もわからないままラジオドラマらしきものを二本書いて送った。

一本は『追憶』という題で、ちょうどその頃読んでいた本の中にあった一節「少年と少女が橇に乗って坂を下り、風の中で少年が少女の耳もとで『ぼくは君を愛している』とささやき、少女は聞こえなくて何度も坂を下るのを繰り返す。そうしてなおわからなくて少女は悲しい思いでそのまま別れてしまうというチェホフの小話は――」というのをもとにして、大人になった少女が語る誤解したままに別れた二人のその後を描いたものである。

もう一本は『編物』という題で、「あの人、何が楽しみで生きているのだろう」と寮生たちに言われながら、暇さえあれば編物をしている中年女の舎監の思い出。恵まれない境遇だった自分にもやっとこの人ならという人ができ、楽しい日々があったが、彼は公金を横領していて、彼女とのつき合いを通じてまっとうな心を取り戻し、もう一度人生をやり直そうと自首を決意する。彼女には「自分のことは忘れて幸せになってほしい」と言い残して行ったが、彼女は彼を待っている。編物の一針一針に楽しかった彼との思い出や、彼への思いを込めて、というようないかにもありふれた話だった。

採用されなくてもともと、何か批評くらいは聞けるだろうと思っていたが、二本とも光田さんが手を加えて放送されることになり、ガリ版刷りの台本が送られてきた。

それに気をよくし、台本の書き方もわかったので、すぐまた二本書いて送ると、それも放送してくれ、子供劇場という子供向けの番組のほうからも注文が来た。

当時南海放送の放送劇団には、後に「広告批評」を創刊し、コラムニストやコメンテーターとしてテレビでも活躍した天野祐吉さん（平成二十五年に亡くなられた）、その奥さんとなった都築《つづき》葉子《ようこ》さん、東京に出てきて活躍した露口茂さん、その妹さんや、岡田みどりさんなど錚々《そうそう》たるメンバーがいて充実した仕事をしていた。

朝子は書くことが面白くなり次々書いて放送してもらった。朝子の他にも台本を書いている常連が何人かいたが、その人たちは勤めなどの本業があり、その傍ら小説を書こうとしている人たちである。朝子は時間だけはたっぷりあったし、他にすることがなかったからとにかくせっせと書いていた。子供劇場を含めると月に二本か三本、連続ドラマも引き受けるようになり、放送される回数では一番多かったのではないだろうか。

が、朝子は自分のラジオドラマが放送になるのを一度も聞いたことがなかった。今はそんなことはないが当時は聞きたくても聞けなかった。朝子が住んでいるのは県の東端の郡で、東西に延びている南の法皇《ほうおう》山脈が隣郡との境辺りで支脈を北側の海の方に伸ばしている。汽車はその山の中腹のトンネルを通るが、電波は山にさえぎられて届かない。NHKの放送も同じ県の松山局からの電波は届かなくて、海を隔てた岡山局の放送で岡山県の天気予報やニュースを聞いていた。

当時田舎に住んでいればそれくらいのハンデは当たり前で慣れていたし、聞けないから自由に書けたということもある。放送が入れば母も聞くだろうし、母と一緒に自分の書いたドラマを聞くのはただでさえ面映ゆくて厭だったが、その頃の作品は『編物』でもわかるように、多かれ少なかれ田所とのことが影を落としているから、母には聞かれたくなかった。

朝子はあるときはひたすら恋人に尽くす純情ドラマにしたり、またあるときは失恋の痛手を乗り越えて自立して行く女の話にしたり、お互いに愛し合いながらいつもすれ違う恋人たち、などと勝手に想像をふくらませて書いた。現実の世界では勇気がないから何もできないが、ドラマの世界では何でもできる。恋人たちを駆け落ちさせることも簡単だった。

朝子は楽しみながら書き、他にすることができたからだろうが、田所の手紙に一喜一憂することもなくなり、次第に熱が冷めていった。

田所のほうはその間に大阪府の教員採用試験を受け、昭和三十年の四月から大阪府の中学校に勤め始めていた。彼としては必ずしも念願がかなったわけではなく、そういう道しか残されていなかったのだが、とにかく約束どおり就職したのだから結婚について正式にお願いに行きたい。姉も一緒に行ってくれると言っているからという手紙が来た。

そうなると朝子は今更のようにあわてた。それに彼が失業中だと知って以来、母の彼に対する信用は完全に失墜していた。結婚などとんでもないと反対し、来ても会わないと強硬だった。

田所からは「お母さんが反対なら高松のお姉さんとこへ行くと言って家を出て、京都へ来て帰らなければいい。既成事実を作ればお母さんも折れるだろうし、給料は少ないが、いざとなれば間借り人か下宿人を置けば何とかやっていけるから」と言ってきた。

が、優柔不断な上に、田所への熱がさめかけていた朝子はなかなか決断できなかった。母の反対を押し切る勇気がなかったというより、母の反対を口実にしてその影に隠れて保身をしていた面もあった。

朝子の煮え切らない態度に田所の姉や母親も態度を硬化させ、彼のお姉さんから弟がかわいそうだからもうこれ以上手紙をよこさないでくれという手紙をもらったこともあるし、田所からも手紙は職場のほうへということで、何を書くことがあったのかもう忘れてしまったが、しばらくは中学校宛に手紙を書いていたこともある。

田所に送ってもらっていた小説『失われた時を求めて』に話を戻すと、十二冊目の『見出された時1』は昭和三十年六月発売である。それを送ってもらった頃から二人の間はこじれ始め、最後の本の『見出された時2』が発売になった十月頃は、まだ決定的な別れはきていなかったが、二人とも修復不能な状態であることはわかっていた。田所としては意地でも約束は守るという気持ちで送ってきたのだろう。

その巻末の翻訳者の解説によると、最初の巻を発売してから二年七か月で完了したということで、その前のつき合いの数か月を入れても三年あまりのつき合いである。

が、『私達の生活の中で大きな役割を演じた人間がもうきれいさっぱり決定的にそこから突然出て行くということは稀である。そういう人間はいよいよ永久に私達の生活から離れる前に時々やはり戻ってくる』とその本の中でプルーストが書いているとおり、やはりときどき戻ってきた。

朝子の心の中だけのこともあったが、実際に朝子が東京に出てきてからも田所が突然訪ねてきたこともあった。そしてまた何年ぶりかに「謹賀新年」とだけ書かれた彼からの年賀状が届き、何のことかといぶかしみながら心が揺れたこともあった。

さまざまに形かえつつ過ぎゆきし愛を思えり今も一人にて

つらぬかざりし心ゆえさげすまれているならむ思い出て淋し君と君の家族のこと

その頃作った歌である。自分でもよくもまあ他人事のように歌を作っていたものだとあきれる他はないが、現実の世界でどう生きていくかなど考えたこともなく、架空の世界で遊んでいたとしか思えないのである。

朝子は東京に出てから何回か引っ越し、そのたびに蔵書を処分してきたが、プルーストの『失われた時を求めて』の十三冊が今も手元に残っているのは、田所との思い出というより、いつの間にかその小説が愛読書になっていたからであった。暇になったときや小説を書きあぐねると読みかえし、四、五回は読んだのではないだろうか。人生経験の少ない朝子が人間の心理や、物の見方を学んだのはすべてこの小説からだったと言っていいのだ。

14

前に朝子が自分のラジオドラマが放送になるのを聞いたことがないと書いたが、五十本近く書いたドラマの中で、二本だけ録音テープで聞いたことがある。

今もあるらしいが年に一度、民放祭に向けてドラマのコンクールが行われていた。まず九州、中国、四国ブロックでの予選大会があり、その優勝作品が全国大会に送られるが、その予選大会に出す作品に朝子の作品が二年続けて選ばれた。

その年放送したドラマの中から評判のよかったものを選び、関係者が集まって、その頃は大きくて持ち運びもできないようなテープレコーダーで録音テープを聞き、意見を出し合い、それをもとにして局が用意してくれた旅館へ帰って朝子が台本の手直しをし、翌日夕方からのリハーサルや録音に立ち会い夜行列車で帰ってくるのだ。

朝子が放送劇団員に会うのはそういうときくらいで、もちろん個人的には話したこともなかった。彼らはみんな若く潑剌《はつらつ》としていて、時代の最先端を行く放送局に出入りする者だけが持つ独特のお洒落な雰囲気があって、朝子にはまぶしいほど輝いて見えた。朝子はその頃二十六、七歳で、今ならまだまだ若いと言えるが、その頃はすでにオールドミスと言われてもおかしくない年齢だった。楽しそうなみんなの仲間に入れなくて、ただ遠くから眺めているだけだった。

みんなはあんなに楽しそうにおしゃべりして蝶のように楽しんでいるのに、私は繭の中に閉じこもっている蛹《さなぎ》のようにただ遠くから眺めているだけ。後に『蝶の季節』で描かれるモチーフはそのとき感じたものが元になったような気がする。

とにかくそうやって書き直してコンクールに出したドラマは、二回とも三席どまりで地区予選で優勝することはなかった。優勝して全国大会に出るのは福岡の放送局だった。そこは民放地方局といっても規模が大きく、自前のドラマも著名な作家に台本を依頼し、声優も主役級は新劇の有名な俳優が演じていた。東京や大阪の大手の民放局はそれが当たり前で、しかも民放祭に出す作品となると早くから特別に準備していて、よほど題材に恵まれない限り地方局は勝ち目がなかった。

地方予選の二席は広島の中国放送で、三席とはいっても十いくつかの局が参加していて、その中で規模もあまり大きくない局だから、まあまあ健闘したほうである。

そんな関係でＮＨＫの松山放送局や広島の中国放送からもドラマを依頼されることもあり、結構忙しくなり松山へ行く機会も増え、ラジオドラマを書いていた「文脈」の同人に会うことも多くなっていた。

それに「文脈」の中心人物の光田編成局長はいわば朝子のドラマの先生で、局へ顔を出すたび食事に誘ってくれていた。

当時「文脈」は、全国的に華やかな脚光を浴びていた。昭和二十九年、愛媛大学の学生だった石崎晴央《はるお》さんが第一回新潮同人雑誌賞を受賞して華々しく文壇にデビューした。その翌年も受賞にまでは至らなかったが早稲田大学に在学中の藤田美佐子さんの作品が候補作として「新潮」に掲載された。

二年続けての快挙に同人の意気が盛んで、朝子も入らないかと誘われ、今すぐ小説を書く気はないが、将来書けたら書いてみたいというくらいの気で、おつき合いに入ってもいいと思うようになっていた。

昭和三十一年の正月早々の同人会には石崎さんも藤田さんも帰郷して出席するということだっ

た。当時の朝子には中央で文壇デビューを果たした二人はまぶしいほどの存在だった。顔を見るだけでもいいと松山まで出かけた。

場所は古ぼけた公共施設の十畳くらいの和室で、当時は暖房といっても火鉢しかなく、火鉢が三つか四つ置いてあり、十人あまりの人がそれぞれ火鉢を囲んで話していた。朝子を誘ってくれた人が手招きするのでそばへ行くと、近くにいた人たちに紹介してくれたが、朝子のほうはその人たちがどういう作品を書いているのかもよく知らないのだから、話が弾むはずもなかった。

石崎晴央さんは朝子たちの近くで一人で火鉢を抱え込み、うつむいて火箸で赤く熾《おこ》った炭火を突き壊していた。割れた炭火はすぐ燃え尽きて灰になる。すると新しい炭をたして息を吹きかけて熾し、また壊し始める。新しく入ってきた人が「よう、石崎君、お帰り」と声をかけるとちょっと顔を上げるが、挨拶するわけでもなくまたうつむきこんで炭火をいじっていた。

「石崎君が大晦日に帰るというんで迎えに行ったんだが、降りてこないんでどうしたのか心配していたんだが、急行券を買うお金がなくて、夜行の鈍行を乗り継いで二十六時間かけて帰ってきたそうだ」

朝子のそばにいた人が遅れてきた人にそう説明していたから、朝子が来る前にそんな話をしたのかもしれないが、少なくとも朝子がきてからは石崎さんは一言も口を利かず、飽きもせず火箸を握って炭火をいじるだけだった。

一方、藤田美佐子さんのほうは少し離れたところで、年配の同人三、四人を相手に、自分の作品のことや編集者のこと、それから東京に出ている「文脈」の同人がどうしたこうしたと、声高にしゃべり続けていた。他の人たちは自分たち同士でぼそぼそと話している。

朝子はそのうち誰かが開会の辞のようなものを述べ会が始まるのかと思っていたが、そんなこともないまま時間が過ぎお開きになった。このあと二次会にどこかへ行くらしかったが、それにつき合っていると帰る汽車がなくなる。朝子は早々に辞し駅に向かった。

夜汽車で三時間かけて帰りながら、朝子は一言も口を利かなかった石崎さん、二時間しゃべり続けた藤田美佐子さんの二人の対照的な姿を思い浮かべ妙に納得するものがあった。小説を書くには一種の狂気のようなものが必要なのだ。自分にはとうてい無理だからやめておこう。ラジオドラマや戯曲（その少し前朝子は偶然テネシー・ウイリアムズの『欲望という名の電車』を読み、ああいう戯曲を書いてみたいと憧れていた）を書くくらいで満足しておこうと思った。

が、どうせ書くなら東京に出たい。中央で勝負したいという気持ちがふつふつとわいてきた。このまま地方局でラジオドラマを書いていても、小遣い稼ぎにはなっても誰もラジオドラマ作家として認めてくれないし、職業として成り立つわけでもなかった。

石崎さんとはもちろんだが、藤田美佐子さんとも直接言葉を交わしたわけでも、彼女の話を興味を持って聞いていたわけでもなかった。が、知らない間に気持ちが煽《あお》りたてられていたのだろう。

今のように交通や通信手段が便利になり、インターネットでどんな情報でも即座に手に入れることができれば、地方にいても作家活動はできるが、当時は田舎と都会では文化の格差がひどく、田舎にいては誰も相手にしてくれなかった。東京へ電話をかけるにしても申し込んで四、五時間しないと繋がらなかったし、急行に乗っても東京までは十数時間かかった。

何事も東京一極集中で、作家になりたい人はみんな東京を目指していた。「文脈」の同人も小説を書くために東京に出ている人が何人もいた。

朝子を東京に出たいと駆り立てたのは、妹の千加子の結婚ということもあった。千加子は『杉江一家の人々』の公演の後もしばらく松山にいたが、小さな劇団だから次の公演の見通しも立たず、劇団主宰者佐伯への熱も冷めたのか家へ帰ってきていたが、かねがね恋愛と結婚は別と割り切っていて、親戚の家で紹介されたその家の息子と旧制岡山高校で同級生だった篠岡《ささおか》久夫とあっさり結婚し、広島に住むようになっていた。

篠岡久夫は戦争中海軍兵学校へ入ったが、一年あまりで終戦になり旧制岡山高校に入り直し、東大の水産科をでて水産庁に入り広島の水産試験場に勤めていた。

「東大と言っても農学部は本郷ではなくて、ちょっと格が落ちるけど、みんなそんなこと知らないからいいの」

そう言って千加子が結婚して出ていくと朝子一人取り残され、何とかしなければならない事態になっていた。といってこのまま結婚する相手が現れるのを待っていても、結局同じことの繰り返しになるだろう。

朝子は子供のとき病気をし、右手が不自由なこともあって過保護に育てられ、自分で積極的に何かしようという気はなかった。母が何とかしてくれるだろうと頼っていて、困難なことからは逃げ出すことしか考えてなかった。

朝子もようやくそのことに気がつき、母から離れなければと思うようになっていた。そのことも東京に出たい理由の一つだった。

パン屋の給料で失業保険をかけてあるから半年間は失業保険がもらえるし、今までどおりラジオドラマを書けば東京での最低の生活は賄える。半年経つうちにどこか勤め口が見つかるだろう。

母にはラジオドラマや戯曲を書くために東京へ行きたいとは言えなかった。地方局でドラマを書いているといっても、母にとってはそんなものは短歌と同じく結婚前のお遊びのようなもので、一人前になれるとは思っていなかった。だから朝子は英会話の学校へ通いたいと話した。朝子自身も英会話を学べばどこかへ就職できるかもしれないという気はあった。母にしてみれば朝子が何年間も明石先生のところへ熱心に英語を習いに通っていたから、少しは実力をつけているのではないかと思っていたのか反対はしなかった。

しかし本当のところは東京で一人でやっていけるはずはなく、どうせ半年もすれば帰ってくるだろう。それならここで反対するより、本人の思うようにさせたほうが本人も納得する。それに修一一家が東京に住んでいたから、困ったときは頼ればいいという安心感もあったのだろう。

15

朝子が「家族の肖像」第二部を書き始めたのは、平成二十五年の八月だったが、一年経って平成二十六年の夏が巡ってきていた。年二回発行する同人誌「群青」に載せるためだから他の仕事の合間に少しずつ書き、二回目を印刷所へ渡し三回目にかかっていた。

三回目は朝子が地方の民放局南海放送でラジオドラマを書くようになり、やがて東京に出ようと決心するところまでになるはずで、朝子は参考のために古いラジオドラマの台本など入れてある段ボール箱を押入れから取り出した。朝子にとっては大事な自分の作品だから捨てるはずはないが、それでも長い年月の間には散逸したものもあり、一緒に出てきた手帳には年月順に作品のリストが記されてあったが、台本が残っているのは約半数くらいのものだった。

それもわら半紙のような粗末な紙にガリ版刷りかタイプ印刷されたもので、紙は変色し、閉じ目もばらばらになっていた。それでも読めないことはなくて、朝子は懐かしくなり暇にまかせて読み始めた。三十分ドラマだから目を通すのはその半分の時間もかからなかった。

昔の作品を読み返すときいつも感じるのだが、書いたときのことはすっかり忘れているから、こんなセリフどこから思いついたのだろうと感心したりする。題材も思っていたより多岐に亘っていた。当時はラジオドラマ全盛期で、作家別のラジオドラマ集や、年間のベストラジオドラマ集など沢山刊行されていた。朝子はそういう本が出るたび買ってきて読み、新しい試みをしている作品に出合うと、それを真似てひとひねりして作品を仕上げることもあった。短歌のときと同じで自分の才能不足を知っているから、努力で補ってきたのである。

朝子は当時のことを思い出し懐かしんだが、その頃のことを知っている人はほとんど亡くなっていた。南海放送でラジオドラマを制作していたのはいつ頃までだったのか、朝子はくわしくは知らなかったが、ラジオドラマを作らなくなっても初代の演出者の池内央さんが制作局長の頃、時々放送劇団員や脚本家や関係者の同窓会が開かれていた。

朝子は二回ほど出席しただけであったが、朝子にラジオドラマを書くように勧めた初代編成局長の光田さんやドラマを書いていた顔見知りの武智成彬さん、杉美佐緒《みさお》さんにも久し振りで会った。広島や九州に住んでいる元劇団員もこの集まりを楽しみにしているとかで、総勢二十人近く集まり昔話に花が咲いて賑やかだった。

あれからでももう三十年近い年月が経つ。光田さんはもちろんだが朝子より一歳だけ年上だった池内さんも亡くなり、昨年秋には放送劇団の中心人物で脚本も書いていた天野祐吉さんも亡くなった。池内さんの後を継いで朝子の台本を多く放送してくれた平岡英さんは、まだお元気なはずだが、長いこと御無沙汰したままで近況も知らない。

今ではあの頃のことを知る人はほとんどいない。今時こんなものを読んで懐かしんでいるのは朝子だけで、朝子が死ねばこれらの台本も残らないだろう。

朝子は感傷的な気分に浸りながら『家族の肖像　第二部』の三回目を書きあげ、八月の下旬、久しぶりに郷里へ向かった。

今は四国中央市《しこくちゅうおう》などという変な名前になっているが、朝子が子供の頃は小富士村だった。南の山脈に一際高い赤星山《あかぼし》があり、それが富士山の形に似ているからついた名前で、朝子はその名前が好きだったが、戦後の町村合併で土居町になり、さらに平成の大合併で昔の郡全体が合併して四国中央市になったのである。

朝子の生家は住む人もなくなり他人に貸してあるが、今度帰ったのは四国中央市で十一月にミュージカル『風船爆弾を作った日々　シャボン玉、宇宙まで飛ばそ！』を上演することになっていて、その制作発表のためだった。

『家族の肖像　第一部』で書いたように朝子たちは女学校時代、勤労動員され日本陸軍最後の秘密兵器と言われた風船爆弾を作っていた。和紙をこんにゃく糊で貼り合わせ、直径十メートルの気球を作り、それに爆弾をぶら下げ米本土を攻撃しようというのである。

しかし当時の女学校は高等学校になり、動員されていた製紙工場もほとんどが廃業し、秘密兵器だったこともあり、どこにも記録は残っていなかった。このままでは私たちが風船爆弾を作った事実さえ消えてなくなる。せめて自分たちで手記を残しておこうということになり、『風船爆弾を作った日々』という本を七年前に作った。

本の編集を引き受けたせいで朝子が、著者「愛媛県立川之江高等女学校三十三回生」の代表者になっていた。それで上演実行委員会会長を引き受けさせられ、実際の仕事は地元の友人が引き受けていて名目だけの会長だったが、制作発表には顔を見せてほしいと頼まれたのである。

制作発表には演出家や脚本家も来るはずだったが、演出は地元出身で東京で自分の劇団を持ち演劇活動をしている田辺国武さんで、脚本の戒田節子さんの肩書は「南海放送アナウンサー、愛媛みかん一座主宰」とあった。南海放送のアナウンサーをしながら演劇活動も盛んにしている人らしかった。朝子はもちろん初対面である。

南海放送と関係がなくなって久しいが、いまだに朝子には自分を育ててもらったという意識があり、古巣を懐かしむ気持ちがあった。南海放送のアナウンサーというだけで戒田さんに対しても会う前から特別な親近感を抱いていた。会ったら、「私も若い頃、南海放送でラジオドラマを書いていたんですよ」と話したくなっていた。

が、考えてみると六十年近くも昔の話である。戒田さんは生まれていなかっただろうし、戒田さんが入社したときは、朝子が知っていた人たちは退社したあとで共通の知人もいない。自分が生まれる前の話をされても戸惑うだけだろう。そんな昔の話はやめておこう。朝子はそう思っていたが、紹介されて顔を合わすなり戒田さんは言った。

「うちの社長の田中は三谷さんのラジオドラマのファンなんですよ。今日も三谷さんが来られると言うと、ぜひ来たいと言っていたのですが、どうしてもぬけられない用事があって残念がっていました」

朝子はわけがわからなくてとまどったが、昔の台本が局の資料室に残っていて、それを読んだらしいのだ。

朝子を戒田さんに紹介した上演実行委員会の事務局長の谷井さんもそばにいて口を添えた。

「そうなんですよ。ぼくらがミュージカルのチラシを持って挨拶に行くと、『三谷さんがまだ元気でいたのか』と、社長は驚いて一人で興奮していました」

ミュージカルのチラシには上演実行委員会会長として朝子の写真とコメントが載っていた。当時ラジオドラマを書いていた人はほとんど亡くなっていたから、朝子も亡き人の方へ入れられていたのだろう。

しばらく谷井さんや他の人と話していると、戒田さんが「社長が三谷さんと話したいと言っています」と携帯電話を差し出した。

朝子は初めての電話なのに挨拶もそこそこに「作品を書くために必要でこの間古い台本を探し出し、六十年も昔の台本などもうどこにも残っていないだろうと思っていたのに、台本が残っていてそれを読んでくれた人がいたなんて、私にとっては奇跡としかいいようがなくて、感激しています」と一気に話した。やはり少し興奮していたのだろう。社長さんも「ミュージカルのチラシでお名前を見たときは興奮しました。十一月の公演のときは観に行きますから、その時お会いしましょう」と言った。

制作発表が終わって東京へ帰ってしばらくした頃、南海放送からラジオで社長との対談番組を作りたいということで、十一月に帰るとき一日早く松山へ行き、収録することになった。

そのときも朝子は何も知らなくて、もの好きな社長さんとくらいしか思っていなかったが、十一月に入ったある朝、東京新聞のラジオテレビ番組欄を広げてあっとなった。

「社長と女性社員が異色のタッグ　民放連盟賞　南海放送ラジオドラマ『風の男　ＢＵＺＡＥＭＯＮ』」「農民一揆の叫び　ラップに」と大きく出ていて、ほとんど半面を使って、報道記者の津野紗也佳さんが昨年暮れの納会の余興で歌ったラップに感激した田中和彦社長が、長年温めていたその地方の農民一揆の「世直し歌」にラップの精神を取り入れたいと考え、「農民の悲哀、一揆の心意気をラップにしてくれないか」と津野さんに劇中音楽の作詞作曲を依頼。そして新聞記事にあるように「韻を踏んで語るように歌うラップミュージックが、脚本と絶妙に調和、民放連盟賞の審査員をうならせ」、民放連盟賞のラジオエンターテインメント番組最優秀に輝いたのである。

その記事によると田中社長はＤＪを二十年も務めるなどラジオとの関わりが深く、「ふるさと再発見」と銘打って地元の史実に基づくラジオドラマの脚本、制作を長年手がけ、二〇〇五年には松山ロシア人捕虜収容所外伝「ソローキンの見た桜」で第一回日本放送文化大賞も受賞している。ラジオドラマの脚本、制作者として数々の実績を残している超ベテランである。

だから資料室に残っていた古い台本などにも興味があって目を通し、一応先輩として立ててくれているのだろう。

社長との対談は最初の三十分は対談、あとの三十分は朝子が昔書いた『黄色い蝶』をラップの津野さんが演出し、新春の一時間番組として正月三日の夕方放送されるということだった。

田中社長との対談はドラマを書くようになったきっかけや当時の思い出話だったが、あのとき初代編成局長の光田さんに勧められなければ、短歌は作っていても物書きの仕事などとうてい思いもつかなかっただろう。朝子が小説など書くようになった原点はそこにあった。

「そのことについてどう思われますか」と尋ねられて、普段の朝子なら作家として成功したわけではないから「さあ、どうでしょうね。良かったたか、悪かったたか、自分でもわかりませんね」と答えるところを、そのときは素直に「やはり良かったと思います。その時々の気持ちを記録して残せたわけですし、お金にも名声や名誉にも縁がありませんでしたが、ものを書くことによって深く考え、豊かな人生を送れたと思います」と答えていた。

六十年近く前の作品をこうして取り上げてもらった喜びがそう言わせたのだろう。そして口にしてしまうと確かにそのとおりだと思えた。

朝子は『家族の肖像』の二部でこれまで歩んできた道を振り返り、世の片隅でひっそり生きて来たように思っていた自分の人生も実に多くの人に出会い、親切にしてもらったことを今更のように感じていた。そういう人たちに出会い、励まされ、作家として大成した話なら、どんなにいいだろうとため息をつきたくなるときもあった。

成功者の場合は過去のどんなマイナス要因も体験も、そういうことがあったからこそ今日があるのだとすべてがプラスに変わり輝く。だからこそ読者も興味があるし、元気づけられる。が、朝子の場合はそうではない。いろいろな人に世話になりながらも、結局大したこともできないまま終わる。そんな話を誰が面白がって読むだろうか。そういう思いがいつもまつわりついていたが、お金や名声や名誉に縁がなくても、豊かな人生を送れたと自分で納得していればそれでいいのだという気にもなってきた。

16

朝子が東京に出ようと決心した戦後十年あまり経った頃は、「もはや戦後ではない」という言葉が流行し、一面の焼け野原だった日本の都市もあらかた復興し、世の中も落ち着いていた。敗戦で失業し、前途の見通しも立たなかった朝子の兄たちも、数年の中断はあったにせよ、それぞれまた以前とあまり変わらない職についていた。

日本無線に就職した長兄の修一は子供も四人に増えていたが、杉並区高井戸に家を建て、昭和二十九年には三か月ほどドイツに出張した。会社が戦前技術提携していたテレフンケン社との再提携のための調査に行く重役のお供で行ったのだが、当時発足したばかりの海上幕僚監部からの調査も頼まれていた。

そんな関係で旧ドイツ海軍の技術士官たちも歓迎会を開いてくれた。彼らは海軍がなくなった後も、一定の年数が経てば勝手に昇進し、仲間内ではその階級で呼びあっていた。大の海軍贔屓《びいき》の修一はそれが気に入ったらしく、「ぼくもあのまま海軍にいれば今頃は少将になっているはずだから、提督だな」と冗談を言っていた。会社でもそんな話をしていたのか、会社ではその後ずっと「提督」と呼ばれていたらしい。

後年、修一の孫娘が祖父が勤めていた会社とは知らず入社したが、姓も違うのに何でわかったのか、「三谷提督のお孫さんか」と修一を知っている五十代のおじさん社員たちが懐かしがり、親切心で「食事に行こう」とか「どこそこへ連れて行ってあげる」とか誘われ、怖くて迷惑したと話していた。

修一がドイツへ行った頃はまだ日本人が海外に出かけるのは珍しかった頃で、スライド写真を沢山写してきて、持って帰って映写して見せてくれたことがある。

その中にドイツの古い町ローテンブルクを訪れたときの写真もあった。仕事の合間の一日テレフンケンの技師長が案内してくれたのだが、その頃ローテンブルクでは戦争で破壊された城壁の修理に市民たちが取り組んでいた。すでに復旧されたところもあったが、市民一人一人がボランティアでレンガを積んでいたのである。

ローテンブルクだけでなくヨーロッパの多くの都市は、爆撃で破壊されたあと、写真や資料を参考に昔どおりの町の姿に復元したが、日本はそうではなかった。場当たり的に勝手にバラックを建てそれが増えていって雑然とした街になるか、そうでないところは古いものを壊して新しく建て直した。

だから修一も城壁を作るにしてもコンクリートのほうが安上がりで早くできるし、第一、今はこんな城壁で町を守ることはできない。不要な壁など取り壊したほうが、交通も便利になるし、町の発展に寄与するのではないかと話すと、技師長は「人の生くるはパンのみによるにあらず」という聖書の言葉を口にしたそうである。いつの間にか経済最優先の考えになっていた自分を反省して恥ずかしい思いをしたと話していた。

それから三十年以上経って朝子も海外旅行ができるようになり、ドイツのロマンチック街道を旅したときローテンブルクにも寄り、城壁の上を歩いたことがある。自分たちの歴史ある、美しい町を守ろうとした当時の町民の熱意は経済的にも大いに寄与し、観光の名所になり、世界中から毎日多くの観光客が訪れていた。

城壁にはその部分の修理に労力や資金を提供した人の名前を刻んだ銅板がはめられている。その中には東京都とか名古屋市の誰それと日本人の名前も多くあった。

修一がドイツへ行った翌年の昭和三十年八月には、自衛隊に入った正二も一年ほど研修でアメリカへ出かけた。そのとき正二が中継地のサンフランシスコと、現地から出した母宛の絵ハガキが残っている。

母は忙しい人間でいつも前しか見ていなかったから、子供からの手紙も読んで元気でいることや、用件さえわかれば満足して、手紙を大切にとっておく習慣はなかった。が、その二枚の絵ハガキは母が毎日記帳していたパン屋の帳簿に挟んであった。母としては正二が遠いアメリカ、しかもかつて敵として戦った国へ行くことにやはりある種の感慨があり、無事を祈る気持ちで手元に置いていたのだろう。

帳簿は金銭出納帳だがところどころにその日あった出来事など記してある。母が書き残したものはそれだけだから、家を整理したとき朝子が持って帰っていた。

サンフランシスコからのはホノルルのワイキキ浜辺の写真で、ホノルルで二泊して見物し、サンフランシスコに到着。ここで数日過ごし、八月三十日に列車で学校に向かうとある。

しかしオクラホマ州のフォート・シルに寄っていたのか、二通目のユッカという砂漠の植物の写真のハガキには「九月七日、当地（メキシコとの国境エル・パソ—EL Pasa—の町の近郊の Fort Bliss）に来ました。Texas 州の砂漠のなかで四百万町歩ほどの広さをもつ高射砲と誘導弾の学校です。ここで約十週間勉強してまた Oklahoma 州の Fort Sill へ帰ります。元気で大変愉快に暮らしていますからご安心下さい。町に一人日本人の医者がいて、今日招ばれて行くことになっています。では又」となっている。

正二は旧陸軍では砲兵隊だったから、高射砲や誘導弾の学校で勉強することになったのだろう。ハガキで見る限り連れはなく一人のようである。言葉などどうしていたのだろう。

修一は英語がかなりできた。終戦直後しばらく家にいた間も「リーダーズダイジェスト」などまだ日本語版はなかったが英語版を読み、それに載っている珍しい話などしてくれた。当時評判になっていたマーガレット・ミッチェルの『風と共に去りぬ』も原書で読んでいた。

ドイツへ行ったときも歓迎会の席上で世界情勢についてのスピーチを頼まれ、「スピーチなどとんでもない。私のドイツ語はそれを断るだけでせいいっぱいだ」と言うと、ローテンブルクへ案内してくれた技師長が自分がドイツ語に通訳するから英語で話すように勧め、英語でスピーチしたという。流暢にではなくても話すことはできたようである。

が、正二が学んだ陸軍士官学校は第一外国語はフランス語である。朝子が子供の頃、陸士を卒業して広島師団に配属された正二は一年ほどで支那事変がはじまると早々に出征した。下宿のおばさんは正二に頼まれたと言って、部屋にあったものを整理して家に送ってきた。いろいろ珍しいものがあって朝子と幸四郎は大いに楽しんだが、フランス語の本が多かった。当時は日独伊三国同盟が結ばれ大々的に宣伝され、子供の朝子までドイツに親しみを感じ、ドイツの敵であるフランスは自分たちの敵のような気がしていた。それなのになぜフランス語か不思議だった。

「陸軍はナポレオンの戦術を学ぶためにフランス語が必要なんだ」と幸四郎が言い、ナポレオンの戦術を解説した教科書のような本もあったが、実際は明治になって陸軍を創設したとき、お雇い外人がたまたまフランス人でフランス語が採用されたのではないだろうか。

とにかく英語があまり得意でもなかったのにそれほど困ってもいないところを見ると、通訳のような人が同行していたのだろうか。

朝子が言葉のことにこだわるのは、そのすぐ後、海上自衛官になった宰三もハワイへ六か月の予定で研修に行かされた。そのときは数人の仲間と一緒だったが、みんな英語がしゃべれないし聞き取れなくてひと月もするとノイローゼ気味になり、何かと理由をつけて早々に帰国したが、宰三だけはみんなと同じように英語がしゃべれないのに悠々と六か月過ごして帰った。父に似て宰三も勤め先などでは結構無口だから「三谷さんは日本にいてもあまりしゃべらないから、言葉が通じなくても平気なんだろう。あの人なら別の星に行っても暮らせるんじゃないか」と噂になったらしい。

本人に聞くと、ハワイでは暇さえあれば映画館に入って英会話の勉強をしていたということだった。「宿舎になど残っていると向こうの連中が誘いにくるだろう。そして街へ連れて行かれても言葉ができないから恥をかくだけだし、映画館にいれば恥をかかなくてもすむからな」ということで、吹き替えも字幕もなしだから最初のうちは同じ映画を繰り返し見ていたが、帰る頃には初めての映画でもセリフが大体わかるようになっていたと自慢していた。

正二はアメリカから帰ると富士宮の駐屯地、その後北海道の旭川、東北の遠野と大体三年くらいで任地が変わり、家族ぐるみ移動していた。

宰三は軍隊から帰り大学時代の先輩の世話で、神戸製鋼所に就職し結婚、女の子も生まれていたが、人がよく、おだてられやすい性格で、入社してすぐ労働組合の幹部に推されストをした。が、一時盛んだった組合運動も全国的に急速に熱が冷め、会社でも居心地が悪くなっていたのだろう。戦争中海軍技術中尉だったこともあって、技術系の海上自衛官になり海上幕僚監部に勤め東京近郊の武蔵境《むさしさかい》に住んでいた。

朝子が東京に出たいと思うようになった頃帰省したので話すと、「じゃ、ぼくのうちへきて、うちを足場にしてゆっくり部屋を探せばいい。とにかく一度遊びに来いよ」と人がいいだけあって簡単に引き受けてくれた。

朝子が東京に出ようと決心したのは正月気分のまだ抜けない一月の初めである。普通なら春にはもう上京していてもよいはずだが、ぐずぐずしていたのは行動的でない朝子の性格にもよるものだが、ちょうど「塔」での合同歌集の話が持ち上がり、「塔歌集Ⅱ」に参加しないかと誘われたからだった。十人の合同歌集で、一人二百首である。

田所とのことが完全にというわけではなかったが、心の中ではある程度決着がつき、朝子の作る短歌も、少しずつ変わっていた。この辺で区切りをつけてまとめるにはちょうどいい時期にきていた。

朝子は春先からこれまで作った短歌の中から二百首を選ぶことにかかり、夏の初めに高安先生に見てもらって提出した。編集や発行の雑務は京都在住の人たちが受け持ってくれ、あとはもうすることがなかった。そのときは東京に行ってももちろん短歌は続けるつもりだった。

東京で発行されている歌誌「未来」にも所属し作品を送っていた。そちらのほうはさすがに中央だけあって優秀な人材が集まっていて、作品を通じて親しみを感じ憧れていた同人も何人かいた。東京に行けば歌会にも毎月出席できるし、編集部にも出入りできるだろう。

それから「アララギ」の発行所も訪ねてみたい。当時「アララギ」の発行所は世田谷区奥沢にあって、編集・発行人は五味保義《ごみやすよし》先生だった。短歌を作り始め、山上先生宅や白木先生宅へ歌集を借りに行っていた頃、「あわあわと」という言葉に興味を持ち、それが短歌でどう使われているか調べて文章を書いたことがあった。それを発行所へ送っておくと「アララギ」に掲載してくれた。当時の薄っぺらな歌誌の貴重な紙面を使って一会員の文章を載せることなどほとんどなかったので、朝子自身が驚いたものである。発行所では月に一回面会日というのがあるらしいから、そのとき訪ねてお礼を言おう。

それから東京に行けば文学座や俳優座の公演を毎回観ることができる。

朝子は人並みの夢と希望を抱いて、昭和三十一年九月の初め上京した。

17

朝早く東京駅へ着き、中央線で宰三の家のある武蔵境に向かう途中、通過駅の東中野の駅前にガラス戸一面に貸間などの物件を書いた紙を貼った不動産屋がずらりと並んでいるのを見て、翌日そこまで出てきて部屋を探した。駅から歩いて五分もかからない閑静な住宅街にある家の二階に間借りすることにした。

信州にあった山荘をそのまま持ってきて建てた家で、周囲の家より一まわり大きく、梁がむき出しになっている二階の広い空間をベニヤ板で区切り四部屋作り、あとは廊下になっていた。出入り口は大家とは別で一階に台所とトイレがあった。四つの部屋のうち一部屋だけ子供のいない夫婦が住んでいて、あとの三部屋のどれを選んでもよいというので朝子は見晴らしのいい部屋を選んだ。最初に不動産屋に案内された隣の建物にくっつくように建てられたアパートに比べれば、見晴らしがいいだけでなく静かなことも気に入った。

大家さんはどの程度の規模か知らないが銀座にある食品会社の社長さんで、お手伝いさんもいたが、小学生の男の子と女の子がいる。二人とも私立の学校に通っているので月謝が大変で、空いている二階を仕切り畳を入れて間貸しすることにしたということだった。

住所が決まって布団など送ってもらうと、朝子は座卓だけ田舎の家で使っていたくらい大きいのを買い、それを六畳間の真ん中に据え、他には最小限の物しかない部屋での生活が始まった。

そして英会話教室の入学手続きをし、毎日有楽町まで通った。教室では友だちもすぐできた。教室に通う人たちは会話の練習相手を見つけたいので、年齢が同じくらいというので朝子に熱心にアタックしてくる人があった。授業が終わると日比谷公園へ出てベンチでしばらくその日習った言い回しなど応用して英語で会話して帰るのである。そのときの彼女は感じのいい人で考え方もしっかりしていた。きっと英会話も生活に役立つくらいうまくなっただろうが、朝子はひと月もしないうちに英会話は自分に一番不向きなことがわかった。

朝子は勉強が好きだから努力して上手になったり、いい成績がとれるものなら、いい成績とまでは行かなくてもそこそこの線までは行ける自信があった。が、英会話のようなものは努力だけではどうしようもないのである。いくら単語や文法を頭に詰め込んでもそんなものは関係がなく、反射神経の問題で、頭で考えては駄目で、反射的に言葉が口から飛び出さないといけないのだ。口下手で日本語の会話さえうまくしゃべれないのに、英会話が上達するはずはなかった。それに東京には英語がしゃべれる人などざらにいることもわかった。

朝子の部屋の隣にいる夫婦は外出が多く、階下の台所でも滅多に顔を合わせることがなかったが、朝子と同じ年頃の奥さんと台所で顔を合わせたとき、毎日出かけているが勤めているのかと尋ねられた。英会話の教室に通っていると話すと、「じゃこれからは英語で話しましょうか」と、ぺらぺらとしゃべり始めた。自己紹介をしているらしいが、初級クラスで「あなたの趣味（ホビー）は何ですか」とか「ホームタウンは？」くらいの会話しか習ってない朝子にはよく聞き取れない。

「バンクラプトって倒産ですか」

それが聞き取れたのは明石先生のところで英文学の本を読むのを聞いていたおかげだが、自己紹介では聞き慣れない言葉だから聞き返すと、彼女は笑った。

「そうなの。吉川の家は神田で古くから続いた生地問屋だったけど、倒産して借金取りから逃げているの」

あっさり言われて朝子はどう言っていいかわからなくて、たどたどしい英語で「私は四国から東京へ出てきたばかりで、東京の人と車の多さに驚いている」と自己紹介した。

するると彼女はあきれたように「あなたっていい人なのか、ずるいのかわからないわね。普通なら倒産して借金取りから逃げてきていると言うと、変に同情してくれるか、警戒してそっぽを向くものよ」と言い「コーヒーを入れるけど、部屋へこない？」と誘ってくれた。

借金取りから逃げてきていると言うだけあって、貸し布団屋から借りた布団があるだけで家具らしいものは何もない部屋だった。彼女は國学院大学出で、折口信夫《おりぐちしのぶ》の熱烈なファンで、折口信夫全集は全巻揃って持っていて今は友人に預けてあるが、この一冊だけはどこへ行くにも持ち歩いているということで、分厚い本がぽつんと置かれてあった。

ご主人の吉川さんは整った顔立ちで美男子だったが、いかにも金持ちの道楽息子という感じだった。二人は昼間は金策に回っているらしかった。要するに友人、知人を片っ端から訪ね、お金を借りているのだ。それも借金を返すためではなく、自分たちの浪費のためである。お金がある日は新宿まで飲みに出かけていた。朝子も誘われたことがある。倒産するまでは毎晩のように銀座のバーや六本木のクラブで遊んでいたらしく、「俺が新宿のバーで飲むようになるとは思わなかったな」などと嘆いていたが、朝子があまり飲めないのを知ると、バンドが演奏しているジャズ喫茶やシャンソン喫茶に行き先を変えてくれる親切心もあった。が、行きも帰りもタクシーで、お金のある日は運転手に気前よくチップをはずむときもあって、朝子はただただ驚くばかりだった。

お金のない日はご主人は賭けマージャンで稼ぎに行き、奥さんのほうは今日は読書日だと言って「何か面白い本はない？」と朝子のところへ本を借りに来た。そのまま話しこむこともあった。彼女は映画や文学のことには結構くわしく、朝子より一学年下だったが、学徒動員で朝子がしていた風船爆弾の気球貼りの仕事を日劇でしていたということでも話が合った。東京の下町のど真ん中にあった彼女の女学校では、級友の多くが三月十日の空襲で亡くなったそうで、「あの人たちのことを思えばどんな生活だってできるわ」と言っていた。それはちょっと違うでしょうと朝子は思ったが、口には出さなかった。

朝子が英会話教室をやめようかと思っていると話すと、彼女は即座に賛成した。「たとえ上達してどこかの会社に就職できたとしても、おもしろくないわよ。時間の無駄よ。それよりテレビの放送も始まったことだし、シナリオやドラマの勉強をしたほうがいいわよ。吉川の友人たちにも放送局か、そういう仕事をしている人を探してもらうように頼んどいてあげるから」

彼らに頼ろうとは思わなかったが、時間の無駄であることは確かで、六か月の授業料を払い込んであったが、英会話教室へ通うのはやめることにした。

彼女たちの生き方の危うさは感じていたが、朝子にとってはいい隣人だった。が、朝子が住むようになって三か月もしないうちに、彼らはまたどこかへ引っ越して行った。大家さんにも何の挨拶もなく出ていったようで「家賃も三か月分ためたままなんですよ」と嘆いていた。

朝子もその頃は昼間は図書館に通っていたので、彼らがどこへ越したのか知らなかった。彼らの後に女子学生が住むようになったが、ほとんどボーイフレンドが入り浸りで、得体のしれない隣人など眼中にないらしく、台所で会ってもろくに挨拶もしなかった。

まだ英会話教室に通っていた頃のことだが、「未来」の歌会にも出たことがある。京都では主宰の高安先生が出られていたが「未来」では主宰の近藤芳美《よしみ》先生は普通は出席されないということで会えなかったし、作品を通じて憧れていた主な同人もきていなかった。

多分関西と東京の違いだろうが、関西の京都や大阪ではそこで育って住んでいる人が多いせいか和やかで親しみやすいのに比べて、東京は全国から集まって来た人たちで、みんなてんでばらばらという感じで親しみにくい雰囲気だった。だからまた来たいという気持ちもなかったが、それに何より歌が全然作れなかったから歌会に出る気もなくなっていた。

東京に出てくるについては夢や希望と同時に不安もあったはずだし、第一眼にするもの自体も新しい体験で、短歌を作ろうと思えばいくらでも題材はあったはずなのに、今考えても不思議だが、東京へ出てくる前後や、東京にきてから朝子は一首も短歌を作ってない。

短歌もいくら熱心に作っていても自然発生的に浮かんで来るものではなく、相当強い意志を持って作らなければできないということだろう。「アララギ」「関西アララギ」「塔」「未来」の四誌に毎号欠かさず投稿していたのに、どこへも投稿しなくなり、払いこんであった会費が切れると自然退会し、短歌の世界からは全く遠ざかってしまった。

朝子自身は東京へ出て来て忙しいし、こちらの生活に慣れるまで短歌はしばらくお休みという気だったが、英会話を習いに行くのはやめてしまったし、何も忙しいわけではなかった。演劇の公演をいつでも観られるといっても、その入場券を買うだけでもぎりぎりの生活をしている者にとっては大変である。できるのはせいぜい場末の映画館で三本立ての映画を見るくらいだった。東京ではどこへ行くにも電車賃がかかって大変だった。その二、三年後朝子はシナリオ教室へ通ったが、講師に来る脚本家たちは売れない時代の話をするとき、誰もが決まったように電車賃がなくてどこからどこまで歩いた話を得意そうにした。朝子だけでなくみんな貧しかった時代だった。

週に一度失業保険をもらいに新宿まで行っていたが、その職業安定所の近くに区立図書館があるのを知って、朝子はそこに通い始めた。戯曲を書きたいと思っていた朝子には、「世界戯曲全集」とか個人の戯曲全集とか読みたい本はいくらでもあった。貸出禁止なので毎日通って読むしかなかった。

広い社会に出て現実的な生き方をしようと決心していたはずなのに、またまた創られた世界にだけ遊ぶ、引きこもりの生活に陥っていた。

が、図書館に通う人たちの姿を見て勇気づけられたことも確かである。朝子よりもっと年上の中年の女性がテーブルの上に分厚い本を積み上げて、しきりにノートをとっている。そういう姿がよく見られた。手製のお弁当かパンを持ってきていて昼食はそれですまし、閉館の時間まではまた同じような作業をしていた。

一週間ほどすると資料探しも終わるのか姿が見えなくなるが、また別の人が資料探しに取り組んでいる。ただ漫然と読書している朝子などとは違って、どういう目的かは知らないが、目的を持って何かに取り組んでいる人の姿は、朝子から見れば充実感に溢れていると言ってよかった。

朝子は東京に出てきたとき、初めて見る東京の人と車の多さに驚いた。京都や大阪で慣れていたはずだったが、東京はやはり規模が大きいということもあっただろうが、旅行者の眼で見るのとそこに住むために来た者との感じ方の差があるのだ。こんなに多くの人がそれぞれ仕事を持ち、自分の居場所を持って生きているのだと思うと気が遠くなりそうだった。そんな中で果たして自分の居場所が見つかるのかどうか、どっと不安が押し寄せてきたものだった。しかし東京ではさまざまな生き方があると次第にわかってきて少し気が楽になった。

吉川さんたちが姿をくらましてから半年余りも過ぎた頃、突然電話がかかってきた。電話は大家の家の電話で取り次いでくれることになっていたが、滅多にかかってくることはなかった。お手伝いさんが呼びに来て、普段は閉まっている一階の台所のドアを開け、廊下にある電話に出ると、相手は吉川さんの奥さんの誠子《せいこ》さんに代わった。「今度通信社を始めて、事務所は有楽町の三信ビルにあるから、一度遊びにいらっしゃいよ。あなたに電話番のアルバイトを頼みたいと思っているの」ということだった。

三信ビルは英会話を習いに行っていた教室の近くだったから、朝子も知っていた。当時はあの界隈でも大きくて名の通ったビルで、有名企業が入っていた。

朝子が訪ねて行くと、確かに摺りガラスのドアに「中央通信社」と書かれた部屋があった。事務机が四つほどと応接セットが置かれ、吉川さんは出かけて留守だったが、誠子さんが懐かしそうに迎えてくれ、他に使い走りの男の子と、記者だという得体の知れなさそうな吉川さんと同年配の男がいた。

誠子さんは新調のスーツでぴしっと身を固め、借金取りから逃げていたときとはうってかわって溌剌としていた。コーヒーを入れてくれ、ソファーで互いの近況など話していると、吉川さんが入ってきた。

「やあ、いらっしゃい」

朝子を見て軽く挨拶すると、誠子さんに「社長、只今帰りました」とわざと神妙そうに挨拶した。

「おれは一度会社をつぶした前科があるだろ。だから今度はこいつが社長なんだ」と朝子に説明しながらソファーに腰を下ろし、ピースの缶に手を伸ばし煙草に火をつけた。借金取りから逃げている間も煙草はいつもピースで、それも箱入りのは味が悪いと缶入りを愛用していた。

「やっと出資者が見つかってね。これから新しく出直しだ。おれが仕事を始めるとそのうち昔の借金も返してもらえると、債権者もうるさく言わなくなったし、かえって応援してくれているよ」

「通信社ってどういう仕事をするんですか」

朝子が聞くと、彼は「おい、ちょっとあれ持ってきて」と男の子に声をかけ、「やっと昨日第一号ができたばかりだけど」と、男の子が差し出した小冊子を朝子に渡した。それは小冊子とも言えないもので、小型のざら紙に印刷したものをホッチキスで止めただけの十数ページの薄っぺらなものだった。内容は新聞の経済欄の埋め草記事みたいなものがいくつか載っていた。

「月二回発行で会費は年二万円。二百社集めれば四百万円だよ。二百社くらいわけないよ。日本に上場会社がいくつあると思う？」

いとも簡単に言っているが、分厚い有名な雑誌が百円の時代である。二万円は高すぎるようだと朝子が言うと、「高くはないよ。ここに石油の記事が出ているが、これだって読みようによっては、億単位の取引に影響が出てくるんだから。今は何でも情報の時代だよ」

確かに情報の時代には違いないが、日本の大会社は優秀な人材を集め世界中から情報を収集している。吉川さんや、さっき吉川さんと入れ代わりのように仕事で出て行った記者が集めてくる情報が、価値を持ったりするだろうか。朝子は口に出しては言わなかったが、表情に出ていたのだろう。

「素人目には二万円は高いように見えるかもしれないが、大会社ではそういう予算は最初からとってあるんだよ」

それではまるでゴロツキ新聞ではないか。朝子はそう思ったが口には出さなかった。そして結局電話番のアルバイトを承諾した。どうせこの会社が長続きするはずはなく、せいぜい半年くらいだろう。その間ならここへ通ってもいいと思ったのだ。

失業保険はとうに切れ、地方のラジオ局の仕事だけでは生活できない。どこかへ勤めたかったが、何の資格も技術もないし、年齢もいっているので、ちゃんとした会社では雇ってもらえない。新聞の求人欄を見て面接に行っても、怪しげなことにかけてはここの会社とそう違いはない。

アルバイトはときどきしていた。その頃、電話局では電話番号を増やすために、それまで三桁だった東京の局番を順次四桁にしていた。そのことを知らないでかけてきた客に新しい番号を知らせる仕事だが、今のように自動音声機の装置などないから、三十人ほどのアルバイトを交換台の前に張りつけ、かかってくる間違い電話に対応していた。昼休みと休憩の時間以外は交換台の前で電話の交換手と同じような仕事に追いまわされ、大袈裟にいえば息をつく暇もないくらいだった。

それに比べるとここでは電話番と銀行への使いなどの雑用くらいで、仕事のないときは本を読んでいても、自分の仕事をしていてもいいという条件は恵まれていた。朝子は毎日東中野から本を読むためにそのビルまで通い、夕食も「これから帰って自分で作るのは面倒でしょう。一緒に行きましょう」と誘われ、銀座の有名店でご馳走になっていたが、その会社は朝子の予想よりも短く五か月ほどで倒産した。購読会員などほとんど獲得できていなかったのではないだろうか。

誰が出資したのか知らないが、会社を立ち上げる費用や、当座の運転資金を吉川さん夫婦が銀座のバーなどで派手に飲み歩き使い果たしてしまったのだ。

今度は借金取りに追われることもないらしく、「これからは地道な商売をするんだ」と、住むために借りていた四ツ谷駅近くの離れ家を事務所にして、紳士服の商売を始めた。生地の見本帳を持って知り合いを回り注文を受け、縫製工場で仕立てさせ納品するのである。かつて金を借りられ迷惑を受けた人たちも洋服一着くらいならつき合ってもよいと思うらしく、そのときは仮縫いの日時を変更したいという客からの電話もあったから、実際に注文も取っていたらしい。

今のように携帯電話があれば電話番など必要ないのだが、二人とも営業で外歩きをしなければならないから、客からの電話も受けられないし、お互いの連絡も取れない。ときどき出先の公衆電話からかけてきて、朝子から連絡事項を聞き、自分の予定など知らせておく。朝子はそれをまた相手に伝える役をしていた。といっても電話の数などそれほど多くないし、人の出入りもほとんどないから、ラジオドラマなど書くには最適の環境だった。

18

しかしそれも長く続かなくて、三か月もしないうちにまたまた出資する人が現れて、四谷三丁目近くの大通りに面したかなり広い、しかも奥には住居もついている店を見つけて改装し、デパートに勤めていたデザイナーを引き抜き婦人服も扱うのだと華々しく開店した。

経歴をちょっと見ただけでも信用できないことがわかるだろうに、吉川さんの儲け話に乗って資金を出す人が次々にいるのはどういうことだろう。朝子にはとうてい理解できないことだった。彼も悪い人ではなく、最初から騙そうと思っているわけではないらしい。

今度の店にしても紳士服の注文をいくつか受け、縫製工場で仕立てさせると案外利幅が大きい。自分はかつて生地問屋だったから、生地のことにはくわしいし、いい生地を安く回してもらえるルートも知っている。会社組織にして大々的に注文をとれば大儲けできる。婦人服も扱えば馴染みのバーのママやホステスたちも来てくれるだろう。その目論見どおりに最初のうちは、バーのママやホステスたちも来て華やかな色どりを添え、商売は繁盛しているように見えた。

しかし商売で少しくらい儲けても、夫婦揃っての浪費癖が治らない以上、「稼ぎに追いつく貧乏なし」の反対で「浪費に追いつく稼ぎなし」である。吉川さんは店を大きくすることだけ考え、やたらと人を増やし、自家用車まで購入した。誠子さんは車を運転できるので、土曜日曜は競馬場へ通い、朝子も一緒に行くことがあったが、店の仕事で使う場合は重い生地の積み下ろしが大変だからと専属の運転手まで雇い、吉川さんが出かけるときはいつも車になっていた。

店には絶えず誰かがいて電話番の必要もなくなっていたが、朝子は相変わらず毎日出勤していた。営業など絶対にできなくて、他に使い道がないのはわかっていたが、奥さんの誠子さんが手離したがらなくて、「この近くに引っ越してきなさいよ。今なら若い子らに手伝ってもらえるから」と勧められ、店の近くに引っ越していた。

誠子さんは若い頃、といってもそのときは三十そこそこだから、それほど昔でもないが、美術評論家か文藝評論家になりたくてそういうグループに入っていた。そこで恋愛し、結局彼女は振られたらしいが、その相手が新進美術評論家としてデビューし、新聞などでときたま美術評を見かけることがあり、著書も一冊出していた。

「あの頃私が話していたことを、恥ずかしげもなくそのままなぞって自分で考えたように書いているの。今度電話して、『本、読みました』って、脅してやろうと思っているんだけど」

そんなこと実際にはしなかったし、かつての夢も諦めているらしかったが、ときたま発作のように、アートや映画や評判になった小説について、自分の批評を述べたくなるようで、そういうときのために朝子が必要なようだった。朝子なら彼女の話を理解できるだけの知識があるし、その上朝子は議論はあまり好きでないから、相手の見解が自分と異なっていても、そういう見方もあるのかと受け入れ、いたずらに反論して話をややこしくすることもなく、おとなしく聞いていた。だから彼女もいい気持ちで話せるらしかった。

何事にも臆病でビール一杯以上は決して手を出さない朝子を、バーや食事に誘って「そんなにいつもいつも自分を後生大事に守ってないで、一度徹底的に酔っぱらって、自分をさらけ出してみなさいよ。そうすればもう怖いものはなくなるから」とじれながら気炎をあげ、ひとしきり朝子を相手に仕事とは関係のない、高尚かどうかわからないが本人は高尚なと思っている話をすると、気持ちが晴れるらしくすっきりした顔をしていた。

たいていはお店の人たちが「今日は奥さんの機嫌が悪い」と怖れているような日である。そういう話をすることで、心の微妙なバランスを保っているのかもしれなかった。

仕事の愚痴や吉川さんへの愚痴ならいくら聞かされても不思議はないが、そういう愚痴は見事なまでに一度も聞かされたことはなかった。言っても甲斐のないことや、現在の自分の生活を貶《おとし》めるようなことは言わないというのが、彼女なりの一種の美学だったのだろう。

とにかく朝子には気を使ってくれ、「仕事をするなら、奥の部屋を使ってもいいわよ」と言ってくれたり、毎朝新聞で自分の読みたい本、ということは朝子の読みたい本でもあったが、その広告を見つけると近くの本屋へ電話して届けさせていた。

当時フランスの現代劇作家のアヌイやジロドゥーが日本の若者たちにも人気があり、全集も発刊され始めた。それも彼女がいち早く予約し、その他「ハヤカワミステリー」なども新しいのが出るたびに届けられた。それらの本は店の本棚に並べられ知的雰囲気を出すのに少しばかり役だったが、買った本人の彼女は忙しくて本など読めない。読むのは朝子だけだった。朝子のために買ってくれているといって良かった。

誠子さんの運転する車で、桂離宮や修学院離宮を観るため京都まで出かけたこともあった。離宮の見学は宮内庁の許可が必要で、朝子はそのことさえ知らなかったが、誠子さんは学生時代行ったことがあり、もう一度行ってみたいと思っていて、車を買ったとき遠出のドライブをするなら京都だと宮内庁に申請書を出していたのが許可になり「行こう」ということになったのだった。店のデザイナーの戸村さん、それに誠子さんと親しいバーのママさんの女四人で出かけた。

朝子以外はみんな仕事があるので、金曜日の夕方出発し国道一号線をトラックに挟まれながら夜通し走って、早朝京都に着き宿でひと休みしてから両離宮を見学し、その晩は京都に泊まって翌日は奈良のお寺や、山道をたどって室生寺《むろう》も回ってまた夜通し車を走らせて帰ってきた。

運転は誠子さんしかできないから彼女が全行程を運転し、バーのママさんとデザイナーは後ろの座席で気持ちよさそうに眠っていた。朝子は助手席で誠子さんを眠らせないようにする役目をしていた。彼女の運転は強気で前に重い荷物を積んだトラックなどいると次々に追い抜いて行く。

「あなたは何事にも慎重で臆病なくせに、私の運転によく文句をつけないわね」

彼女はそう言って笑った。強気の運転は朝子を怖がらせる意図も少しはあったのかもしれない。

「私はあなたのすることに文句をつけたことなど一度もないけど」

「うそ、言葉には出さなくてもいつも文句をつけている」

それは確かだった。彼女ほど聡明で仕事もできる人がなぜ吉川さんのような人と一緒にいるのか。いや、人は好き好きだから一緒にいてもいいが、彼女なら吉川さんの暴走を止められるかもしれないのに、なぜ自分まで一緒になって破滅への道を進もうとするのか。洋服店も今は順調そうに見えるが、ざるに水を注いでいるようなものだから、そのうち破綻することは目に見えてい

る。朝子はそう思っていたが、そのことは口に出さず、

「車の運転は他のこととは違って、自分の命にも関わるから黙って見ているわけにはいかないけど、今のところ追い抜きをかけるのは前方が見渡せるカーブになったところで、その反対のカーブのときは前の車がどんなにもたもたしていても出て行かないから、車を運転するときは結構合理的なんだなと、安心しながら見ています。それにときどき追い越しをかけるほうが緊張感があって居眠り運転にはならないから」

「ほら、言ってるじゃない？　車の運転以外は合理的じゃない、めちゃくちゃだって」

朝子は彼女にはいっぱい疑問符をつけながらも、一方では彼女の才能もかっていて人柄も好きで、そんな会話も結構気が置けなくて楽しかった。

四谷三丁目交差点の近くにあったあの洋服店では、いろいろなことがあった。府中で競馬が開かれているときは、土曜日曜の午後は必ず競馬場へ行っていた。吉川さんが百万円近く儲けて一緒に行っていた朝子たちに大盤振る舞いで小遣いをくれたこともあった。しかしそれだけ儲けるには大きく賭けているはずだから、トータルするとその何倍かの損はしているはずだった。

裏側ではどうなっているか知らないが、表面的には平穏な日々が長く続いていたような気がするのだが、あらためて計算してみるとその店も一年とは持たなかった。

倒産する二、三週間前だったか、たまたまみんな出かけて店に朝子と運転手だけ残ったときが

あった。中年の人のよさそうな運転手はちょっと改まったように朝子に尋ねた。

「三谷さんはこのお店に出資しているの？」

なぜそんなことを聞かれるのかわからなくて「どうして？」と怪訝そうな顔をすると、

「いや、吉川さんたちとは親しそうだし、従業員といっても特別扱いみたいだから、出資者の一人かなと思って」

「お店に出資するお金があったら、こんなところでアルバイトしていませんよ。私はただのアルバイト、お店を構える前から電話番をしていたから、やめてくれとは言えないんでしょう」

「それならいいんだけど」

運転手はほっとしたような顔で、それ以上は言わなかったが、朝子にはこの店も長くないことはわかった。朝子たちは吉川さんが外で何をしているかわからないが、運転手は知っているのだ。朝子がもし出資をしているのなら用心するようにと忠告をしておくほうがいいと心配してくれたのだろう。

そのときは吉川さんが何をしているか朝子にはわからなかったが、手形を落とす資金繰りに困って、大量の生地を仕入れ、バッタ屋と呼ばれる安売り屋に現金で叩き売りしていたのだ。その場はしのげても二十日後かひと月後には更に多額の手形が待っていて、また生地を仕入れて叩き売りする。こうして雪だるま式に額は膨れ上がって行くのだ。

一介の洋服屋が大量の生地を仕入れればふつうならすぐ怪しまれそうなものだが、次々に取引先を変えていたのか、倒産したとき負債総額は五千万円を越えていた。大学出の初任給が一万円足らず、朝子のアルバイト料の日当が二百五十円の時代である。

朝子は二、三日前に、もう万策尽きて手形が落とせなくなるということを聞いていた。

「私たちは姿をくらますけど、どうせ店にあるものは全部差し押さえられるでしょうから、欲しい本があったら今のうちに持って帰っておいてちょうだい」ということだった。

「大丈夫なの？」

予想していたこととはいえ、朝子は心配だった。こうなることはわかっていたのだから、前もって当座の生活費や逃亡費を確保しておけばいいのに、この人たちはお金さえ見れば後先考えず使ってしまい、無一文に違いないのだ。

「これでも売れば少しの間くらい何とかなるでしょう」と指輪を示した。最初の結婚指輪は質流れにしてしまったからと、お店を大きくしたとき吉川さんに買ってもらったと言っていたのだ。それに吉川さんのロ−レックスの腕時計もある。朝子が心配することではなかったのだ。

負債があったのは生地問屋だけではなく、縫製工場やその他のところへの支払いも滞っていたらしく、翌日はそういう債権者が店に押し掛けて大騒ぎになった。誰もが吉川さんたちの居所を知りたがったが、誰も知らなかった。

第一、朝子も含めて従業員自体、今月分の給料をもらってないし、もらえる当てもないのである。

19

朝子が東京へ出てくるとき、母はせいぜい半年くらいで音をあげて帰ってくるだろうと思っていたようだったが、吉川さんたちと知り合い、東京ではこんな生活もあるのかと面白がりながらつき合っているうちに、二年はあっという間に経っていた。

その間にもちろん正月休みなど実家に帰ったし、母も上京してくるときがあった。長兄の修一一家、三番目の兄の宰三一家も東京に住んでいたし、朝子が上京した後、すぐ上の兄の幸四郎もこちらに来ていた。幸四郎は大阪市立大学の助手をしていたが、結婚して三菱電機に勤めを変え、最初は関西の工場にいたが鎌倉工場に移り、女の子も生まれ東横線の沿線に住んでいた。

だから母は何かと用事を作って上京していた。そういうときは修一の家に泊まるから朝子は東京駅まで迎えに行き、高井戸の修一の家まで案内し一緒に泊まり、翌日も母の行くところへついて行った。

その頃母は七十代になっていた。田舎の家にいるときはそうでもないが、都会の人ごみの中ではやはり老いが目立ち、ことに乗り慣れないエスカレーターに乗るときなど緊張で体まで一回り小さくなったようで頼りなく見え、朝子は胸を突かれた。

これまでいつも自分の目の前にあって行く手を遮っていた母が、いつの間にかこちらが手を差し伸べないといけないない存在になっていたのである。

その母は朝子が東京でちゃんとした職にもつかず、得体のしれない人たちとつき合い、貴重な若い日をむざむざと無為に過ごしていることにいたく失望し、家に帰るようにと繰り返した。しかし母には悪いが、朝子は帰るつもりはなかった。一度手にした自由を捨てる気はなかった。田舎の家にいればどこへ行っても身元が知れている。身元がわかっても殊更不利益を被ったり、その反対に利益もないが、後ろ指を指されるようなことをして親や兄弟に迷惑をかけないようにとの意識がつねに働く。

それに比べると東京ではどこの誰ともわからない。道端の石ころと同じでみんな無関心で通り過ぎて行く。その点は気楽でいいが、石ころと同じように思い切り蹴飛ばされるときもある。田舎では少なくとも人間扱いされていたが、都会では物扱いだということもできるだろう。

人それぞれ好みがあってどちらがいいとはいえないが、朝子には物扱いされているほうが気楽でよかった。他人にはどう見えるかしれないが、知った人もいない都会での孤独な一人暮らしもさして寂しくはなかった。

洋服店が倒産した後、吉川さんたちは伊豆の温泉宿にいたらしいが、いつまでも隠れていることもできなくて十日ほどすると東京へ帰ってきた。今度は負債額が大きく借金取りから逃げるだけでは済まず、告訴され裁判になったが、どこでお金を工面したのか保釈金を積んで出てきていた。二人は青山のアパートに住み、誠子さんは広告代理店で新聞の広告を取る仕事をし、吉川さんは賭けマージャンで稼いでいるようだった。

洋服店のあった建物はすぐ改装されて喫茶店になり、朝子のところから二分とかからない近くなので、その後長い間よく利用していた。

朝子が住んでいたのは水商売上がりの大家さんが、老後の生活のため二階の三部屋と下の一部屋を間貸しできるように建てた家だった。朝子は二階の一番奥の四畳半の部屋を借りていた。家賃四千円で東中野では六畳間だったが、都心に近い便利なここでは四畳半しか借りられなかった。他の三部屋の六畳間はいずれも銀座のバーやクラブのホステスさんたちだった。彼女たちは昼過ぎの三時頃起き、起きるとすぐ美容院へ出かけ髪を高く結って帰り、夕方和服に着がえてタクシーで出かけ、真夜中過ぎ酔っぱらって帰ってきた。

顔を合わせれば挨拶はするが、生活時間帯が違うのでつき合いはなかった。廊下に面して流しやガス台があり共同の炊事場になっていたが、使うのは朝子だけで彼女たちはたまにお湯を沸かすくらいで、食事はたいてい店屋物で済ませていた。

洋服店へ行かなくなると話し相手もなく、朝子は部屋にこもって仕事をするより他はなかった。洋服店に勤めている間もときどき地方局のラジオドラマを書いていた。吉川さんたちをモデルにした台本も何本か書いたが、それを基にして戯曲に書き直すことにした。演劇誌の「テアトロ」が一幕物の戯曲を懸賞募集していて、それに応募した『びりん草』が、朝子が最初に書いた戯曲である。

――安江は女学校のとき両親が相次いで亡くなり、学校を中退してまだ幼い妹や家を守るために蜜柑山や柿畑、それに田圃を引き受けて働き始める。「びりん草」というのは、夏の日盛り他の草花がぐったり萎《しお》れているときも、砂地で生き生きと花を咲かせている松葉ボタンのことを、この地方ではそう呼んでいた。夏の暑い盛り、他の百姓たちが木陰で休んでいるときも、彼女だけは畑に出て働き、みんな「びりん草にはかなわない」と多少の蔑みを込めて噂していた。婿養子を迎えて男の子も生まれたが、人がいいだけで怠け者の夫は黙って家を出て行ってそれっきりになる。妹の知子が成長して相談相手になってもらえると思った頃には、知子は家を出ることしか考えてなかった。

東京に出た知子は吉川さんのような男、良平と知り合い、一時は大きな店を構え贅沢に暮らしていたが、倒産し、良平が体を壊ししばらく静かなところで静養したいと帰ってきている。安江は今も頭の少し弱い作男の兼一を相手に、柿の木の消毒や蜜柑山の草取りに朝早くから忙しく働いている。良平は「これだけの屋敷と土地を売るか抵当に入れて金を借りて商売を始めれば、いくらでもお金が入ってくる。姉さんだって苦労することはないんだ」と気楽なことを言っている。

そこへ近所に住む叔父の健作が、彼らが帰っていることを知って訪ねてくる。健作は一度東京の店にもきたことがあり「どこへ行くにも車で送り迎えしてもらって、渋谷の中華料理店でご馳走になったあの味が忘れられん。人も大勢使って大したもんじゃ」と、それが自慢である。

健作が昼時に訪ねてきたのは、畑から帰ってくる安江に頼みごとをするためでもあった。一人息子が役所の金を使い込み、金さえ返せば内々にしてもらうよう上の人に頼んであるが、その金の工面ができない。「わしも若い頃はさんざん遊んで身代をつぶしたが、あいつはつぶす身代もありゃせん。かわいそうでな」ということで安江に頼みに来たのだ。林の一部でも売ればできない金額でもなかったがあっさり断られる。

「何とかしてあげたら? 京一さんの一生がかかっているのよ」知子も口添えするが「私たちが困っているとき、誰が助けてくれたん?」とにべもない。そう言われると健作は何も言えない。がっくりする彼を良平が「ぼくが元気になって東京へ帰ったら、息子さんのことは引き受けますよ」と慰める。

数日後の第二場では、中学三年の息子の透まで船乗りになりたいから、商船学校を受験するといってきかない。「今は家より個人のほうが大事なんじゃ。ぼくは自分の決めたとおりにするきにな」と言って遊びに行ってしまう。そこへ隣家の医院で徹夜マージャンをしていた良平が帰ってくる。誰とでもすぐ仲良くなる良平は、農協の組合長とか薬屋、写真屋などのマージャン仲間になり、すっかり田舎生活が気にいっている。その彼に安江は「村の人がいろいろ噂しとるからなるべく早く出て行ってくれ」と言う。叔父の健作が知子たちの店を自慢したおかげで、たまたま上京した村会議員の一人が、小学校にピアノでも寄付してもらおうと店を探して訪ねて行ったのだ。店は倒産し、隣に住む大家は家賃も踏み倒されていて、彼らの悪口を散々言い、おまけに良平には別居しているが妻がいることまで話した。

安江はこれで知子も眼を覚ますだろうと、良平が蜜柑山や畑を抵当にして金を借りてくれと頼んだことまで話す。しかし知子は「事業がうまく行かなかっただけよ。失敗は誰にでもあるわ。奥さんとの離婚話は慰謝料の問題で遅れているだけよ」とあくまで良平をかばい、二人の間を取りなそうとする良平に「今すぐ帰りましょうよ。私、こんなところに一日だっていられないわ。あなたにはわからないのよ。私がどんなにこの家から逃げ出したいか。昔も今も」

どこへ行くあてもないがこれまでだって何とかなってきたのだから、何とかなるだろう。帰るとしたら早いほうがいい。午後の汽車で帰ろうということになり、良平は隣へ挨拶に行き、知子は荷造りを始める。

そこへ叔父の健作がやってくる。彼も村の人たちの噂は聞いているが、知子が良平と別れる気はないのを知って「そうか、それならそれでええんじゃ。どんな苦労しても、自分の思うとおり生きていきよるんじゃ。幸福じゃと思わないかんぞ」と励まし「安ちゃんもなあ、わしらがもっとあの子のことを考えとってやったら、今頃は幸せな奥さんになっとったかもしれんのじゃきにな」と言う。

隣村に中央官庁で出世している人がいて、お盆の墓参りに帰ってきている。村長がぜひ一度挨拶に行きたいと言うので、その家とつき合いのある健作が案内し昨日訪ねて行き、一杯やっているとき安江の話が出たのだ。山田と安江は同じ汽車で中学と女学校に通っていて親しくなり、男女関係に厳しい当時のことで手も握ったことはないが、この人こそ自分の妻にと固く心に決めていた。が、安江は学校も中途退学してしまい、会ってもくれず、手紙を出しても返事をくれなかった。山田は東京の学校へ行ってからも手紙を出したが返事はなく、そのうち諦めた。

「山田さんは今は東京のいいところからお嫁さんをもらって男の子ばかり三人いるそうじゃが、今でも安ちゃんのことを懐かしがってな、女学生時代の安ちゃんは色が白くてよく笑う子じゃったそうじゃ」

「お姉さんは家や私のために？」

知子は動揺するが、良平と一緒に帰る決心は変わらない。

隣家の医者が駅まで車で送って行くと言い、ちょうど遊びから帰った透も車に乗せてやると言われて同乗し、みんな去った後ぼんやりたたずむ安江の横で、作男の兼一まで「知ちゃんが去《い》んでしもうて、この家も寂しゅうなるな。この暑いのに働いているのは安さんだけじゃ。わしゃもう働きとうない」と反乱を起こす。

その作品は入選作なしの佳作で、昭和三十三年の十二月号に掲載された。それに気を良くし、次に書いた『黄金の小鳥』を「悲劇喜劇」に送っておくとそれも掲載してくれた。

20

『黄金の小鳥』はその頃朝子が心酔していた『欲望という名の電車』の作者テネシー・ウイリアムズの一幕物に出てくる主人公のように、現実を拒否し空想の世界に生きている田口綾子が主人公で、彼女はいつも何かを待っている。待つことだけが彼女の生活で、銀杏の葉が今日頃は散り始めるだろうと、いい年をして朝早くから公園まで出かける。地面に落ちた葉はただの葉っぱでもう夢を誘わないが、空からひらひら舞い落ちてくるとき一瞬輝く瞬間がある。それが彼女の黄金の小鳥で、それをつかまえに行くのだ。

その彼女の部屋に居候として同居しているのが、吉川さん夫婦をモデルにした根本宏と和子だった。店が倒産し、伊豆の温泉宿に逃げていたが、宿賃もたまり身動きできなくなったとき、和子はひと月ほど前銀座で偶然会った綾子のことを思い出して電話する。田舎の女学校で一緒だったというだけで親しい間柄ではなかったが、綾子の父親は地方銀行の頭取で資産家だが、娘より若い女と再婚してその罪滅ぼしのためか、娘にマンションの一室を買い与え好きなようにさせている。

彼女ならお金に困っていないし、人がいいからという和子の狙いどおり、助けてもらいそれ以来、彼女の部屋に身をよせ、和子は宏に勧められて推理小説の懸賞募集に応募するために、日夜執筆に励んでいる。賞金のほかに印税ももらえるこの賞に当選することが、今の彼らの夢でもある。

舞台は病気だと言って音信不通になっていた綾子の元恋人が五年ぶりに訪ねて行くと電話をかけてきたことから始まる。綾子はわけがわからなくておろおろするだけだが、和子は「病気が治って自信を取り戻してプロポーズするためよ」と張り切り、部屋を片づけバラの花まで飾り、綾子にも身なりを整えさせる。真二が来ると、ぎこちない二人の会話がスムースに行くように誘導し、気をきかせて買い物に出かける。

残された二人は楽しかった頃の話を始めるが、真二は「僕は病気じゃなかったんです。そりゃ病気にでもなったほうがいいと思っていたけど、病気だって、そう簡単にはなれませんよ、自分の思うとおりには」と言い、あの頃のぼくは失業中で、恋愛遊戯でもするほかに用のない人間で、自分がなれたかもしれないぼくになり、大芝居を打っていた。しかしそのうち小さな会社の倉庫番のような仕事につき、もう夢を見ることも芝居に熱中することもできなくなって、病気を口実にして別れた。

「ただ、時々、きれいに飾ったウインドウのそばを通ったりするとき、不意にあなたのことを思い出していました。息で曇ったガラス戸の向こうの贅沢な商品を見るように、ぼくにとっては大切な、それでいて手の届かない思い出の一つだったんです」

そんな話をしているとき、金策に出かけていた宏が帰ってくる。「あ、失礼。ぼくはすぐまた出かけますから」とうろたえるが、真二を見て「何だ、君か」と驚く。二人は大学で一緒だったのだ。「君んとこの会社、従業員どれくらい？　今度行くから庶務か厚生課に紹介してよ。この頃は個人相手の商売じゃ駄目なんだ」と倒産したばかりで何を売るかもわからないのに、もう商売の話を始めている。

結局、真二は綾子の小さな夢の一つを潰しただけで、自分でも何をしに来たのかわからないまま帰って行く。

「あいつ、あんなにしょぼしょぼしやがって。学生時代、ぼくらの仲間では一番優秀だったんですよ。教授に目をかけられてドイツへ留学の話もあったんですから」

芝居の大半は綾子と真二の関係だが、吉川さん夫婦がモデルの宏と和子の面目躍如たるエピソードもつけ加えられてある。

「彼は自分の欲しいものを欲しいとは言えないんだ。欲しいものを欲しいというのに何も恥じることなんてないのに。手に入る、入らないは別だけど。わざわざここへ訪ねてくるなんて決まってますよ。金を借りるか、くどくか。それ以外の理由など考えられないでしょう」

などと自分の人生哲学を披露していたが、「僕ね、困っているんです。お金を貸してくださいよ」と言い出す。

「お金なら和子さんが言ってくだされば……」

「いや、あいつには内緒で。あいつを喜ばせてやりたいんですよ。このところ悪い話ばかり聞かせているから、何とかしてやりたいと思って。今日も手ぶらで帰ったんじゃ、あいつがかわいそうで……」

そう口説かれて綾子はお金を渡す。そこへ和子が夕食の支度の買い物から帰り、真二が帰ってしまったことを知りがっかりする。

「（うまくいかなかったとしても）それならそれでいいじゃないの。次のチャンスを待つのよ」とか「もともとあなたの望んでいるようないつまでも消えない夢とか輝きは、黄金の小鳥のようにこの世には存在しないものよ。だからそれが見つからなくても、あなたの罪じゃないし、失望することないわ」などと慰め、食事の支度に取りかかる。

その和子に宏が「飯食ったら、映画でも観に行かないか」と声をかける。

「お金あるの？」

「ああ、少しね。東和銀行の安永のところへ行ったんだ。来週少しまとまって作ってくれることになっているが、今日は持ち合わせている分だけ少し借りてきた。俺が行きゃ誰も嫌とは言えないからな」

と得意そうに言い、綾子に借りたとは知らない和子は、「ね、田口さんも行かない？　たまにはこの人におごらせましょうよ。急いで作るわ」といそいそと台所へ去る。宏が綾子のそばに来て言う。

「あいつ、嬉しそうでしょう。これでいいんですよ。これ以上何を望むことがあるんです、この人生に」

綾子は窓際に立って、今朝公園で拾ってきた銀杏の葉を一枚、一枚捨てている。それはもうしなびて、彼女の心を惹かなくなっている。しかしまだ一枚、捨てきれなくて持っている。

「捨てないんですか、それ。捨ててしまいなさいよ」

宏に言われてやっと捨て、窓を閉めながら放心したように「やっと夜になったのね。長い一日だったわ」とつぶやく。


ムードが先行する作品で、要約するのは難しいが、朝子が以前から書きたいと思っていた綾子と真二の話に、二人とは全く正反対の宏と和子を登場させることによって書きあげることができた作品だった。

書いた当時、朝子は『黄金の小鳥』は気にいっていて、『びりん草』はこういうリアリズム一点張りの作品も書けるのだと示しただけで、自分の本領は『黄金の小鳥』のほうにあると思っていた。

戯曲誌に発表されたときも『びりん草』は朝子の知る限り何の反響もなかったが、『黄金の小鳥』はそれを読んだと言って大手のラジオ局の女性ディレクターからラジオドラマの注文がきたし、読者からのファンレターも二通届いた。

しかし今になって読み返すと、『びりん草』は農村の様子など変わってしまったが、会話の細かな部分まで良く書けていると今更ながら感心するが、『黄金の小鳥』のほうは、自分でも寝言みたいなことばかり言って、という感じは免れない。

朝子自身年をとって柔らかな感性を失ったせいか、それとも若い頃の作品にありがちな独りよがりのせいなのかはわからない。


『黄金の小鳥』は昭和三十四年の六月号に載っているから、多分五月の初旬に発行されたのだろうが、その翌日くらいに吉川さんの奥さんの誠子さんから電話がかかってきた。つき合いは続いていてそれほど頻繁ではないが、電話で話したり、一緒に食事をしたり、誘われて青山の彼らが住むアパートへマージャンをしに行くこともあった。

電話は呼び出しで、呼ばれて階段を降り、玄関を上がったすぐのところにある受話器を取ると、いきなり「悲劇喜劇に載った作品、読んだわよ」と言われて、朝子はうろたえて声も出なかった。迂闊にも彼女たちには知られることはないと思っていたのだ。が、発売日には新聞の一面の下段に広告が出る。『びりん草』が載ったテアトロも広告が載ったはずだが、倒産してからまだ日が浅く彼女も落ち着いて新聞を見るどころではなかったのだろう。

「モデル料高いわよ」

誠子さんは脅すように言い、朝子は更に口がきけなくなった。彼女に限らず誰でも自分のことを書かれて不愉快になるのは当たり前である。自分が自分自身にたいして抱いているイメージと、他人のそれとはまったく異なるし、事実ならまだしも作者は自分に都合のよいように勝手に創作して書くからなお始末が悪い。自分たちは倒産したが、誰の世話にもなっていないし、居候しているわけでもない。まして朝子にお金を借りたことなど一度もない。自分だけいい子になってと怒りがこみあげてきても無理はないし、どんなことになっても自分たちを信頼してくれている親友だと思っていたのに、こんな目で見ていたのかと裏切られた憤りもあるだろう。

朝子が強弁するとすれば「あれは私が創り上げた人物で、あなたたちとは関係がない」と言うこともできる。が、そんな常識的な白々しい弁解はしたくなかった。どんな怒りでも受けようと覚悟を決めたが、彼女のほうもこれくらいいじめれば十分だと思ったのか「でも、まあ、よかったじゃない。おめでとう。あの調子でじゃんじゃん書けばいいのよ」と言ってくれて、朝子はほっとし、やっと「裁判のほうはどう？」と話題を変えることができた。

裁判は長引きそうだし、弁護士料も高い。それで不動産鑑定士の資格を取り、青山のアパートを事務所にして不動産業を始めたということだった。吉川さんは裁判中で会社の役員に名を連ねることはできないが、その他は自由で実際の商売は彼がするのだろう。洋服店で働いていた男の子二人をまた雇ったということだった。彼らは洋服店での最後の給料はもらえないまま放り出されたわけだが、お金があるときはいろいろ優遇されていたので、声がかかれば喜んで応じるのだ。

「あなたもこない？」

ということだったが、朝子は部屋にこもって仕事をする習慣にやっと慣れたのに、それを壊したくなかった。洋服屋が倒産してから十か月の間に発表した作品は二作だけだが、三幕物の作品も書きあげ「新劇」に送っておくと劇作家の田中千禾夫《ちかお》さんが読んでくれ、書き直している最中だった。それに誘いに応じられない実際的な理由もあった。

「七月からシナリオ研究所といってシナリオ作家を養成する学校のようなところに通うことにしているの」

一応試験のようなものがあり合格通知をもらっていた。

「ああ、あそこね。一期生を募集したとき、私も行ってみようかなと思ったことはあるけど。一期生はシナリオライターの助手をしていた優秀な人たちばかりで、みんな大活躍しているようよ」

彼女はそういう消息には通じていてそう言い、「戯曲だけ書いていたんじゃ生活できないことがわかったんでしょう」と朝子の言うべきことまで言ってくれた。

21

朝子は誠子さんとの電話で話したように七月からシナリオ研究所に通い始めた。シナリオ作家協会が開いているもので、場所も当時麻布霞町《かすみちょう》にあったシナリオ会館だった。朝子のところからは都電一本で行けるから便利だった。今はどうなっているか知らないが当時は月曜から金曜までの毎日で、金曜日は名画鑑賞の日で戦前の外国映画の名作『外人部隊』『モロッコ』『大いなる幻影』『制服の乙女』など見せてくれ、それが一番楽しみだった。

週に二日は専門の講師がきてドラマツルギーやドラマの構成法など教え、あとの二日は現在活躍中のシナリオライターがきて自分の作品のことや体験談を話したり、テレビのディレクターがきて自分の番組の狙いなど話し、台本を募集することもあった。

朝子たちは四期生で開設してまだ二年にもならないが、長年シナリオライターを目指して勉強していた人たちは一期、二期に集中し、四期ともなるとそういう人はいなかった。

優秀な人がいなかったわけではない。朝子と同期ですぐに独り立ちのシナリオライターになった女性もいた。が、彼女は最初の頃一、二回顔を見せただけで、こんなところに通っても時間の無駄だとわかったのか、その後はときたま講義が終わる頃書きあげたシナリオを抱えてやってきて、お目当ての講師に読んでもらうように頼んで帰るだけだったから、朝子は一度も話したことはなかった。

毎日熱心に通ってくるのは暇を持て余している主婦、女子大を出て就職していない若い女性、学校に籍は置いてあるがほとんど登校しない怠け者の学生、定年退職者などだった。

女性だけの仲好しグループができ、帰りは決まって喫茶店に寄って話すようになったが、朝子も含めて誰一人真剣にシナリオライターを目指している人はいなかった。みんななれたらなろうというくらいの気持ちで、客観的に見てもおよそシナリオとは縁遠い人たちばかりで、こういう人たちとつき合っていても何の得にもならない、仕事の上での成長には役に立たないことはわかっていたが、朝子は結構楽しく毎日を過ごしていた。

朝子は社交下手だから自分も父と同じように人間嫌いなのだろうと思っていたが、案外そうではなく一人一人を観察したり、その人の身の上に思いを馳せ想像するのが好きだった。もちろん朝子が捉える人物像は朝子の独断と偏見に満ちたものだったが。

シナリオ研究所に通うようになって、朝子の作品に登場するのは同じ研究所に通う仲間たちになった。後日、戯曲誌「新劇」に載った『コップの中で』は、朝子たちのグループの一番年長者でリーダー格の池田さんがモデルになっていた。中学生の息子さんがいて、その息子の言うこと為すことすべてが新鮮で驚きに満ち、「彼の言うことを書きとめるだけで、一冊の本ができるわ」と手放しで息子や夫の自慢をする幸せを絵にかいたような主婦である。世話好きで物わかりも良く若い人たちの相談にもよく乗っていた。

――『コップの中で』は自分はコップの中に閉じ込められ、外の世界を見ることはできるが、実際に触れることも働きかけることもできないと感じている女主人公の部屋に、彼女は手製のジャムやお惣菜、それに殺風景な部屋を飾る物など持って訪ねてくる。そして話すことと言えば夫や息子の自慢話で、主人公には有難迷惑なのだが、気が弱くて面と向かっては何も言えない。

一度だけでも彼女をまいったと言わせたくて、その日、彼女が訪ねてくる前に「誰だって自分をヒロインに見立てて一芝居うちたくなるときがあるでしょう」と観客に向かって用意した小道具、玩具のピストルや会社が倒産してただの紙切れになっている株券の束などを見せて説明する。

が、それがどんなお芝居になるかは主人公自身もわからない。

やがて彼女が訪ねてきてお芝居が始まり、彼女を動揺させることはできたが、彼女が帰った後、更に孤独になるという芝居である——。

池田さんは朝子の部屋へ来たこともなく、朝子の世話を焼くこともなかったが、そばで見ているとそういう芝居を書きたくなるのである。

池田さんだけでなくグループの一人一人を主人公にしてお芝居が書けそうだった。ユニークな人たちが揃っていたのではない。ごく平凡に見える人でも一つ特徴を見いだせばいくらでも話が拡がるということで、書く楽しみがやっとわかってきたのかもしれない。


シナリオ研究所では六か月の間にシナリオを二本提出し、読んでもらう先生を指定することができた。

朝子が書いた最初のシナリオ『青空保育園』は、新聞記事がヒントになっていた。当時まだ日本全体が貧しく保育園など数が少なく、幼稚園や保育園に通う子供はごく少数だった。とくに商店や家内工場が多い下町では親たちは忙しく、子供に構う暇はなかった。

女子大生の仲好しグループの五、六名が、ボランティアでそういう子供たちを小さな公園に集めて、歌や遊戯を教え、子供たちも楽しみにし、親たちも感謝している——という記事が写真入りで大きく取り上げられた。殺伐とした事件ばかり多い中で、こころ温まる美談として大きく取り上げたのだろう。

リーダー格の女子大生は自分は子供が好きで将来は保育園を作りたい。今は雨が降ると集まれなくて子供たちががっかりしている。どこか場所を貸してくれるところがあれば、雨の日も子供向けの童話を読んだり、お話し会をしたいと語っていた。

その記事を読んだとき、朝子は自分が怠け者でいい加減な人間だから、美談としてこんなに大きく取り上げられたら困る人も出てくるのではないかと、そちらのほうが心配だった。

リーダー格の友人に誘われ面白そうだと軽い気持ちで参加している人がいたとしたら、こんなに大きく取り上げられたら簡単にやめることができなくなるのではないか。少なくともやめることに罪悪感を抱くだろうし、他の人にしても保育を一生の仕事とは思っていないだろうから、ボーイフレンドができればデートを優先したくなるだろう。それにリーダー格の子だけ注目を浴びれば妬みも生じる。彼女本人にしてもこれまでは仲良し同士和気あいあいと自由にやっていたのに、友だちには離反され、その穴埋めに熱心になればなるほど売名行為のように見られる。

朝子は取材して書く方ではないから、彼女たちとは会ってないし、その後新聞でも取り上げることはなかったから、どうなったかは知らない。が、朝子のシナリオではみんなそれぞれの事情や、仲間うちの葛藤があってやめていき、最後まで彼女の味方をしてくれていた友だちも去って行く。そうなると意地でもやめられなくなって一人で続けていく。

何か一つのことを成し遂げるのは善意などではなくて、意地のようなもので、女子大を卒業してからも一人で頑張っている彼女を応援する人も現れ、ついに区のほうが動きその地区に保育園が建設されることになる。その開所式の日、かつて仲違いして去って行った仲間たちがお祝いに駆けつける――。

そのシナリオを読んだ映画評論家は他にいい作品がなかったのかAをつけてくれた。Aは数少ないということだったが、次に書いたオリジナルのミステリー物のシナリオも、全盛期は過ぎていたがかつて名作を書いていたシナリオ作家がAをつけてくれた。おかげで六か月たって卒業するとシナリオ研究所から推薦してくれ、ＮＨＫの脚本研究会に入れてもらった。

ＮＨＫの脚本研究会に推薦されたのは朝子一人だったが、映画会社の脚本部に推薦された人も何人かいたはずだった。朝子自身すっかり忘れていたが、最近本の間に挟まれていた古いハガキが出てきた。シナリオ研究所からのもので、貴殿を東宝映画会社の脚本部に推薦してあるから、何月何日に面接を受けにいくようにという文面だった。が、いくら考えても映画会社に面接を受けに行った記憶はないから、映画会社でやっていく自信はなくて、ＮＨＫのほうが決まっていたから辞退したのだろう。

当時は映画の全盛時代で、テレビのほうも『私は貝になりたい』などの名作も生まれ、本格的なドラマ作りに意欲を燃やしていた。シナリオライターやテレビライターを目指していた者にとっては恵まれた時代だったといえよう。

ＮＨＫの脚本研究会では交通費という名目で一万円の手当が出た。大学出の初任給が一万二千円の頃だからありがたかった。渋谷に移転する前の内幸町にあった頃だが、毎週土曜日の午後、会が開かれ、ドラマ班の部長と副部長、それに手の空いているディレクターが出席し、先週提出した原稿がガリ版刷りの台本になっていて、みんなに手渡され、互いに批評し合う。ディレクターの誰かに気にいってもらえればその場で採用されるから、勝負が早かった。もちろん放送になれば、原稿料ももらえる。その頃はＮＨＫのＨを放送の略語ではなく薄謝ともじって日本薄謝協会と言われていた。民間放送に比べて出演料や台本料は安かったらしいが、地方の小さな局で仕事をしていた朝子にとっては、月に一本放送になれば暮らしていけるというありがたい額だった。

当時教育テレビに「創作劇場」という四十五分の実験劇場的な番組があって、朝子の『ある町』という寓話風な作品がいち早く取り上げられ、続いて『蝶の季節』『夜』なども放送になったが、そういう単発番組は放送になるといってもせいぜい二、三か月に一本という割合でテレビで稼ぐというには程遠かった。

脚本研究会のメンバーはＮＨＫのドラマの懸賞募集に入選した人、高名な劇作家やシナリオライターの推薦で来ている人など多士済々で、求められていたのは即戦力として使えるライターだった。三月もしないうちに連続ドラマを任される人もいたし、次々脚色を頼まれる人、歌番組やバラエティショーの構成を頼まれる人が出てきた。

最初の頃、同じ小説のコピーを渡されみんなで脚色の競作をしたことがあるが、朝子は原作をまるきり変えてしまうのは作者に悪い気がして変えられない。したがってテレビドラマとしては面白くないし、他人が書いたものを脚色するのもあまり好きでなかった。その上ホームドラマも苦手だった。ホームドラマなど何かというと食事のシーンを出し、みんなに意味のない勝手なことをしゃべらせておけばいいと思っていたが、その無意味で勝手なセリフというのがなかなか難しい。朝子などは戯曲を書いてきたからセリフ一つに二つも三つも意味を持たせるように書くから、明るくて楽しいホームドラマは書けない。

だから、いつまでたっても、芸術性は高いかもしれないが、視聴者は極端に少ない「創作劇場」を卒業することはできなかった。一度ＮＨＫの看板番組になっている金曜ドラマで四十五分の単発ドラマを放送してもらったことがあったが、そこは大作家やベテラン作家が順番に書いているので、どんなに頑張っても放送してもらえるのは一年に一本くらいなものである。

毎日とか毎週放送されるものでないと収入は安定しない。前より少し楽になっただけだが、視聴率を気にしなくてよい創作劇場の仕事は朝子には面白かった。あるとき四十五分間登場人物は一人、場所も一部屋だけのドラマを書きたいと希望すると、そのますんなり企画が通った。そのときはまだどんなドラマにするか考えていなかったのであわてたが、これなら一幕物の戯曲を書くのと同じようなものだから、わりに楽しく書けた。

自分の才能に絶望し、被害妄想に駆られた女流画家が、アトリエの中で外との繋がりは電話だけ。その電話をかけながら次第に気がくるって行くという話だが、楠侑子《くすのきゆうこ》さんが好演してくれて思ったより面白いドラマになった。

22

それに比べて不満が残ったのは、団地の奥さんたちが次々に蝶になる風刺劇の『蝶の季節』である。もともと現実にはあり得ない話を映像化しなければならないので、難しいのはわかっていた。思い切り喜劇調にしてしまえばまだよかったのかしれないが、若いディレクターは実際に生きている大型の蝶を用意し、真面目な劇として演出しようとした。

蝶のようなものも小道具さんに頼んでおくと調達してくれるが、その蝶は多摩地方で趣味で蝶の羽化、飼育をしている人に頼んで、特別にその日の朝羽化させたものを調達してきたとかで、朝子が見せられたときはみずみずしい羽根をしたきれいな揚羽蝶だった。が、深夜頃、いざ録画ということになったときは、羽化してから狭い籠に入れられて長時間経っていたし、強いライトに照らされたせいか、弱っていて籠から出しても軽々と飛ぶことはできなくて、追い立てられてやっと羽ばたくといった感じだった。何もそんな弱った蝶を出すことはないのだが、ディレクターはそのシーンにこだわっていて、揚羽蝶が少しだけ飛ぶ無意味なシーンを挟み、更にドラマをつまらなくした。

最初の頃、朝子は自分のドラマの録画撮りには全部立ち会っていた。その頃はどのドラマも丁寧に作られていて、本読み、翌日は立ち稽古、それから一日くらい置いて録画撮り。録画撮りの日は昼過ぎからリハーサルを重ね、夕食の休憩の後は衣裳をつけてのリハーサル、それから本番と同じ通しのリハーサルをして、本番となる。録画撮りが終わるのは早くても深夜過ぎ、二時、三時になることも珍しくなかった。

本読みや立ち稽古は台本の直しが予測されるときは呼ばれるが、それ以外のときは行く必要がなかった。録画撮りのときも別に行く必要はないのだが、深夜食のお弁当や帰りのタクシー券の手配があるからアシスタントディレクターが、スケジュールを知らせ、来るかどうか確認の電話をかけてくる。

ＮＨＫが渋谷に移転する前で内幸町にあったから、朝子のところからバスで十四、五分である。だから行くのは簡単だが、新米ライターの身では毎回心の中でちょっとした葛藤があった。行くと言えば放送になるのが嬉しくてまた来ていると思われるのではないかという心配があるし、その反対に行かないと言えば、「何を生意気な。自分の作品に全然熱意がないのか」と思われそうである。本当は忙しいからとか、他の用事があって、と断る理由があれば一番いいのだが、生憎それほど忙しいわけでもなかったし、深夜に用事があるはずもなかった。

行くのが厭なのは行って居心地の悪い思いをするのが厭なのだ。といって誰かに厭な思いをさせられるのではない。作者は一応「先生」と呼ばれ丁重に扱われる。スタジオの中二階にあるガラス張りの副調整室のみんなから少し離れた、全体が見渡せる位置に椅子を与えられ、そこからは下のスタジオで行われている俳優さんたちの動きも見下ろせるし、三台のカメラから送られてくるモニターテレビの画面も見ることができる。

ずらりと並んだ機械の前にはディレクターを中心にヘッドホーンをつけた技術者たちが控え、ディレクターの合図によって、次々に録画される画面が切り替わり、音声係がセリフの大きさなど絶えずチェックし、音楽の入るところではディレクターの合図（キュ）によって、音楽係があらかじめ録音してある音楽を流す。

生放送の時代と比べビデオテープで録画することができ、番組の制作が楽になったとはいえ、その頃はビデオテープを自由に編集できるわけではなかった。高価なものだったし、多分切り貼りするのに相当手間がかかっていたのだろう。四十五分ドラマなら三本か五本くらいにわけて収録していた。ＮＧを出せば最初から撮り直しだし、しかも秒単位できっちり時間内に収めなければならない。ディレクターはモニターテレビをにらみながら、ストップウォッチを片手に時間をチェックし、下のスタジオにいるアシスタントディレクターに、「巻け」（テンポを速めろ）とか「ゆっくり」とかの合図を出していた。

とにかくその十分ほどはみんな息づまるような緊張で、無事収録が終わるとほっとし、収録した部分を巻き戻してみんなで観る。そしてＯＫが出ると大道具さんたちが素早くセットを片づけ、新しいセットを組み立て、次のシーンのリハーサル、本番が始まる。

　そんな光景を眺めながら朝子はいつも「この世の中で一番必要でないものは、録画に立ち会っている作者ではなかろうか」などと埒《らち》もないことを考え、居心地の悪い思いをするのだ。ここにいる誰もがそれぞれ自分のやるべき仕事がある。俳優さんたちはセットが組み立てられる少しの暇も惜しんでセリフを覚えるのに必死だし、メイクさんたちは強いライトで化粧が崩れやすい俳優さんたちの顔の直しに気を配り、それは衣裳係にしてもそうだし、そこにいる一人一人に役割がある。

　が、作者にはすることがない。ベテランのディレクターなら余裕があって、仕事の合間に「このシーンは思ったよりうまくいきましたよ」とか「あの役はもっとベテランの女優さんを使ったほうがよかったですね。若いとどうしてもセリフにふくらみがなくて」などと話しかけ、作者を退屈させない心遣いをみせるが、若いディレクターは自分の仕事だけでせいいっぱいでそんな余裕はない。作者は放っておかれる。一番いい席を与えてあるのだから、そこで自分の台本が形になって行くのを楽しみながら見ていてくれというのだろう。

　事実周りの人からみたら楽しんでいるように見えるかもしれないが、それがそうではないのだ。

　台本書きのはしくれとして朝子も台本を書くときは一つ一つのセリフはもちろん、語尾の言葉一つにも念を入れ自分でしゃべってみながら思いを込める。同じ「ね」にしても、同意を求める「ね」、念を押す「ね」それほど意味はない「ね」と、そこに込める意味によってしゃべり方や強弱が違う。なるべく自分が期待しているトーンに近いようにしゃべってほしいと思っているが、俳優さんたちにとっては語尾まで正確には覚えられない。リハーサルのときは台本どおりにしゃべっても、本番になるとそのときの調子に任せて「ね」が「よ」になったり「わ」になったりする。

それだけで朝子がイメージしていたものとは全然違うものになって、「違う」と心の底のどかで悲鳴のようなものが上がる。しかしそう感じるのは作者の朝子だけで誰も気がつかない。台本を片手にセリフをチェックしているアシスタントディレクターでさえ、間違いに気がつかない。気がついたとしても大したことではないと思うのかそのまま通す。セリフなどは意味さえ通じればいいと思っているので、誰ひとり違和感を持つこともなくドラマは進行する。

違和感を感じつまずいているのは朝子一人で、それが消えないうちにまた誰かがセリフの一部をすっ飛ばして言い、違和感が更に拡がる。そんなことが三、四回も続くともうドラマの流れには乗れなくて、他人のドラマでも見ているような白々しい気持ちになり、自分は何のためにこんなところにいるのだろうと居心地が悪くなってくるのである。

セリフの細かなことにまでこだわっていちいち気に病んでいたら身がもたないから、朝子もそのうち慣れ、語尾などどっちでも平気ということになったのだろうが、生憎テレビドラマはそれほど書かなかったので、慣れるまでには至らなかった。

しかし放送になるときはそれから一週間くらい経っているし、覚悟もできているせいか、それほど気にならなくて観ることができた。少々の不満はあったが、自分の作品には点が甘いこともあって、まあまあ面白いのではないかと思うときもあった。

『蝶の季節』のときは演出に不満が残ったということもあるが、それだけではなく自分では気に入った作品だったので、テレビドラマだけで終わるのはもったいないこともあって、朝子は戯曲に書きなおすことにした。

NHKの脚本研究会に入れてもらってしばらくした頃、当時劇作家としてだけでなく演出家としても活躍していた田中千禾夫さんの提唱で俳優座戯曲研究会ができ、そちらにも入れてもらっていた。

メンバーは七、八人で、こちらのほうはもちろん無報酬の勉強会である。朝子はそのとき新劇に『コップの中で』を載せてもらったばかりだったが、すでにプロ作家と言ってもいい、戯曲関係の雑誌でよく名前を見る木谷茂生さんや武山博さんもいた。その他の人はどういう基準で選ばれたのか知らないし、経歴もくわしいことは知らなかった。会合が毎月第一月曜日の夜ということもあって、終わるとみんなすぐ帰ってしまい、女性もいたが個人的に親しく話すこともなかった。

しかし会には特別な用事がない限り田中千禾夫先生も顔を見せ、先生に言われてのことだろうが、俳優座の若手の演出家や俳優さんたちも出席し、結構楽しかったが、毎月作品を持って行くのはなかなか大変なことだった。それでこれまでに書いたラジオドラマやテレビドラマを戯曲に直して持って行くことも多かった。

『蝶の季節』も一部は研究会で読んだが、半年くらいかけて三幕物に書きあげ田中千禾夫さんに見てもらい、「話は面白いが、蝶になるところなどセリフだけで処理しないで、実際に蝶になった女優さんたちを舞台に登場させるんですよ。そういうのは演出でどうにでもなるから。蝶に変身するところだって見せられますよ」と言われて、書き直しにかかっていたが、大勢の人を舞台に登場させてドラマを創り上げていくのは朝子の手に余った。

悪戦苦闘しているとき、もう昭和三十九年になっていたが、一月に前年後期の芥川賞の発表があり、田辺聖子さんの『感傷旅行《センチメンタル・ジャーニィ》』が受賞した。

朝子は四国の実家にいた頃、松山で新潮同人雑誌賞でデビューした石崎晴央さんや藤田美佐子さんの風変わりな二人に会って以来、小説を書くのは自分には無理だと思っていたので、芥川賞も興味がなく受賞作品も読んだことがなかった。が、田辺聖子さんは朝子と同年齢であったし、経歴は放送作家となっていた。田辺さんは関西で仕事をしていたので名前も知らなかったが、同じ放送作家としてどういう小説を書いたのか興味があった。それで「文藝春秋」が出るのを待って読み、面白くて一気に読み、小説とはこんなに自由に書けるものかと驚いた。

23

『蝶の季節』も小説にならら書けるかもしれない。そう思いつき書き始めるとすらすらと筆が進んだ。戯曲にするために障害になっていたところも、時間や空間に縛られない小説では容易に飛びこえることができる。一度テレビドラマや戯曲に書いているので話はできていたし、セリフもできている。それを小説に直せばいいので簡単だった。一週間もしないうちに八十数枚の小説にし、「婦人公論」が募集していた女流新人賞に応募した。

その少し前、東芝日曜劇場という番組で『巷のあんばい』というドラマを観て感心したが、その原作が女流新人賞受賞作品で、ＯＬの人が書いたものだという紹介記事が出ていて、そういう賞があることは知っていた。

当時の朝子には文芸雑誌の賞に応募するなどそれだけでもおそれ多い感じだったが、女流新人賞ならＯＬの人ももらっているのだから自分ももらえるかもしれないと思ったのだ。

そのときは二、三か月後、編集部から電話があり、最終選考に残っていることを知らせてくれ、経歴など聞かれた。そうなると自分の作品が傑作のように思え、もう賞をもらったような気でいたが、もらったのは他の人だった。

受賞作の載った八月号の「婦人公論」には選考委員の批評も載っていた。ほかの二人の批評は忘れたが、丹羽文雄さんの言葉だけは今も記憶に残っている。「『蝶の季節』は才筆だが、小説に慣れていない」という言葉はすんなり納得できた。ほとんど全部セリフで書いてある戯曲のどこを地の文にするかセリフにするか迷いながら書いたのだから、「小説に慣れていない」はすべてを見通した言葉だった。そしてそれに続く「社会時評的な部分は全く不必要」という言葉も、目から鱗《うろこ》が落ちるというか、そうか、小説ではそういうことは不要なのかと、新しい発見だった。テレビドラマや戯曲、それにこのとき応募した小説は、今残っている『蝶の季節』という作品とはまるっきり違うものである。

ある日団地の奥さんの一人が蝶になる。それが感染して次々蝶になる奥さんが現れ、一つの流行になり世間を騒がせる。感染源はウイルスのようなものか、それとも心理的なものか、社会体制に問題があるのか。アメリカやソ連の学者たちがそれぞれ調査に訪れ、全く正反対の意見を出し対立する。女性の自由と解放を求めて「私も蝶になりたい」というプラカードを掲げてデモ行進が行われるかと思えば、その反対のデモ行進も行われる。テレビでは著名人がそれぞれコメントを求められ、それがまた騒ぎを大きくする。

最初テレビドラマにしたときは風刺劇として、そちらの方に重きを置き、朝子としては面白がりながら書いたものだった。戯曲にするときはそれだけでは場が持たないので、蝶になれない奥さんを主人公にしてそちらの話もつけ加え、田中千禾夫さんに「二つの異なったものを一つの枠に入れようとするので無理がある」と言われ、書き直しに苦労していたのだ。

小説は枠がないから自由に書けたと思っていたが、底の浅い社会時評的なものなど邪魔になるだけだと、言われてみればそのとおりだった。

賞がもらえなくてがっかりしていたが、考えてみると初めて書いた小説が最終選考に残っただけでも、上出来だという気持ちになった。しかし一気に書きあげて送ったから控えは取っていない。下書きの原稿さえなかった。今ならどういうことを書いたか覚えているから忘れないうちにもう一度書いてみよう。

朝子は暇にまかせて思い出しながら書き始めた。朝子は学校時代も試験のとき覚えなければならないことは一度ノートに書いて覚えていたが、一度書いたものはなかなか忘れないものである。もちろん書きだしの文章も覚えていたし、書いて行くうちにここの描写には苦労したなどと思い出も蘇ってくる。

しかし社会時評的なところに来ると「不必要」と言われた言葉が頭にあって、さすがに覚えていてもそのとおり書き記す気にはなれなかった。で、その部分をカットすると、次へどうやって続けるかあらためて考え直さないといけない。

そんなことをしているうちにかつての原稿の再現からは大きく逸れて、結局部分的には前の原稿の一部を借用するが、まったく別の新しい作品を書いていると同じことになった。語り手の主人公の内面に一歩踏み込むと書きたいことが次々に思い浮かんで面白くなった。夜、ベッドに入ってからもふいに書きたいことが思い浮かんで、忘れないうちにと起きだして書くこともあった。

前の原稿には社会時評的な部分が半分以上あったが、それを全部カットし、今度もやはり同じ八十数枚になった。作品が仕上がるとまたどこかへ応募したくなり、本屋へ行くと、ちょうど「文學界新人賞発表」と表紙に印刷された「文學界」の十一月号があった。どんな作品が賞をもらったのだろうと手にしたが、そのときは受賞作はなく、よほど不出来な作品ばかりだったのか、どの選考委員もいい作品がないと嘆き、委員の一人の石原慎太郎氏は「どの作品も小説としての最低の条件である面白さささえない」と切り捨てていた。

『蝶の季節』は面白さならあるのではないか。そんな気持ちになり、「文學界」新人賞に応募した。今のように便利なコピー機もない時代で、今度も控えをとるのは面倒で送ってしまったが、朝子の心の中では『蝶の季節』で書きたかったことは全部書いてしまったので、悔いはなく、小説を書くのはこれで終わりという気持ちだった。

その頃もＮＨＫの脚本研究会は続いていたが、即戦力として連続ドラマや脚色を頼まれることの多くなった二、三人は忙しくて顔を見せなくなり、昨年夏、ドラマ班の部長と副部長が共に名古屋局へ栄転になったのを機に、局の内部でも熱意が薄れ顔を見せるディレクターたちも少なくなり、四月の新年度からは廃止されるらしかった。ときたま単発ドラマを放送してもらっても稼ぎにはならない。民間放送局へ台本を売り込んで仕事の場所を広げなければならないが、いつでも困難なことから逃げ出し楽な方へ流されて行く朝子は、便利屋のように頼まれるまま細かな仕事を引き受け、仕事をしているような気になっていた。

脚本研究会のメンバーの一人がその頃創刊された「テレビドラマ」の編集長になり、テレビライター志望の人が主な読者だから、台本の添削教室を大きく宣伝し、毎月結構な数の台本が送られてきた。朝子はそれを任され台本を読み感想など書き、ときには構成の不備など指摘し添削のようなことを行い、少しましな作品は誌上であらすじを紹介する仕事をしていた。

それからやはり研究会のメンバーの中に、NHKのドラマの懸賞募集に入選した女性がいて、彼女はラジオ局の国際放送の仕事をしていて朝子も紹介されてときどき引き受けていた。日本の名所や産業、トピックスなどを十分くらいで紹介する番組で、各国語に翻訳されてそれぞれの国に向けて放送されるが、その元になる日本語の原稿を、資料やインタビューの録音をもらって構成する仕事である。

一度名古屋のミシン工場へ取材に出かけたことがある。担当者も同行したが、行き帰りの新幹線はグリーン車、泊まるのも一流のホテルで、会社側では名古屋コーチンの老舗《しにせ》へ案内して歓待してくれた。が、振り込まれた稿料は十分番組ということもあって、日本薄謝協会の名前に恥じず名古屋までの片道の普通運賃にも足りない金額だった。何もグリーン車でなくても、その分を稿料に上乗せしてくれればいいのにとさもしいことを考えたこともあった。

それからまた昭和三十七年、「花いっぱい協会」というところが募集した短編映画のシナリオに入選し、そのとき関係していた時報映画社からの注文で、交通安全のキャンペーン映画のシナリオも書いたことがある。全国の試験場で運転免許の更新に来た人に見せる映画で、自動車事故を起こすと加害者の家族も被害者の家族もこんな悲惨なことになるから気をつけましょうという映画である。どんな映画に仕上がったのか朝子は見たことがなかったが「なかなか評判がいいですよ」ということで、そこからはときどき仕事を回してもらっていた。

その頃手がけていたのは月曜から金曜までの毎日放送される『赤ちゃん万歳』という五分間の

育児番組の台本だった。育児書からヒントを拾い出し、ドラマ仕立てにして見せるのである。あるときは抱き癖をつけると依頼心の強い子供になるから気をつけようというテーマになったり、あるときは赤ん坊はスキンシップが大切で、抱いてやらないと疎外感を持つようになるがテーマだったりした。育児の参考にしようと見ていた人は戸惑っただろうが、それは朝子の罪ではなく、育児書がそうなっているのである。

とにかくそういう雑多な仕事で日を送っていたが、応募した小説のことを忘れていたわけではなかった。四月七日発売の五月号に発表されるはずで、とすると三月の上旬には決まっているのではないか。少なくとも最終予選に残す作品は決まっているはずで、残っていれば知らせてくるはずだと「婦人公論」のケースから朝子は思っていた。が、何の知らせもなく三月ももう二十日を過ぎていた。

やはり駄目だったのだろう。駄目でもともとでそれほどショックでもなかったが、その日NHKの脚本研究会に出かける途中、バス停の前にある本屋に寄り、未練がましく「文學界」を手にし目次を見ると小さな活字で「文學界新人賞中間発表」とあった。初めて応募したので中間発表があることは知らなかったのだ。早速そのページを開くと半ページを使って千三百近い応募作品の中から次の作品が一次予選を通過しました、とあって五十ほどの題名と名前が載っていた。見ていくと朝子の名前もあった。

まんざら駄目でもなかったのだと思うと嬉しくなり、朝子はそれを買い求め、脚本研究会が開かれる会議室に入るとすぐそこにいた人たちに「私も二、三年後には文學界新人賞をとりますからね」と言いながら、中間発表に出ている自分の名前を見せた。

脚本研究会のメンバーはみんな小説の世界にも興味を持ち、特に『蝶の季節』で主人公に絡む田島のモデルに使わせてもらった佐川は、かねがね「二、三年のうちに芥川賞をもらうからな」と豪語していた。その佐川に一番最初に見せたのだが、彼は「いつの間に小説なんか書いていたんだ」と自分の知らないところで応募してあったことを不満そうに言い、雑誌はすぐ他の人の手に渡った。『蝶の季節』のテレビドラマはこの脚本研究会に提出し放送にもなったから、みんな内容は知っていた。

「あれを小説にしたのなら、かなりな線までいけるんじゃないの?」と言ってくれる人もあった。

「でも今度は駄目よ。もう受賞作はきまっているはずだから」

朝子はそのとき、その日が選考日だということも知らなかったし、まして自分の作品が最終選考に残っていることも知らなかった。

その夜、八時頃電話がかかった。呼び出されて階段を降り受話器をとると、「文學界」編集部の大河原だと名乗り、「『蝶の季節』が第二十回「文學界」新人賞に決まりました。おめでとうございます」と言った。昼間のことがあるから朝子は一瞬誰かのいたずらではないかと疑った。しかしいたずら電話をかけてくるほど親しい人はいなかった。かけてくるとすれば佐川だけだが、彼とは電話で良く話すが明らかに声が違う。朝子が警戒して何も話さないうちに相手は話を進め、明日の午後、社まで訪ねて行くことを約束して「ありがとうございました」と受話器を置いた。

部屋へ戻って一人になると、喜びが込み上げてきた。こんな幸運が自分に舞い込んでくるとは思わなかったが、生きていればいいこともあるんだと大袈裟でなくそう思った。しかし一緒に喜んでくれる人はいなかった。母に知らせたかったが、長距離電話をかけてもいいことになっていたが、すぐに繋がるわけではなかった。電話は大家のもので、長距離電話をかけてもいいことになっていたが、すぐに繋がるわけではなかった。申し込んで一旦電話を切り、三十分か一時間後につながったときまた呼び出してもらうことになる。夜だし、大家さんにそういう手間や迷惑をかけたくなかった。

喜んで誰彼かまわず触れまわりたい気持ちの底から、「しまった！」という思いの方が強く込み上げてきた。その頃は「柳行李《やなぎごうり》いっぱいの原稿を書きためておかないと、出てもあとが続かない」と言われていた。柳行李といっても今はもう見たことのある人は少ないだろうが、海外旅行用の大型スーツケースよりまだ沢山ものが入るのである。

ところが朝子には書きためた原稿はおろか、書きかけの原稿もなかったし、次にどういう小説を書きたいという思いさえなかった。すぐに受賞第一作を求められるだろうが、何を書けばいいのか皆目わからなかったし、それに小説を発表するなら、ありふれた本名ではなく、ちゃんとしたペンネームを考えてからにしたかった。

それなのになんの準備も覚悟もないままに舞台に引きずり出されたというか、いや朝子にとっては傷つきたくないから安全な繭の中に閉じこもって、いつか蝶になって広い世界を自由に飛び回ることを空想していただけなのに、いきなり繭が破られ、蛹のまま引きずり出されたようなものだった。

『長い間殻の中に閉じこもって外界に働きかける力を失っている私にとって、生きるということにともなうさまざまなわずらわしさや困難は、初めから登るのを諦めさす険しい山の頂のように幾重にも重なって厳然と聳え立っている。一度も山に登ったことのないものには、山を征服する歓びがわからない。そして一つの峯に立てば、他の峯はすぐそこに、あるときは眼下に見下ろすことができるところにあることも知らない。登らないものにとっては、山はいつまでも同じ高さで壁のように行く手を遮って立っているのだ』

『蝶の季節』の中でもそう書いたが、朝子に見えるのは行く手を遮って幾重にも重なって聳え立つ山々である。それを乗り越えて行かなければならないのかと思うと、怖くて気が遠くなりそうだった。

その夜はなかなか眠れなかった。

「家族の肖像」によせて

勝又　浩

知り合いの詩人に十一人兄妹の真ん中だったという人がいた。明治の末年、群馬県のお医者さんの家の人だったが、高等学校の入試に失敗、上京して一人で下宿生活をしながら予備校に通い翌春は合格できた。それで一年ぶりに帰郷、父親に報告しようとしたら、「オッ、お前、ちょっと見なかったな、何処へ行ってたんだ」と言われてしまったと、その詩人は笑い半分で言った。下宿するにつけては母親が布団なども送ってくれていたのだが、「兄妹が多いとそんなもんだよ」と自嘲気味に補足もした。その話を聞いて私は、この詩人の持った一種開けた感じと芯の強さのようなものが、そういう環境からきているのだろうと納得するところがあった。

今度、高橋光子「家族の肖像」を読み始めて、私はすぐ親しかったその詩人のことを思い出した。兄妹のアジを知らない私には、この九人兄妹の家族がとても新鮮な刺激だったわけだ。それでまずこんな思いもよぎった。

一口に家族とはいうが、すっかり少子化の定着した現代のそれと、兄妹のたくさんいるのが当たり前だった昭和十年代までの家族とではその意味も働きも全く違うのではないだろうか。少子化時代の現代の家族はともするとと相互依存の度が高くなり、そこに自閉自足してしまうが、兄妹の多かった昔の家族は親子の間にも自足や自閉は許されない。家族といえどもつねに他者の混じる小社会を含んでいたのだ。もちろん、兄妹がみな競いあい争いあっていたわけではない。実際には仲の良い兄妹も、他人よりも始末の悪い兄弟関係もあったろうが、しかし、いずれにしても性格や個性の違う者たちが、天から与えられたように、逃れようもなく一定期間共同生活をすることによって、少子化家族では体験しようのない、自己主張や自己相対化の契機を持つことになったに違いない。

高橋光子のさまざまな小説や紀行文などを読んでいつも感じていた、人間関係での一種の見晴らしのよさ、あるいは風通しのよさのようなもの、そうした文学的な性格が、当然作者の人柄によるだろうとは思っていたが、そのもう一つ前に、作者の生い立ちの問題があったのだと、今度この、かなり自伝的な要素の強いと思われる「家族の肖像」を読みながら思ったわけだ。

しかし、これは話が少しばかり先走りすぎたかもしれない。

「家族の肖像」の主人公・語り手でもある「朝子」は現在「八十歳を過ぎた」とされている。兄の遺品のなかにあった三枚の写真が機縁となって記憶がよみがえり、家族の歴史が語られてゆく。写真は昭和六年、九年、十五年の三葉であるが、最も古い昭和六年のとき、長男は既に東京帝国大学の学生で二十歳の青年だが、語り手朝子は三歳、その妹に当たる九人兄弟の末っ子はまだ母親のおなかのなかだった。

我々には写真の写された三つの年代を見るだけでも戦争に向かって走っていた昭和という時代のことが思われるが、ここではそうした方向での歴史、言うならば昭和史を抱え込んだ側面の家族史は必要最小限度に抑えられている。父親は村長であり、兄たちは二人までも陸軍海軍に行っているから、それだけでも時代の波と無縁ではいられなかったのは当然だが、作者は特に歴史的、観念的な側面を言おうとはしていない。あくまでもこの作者の持ち味である暮らしの日常を穏かな語り口で描いて、地方の一家族の生活の姿を浮かび上がらせている。たとえばこんなふうに――

話は当然の勢いとして父親のことから始まるが、村長を長く勤めたにも関わらず格別に話下手な人で、村や学校の行事のたびにそれを聞かなければならなかった兄妹たちはそのたびに「被害」をこうむったのだが、しかしそんな父親も子供の頃は周囲の大人が感心するほどの口達者な少年で、後に一人娘の婿さんに選ばれたのも、たまたまそういう少年時代を目撃していた祖父の見込みがあったからだというエピソードが紹介される。

しかし、そこで話は終わるのではない。次は一転して朝子より二歳上の兄の話に移る。彼も子供の頃は読んだ本を全部話して聞かせなければ納まらないようなお喋りな少年であったのに、なぜか長じてからはすっかり無口な男に変身してしまったと、いくつかのエピソードをあげている。この「家族の肖像」はそんな運びの家族史なのだ。言い換えると、個々の履歴書や年譜の類、あるいは社会年表の類をそばに置いての家族史ではないということだ。それゆえ、作中にはこんな一節もあるのだ。

しかし『家族の肖像』を書き始めてから、古い一枚の写真がどれほど多くのことを語ってくれるか初めて知った。古い一枚の写真を眺めているだけで今はない生家の庭の有様が鮮やかに蘇り、かつてそこで暮らしていた家族たちの姿が生き生きと動き始める。声さえ聞こえるような気がするのだ。せめてそういう家族がいたということだけでも留めておきたい、そんな気持ちで書いてきた。

福島原発事故で避難生活を余儀なくされている人たちが、数時間だけ許された一時帰宅の際に第一に持ち出したのが家族のアルバムだったという話を聞いて、朝子があれこれ思いめぐらせているところである。九人兄妹の下から二番目であった朝子は八十歳を過ぎた今、両親はもちろんのこと兄姉たちも大方去ってみると、家族のことを書き残しておくのは自分の仕事、責任だと思うようになったのであろう。一枚の写真から「家族たちの姿が生き生きと動き始める」ばかりではない、それぞれの「声さえ聞こえる」とは、やはり今はそれらを失ったという思いの強さに比例することなのであろう。こういうところに、この一編を貫いた太いモチーフが見えていると言ってよいであろう。

本書の「第一部」は昭和二十年八月、敗戦の日まで、「第二部」は戦後編と分けられているが、第二部の後半は予想に反して兄妹で両親を見送るような場面もなく、話は朝子の、それが彼女の中心的な仕事である文学のうえでの閲歴の方に移っている。「家族の肖像」の物語を楽しんできた読者にはいささか肩透かしの感がないでもないが、朝子の文学的閲歴自体は、それはそれとして興味あることには違いない。

そうしたなかで今度私が発見、あるいは確認したことの一つに、彼女の文学的な目覚めが短歌にあったという事実がある。昭和二十四年、近所の人に誘われて朝子は初めて歌会に参加するが、それを機に「アララギ」の会員になり、「関西アララギ」には毎号選歌が載るような常連歌人になってゆく。そして、歌をつくるようになると、そのことがまた彼女の生活をも変えてゆくことになる。

自分も歌を作らなければならなくなると、毎日うかうかと暮らしているわけには行かなくて、自分の心を見つめなおし、自然の風景や四季の移り変わりにも敏感になる。感動するから歌が生まれるのだが、その反対に歌を作るために感動が生まれるということもある。

これは現在の円熟した作者によってすこしばかり整理されすぎた表現であるかもしれない。二十一歳の、歌を詠み始めたばかりの者のことばとしてはできすぎているかもしれないが、しかしだからと言って間違っているわけではないであろう。ここには、言うならば高橋光子という小説家の基本的な生活と文学への姿勢が見えていると言ってよいのである。

朝子はこうして歌にのめりこんでゆくが、やがて近藤芳美の「未来」に加わり、高安国世の「塔」に参加し、とうとう自宅で歌会を開くようなところまで進んでいる。そして、その間には恋愛も挟まるのだが、一方、演劇の世界に入り込んだ妹の関係でラジオドラマ、後にはテレビドラマの台本を書くようになり、それを手掛かりに上京して自活するようになる。

こうした経過でもうひとつ興味深いのは、シナリオ作りが本業になり上京すると、そこで人が変わったように短歌からも離れてしまったと言っているところだ。思うに、短歌離れの決定的な要因は、歌がシナリオ作り、ドラマ作りとは共存しにくかったからであるだろう。彼女のなかに歌が戻ってくるのは、シナリオ作りの後もう一度転じて小説を書くようになってからではないかと、私は推測している。高橋光子の散文、小説やエッセイの文章は短歌を経てきた人のそれだと思われるからである。そしてその文学的な特色は、こうして三枚の写真から家族史が紡ぎあげられるようなところによく表れていると言ってよいであろう。

作者あとがき

『家族の肖像』の物語の父親は八十八歳まで、母親は九十八歳で昭和が終わる一年前まで生きていたから、第三部、四部と書き継ぎたい気持ちはあるが、「日暮れて、道遠し」で、この辺で一応まとめて本にすることにした。

朝子のその後は、小説家仲間との交流を書いた『「雪女」伝説』、家族関係では父の死を題材にした『遺る罪は在らじと』、母の死を書いた『おだやかな死』などがある。

〈著者紹介〉
高橋 光子（たかはし みつこ）
愛媛県に生れる。県立川之江高等女学校卒業。「蝶の季節」で文學界新人賞、「高畠華宵とその兄」で潮賞ノンフィクション部門優秀賞。芥川賞候補二回。著書に「遺る罪は在らじと」「ハムスターになった男」「『雪女』伝説」「私を支えた母の一言」「おだやかな死」「海のつぶやき」など。他に上条由紀のペンネームで少女小説多数。

家族の肖像

2016年 9月22日初版第1刷印刷
2016年 9月28日初版第1刷発行
著 者 高橋光子
発行者 百瀬精一
発行所 鳥影社 (www.choeisha.com)
〒160-0023 東京都新宿区西新宿3-5-12トーカン新宿7F
電話 03(5948)6470, FAX 03(5948)6471
〒392-0012 長野県諏訪市四賀229-1 (本社・編集室)
電話 050(3532)0474, FAX 0266(58)6771
印刷・製本 モリモト印刷・高地製本

定価（本体1500円+税）

ISBN978-4-86265-578-3 C0093